U0599278

　　本书系教育部社科青年基金项目"作家的平民立场与新时期以来小说转型研究"(13YJC751034) 的结项成果，并受"江苏高校优势学科建设工程资助项目（PAPD）"资助。

DISANWEIDU

PINGMIN LILUN SHIYE XIA DE
ZHONGGUO DANGDAI XIAOSHUO

第三维度

平民理论视野下的中国当代小说

刘志权 著

人民出版社

责任编辑:宰艳红

封面设计:周方亚

图书在版编目(CIP)数据

第三维度:平民理论视野下的中国当代小说/刘志权 著. —北京:人民出版社,
　2018.5

ISBN 978 - 7 - 01 - 018886 - 7

Ⅰ.①第…　Ⅱ.①刘…　Ⅲ.①小说研究-中国-当代　Ⅳ.①I207.42

中国版本图书馆 CIP 数据核字(2018)第 022759 号

第三维度:平民理论视野下的中国当代小说
DISAN WEIDU PINGMIN LILUN SHIYEXIA DE ZHONGGUO DANGDAI XIAOSHUO

刘志权　著

人民出版社 出版发行
(100706　北京市东城区隆福寺街 99 号)

北京龙之冉印务有限公司印刷　新华书店经销

2018 年 5 月第 1 版　2018 年 5 月北京第 1 次印刷
开本:710 毫米×1000 毫米 1/16　印张:22.75
字数:340 千字

ISBN 978 - 7 - 01 - 018886 - 7　定价:79.00 元

邮购地址 100706　北京市东城区隆福寺街 99 号
人民东方图书销售中心　电话 (010)65250042　65289539

序　言

丁　帆

　　刘志权的新著《第三维度：平民理论视野下的中国当代小说》即将出版，嘱我为之作序，因为我与他交往多年，且知道他的学术功底，便欣然允诺。

　　刘志权是一个天资十分聪明的学者，论起学缘关系，他所接受的教育思维方式是与一般文科出身的学者不尽相同，他的本科是学理工科的，青年时代就练就了一套逻辑性强的思维方法，能够迅速看出问题的本质，并找到解决问题症结的方法，抓住事物本质特征的理科思维方式方法，为其在文学研究领域内独辟蹊径的创新提供了先天的条件。有了这样的基础训练，他突然改弦易张，报考了中国现代文学的研究生，从硕士一直读到博士，师从著名导师，脚踏两个学术领域：将苏州大学的近现代通俗文学研究领域的学术研究精华尽吸胸中；再把中国现代文学与政治关系的学术研究之"大道"尽收腹中，可谓一路顺风顺水。本以为他一定能够迅速做出惊人的学术成果来的，但是由于学校一直让他担任繁重的行政工作，就把科研工作耽误了。

　　三年前我去美国参加一个学术会议，在杜克大学碰见了适逢在此访学的刘志权，会上会后的接触，让我了解到最近几年来的学术研究状况，联系他这些年所发表的文章，我就猜度他开始重操旧业，发奋作文了。果不其然，两年多后的今天，他就交出了这份沉甸甸的答卷。看着这厚厚的书稿，从中，我仿佛找到了一个刚刚步入中年的学者自信而坚毅的面影。

　　无疑，刘志权对中国古代和现代小说的区分是十分准确的："中国现代小说与古代小说最为显著和最为直观的区分，一是其创作群体，从传统的文人，转变为具有现代意识的知识分子；二是功能，从娱乐核心转向参与社会改造的利器；三是其地位，从边缘开始走向中心。"其实，这些具有常识性的文学史概括在许多小说史的著述中不乏其论，然而，能够用三句话就能够将其概括得如此准确明了者少见，这就是一个学者逻辑思维方法不同而造成的结果。所以我特别激赏的就是刘志权这种明快直捷的论述逻辑和叙述语言。

说实话，这部著作当中有许多论断是有独到见地的高论，尤为论及小说与启蒙的关系，他以为："现代知识分子历史性地选择小说这一体裁，部分源于当时知识分子对小说在西方社会的影响力的误读。更深层的原因，则是知识分子对启发民智的迫切要求。小说作为接近平民的'低下的'文体属性，反而使之成为了知识分子启民众之'蒙'的利器。"其实这个理论并不稀奇，而是在他的阐释下，却分外明晰了。启蒙与文体的契合，成为时代的潮流之必然趋势，五四文学革命的爆发，应该是这种呼应的"历史的必然"结果。看不到这一点，我们对五四小说的阐释就有凌空虚蹈的嫌疑。但是，倘若看不到小说领域内从文学革命走向革命文学的得失，文学史的阐释就是苍白的低吟。

从本书的逻辑结构来说，刘志权的学术贡献就突出表现在他对中国现当代小说的整体性归纳与概括。首先，他是要阐明其为什么要把此书的分期一直下延到20世纪80年代，其理由是："本人认为1949年至八十年代中期的小说与此前的现代小说之'同'，大过了它们与此后的'当代小说'之'异'。判断的核心标准，是以小说是否摆脱了工具论和现代以降所形成的'现实主义'的'规范'，进一步说，是以平民性是否重新进入小说并成为小说的重要内核作为'当代'开始的标志。"毋庸置疑，人们往往强调的是五四小说的启蒙性，而忽略了其工具性的一面，说实话，五四新文学启蒙为张扬"人的文学"内涵立下了汗马功劳，但值得反思的问题是，五四新文学以革命的名义提倡了、启蒙了人性和人道主义的文学内蕴，但很快就被颠覆五四"人的文学"的另一种革命文学所替代。同样，五四平民文学的初衷是文学启蒙的一种策略和方法，到后来走向工农兵文学的道路，也是始料未及的事情。所有这些问题应该成为我们反思五四文学变化的深层焦点。刘志权的提示是有学理意义的。刘志权在几个时段的"同"和"异"的分析之中，要表达的文中之意应该是很清晰的了。

所以，刘志权进一步认识到："在'古代小说——现代小说——当代小说'这样一个小说发展的宏观序列里，可以将现代小说分为启蒙小说与革命小说两大主潮。前者从《狂人日记》起，延续至四十年代末告一段落，经过新时期的赓续，已经成为中国小说的优秀传统之一；后者则经历了从二十年代末普罗小说、三十年代左翼小说、《在延安文艺座谈会上的讲话》理论指导下的解放区小说、1949 年后小说的发展。它和启蒙小说尽管也有一些相异之处，但都统一于'现代性'内核，并由此形成了'平民其表，精英其里'的共性——在此，'精英'指掌握着话语权力的知识分子立场。"无疑，刘志权梳理出来的林林总总的"现代小说"中的"现代性"是一种中性的价值表述，但是"启蒙小说"和"革命小说"之分野，其中的利与弊大家不言自明。而"平民"与"精英"的区分，并不仅仅是身份的区分，正如作者所言："关键在于，这里的'工农兵群众'并不能简单地等同于'平民'，而是经过意识形态'改装'的、形而上的平民，在某种程度上，就是国家意识形态的化身。由此，知识分子向工农兵的学习，其实是对无产阶级意识形态的靠拢。"我认为，只有充分认识到现代小说本质性变化的学者，才能如此精到地把握住文学史层面中最为关键的小说思潮变化过程中的主脉。

正因为刘志权能够站在高屋建瓴的宏观层面，在汗牛充栋的现代小说中抽绎出问题的症结所在，才能扣中百年小说史变迁之要害。本书从三个维度即古代、现代到当代的小说内涵和外延进行了本质化的理论梳理："在现代小说中，作家与平民之间始终保持着一种既亲密又疏离的关系"；"小说地位的颠覆性变化，使基于现代性和功利主义的现实主义创作观，取代了古代小说去功利化的消闲文学观"；"现代小说所承担的历史使命，使之失去了古代小说的欢乐活泼，代之以严肃和焦虑的情绪指向"。我们必须承认，这些概括都是十分准确独到的真问题，反映出一定的理论深度。

　　本书的理论思考，还体现在刘志权对"平民"概念的深入思考和尝试性的理论构建上。刘志权有感于以往学术史研究对平民群体重外在观照而形成的遮蔽，提倡立足于平民内部对平民的尊重与理解，研究平民群体的思想、伦理、行为、情感等内在的逻辑。书中认为，"权力的相对缺失"是平民的核心特征；"保存自我的生存伦理与张扬自我的生命意识"之间的分离与冲突，贯穿了平民生存的历史，并形成了平民的矛盾性与双重性。在此基础上，刘志权对平民"同情"的情感基质、作为"弱者武器"的平民日常抵抗、平民伦理与公共道德的区别、平民从狂欢节到狂欢化的反抗策略、大众文化与平民文化之间"抵抗"与"收编"的关系等，都进行了细致而颇有新意的解读，并为"当代平民小说"的细致解读提供了自己的理论依据。

　　比如，正是从平民"生存伦理与生命意识"的核心冲突出发，刘志权没有拘泥于新历史小说、新写实小说、新生代写作、女性小说等当代文学史"公认"的划分，而是以张扬生命意识为主要特征的乡土民间小说，与以生存伦理为主要特征的城市平民小说作为当代平民小说的两翼（当然，在这"两翼"的内部，也时时存在生命意识与生存伦理的微观冲突）。在此基础上，作者对当代作家与大量小说文本进行了重新的"洗牌"、臧否与解读，对新世纪以来当代小说的发展趋势与未来可能提出了自己的看法，体现了较为独特的学术眼光与鲜明的学术个性。

　　从另一个角度来看，百年来的现代小说思潮的演变正是中国政治社会的一个投影，它所附着和承载的内容太多，既有负面性的消蚀小说娱乐性的弊端，又有触及社会进步的积极意义。如何分析他们的利弊，则是仁者见仁智者见智的事情了，所以，刘志权在本书留下的学术空间也是较大的，我相信他会不断将这个论题延展下去，形成系列性的学术成果。

　　刘志权正值年富力强的学术喷发期，凭着他的聪慧和深刻，只需假以时日，一定会写出更多更有深刻哲思的著述来的，我们以期待的目光注视着他的新成果不断问世。

　　是为序。

目　录

绪论　中国小说的两个传统

古代小说对民间原貌的保存。虚构传统。唐代宽松的氛围与传奇的兴盛。作为民间技艺的话本。传日常生活之奇的世情书。优秀小说本质上与民间精神相通。

现代小说的地位、功能、定位的变化。对底层大众的关注。乡土题材。启蒙与革命。自上而下的精英知识分子立场。

胡适所说的"文学史上逃不了的公式"。鲁迅对"平民文学"时代的预言。米兰·昆德拉关于欧洲小说向上半时美学回归的判断。对民间立场的分歧。

一、"文人其表、平民其里" 的古代小说

中国小说从其发展的历史脉络看，最大的分野当是古代小说与现代小说的分野。核心的区分，是对小说价值的定位及意义的认识。

众所周知，小说在中国从来是"小道"；小说家则被视为"三教九流"之外的"不入流"。如《汉书·艺文志》所言："小说家者流，盖出于稗官；街谈巷议，道听途说者之所造也。孔子曰：'虽小道，必有可观者焉，致远恐泥，是以君子弗为也。'然亦弗灭也。"之所以"弗灭"，是因为它记载街谈巷议，尚有借以补充正史的价值。这一"史识"，使得早先出现的文人文言小说，保持了民间街谈巷议的原貌。

小说的发端大致可追溯到战国，多为神话和传说，明代胡应麟说，"《束皙传》云，诸国梦卜妖怪相书，盖古今小说之祖。"《汉书·艺文志》"小说家"收录《伊尹说》二十七篇，准确内容及成书年代已不可考，但根据《吕氏春秋》《史记》等所记录的相关内容分析，"解说《伊尹》大义，辅以闾巷传说，实小说家之流"①。

唐传奇前古代小说主要可分为志怪、志人和杂录三类。"志怪"是写神仙鬼怪。这一风气一直延续至魏晋。需要强调的是，小说写神鬼与其实录野史的追求并不冲突。鲁迅颇有见地地指出，当时人们认为人鬼都是实有，因此，志怪其实跟记载人间常事差不多。② 一个值得玩味的现象是，"鬼"在这段时期的志怪里，几乎没有恐怖气息，人们普遍见怪不怪，甚而至于成为

① 王齐洲：《〈汉志〉著录之小说家〈伊尹说〉〈鬻子说〉考辨》，《武汉大学学报》2006 年第 5 期。
② 鲁迅：《中国小说史略》，上海古籍出版社 2006 年版，第 24 页。本节较多引用鲁迅，若无特别说明，均出自该版本。

被捉弄的对象。比如一则南阳"宋定伯卖鬼"的故事：定伯赶集，路上遇到了鬼，假装自己也是鬼，先是骗着鬼背他走路，等到了集市上，把鬼变成羊，卖了一千五百钱，体现出民间特有的欢乐戏谑的风格。再如一则非常短小的故事：

> 义熙中，东海徐氏婢兰忽患羸黄，而拂拭异常，共伺察之，见扫帚从壁角来趋婢床，乃取而焚之，婢即平复。（《异苑·卷八》）

不惊悚也不故作惊奇，聊鬼如话家常，语调相当平淡。这期间的《搜神记》，记载了很多传说故事，比如《李寄斩蛇》的故事，写女童李寄主动献祭作恶的巨蛇并最终杀蛇，就很有名；而另外一篇《干将莫邪》，写"客"助干将莫邪之子眉间尺复仇，最终杀掉楚王，这一故事就是鲁迅《故事新编》中小说《眉间尺》的本事。可以看到，其一，大多志怪小说本身就是民间传说；其二，这些小说里蕴含着民间强旺的生命意志，以及彼此信任、性命相托的民间道义、民间伦理等丰富的民间质素。

魏晋清谈之风所致，也使专写人间事的"志人"小说流行。《西京杂记》的作者究竟是汉朝刘歆还是东晋葛洪，至今未有定论。但记录人间琐事，却是晋朝风格。比如司马相如与卓文君居贫，设计获得王孙厚赠的故事，便带着民间的趣味。

稍后的《世说新语》是志人小说的代表，记载了从东汉到晋宋士族阶层的生活面貌及思想情趣，带着鲜明的文人情趣，如鲁迅指出，尽管此前也有志人录载，但重在喻道论政，"若为赏心而作，实萌芽于魏而盛大于晋……要为远实用而近娱乐矣"。"娱乐性"促成了志人小说的繁荣。在此后评价《阅微草堂笔记》时，鲁迅再次肯定了晋人志怪及志人小说无功利及重娱乐的"精神"："然较以晋宋人书，则《阅微》又过偏于论议。盖不安于仅为小说，更欲有益人心，即与晋宋志怪精神，自然违隔"。在分析"清之拟晋唐小说及其支流"时，鲁迅高度评价《聊斋志异》，认为用传奇文笔写志怪，"使花妖狐魅，多具人情，和易可亲，忘为异类"。由此可见，非喻道论政的"娱乐"，实是志人、志怪小说的重要评价标准。正因此，鲁迅在论及魏晋志人小说时特列举邯郸淳所撰《笑林》，认为开了后来诽谐文字的风气，遥启后来的《唐志·启颜录》等。

"虚构"的追求，促成了"传奇"的发展。虚构的传统可追溯到庄子。宋代黄震在《黄氏日钞》（卷五五）中说："庄子以不羁之才，肆跌宕之说，创为不必有之人，设为不必有之物，造为天下所必无之事，用以眇末宇宙，戏薄圣贤，走弄百出，茫无定踪，固千万世诙谐小说之祖也。""不羁的想象"，意味着不再是"志""录"民间，而是文人创作者的登场——文人通过想象呈现的，是突破规范（"戏薄圣贤"）和广纳万物、欢乐自由（"走弄百出，茫无定踪"）的属性。这种属性，与其说是文人气质的，不如说是基于生命本真的。值得注意的是，如鲁迅所说，"传奇"原是贬义：因"大率篇幅曼长，记叙委曲，时亦近于俳谐，故论者每訾其卑下，贬之曰'传奇'，以别于韩柳辈之高文"。石昌渝分析唐传奇兴盛产生，是由于"唐代儒学不振，文化环境比较宽松"。[1] 他还多方引述材料论证：唐传奇是流传在士大夫客厅里的"沙龙"文学，多为在宴会聚首或旅次相遇时所讲的新闻故事。沈既济的《任氏传》就提供了一个鲜明的例子。这篇传奇文末自述由来："建中二年，既济自左拾遗，……（一帮朋友）昼宴夜话，各征其异说。众君子闻任氏之事，共深叹骇，因请既济传之，以志异云。沈既济撰。"[2] 由此可见，"传奇"尽管有了文人的想象与加工，但有别于占主流地位的"高文"，究其实还是源于民间的"街谈巷议"。

事实上，传奇的题材自由广泛，具有非主流非官方的鲜明特征，"卑下"也很自然。如《游仙窟》，内容"放荡"，包含着很多赤裸裸的性挑逗，贞节观念淡漠，这固然基于唐代社会开放自由的整体风气，也唯有"小说"这样"卑下"的体裁才能容纳。又如著名的唐传奇《柳毅传》，包含着丰富的民间巫鬼传说、侠肝义胆以及名士美人的大团圆结局，具备典型的民间故事特点。

再如，唐朝李复言《续幽怪录》中的《薛伟》（又名《鱼服记》），写汝县主簿薛伟病中化鲤，由于受饥饿折磨，面对渔夫垂钓，心知是圈套，却逃避不开香饵的诱惑，吞钩之前还自我安慰："我是官人，戏而鱼服，赵干

---

① 参见石昌渝：《中国小说源流论》，生活·读书·新知三联书店 1994 年版，第 14—16 页。
② 何满子、李时人撰：《古代短篇小说名作评注》，上海古籍出版社 2000 年版，第 65 页。

岂杀我？固当送我归县耳。"被钓起穿腮，又被县里衙役提走时，还训斥衙役："我是汝县主簿，化形为鱼游江，何得不拜我？"见县府同僚催促着快把鱼送厨房，切成肉片时，又高呼："我是公同官，而今见擒，竟不相舍，促杀之，仁乎哉！"当然，所遇之人"皆见其口动，实无闻焉"。他终不免刀落头断的结局。鱼头一落，薛伟也就返魂了。小说民间趣味盎然，其一是隐隐戏谑庄子式自由，化身为鱼，却身陷囹圄；其二是通篇对"官本位"的明显戏谑——鱼身而处处不忘自己的"官身"，终免不了临头一刀的命运，体现了鲜明的民间视角。

唐传奇还体现了生命意识的张扬。这体现在杜光庭《虬髯客传》所代表的仙侠传奇上。该传奇所记红拂女与李靖相携隐居，又遇到虬髯客授其兵法的故事，在民间流传甚广，后世称为"三侠"。裴铏《传奇》，写聂隐娘胜妙手空空儿，是后世剑仙小说始祖。到宋代，有吴淑编成的《江淮异人录》三卷，录二十五人都是江湖侠客术士等。这些超出日常生活的人物，正是民间所追慕的。总体来说，文人传奇笔下的异人，与后世话本小说中的英雄，由于创作者不同，还是体现出略微不同的气质，前者往往体现为自由潇洒的风流姿态，而后者更富民间道义的草莽气息，但在传达生命意识的自由张扬方面，有内在的一致性。

总体来说，传奇经文人加工，语言精练，文辞华美，情节曲折，人物形象饱满，但促使它千年来一直在民间流传的，主要还是其自由欢乐、悬置道德、拒绝微言大义、为民间喜闻乐见的民间内蕴。作为反例，鲁迅认为，到了宋代，正是由于"士习拘谨"，"始多垂诫"，造成了传奇的衰退。

杨义曾从字面上解释"小说"。"小"，固然表达了其多方面的卑下地位，而"说"字起码可以从三个层面加以阐释，即文体形态层面，意味着说故事或者叙事；表现形态层面，有解说而趋于浅白通俗之义，正如《说文解字》之"说"；功能形态层面，与"悦"相通，有喜悦或娱乐之义。① 可以看出，这几个层次，都与平民化的内质有较多的关联。较之文人文言小

① 杨义：《中国古代小说十二讲》，上海三联书店 2007 年版，第 3—4 页。

说，古代的白话通俗小说平民化特点更为鲜明。它可追溯到魏晋时代的俳优小说。《三国志·魏志》记载："（曹）植初得（邯郸）淳甚喜，延入座，不先与谈。时天暑热，植因呼常从取水自澡讫，傅粉，遂科头拍袒，胡舞五椎锻、跳丸、击剑、诵读俳优小说数千言讫，谓淳曰：'邯郸生何如耶？'""俳优小说数千言"表明该艺术体制，已经是较为成熟、足以与其他跳丸、击剑等并列的"民间技艺"，应该是后世"说话"的鼻祖。

俳优小说也好，"说话"也好，兴盛的根源，是商业社会的萌发。作为中国历史上有名的盛世，唐代城市的繁荣，造就了一个相对庞大的市民群体。"说话"等民间技艺的兴盛，正是源于市民群体日常娱乐的需要。民众的娱乐需求，促进了说唱结合的俗讲变文的发展。"它们不仅受到普通民众的欢迎，也引起文人士大夫的兴趣。"[1]《唐会要》卷四记载"（韦）绶好谐戏，兼通人间小说。"段成式《酉阳杂俎》续集卷四记录"予太和末，因弟生日观杂戏，有市人小说……"，即杂剧里的"说话"，作为杂艺的说话，重即兴发挥，但也有底本，称为"话本"。

随着市民社会的成熟，宋代话本得到了长足发展，"宋元'说话'强调市井的趣味，其注意力集中于编织故事，且杂以科诨，这在相当长的时间里成为中国通俗小说的一般形态。"[2] 正因来自于民间，宋代话本克服了宋传奇"士习拘谨"的弊病，如鲁迅所言，"虽亦间参训谕，然主意则在述市井间事，用以娱心，及明代拟作末流，乃诰诫连篇，喧而夺主，且多艳称荣遇，回护士人，故形式仅存而精神与宋迥异矣"[3]。

"说话"因为是面向市井听众的，必须关注市井听众的需求。因此，话本普遍体现了对溢出日常生活之"奇"的关注和追求。高小康在分析宋代话本题材神话传说、谲诡幻怪之事居多，而属于城市市民自己的生活内容的故事倒并不怎么突出时，解释说："这当然不能说话本不是市民自己的艺术，恰恰相反，这正是市民趣味的表现。荒唐离奇、惊心动魄、悲欢离合、

---

① 骆玉明、章培恒：《中国文学史》（中），复旦大学出版社 1996 年版，第 209 页。
② 骆玉明、章培恒：《中国文学史》（下），复旦大学出版社 1996 年版，第 140—144 页。
③ 鲁迅：《中国小说史略》，人民文学出版社 1975 年版，第 174 页。

因果报应之类的故事大半远离市民自己的生活经验的幻想，正是这类能够激发想象力的或富于刺激性的故事情节最能够满足热闹的勾栏瓦舍中市民听众的需要。"① P. 瓦特也援引了休特为塞缪尔·克罗克索尔的《小说和历史选集》所作的序言《传奇文学的起源》中的一段话："这正是那种传奇文学；它不需要大量的思想劳动，也不需要运用理性才能便可以被领会，只需活跃的想象力便可奏效，几乎不必或完全不必增添记忆的负担。"②

鲁迅的研究，也佐证了上述观点。他指出，"惟细民所嗜，则仍在《三国》《水浒》"。"说《三国志》者，在宋已甚盛，盖当时多英雄，武勇智术，瑰玮动人，而事状无楚汉之简，又无春秋列国之繁，故尤宜于讲说。"而《水浒传》南宋以来流行，是因为宋江等啸聚梁山泊，"自有奇闻异说，生于民间，辗转繁变，以成故事"。事实上，无论是"传奇""讲史""演义"等通俗白话小说的具体呈现，还是"今古奇观""外史""志异"之类的小说题目，都可以看出民众对"奇"的喜爱，其中蕴含着对自由舒张的生命意志的追求，因为借助那些神仙英雄，平民能够从日常生活中短暂获得超越体验。自由的体验寄托在"大闹天宫"的孙悟空、《三国志演义》中的众多虎将、《封神演义》中神通广大的神仙等人物身上。英雄生而自由，所以如贾宝玉、杜十娘，或者《聊斋志异》中婴宁等一众鬼狐花妖，都因为自由而独立的品格而光彩照人。再如"天花藏主人"编次、无名氏所作的《济颠大师醉菩提全传》（第二十回）中，济公既不合佛门规矩（喝酒吃肉），也有违世间常态（疯癫潦倒），但济贫惩恶，对上层人物丑行颇多讽刺戏弄，诙谐有趣，因而在民间广泛流传。

除了对自由的追求之外，通俗白话小说还普遍性地体现了民间对权威人物、上等阶层、官方秩序的嘲讽。例如，《三国志演义》中对刘备、曹操都不乏讽刺之笔；《西游记》中玉皇大帝、太白金星、唐僧，甚至连佛祖、罗汉、菩萨都成了调侃的对象。再如对文人的反讽，除了熟知的《儒林外史》

---

① 高小康：《市民、士人与故事：中国近古社会文化中的叙事》，人民出版社 2001 年版，第 27 页。
② ［美］伊恩·P·瓦特著：《小说的兴起》，高原、董红钧译，生活·读书·新知三联书店 1992 年版，第 47 页。

外，《金瓶梅》第四十九回写西门庆宴请蔡御史时对蔡嫖妓留诗的揶揄；"二拍"中"何必儒林胜绿林"（《初刻拍案惊奇》卷八）、"官与贼人不争多"（《二刻拍案惊奇》卷二十）等情节，都是如此。

话本小说尽管兴盛于民间，但文人的介入、修订、润饰作用不可小觑，他们对民间伦理的提炼与宣扬、对经典化民间形象的塑造做出了卓有成效的努力。如从宋元话本《三国志平话》到《三国志演义》的改编，提供了"桃园结义""三顾茅庐"等蕴含着重义轻死、礼贤下士等品质的经典故事，塑造了卧龙凤雏、五虎上将等智者与勇者形象，构建了"分久必合、合久必分""古今多少事，都付笑谈中"的相对观、历史循环观和天人合一理念等。

此外，从流传的话本小说中对主流意识形态的有意强调，也可以看到文人的介入对平民价值观的影响。以《水浒传》为例，"钞撮旧籍"的《宣和遗事》中，宋江率领的"三路之寇"之所以得到记录，是由于他们最终接受招安，"宋江收方腊有功封节度使"的结局。而现存的不同版本，正式书名大都冠以"忠义"二字，如《忠义水浒传》等，也同样表明了这一主旨。鲁迅在谈到"清之侠义小说及公案"时，也说此时"民心不通于《水浒》"，《三侠五义》"乃似较有《水浒》余韵，然亦仅其外貌，而非精神。……故凡侠义小说中之英雄，在民间每极粗豪，大有绿林结习，而终必为一大僚隶卒，供使令奔走以为宠荣"，即在叹惋他们自由精神的丧失。

反过来，民间素质对文人创作有正面影响。如杨义指出的，文人虚构言情作品如没有经过民间文学的渗透或洗礼，容易带上一种顾影自怜之态，于绮艳柔靡的风格中显得境界狭小。"他以明初拟话本《冯伯玉风月相思小说》为例指出，文人在改造过程中，"大作情诗，使恋爱变成了一小心眼的精神磨难，见风是雨，忸怩作态，似乎带点神经质。这种文人之作增加了心理描写的深度，却付出了人生视境的代价，因此冯梦龙编撰'三言'的时候把它删落了"。事实上，这一点在唐传奇中也有体现，比如《游仙窟》，里面有很多民间化的性挑逗，但言必成诗，卖弄才情，既大大影响了叙事速度，也对读者造成了很大的阅读障碍。

除了话本之外，还产生了纯粹由文人创作的、鲁迅所言的描摹世态、见其炎凉的"世情书"，这是古代小说走向成熟的标志。文人的参与使得小说的内容增加了细密的日常生活。如高小康所言，"市民感兴趣的是耳目外的幻想世界，而文人感兴趣的却是市民社会本身"①。鲁迅也指出，《红楼梦》主要在文人群体中盛行。它和更早的《金瓶梅》一起，呈现了日常生活本身无中心、无典型、琐碎繁杂等特点，构成了"世情书"叙事上的亮点。杨义具体分析了《金瓶梅》第七十二回到七十四回，指出：

> 在这五天的时间横切面中，人事线头多至数十，随放随收，时沉时浮，聚散成几乎像生活本身那么丰富复杂的无限烟波。它涉及官府与市井、世家与妓院、巡抚与婢仆、宴席与床第，一事有一事的形态，一人有一人的性情。许多事情似乎是走路时无意碰上的，带着生活本身常见的偶然与琐碎，却在多夹层的叙事中以一种似乎没有操纵的操纵，……把小说艺术从传奇化向生活原生态推进了一大步。②

从小说发展的脉络看，《金瓶梅》《红楼梦》等小说的重要意义正在于，从小说艺术的立场，对市民的日常生活进行了细致的、原生态的艺术还原。它们一开始流行于文人圈子，但借助"日常生活"之奇，逐渐在兴起的市民阶层那里，成了一种有品位的文化消费。

整体看，古代小说的发展存在着一个令人寻味的现象，那就是文体地位的低下与社会对此的乐此不疲。明代胡应麟《少室山房笔丛》对文人的这种矛盾心理有所分析："古今著述，小说家特盛；而古今书籍，小说家独传。何以故哉？怪力乱神，流俗喜道，而亦博物所珍也；玄虚广莫，好事偏攻，而亦洽闻所昵也。""怪力乱神，流俗喜道，然亦博物所珍"应该说，贴近人的天性，是平民及文人对小说欲罢不能的较为深层的心理因素。在此总结古代小说与民间的关系如下：

一、古代小说始终存在着文人与民间的互动关系。唐传奇之前的小说，内容资源主要来自于民间奇闻、趣闻、轶事、传说，文人主要承担着搜集、

① 高小康：《市民、士人与故事：中国近古社会文化中的叙事》，人民出版社2001年版，第27页。
② 杨义：《中国古代小说十二讲》，上海三联书店2007年版，第129页。

选择、整理、记录的功能。唐传奇中，文人的功能进一步增强，开始有意进行文学加工、丰富辞采，但内容大都还是民间轶事和故事。话本与市人小说，由于考虑到对象为市民，内容的民间属性进一步增强。一方面体现了平民自由舒张的生命意识推动下，对超越日常的故事的偏好（如《三国演义》《水浒传》《西游记》等），另一方面体现了对日常生活、市井人物、世俗风情等生存状态的关注（如《金瓶梅》《红楼梦》等）。从小说叙事层面看，文人加工，能使小说增益文采意境；而民间质素，则有助于涤荡文人写作的艳靡软弱。

二、古代小说始终处于边缘化的地位，因此，其艺术成就往往与说教训诫的多寡成反比。魏晋之际小说重在"辑录"民间轶事，自然保留了民间鬼神混杂而轻松活泼的旨趣；而唐传奇后娱乐游戏成为小说的主要功能（甚至是判断小说优劣的标准之一）。如宋代陈振孙《直斋书录解题》说到"稗官小说……游戏笔端，资助谈柄"。明代汤显祖在《点校虞初志序》中说小说："游戏墨花，又奚害于涵养性情耶？"清代李渔《鱼香亭传奇序》："从来游戏神通，尽出文人之手。"其中，传奇小说类似赏玩自娱的民间圈子文学，通俗白话小说则是旨在游戏娱乐的市民文学。唐传奇时代，语禁与道德戒律相对宽松，小说大多产生于旅次、沙龙，因此具有游戏娱乐的民间属性。明清小说高峰之际，代表小说的创作者或编撰者尽管也是文人，但大抵命运坎坷，混迹社会底层，如罗贯中别号湖海散人，终生漂泊无定；施耐庵生平资料较少，不仕和隐居基本上可以肯定；吴承恩与蒲松龄生平略似，都久考不第，生活清贫，经常需要朋友救济；另外如冯梦龙、曹雪芹等皆贫病不得志，李汝珍亦科举无成。特别一点的是《金瓶梅》，作者可能"为世庙时一巨公"，但作者蓄意匿名（《金瓶梅》作者笔名兰陵笑笑生，具体作家至今没有确证），因而也获得了类似底层平民的自由不羁的边缘视角。晚清小说也有意继承了这一传统，如李伯元的《游戏报》直接以游戏作为办报的宗旨："以诙谐之笔，写游戏之文。"① 李欧梵认为游戏文章其实是一种边缘性的批评模式，但时值现代意识觉醒之际，知识分子没有任何边缘化的

---

① 李伯元：《告白》，《游戏报》1897 年创刊号。

意识，因此这种传承此后没有得到发展。

三、古代小说的边缘及民间属性，赋予其欢乐诙谐的情感特征、自由舒张的超越冲动、平等相对的价值立场等。其一，六朝笑林、俳优小说等，本身就是带着逗乐自嘲的娱乐功能。诙谐包括民间戏谑嘲弄的思维，一直延续到诸如《西游记》《金瓶梅》《儒林外史》等风格各异的明清小说中。上层人物、官方秩序，乃至文人自身所在的知识阶层群体，都无一例外成为戏谑嘲弄的对象。其二，自由舒张体现在如唐传奇等自由不羁的想象上，也体现在对奇人异士的向往与好奇上——从六朝志怪、志人开始，到唐传奇中的奇人异士，再到宋元话本、明清小说中的英雄、神魔、侠客等，到凌濛初小说中多见的巫师、术士、僧道、骗子、高利贷者等民间"无赖"人物，以及《聊斋志异》中大量迥然有别于阴森恐怖形象的鬼狐精怪，都表达了市井平民超越日常生活的生命冲动。同时，以《金瓶梅》《红楼梦》为代表的文人世情小说，关注市井民间的原生态生活，恰恰弥补了古代小说对民间日常关注不足的短板，但其引人注意之处，仍旧在于隐藏在日常生活深处的那些谲诡幻怪的"传奇"。其三，古代小说在某种程度上，成为作为下位者的平民体现其平等相对精神的载体。古代小说喜言"怪力乱神"，对包括天庭、圣贤、官场、文人群体、道德戒律等所有正统秩序都基于自身的价值伦理，时时予以颠覆、嘲讽；与此同时，让贩夫走卒、平民百姓都有呈现自身才能的机会。

基于以上梳理，可以认为，古代小说整体上是"文人其表、平民其里"的。基于生命的强旺、积极、自由、欢乐的民间意识，平等、复调、多线程的民间日常生活，成为甄别小说优劣的重要标准，也成为古代小说区别于现代小说的重要依据之一。

值得一提的是，由于古代小说产生于城市语境，因而罕见农村题材，目前可见的只有《醒世恒言》中《灌园叟晚逢仙女》等少数几篇。阿英也指出，"晚清作家，因为大都是知识分子，对农民非常忽视，在那么多的写作之中，竟没有一本反映农民生活的书"①。这反映了农民在小说史上被历史

---

① 阿英：《晚清小说史》，东方出版社 1996 年版，第 207—208 页。

性遮蔽的事实，同时也可以说是古代小说的重要缺憾之一。

二、"平民其表、精英其里"的现代小说

中国现代小说与古代小说最为显著和最为直观的区分，一是其创作群体，从传统的文人，转变为具有现代意识的知识分子；二是其功能，从娱乐核心转向参与社会改造的利器；三是其地位，从边缘开始走向中心。

现代小说的发生，与全球化（殖民化）的整体氛围密切相关。甲午战争打破了中国闭关锁国的稳固社会结构，中国人开始睁眼看世界，最早的一批传统士人开始了向现代知识分子的转型，近邻日本明治维新成功的现实给了他们最深切的体验，国家、国民、民族等现代国家意识第一次替代了至高无上的"君主"。关于传统的"士"与知识分子的区别，高瑞泉指出，"余英时和王尔敏对此发表了许多具有启发性的见解，但是，在我看来两者之间还是有一些本质的差异。传统的士大夫不仅是现实政治体制的直接基础，而且是垄断教化的特殊阶层，在古代中国是为政治现实和社会秩序服务的，而现代知识分子……在精神上从世界观到基本政治态度都不必与官方保持一致，被称做公共知识分子的那一类则毋宁以批评主流社会和政治为职志"①。以梁启超等为代表的最早一批知识分子受惠于晚清的教育改革，但他们正是从晚清的内部开始了对新的社会政治的寻求。

现代知识分子历史性地选择小说这一体裁，部分源于当时知识分子对小说在西方社会影响力的误读。更深层的原因，则是知识分子对启发民智的迫切需求。小说作为接近平民的"低下的"文体属性，反而使之成为知识分子启民众之"蒙"的利器。小说发生转变的最为显著的标志，当为 1902 年梁启超在《新小说》第一号发表著名论文《论小说与群治之关系》。通过发动"小说界改革"，把小说从"小道"的地位，提到了对社会具有"不可思议之力"的工具地步，历史性地赋予了小说在新世纪的地位。小说为"文

---

① 高瑞泉：《近代价值观变革与晚清知识分子》，高瑞泉、［日］山口久和主编：《中国的现代性与城市知识分子》，上海古籍出版社 2004 年版，第 27—28 页。

学之最上乘"成为时代共识①。1906 年有人评点当时情况称："十年前之世界为八股，近则忽变为小说世界，盖昔者肆力于八股者，今则斗心角智，无不以小说家自命。"② 他说：

> 欲新一国之民，不可不先新一国之小说。故欲新道德必新小说，欲新宗教必新小说，欲新政治必新小说，欲新风格必新小说，欲新学艺必新小说，乃至欲新人心、欲新人格，必新小说。故今日欲改良群治，必自小说界革命始。欲新民，必自新小说始。

这里，有几个关键词：新小说，新民，改良群治。因此，小说再不是一种无欲无求、游戏人间、自由寄托生命意识的"小道"，而具有了至高无上的、严肃功利的位置，"民"变成了小说思想教化（使之新）的对象，达到的目的，是改良"群治"，即国家管理。此时的"民"，还是指国民，即全体民众，不单是指平民。

平民很快进入了知识者的视野。例如，1901 年于杭州创刊的《杭州白话报》，使用白话办报的用意与梁启超类似，还是启发民智，没有明确指出底层民众的问题。1903 年，曾任《杭州白话报》第一任主笔的林白水在上海创刊《中国白话报》时，已经有了明确的启蒙底层民众的意识。它面向社会底层群众，包括种田、做手艺、做买卖和当兵者，号召反清与建立独立共和的政府。此后，在俄国社会革命的启发，以及觉醒的人道主义等观念影响下，"平民"的概念逐渐流行，1918 年 11 月 16 日，蔡元培在北京中央公园作了一次题为《劳工神圣》的演讲，认为"凡用自己的劳力作成有益他人的事业，不管他用的是体力、是脑力，都是劳工。所以农是种植的工，商是转运的工，学校职员、著述家、发明家，是教育的工，我们都是劳工。"1919 年有人指出"现在的世界潮流趋于平民的方向"③，关于"平民"，相对普遍的看法，是与官吏、政客、军人、资本家、教士、警察等"寄生虫"

---

① 参见《新小说》第一号、《新小说》第七号《论文学上小说之位置》等文章。
② 寅半生：《〈小说闲评〉叙》，《游戏世界》1906 年第 1 期。
③ 陈体荣：《"学生生活"问题的讨论》，《南洋》1919 年第 8 期。

对立的"劳工"和"劳动者"。① 陈独秀认为是"绝对没有财产全靠劳力吃饭的……木匠、漆匠、铁工、车夫、水夫、成衣、理发匠、邮差、印刷排字工、佣工、听差、店铺的伙计、铁路上的茶房、小工、搬运夫"等组成的"无产劳动阶级"。② 事实上，当时"平民"与"劳工"的概念，并没有明确的区分，也就是说，均带着鲜明的政治属性。

新文化运动时期，平民教育已经成为知识者普遍关注或者身体力行的社会问题。但从文学的角度，提出"平民文学"的口号，当以周作人1919年12月发表的《平民文学》一文为标志。值得关注的是，同年4月他在题为《日本近三十年小说之发达》③ 的讲演中，指出日本"到了江户时代，平民文学渐渐兴盛，小说又大发达起来"，他列举了八种小说形式，认为它们"都是通俗小说，流行于中等以下的社会"，这里，"平民文学"（小说）概念的使用，和上面我们对"古代小说"的使用内涵差不多。但他指出这还是"旧思想旧形式"，应该对新内涵下的"平民文学"概念有所思考。基于他的认识，"平民文学"概念提出之初，就与古代小说进行了切割。《平民文学》中，周作人强调平民文学的内核，在于文学精神的"普遍"与"真挚"，"第一，平民文学应以普通的文体，写普通的思想与事实"。因为英雄豪杰、才子佳人不常有，而普通男女（包括我们自己）占大多数。"第二，平民文学应以真挚的文体，记真挚的思想与事实。既不坐在上面，自命为才子佳人，又不立在下风，颂扬英雄豪杰，只自认是人类中的一个单体，混在人类中间，人类的事，便也是我的事。"他特意"非加说明不可"："平民文学"绝不单是通俗文学。④

如果参照上节讨论会发现，古代小说传统中只有世情小说近似于这种标准，而且，也只是近似——因为世情小说并没有"人类"这样一个宏大的

① 《劳动者啊！》，《劳动者》1920年第1号；《我们为什么出版这个（劳动者）呢》，《劳动者》1920年第1期。
② 《告北京劳动界》1919年12月1日，《陈独秀文章选编》（上），生活·读书·新知三联书店1984年版，第449页。
③ 周作人：《日本近三十年小说之发达》，《新青年》1918年第5卷第1号。
④ 周作人：《平民文学》，《每周评论》1919年第5号。

眼光，同时也不具备"人类的事，便也是我的事"的责任担当。当然，更核心的区别在于，周作人并不提倡平民通过文学作品的想象，宣泄自由不羁的生命意志（对英雄豪杰的向往），也不提倡世俗欲望（对才子佳人的向往）。在这一价值取向之下，他同时期的另外一篇《人的文学》中，认为《西游记》《水浒传》《聊斋志异》等古代小说，作为"破坏人类的平和的东西，统应该排斥。"从今天的立场来看，这一观点无疑有失偏颇。究其根本，"人类的平和"，是一种一厢情愿的知识分子标准。对于长期处于权力缺失状态、长期承受着生存压力与压迫的平民，剥夺其基于生命本源的非理性的欢乐、激情与游戏的自由，而侈谈"平和"，其实也是对平民参与小说的权力的剥夺，这本身是不公平的。

但在"五四"的历史语境下，这一立场可以被理解。知识分子普遍承接了梁启超以来对小说社会作用的认识。如刘半农说，"'小说为社会教育之利器，有转移世道人心之能力。'此话已为今日各小说杂志发刊词中必不可少之套语。"① 另一方面，古代小说在晚清又坠入了鸳鸯蝴蝶派和黑幕派小说的下乘，因此，对平民小说与古代小说的切割势在必行。例如，同时期君实的文章说："吾国人对于小说之概念，可以一般人所称之'闲书'二字尽之。……欲图改良，不可不自根本上改革一般人对于小说之概念，使读者作者，皆确知文学之本质，艺术之意义，小说在文学上艺术上所处之位置，不复敢目之为'闲书'。"② 罗家伦也旗帜鲜明反对古代小说，认为"总之此派的小说，第一大毛病，是无思想"③。对古代小说有精深研究的鲁迅日后也说："说到'为什么'做小说罢，我仍抱十多年前的'启蒙主义'，以为必须是'为人生'，而且要改良这人生。我深恶先前的称小说为'闲书'，而且将'为艺术的艺术'，看作不过是'消闲'的新式的别号。"④

---

① 刘半农：《诗与小说精神上之革新》，严家炎编：《二十世纪中国小说理论资料》（第二卷），北京大学出版社1997年版，第27页。
② 君实：《小说之概念》，《东方杂志》1919年第16卷第1号。
③ 志希：《今日中国之小说界》，《新潮》1919年第1卷第1号。
④ 鲁迅：《南腔北调集·我怎样做起小说来》，《鲁迅选集》第三卷，人民文学出版社1983年版，第172页。

正是在自"小说界革命"以来，一直延续到"五四"新文化运动的改良群治、劳工神圣、反对封建等呼声中，1918 年诞生了现代的第一篇白话文小说——鲁迅的《狂人日记》，中国小说才正式以此为标志进入了"现代"时期。如果参照上节对古代小说特点的总结，那么，现代小说与古代小说的根本不同在于功能定位（是自娱或娱他的小道，还是启发民众教育民众的工具），当然这种定位，是由于现代性的内在要求，以及社会化的外在需要共同决定，最终通过作家主体来完成。关于现代性，根据赵一凡的观点，它意味着认知理性、道德理性、艺术理性；或者可以拆解为文艺现代性、哲学现代性以及社会现代性。① 据此，启蒙理性是现代性的表征，而马克思主义指导下的中国革命及新中国的建设，也是现代性的结果。

基于现代小说和古代小说之间的区分，本书将现代小说的下限延伸到 20 世纪 80 年代中期——也就是说，本人认为 1949 年至 80 年代中期的小说与此前的现代小说之"同"，大过了它们与此后的"当代小说"之异。判断的核心标准，是以小说是否摆脱了工具论和现代以降所形成的"现实主义"的"规范"，进一步说，是以平民性是否重新进入小说并成为小说的重要内核作为"当代"开始的标志（关于详细理由、平民性的内涵以及具体的转折时间等，后面再细论）。

需要说明的是，相对于"现代"概念具有相对恒定的"现代性"内核做支撑，"当代"只是一个动态的概念，整体上也依旧处于"现代性"语境之中。"当代小说"产生的依据，是具有了有别于"现代性"内核和作家知识分子主体定位的新质素，但这种新的质素，不足以完成（事实上笔者也认为不可能完成）对现代小说的全面覆盖——就像现代小说对古代小说的覆盖那样，但它表明了一种前现代的传统复归，使完整清晰的现代小说版图发生了重要的变化和分裂。

在"古代小说——现代小说——当代小说"这样一个小说发展的宏观序列里，可以将现代小说分为启蒙小说与革命小说两大主潮。前者从《狂

---

① 赵一凡：《西方文论讲稿——现代性与后现代主义》，生活·读书·新知三联书店 2007 年版，第 14—28 页。

人日记》起，延续至 40 年代末告一段落，经过新时期的赓续，已经成为中国小说的优秀传统之一；后者则经历了从 20 年代末普罗小说、30 年代左翼小说、《在延安文艺座谈会上的讲话》理论指导下的解放区小说、1949 年后小说的发展。它和启蒙小说尽管也有一些相异之处，但都统一于"现代性"内核，并由此形成了"平民其表，精英其里"的共性——在此，"精英"指掌握着话语权的知识分子立场。

先看启蒙小说。上面已经讨论了晚清以来知识界对"平民"的关注，以及"五四"新文化运动时期"平民文学"等文学理论倡导。以文学研究会所倡导的"为人生"的艺术观，以及关注真实的写实主义成为潮流。由此，反映"平民"成了"五四"时期当仁不让的主题，对下层劳动人物的关注已经成为"五四"时期"人"的觉醒的一部分。沈雁冰提倡小说反映人生底层的"第四阶级"的痛苦和愿望。① 从具体创作看，仅以"人力车夫"这一主题为例，先后就有胡适、沈尹默同题的白话诗，以及以此为主要人物的鲁迅的《一件小事》、郁达夫的《薄奠》，还有 30 年代老舍的《骆驼祥子》等小说。另外如雇工（《阿 Q 正传》等）、小职员（叶圣陶小说中的"灰色人"）、工人（郁达夫《春风沉醉的晚上》）、花匠（俞平伯《花匠》）等。

用文学作品表达对底层平民的关注，最突出的成就体现在现代乡土小说中。如前所述，这是古代小说的空白处，却是现代小说最值得称道的成就。这一时期，频繁的战乱、饥荒，导致了物质生活水平的低下。一个最为直观的例子，是在较长的时间段内，我国的人口平均预期寿命，一直在 40 岁之内。即便是作家自身也饱受生活的困扰，一个较为有名的例子，是郁达夫回应沈从文的《给一个文学青年的公开状》。抱着文学"为人生"的宗旨，20 年代如鲁迅、蹇先艾、鲁彦等的乡土小说，30 年代老舍的北京平民群像（较典型的如"月牙儿"、"骆驼祥子"等）、沈从文笔下的湘西、40 年代路翎的作品等，都揭示了平民的生存困境。然而，尽管启蒙小说大多以平民为

---

① 沈雁冰：《自然主义与中国现代小说》，《小说月报》1922 年第 13 卷第 7 号。

写作对象，并且知识分子表达了对平民的尊重，但这并不意味着现代小说因此呈现出平民性内核。参与社会改造的强烈愿望，使小说脱离了娱乐性而工具化了。批判与思辨占主体的外在姿态，阻碍了他们中的大多数人站在平民的立场作由内而外的展现，导致不是这种生存状态本身，而是这种状态背后的社会原因，成为作品关注的重点。因而，"悲凉之雾，遍披华林"，"悲凉"代表了知识分子对底层平民的一种外在感受。这一变化的根源，来自于小说的作者由传统文人阶层向现代知识分子阶层的转化。

王富仁认为，"中国文化就其根柢就是平民文化，而西方文化就其根柢则为贵族文化"。"'五四'新文化运动的思想资源，不是中国传统，而是西方以民主、科学为内核的启蒙理性。因此，尽管知识分子的经济地位乃至社会地位下降了，但其精神上的自我定位，却是提高了。""他们（指蔡元培、陈独秀、李大钊、鲁迅、胡适等）身上比我们多出的不是平民性，而是一种舍我其谁的贵族气概……他们都将自己的意志视为整个民族的意志，并且独立担当，不假外求。这就使他们具有了一点贵族的气质。社会上的平民身份，精神上的贵族气质，可以说是'五四'知识分子的独立特征。"①

这一区别，其实也存在于启蒙文学这一名称上。"启蒙"一词来自西方，英语是 Enlightenment，意思是"使光投射"，也即"启发蒙昧"。平民固然在地位上并不低人一等，但是，在精神上却被视为处于蒙昧状态，因此，需要光源投身，需要启蒙。而承担这一责任的，当然是作为知识分子的小说家。在启蒙视角里，平民的悲剧境遇，固然值得同情，但也因为国民性本身的弱点，或者是深入到文化传统层面的缺陷，其主旨，可以用"哀其不幸，怒其不争"来概括。即便是气质上更接近传统文人的京派知识分子，如废名、师陀等，在对乡土农村作"挽歌"式的赞美的同时，也具有现代文明取代传统文明的更为宏大的视野。

正是由于精神上优于平民的潜意识，使知识分子在对平民表现出地位平等的同时，也会下意识地流露出居高临下的同情。1926 年郑伯奇在《创造

---

① 王富仁：《平民文化与中国文化特质》，《文艺争鸣》2005 年第 1 期。

周报》上发表长文《国民文学论》，点名批判了这种同情："有些人故意做了些同情于贫民的诗或小说，以为这便是平民文学了。这真使观者肉麻得很。胡适之的《车夫》一诗算是最恶的恶例子了。这种极不自然，矫揉造作的平民文学，渐渐失了一般人的信仰和同情。现在的新文坛，文学形式虽变了，内容差不多复了革新以前的原状。平民文学可算是失败了。"20 世纪 40 年代，毛泽东在《新民主主义论》中论述五四新文化运动时也认为："这个文化运动，当时还没有可能普及到工农群众中去。它提出'平民文学'口号，但当时的所谓'平民'，实际上还只能限于城市小资产阶级和资产阶级的知识分子，即所谓市民阶级的知识分子。"①

综上，启蒙小说在创作主体上，是具有现代启蒙意识的精英知识分子；其价值观，是现代启蒙理性和民主、科学、人道主义等现代性观点；而其启蒙的对象是平民。并且，由于当时的底层民众受教育程度有限，加上知识分子与平民之间的精神隔膜，很难说启蒙的对象抵达了真正的"平民"，毋宁说是主动渴求新知的小群体（比如青年学生）。

再看现代小说的另外一脉即"革命小说"。如同启蒙精英知识分子依靠西方民主科学的现代性理念获得话语资源及权力一样，革命精英知识分子通过对无产阶级革命理论的认同，而获得了自身的话语资源及权力。

在 20 年代末，它以普罗小说的形式出现，是"以无产阶级的阶级意识，产生出来的一种斗争的文学"②。尽管其"表同情于无产阶级"（郭沫若），但是，倡导者的英雄主义以及以历史转换期的时代先驱者自居的姿态，使之在"高于民众"的潜意识上，与启蒙精英知识分子并没有本质不同。他们抱"艺术是宣传"的信条，只不过是把文学（小说）从一种工具论（启蒙）变为了另一种工具论（宣传），用"无产阶级的阶级意识"的价值观代替了"理性"的价值观。30 年代后文学的政治化日益明显，如朱晓进指出：文学的政治化传统在五四时期便显端倪，但真正形成是从 30 年

① 毛泽东：《新民主主义论》，《解放》1940 年第 98、99 期合刊。
② 李初梨：《怎样地建设革命文学》，《文化批判》1928 年第 2 号。

代开始的①。在此影响下的革命小说，依旧体现了与启蒙小说的共性。例如作为无产阶级革命文学运动中的第一部长篇小说，茅盾的《子夜》开创了"社会剖析派小说"传统。事实上，作为五四启蒙文学代表的鲁迅，其小说创作如《狂人日记》《阿Q正传》等，又何尝不可以说是"社会剖析派小说"？只不过，剖析的工具不同，而剖析的对象，从精神文化性的"国民性"，转换成社会性的矛盾冲突而已，其实质还是"精英其里"的。

值得辨析的，是1942年《在延安文艺座谈会上的讲话》（以下简称《讲话》）所规定的文学（当然也包括小说）中作家与写作对象的关系。较之启蒙小说或之前的革命小说，《讲话》明确并大大提高了工农兵的地位——"中国的革命的文学艺术家，有出息的文学艺术家，必须到群众中去，必须长期地无条件地全心全意地到工农兵群众中去……"。在此，知识分子作家与平民的地位，看似已经明确被倒置，即由前者对后者的启蒙，变成了前者必须学习和服务于后者。关键在于，这里的"工农兵群众"并不能简单地等同于"平民"，而是经过意识形态"改装"的、形而上的平民，在某种程度上，就是国家意识形态的化身。由此，知识分子向工农兵的学习，其实是向无产阶级意识形态的靠拢。如毛泽东同一时期（1942年5月28日）在中央学习组会议上的报告中指出的，"这中间就要解决思想上的问题，其中一个基本问题，就是要破除资产阶级思想、小资产阶级思想的影响，才能够转变为无产阶级的思想，才能够有马列主义的党性"②。而经受了这样思想"洗礼"的作家，便成功地转变为无产阶级的知识分子（比如40年代的丁玲）。由此，作家便再次获得了利用小说对平民（这时的平民已经变成了非形而上的、现实生活中的民众）进行引导、宣传、教育的资格。这种新的知识分子正是葛兰西所言的有机知识分子——每一个社会集团都会产生与其保持紧密联系的知识分子阶层，葛兰西认为，为确保获得争取文化霸权的胜利，无产阶级需要培养自己的有机知识分子，并且同化和征服传统

① 参见朱晓进：《政治文化心理与三十年代文学》，《文学评论》2000年第1期；《略论中国现代文学的政治化传统——从三十年代文学谈起》，《文艺争鸣》2002年第2期等系列论文。

② 《毛泽东文集》第二卷，人民出版社1993年版，第426页。

知识分子。而当无产阶级夺取政权后，它的有机知识分子也就成为主流知识分子。满足对工农兵群众"喜闻乐见"的艺术需求，表明革命领导者希望通过主流知识分子向平民"输出"新生政权对新社会的一些构想。当然，作家同时还需要保持学习，不断跟进形势，才能保持不落伍。否则，即便如赵树理这样出身农村的作家，也会因为擅写农村中"落后分子"或"中间人物"，而在新中国成立后的文学语境里受到反复的批评。

"文革"之后，中国迎来了思想的解放。但长期"左"的积弊难以短期根除，而历次政治运动的创伤，也需要时间来平复。新时期伊始，最早恢复的是作为主流的革命文学传统，在与"伤痕"作切割后很快转向了对社会主义新人新事、人性人情之美、改革开放潮流的书写；另一批作家则努力赓续"五四"启蒙传统，着眼于思想的自我清理和反思批判。

归根到底，现代理性本身有一种内在的独断性，这种独断性强化了已有秩序对平民的控制："现代性的建构也给许多人带来了难以计数的苦难和不幸，这些受害者包括受资本主义工业化压迫的农民、无产者和工匠，被排斥在公共生活圈之外的妇女，以及在帝国主义的殖民过程中被灭绝了的那些种族。现代性还生产了一整套规诫性制度、实践和话语，从而使它的统治和控制模式合法化。"①

因此，可以基于作家与平民的关系，以及小说的功能意义，对现代小说作一总结：

一、在现代小说中，作家与平民之间始终保持着一种既亲密又疏离的关系。启蒙小说里，由于启蒙精英知识分子定位使然，对平民既有基于人道主义的同情，也有基于现代理性的批判。由于没有深入平民生存内部，知识分子对平民总体上是有隔膜的。体现在小说中，全知叙事或者知识分子的外在视角叙事较多，作者的批判很少与作品中人物的立场发生真正的"对话"，小说处于巴赫金所言的"独白"之中；革命小说中，平民的地位得到了重视，后来进一步成为知识分子"服务"的对象，但平民同样是通过牺牲自

① [美] 道格拉斯·凯尔纳、斯蒂文·贝斯特著：《后现代理论——批判性的质疑》，张志斌译，中央编译出版社1999年版，第4页。

己真实复杂的平民性，以"普罗大众""工农兵群众"这样一个被阶级化、官方化的形象而成为描写对象的。有缺点的老农民（邵荃麟所说的"中间人物"）是最具有日常生活原生态、最富生活气息的部分，但小说的主题却往往不得不放在那些缺乏生活实感的高大全人物身上，目的是借此传达主流的革命价值观。

二、小说地位的颠覆性变化，使基于现代理性和功利主义的现实主义的创作观，取代了古代小说去功利化的消闲文学观。相对于千余年之久的古代小说时期，百余年跨度的现代小说的确年轻，但却基于全球化的经验、现代工业文明以及哲学人文社科方面的丰赡成果，因此也自有其坚实的基础。现代知识分子视野，与中国忧国忧民的文人传统结合，使中国现代小说给百余年来处于外侮入侵、丧权辱国、军阀混战、抗日战争以及政权更替等动荡不安中的底层平民群体，尤其是面广量大的中国农民群体的生存状况、思想心态等，留下了许多经久不灭的经典文学画像和历史见证，可谓功莫大焉。现代作家也在以小说参与社会改造的现实中，融合 19 世纪世界小说的经验，不断探索小说这一文体自身的边界与可能性，使得现代小说日益完备与成熟，从而构成了中国现代文学最为辉煌的实绩。

三、现代小说所承担的历史使命，使之失去了古代小说的欢乐活泼，代之以严肃和焦虑①的情绪指向。这既是严峻的社会现实使然，诸如鲁迅的"彷徨"乃至"绝望"、郁达夫的"沉沦"、萧红的"飘零"，也内在地源于理性精神内涵的严肃与独断：当知识分子与民众构成自上而下的"启蒙"关系时，哲学式的深刻思索，取代了生命的直觉、自由与冲动，"怪力乱神"的非理性思维被扼制，"严肃"也就在情理之中。当无产阶级文学形成之后，以阶级斗争观念主导的文艺观占统治地位，严肃感同样明显。尽管工农兵群众日常生活中的欢乐，在革命的名义下得到了展现，但由于其内涵被规诫和限制，呈现为"严肃的"和"崇高的"欢乐，与真正的平民生命力舒张的欢乐并不是一回事。而民间的反讽、戏谑、脱冕等思维，由于其潜在

---

① 参见赵园：《五四时期小说中的知识分子形象》，《文学评论》1984 年第 3 期；黄子平等：《论"二十世纪中国文学"》，《文学评论》1985 年第 5 期等论文。

的破坏力量以及革命的不彻底性，更是被严格限制。这一趋势至"文革"时期《虹南作战史》之类的集体创作达到高潮。"文革"结束后，在舔舐历史创伤的同时，小说开始续接启蒙小说与革命小说的传统，因而同样继承了现代小说的严肃、焦虑情绪的回响。可以说，功利化、工具化的使命不解除，小说中居高临下的独断不解除，严肃便不会消失。而这种独断和严肃，在一定程度上，也成为限制现代小说成就的最为重要的因素。

三、平民小说的当代召唤

平民小说在新时期之后的兴起，首先是突破现实主义小说困境的客观需要。

古代小说与现代小说，都已经揭示了他们与"平民"割断不开的联系。但当现代小说发展到新时期初，一个客观现实是，小说在现代精英知识分子长期借用过程中，逐渐失却其天真诙谐的本来属性，被改造成严肃、理性的"现实主义"，并以"社会主义现实主义"为标志，走向了僵化。对此胡适其实有过论断。他说："文学史上有一个逃不了的公式。文学的新方式都是出于民间的。久而久之，文人学士受了民间文学的影响，采用这种新体裁来做他们的文艺作品。文人的参加自有他的好处：浅薄的内容变丰富了，幼稚的技术变高明了，平凡的意境变高超了。但文人把这种新体裁学到手之后，劣等的文人便来模仿；模仿的结果，往往学得了形式上的技术，而丢掉了创作的精神。天才堕落而为匠手，创作堕落而为机械……于是这种文学方式的命运便完结了，文学的生命又须另向民间去寻新方向发展了。"①

因此，新时期之后平民小说的兴起，作为新的文学生命的肇始，已经蕴含在大的历史规律之中。

其次，新时期尤其是 80 年代中期以后，当代小说无论是从作者的角度，还是从其所处的社会语境或自身地位来说，较之现代正发生着根本性的

---

① 胡适：《词选·自序》，《小说月报》1927 年第 18 卷第 1 期。

变化。

一个宏观的趋势是，作家自我定位的平民化趋势日益普遍。这一趋势其实是更为宏大的社会变迁中的一部分。自晚清以来，小说家所属的知识分子群体的地位呈下降趋势。如前，传统的士大夫阶层随着科举制度的消失，文人失去了"学而优则仕"的晋升通道，尤其是加上"五四"新文化运动的反封建去传统的努力，文人传统已经摇摇欲坠。取而代之的是"自由浮动"（余英时语）的现代知识分子阶层。尽管做官的路窄了，经济收入途径也少了，但在"德先生"与"赛先生"等西方现代性理念熏陶下，增加了"吾爱吾师，吾更爱真理"的精英气质。40 年代以后，知识分子一次次"洗澡""过关"，新中国成立后，从"资产阶级知识分子"到"右派""臭老九"，批斗、检举、检查、改造等频繁的运动，加上长期对传统文化、西方文化的摒弃和屏蔽，使得文人士大夫与精英知识分子的"道统"不再。尽管"文革"后作家一度恢复了荣光，但那种真理在握的青春意气已经注定一去不返。新时期后，改革开放浪潮，使得长期饱受贫瘠之苦的民众，把关注的重心转向了经商与致富，在日益"浮躁"（贾平凹 80 年代中期的同名小说）的金钱世俗追求中，包括小说在内的文学整体，已经逐渐失去了原来的光晕。城市和市场经济的兴起，催生了新的市民文化。当新中国成立以来所积累的理想主义列车耗尽了其短暂的惯性，从 80 年代中期开始，港澳台等更为成熟的市民社会风尚进入大陆，影视收音机等新兴媒体改变了之前"纸媒"独尊的局面，从喇叭裤墨镜的时尚，到"甜蜜蜜"等流行歌曲，再到武侠、言情小说热，多元化语境正在形成。这一方面解构了现代精英知识分子的"启蒙"使命；另一方面，也使得主流意识形态的教化，无须借助小说这一体裁而进行。这使得小说重新恢复了其在古代的边缘化地位。

再次，社会昌盛则平民小说兴，这是文学发展的客观趋势，或者说，是由小说"娱乐游戏"的平民性内在地决定了的。早在 1927 年，鲁迅在黄埔军官学校的演讲中，已经预见到了文学在未来的可能转型。在这次演讲中，他先指出新文学在将来的可能发展，即怒吼时期——讴歌时期——赞美建设时期（这已经为历史所验证）。他说：

再往后去的情形怎样，现在不得而知，但推想起来，大约是平民文学罢，因为平民的世界，是革命的结果……在现在，有人以平民——工人农民——为材料，做小说做诗，我们也称之为平民文学，其实这不是平民文学，因为平民还没有开口。这是另外的人从旁看见平民的生活，假托平民底口吻而说的……现在的文学家都是读书人，如果工人农民不解放，工人农民的思想，仍然是读书人的思想，必待工人农民得到真正的解放，然后才有真正的文学。有些人说："中国已有平民文学"，其实这是不对的。①

这段话里，包括两个重要方面：一是文学应该是余裕的产物——对极其熟谙古典文学，并一直强调其娱乐功能的鲁迅来说，当他提到"余裕的产物"时，也许"古代小说"已经呼之欲出；二是平民文学的创作者须是不受读书人思想影响的、"得到真正的解放"的平民——事实上，饱受启蒙作家批评的"王侯将相、才子佳人的文学"，并不是平民自身的文学，相反体现了封建传统观念对缺乏自身话语资源的平民的思想教化与遮蔽。符合这两个条件的文学，才是"真正的文学"。

需要指出，尽管当代小说的外部环境与古代小说接近，当代小说的发展，注定了不会简单地回归古代传统。毕竟，历史不是简单地循环，"当代"的"现代性"不可能被逆转，而且，中国已经不可逆转地被置于全球化的视野之中。

对外开放的一个重要意义，是恢复了中国文学与世界文学的联系。如果视线转到全球视野，世界文学正在发生的一个深刻变化是，欧洲中心的文学版图中，融入了亚洲与拉丁美洲的文学血液（以安赫尔·阿斯图里亚斯、川端康成、马尔克斯等作家获得诺贝尔文学奖为标志）。中国当代小说平民化的整体趋势，正好与世界小说正在经历着的变化发生共振，它进一步唤起了隐藏在小说文体内部的历史记忆——哪怕作家们对这种记忆尚没有清晰的自觉。

---

① 鲁迅：《革命时代的文学——4月8日在黄埔军官学校讲》，《鲁迅选集》第二卷，人民文学出版社1983年版，第338页。

在《被背叛的遗嘱》中，米兰·昆德拉认为，小说的历史诞生于人的自由，诞生于人的彻底个性化的创造，诞生于人的选择。在塞万提斯的时代，自由把握与即兴发挥是联系在一起的，复杂而严谨的写作艺术只是到了19世纪才成为必须。"塞万提斯使我们把世界理解为一种模糊，人面临的不是一个绝对真理，而是一堆相对的互为对立的真理，因而唯一具备的把握便是无把握的智慧"，而"专制的真理排除相对性、怀疑、疑问，因而它永远不能与我所称为的小说的精神相调合"①。他认为以上的两个时代代表了欧洲小说的上半时与下半时，而20世纪开始的小说艺术正面临着向上半时的回归。他说：

> 塞万提斯的伟大的奠基性作品是由一种非认真的精神所主导的，从那个时期以来，它却由于下半时的小说美学，由于真实性之需要，而变得不被理解……为上半时小说的原则恢复名誉，其意义并不是回到这种或那种复旧的风格；也不是天真地拒绝十九世纪的小说；恢复名誉的意义要更为广阔：重新确定和扩大小说的定义本身；反对十九世纪小说美学对它所进行的缩小；将小说的全部的历史经验给予它作为基础。②

巴赫金的另一种说法呼应着米兰·昆德拉的观点，他以16世纪的拉伯雷为例指出，中世纪和文艺复兴时代民间诙谐文化范围和意义都是巨大的。"那时有过一个诙谐形式和诙谐表现的广大世界同教会和封建中世纪的官方和严肃（在音调和气氛上）文化相抗衡。"③诺安的《笑的历史》也以"大众的笑"为标题命名文艺复兴这段时期笑的历史④。中国《金瓶梅》《西游记》的时代，大致是塞万提斯的时代，也即小说作为"小道"和"娱乐"，因而自由而非认真的古典时代。

---

① [捷克]米兰·昆德拉著：《小说的艺术》，孟湄译，生活·读书·新知三联书店1992年版，第5、13页。
② [捷克]米兰·昆德拉著：《被背叛的遗嘱》，孟湄译，牛津大学出版社、上海人民出版社1995年版，第54、68页。
③ [俄]巴赫金著：《弗朗索瓦·拉伯雷的创作与中世纪和文艺复兴时期的民间文化·导言》，佟景韩译，《巴赫金文论选》，中国社会科学出版社1996年版，第98页。
④ 参见[法]让·诺安著：《笑的历史》，果永毅、许崇山译，第二章"大众的笑"，生活·读书·新知三联书店1986年版。

中国现代小说的品格，正类似欧洲下半时的小说一样，与现实主义的创作理论紧密联系在一起。P. 瓦特的《小说的兴起》就干脆中断了小说的古代史，以"现实主义"为小说的界定标准，把18世纪笛福、理查逊和菲尔丁视为"三位最早的小说家"①。他以严谨的态度和翔实的资料探讨了小说兴起的原因，将小说兴起的最主要的原因归结为城市及相应的清教主义、个人主义等的产生。现实主义从其理论根源上探讨，是来自于西方工业革命以来勃兴的科学理性精神和启蒙意识，正是这种根源赋予了19世纪西方小说"严肃认真"的气质、"对真实的幻想的必须性"等等。

由于中国独特的现代进程使然，中国现代小说所面临的情况比欧洲下半叶小说的背景更为特别。如前所言，功利性和工具性是其核心特征，并具体化为对"合目的性"的追求与对"真实性"的坚持——因为只有在"真实性"的配合之下，"目的"的达成才因为其"必然"而具有意义。比如鲁迅曾指出小说《药》因为"听将令"而不恤曲笔，在夏瑜的坟上添加了一个花圈。鲁迅对这种"合目的性"不无自省，而茅盾《子夜》中的吴荪甫、屠维岳，抑或是巴金《家》中的觉新、觉民、觉慧，或者是老舍《四世同堂》里的祁瑞全、祁瑞丰、大赤包，不同人物的选择及其命运，显示出革命有出路，不革命无出路，而坏人终将被"恶报"的结局设计，体现了人物命运的"或然性"被革命逻辑的"必然性"所取代的倾向。随着政治对文学支配权的增强，工具性与功利性所导致的那种"必然性"进一步被强化，以"艺术真实"的名义，超出了艺术的规律。在现实主义的外表之下，现代文学日益沦为"制作"的美学。这可以借鉴罗兰·巴特所谓的"左翼神话"的概念：

> 无论刚开始差异多大，只要它们一受制于神话，就被简化为一种纯粹的意指功能……当这个名词为神话所用时，他只需要知道它的整体名词或者是普遍的符号。
>
> ……有人问我，"左翼"方面有没有神话。当然，只要确定当左翼

---

① ［美］伊恩·P. 瓦特著：《小说的兴起》，高原、董红钧译，生活·读书·新知三联书店1992年版，第1页。

不是革命时，当革命将自己改革为"左翼"时，左翼神话就会并发；也就是，当它接受面具，隐藏它的名字，而产生一种无邪的元语言并将它扭曲为"自然"时。①

神话的清晰性，在解放区文学、五六十年代文学，以及新时期初的伤痕、反思、改革等小说中，都体现得较为鲜明；而"首长"、"富农"、"同志"、"革命"、"改革"、"青松"、"艳阳"、"劳动"等词汇的使用，都作为普遍的符号具有纯粹的意指功能。这类介入现实政治的文学，让人容易联想起韦勒克对现实主义的批评："现实主义的理论是极为拙劣的美学，因为所有的艺术都是'制作'，并且本身是一个由幻想和象征形式构成的世界。"②

随着 80 年代计划经济向市场经济的转轨，"后革命时代"的定位已经逐渐取得共识。因此，无论是鲁迅对平民文学时代的预判，还是昆德拉关于欧洲当代小说向古代文学回归的总结，都预示着在"左翼神话"之后平民小说的来临。

如前，中国古代小说由于产生并流行于非官方的领域，同时由于以娱乐和游戏为旨趣，因而体现了一种与欧洲"上半时"小说接近的自由的非严肃认真的传统，但它比欧洲小说的出现无疑更早，历时也更为漫长。而 20 世纪初中国小说的现代转型，所移植的正是以现实主义为主导的、以"严肃认真"为特性的欧洲"下半时"小说的传统，具有同质滞后性，历时更短，同时还具有"非原生"的特点。因此，理论来说，中国古代小说的传统具有比欧洲小说更强的颠覆力量。

需要指出的是，鲁迅并没有给出平民文学的具体特征，而昆德拉对告别欧洲下半时的、20 世纪的小说美学特点则作出了个人的总结。他说：

后普鲁斯特时期所有最伟大的小说家……都曾极敏感于几乎被忘却的前于十九世纪的小说的美学：他们将文论式的思索并入了小说的艺

---

① 〔法〕罗兰·巴特：《神话——大众文化诠释》，上海人民出版社 1999 年版，第 174、208 页。
② 〔美〕韦勒克著：《批评的诸种概念》，丁泓、余徵译，成都四川文艺出版社 1988 年版，第 243 页。

术；他们使得小说构造更为自由；为离题重新争得权利；给小说吹入非认真的和游戏的精神；他们不打算与社会身份登记处竞争（以巴尔扎克的方式），在人物创造中放弃了心理现实主义的教条；尤其是：他们反对向读者揭示一个对真实的幻想的必须性，这种必须性却曾至高无上地主宰了小说的全部下半时。①

作为理想小说的模板，昆德拉高度赞扬"三五线以下"的"南方的小说"。他说，"只是到了我们的世纪，欧洲小说历史的伟大创举才第一次诞生在欧洲之外"，"一个新的伟大的小说文化，其特点是非凡的现实性与跨越所有真实性规则的无羁想象相联系……"三五线以下"所创造的所有小说尽管与欧洲的口味略为相异，其形式，其精神，却与后者的初源令人惊异地相近；拉伯雷的古老汁液仅仅在这些非欧洲小说家的作品中才这般快活地流动，而不在任何别的地方"②。

昆德拉不止一次提到拉伯雷。比如，他还说："我喜欢想象：弗朗索瓦·拉伯雷有一天听到了上帝的笑声，欧洲第一部伟大的小说因此而诞生。我很喜欢把小说艺术来到世界当作上帝发笑的回声。"③ 作为欧洲的"初源"的拉伯雷的古老汁液，正如巴赫金用煌煌一卷（《弗朗索瓦·拉伯雷的创作与中世纪和文艺复兴时期的民间文化》）所详细阐述的那样，是欧洲中世纪和文艺复兴时期的民间文化。从拉伯雷开始，"狂欢节庆的世界感受和怪诞的形象观念已经作为一种文学传统，主要作为文艺复兴时期的一种传统继续存在和流传"④。

回到中国当代小说，在 80 年代中期以后，以寻根小说为标志，当代小说已经初步摆脱了严肃或功利的现代理性一枝独大的局面，焕发出了基于民

---

① ［捷克］米兰·昆德拉著：《被背叛的遗嘱》，孟湄译，牛津大学出版社、上海人民出版社 1995 年版，第 54、68 页。
② ［捷克］米兰·昆德拉著：《被背叛的遗嘱》，孟湄译，牛津大学出版社、上海人民出版社 1995 年版，第 28—29 页。
③ ［捷克］米兰·昆德拉著：《小说的艺术》，孟湄译，生活·读书·新知三联书店 1992 年版，第 153—154 页。
④ ［俄］巴赫金著：《弗朗索瓦·拉伯雷的创作与中世纪和文艺复兴时期的民间文化》，佟景韩译，《巴赫金文论选》，中国社会科学出版社 1996 年版，第 40 页。

间强旺的生命意识的欢乐，并由此产生了用个人化历史取代宏大历史叙事，以及解放一元化历史的笑声。与此同时，在新兴的城市叙事一翼，当代小说比之前更深入地进入日常生活的深处，赋予市民世俗生活合法性，并寻求着冲破异化及机械的现代日常生活之路，在这种寻找中，形成了戏仿、反讽、夸张、拼凑、游戏化等新的、多元化的当代小说叙事模式。这种叙事模式，我们曾经笼统地以"后现代"或者"先锋性"以蔽之，但这些概括，忽略了当代小说与古代小说的精神联系，也忽略了"后现代主义"内在的平民性特点；既未必适合中国的国情，也无益于我们对困扰当代小说史的"无名"现象的"存在之由、变迁之故"的深入的研究。如果我们回顾昆德拉关于欧洲当代小说"自由、离题的权利、非认真的和游戏的精神"的概括，注意到昆德拉所发现的上述现象与欧洲古代小说的精神联系，那么，它启发我们，"后现代"不是唯一的解释途径，而平民性正可以给我们提供一个连通上述现象并加以综合解释的视角。诸如"王朔现象""人文精神大讨论"、诗歌领域的"民间诗歌"与"学院派诗歌"的争论，还有90年代末的"断裂行动"等等都与"平民性"有着千丝万缕的关联。

当然，中国存在着不同于世界小说的现实语境，这导致了中国当代小说与西方小说的不同之处。

其一，中国进入现代社会的历史较之西方更短，中国的平民承载着较之西方更为沉重的历史文化重负，因此，中国现代知识分子"五四"以来以小说积极介入现实的努力，以及通过小说开辟的理性批判的传统，较之西方更有意义，在当代依旧是一股较为坚实的传承。但小说的平民化，并不必然与启蒙的任务发生冲突；相反，基于平民立场的对平民的深入理解，能够有效地克服启蒙居高临下、不及物的传统困境，将启蒙导向深入。

其二，中国有着比西方更为历史悠久的乡土传统。乡土传统的存在，正是本书使用"平民化"而非"世俗化"概念的重要原因。如后面所要论述的，"世俗化"着眼于世俗生存，遮蔽了平民所蕴含的生命力量，而正是充沛的乡土民间赋予小说更为广袤的疆域，唤起了更为辽阔的文学想象，为小说的自由、离题和游戏精神提供了较之古代小说更为开放的可能。乡土平民文化所蕴含的平民思维、生命意识、神秘美学等等，将当代小说的想象力、创造力、文体的弹性等各方面，都推到了一个新的高度，使之成为摆脱僵化的现实主义桎梏的急先锋，可以说是中国 20 世纪小说最为重要的成就，这一点与拉美文学成功的原因类似——莫言获得诺贝尔文学奖也是佐证之一。

其三，正因为中国的城市文化较之西方更为薄弱，或者说，存在着"现代性"与"前现代性"混杂的特点，因此，还缺少成熟的城市平民文化，这导致城市平民不得不同时面对着高度规诫化的现代日常生活，以及迅猛而至的大众文化工业的双重异化。中国城市小说的不足，正在于无法找到对抗这双重压力的资源和出路。事实上，无论是法兰克福学派，还是后现代主义，对此都批判有余而建构不足。所谓知己知彼，百战不殆。真正要寻求城市平民小说的破局之道，有赖于批判与建构的双向互动，前提是立足于对平民及平民理论的深入研究。

深入的研究，是全书的重心，有待后面章节慢慢展开。在此，想先举孟繁华对关仁山小说《白纸门》的评价作为例子表明，由于从来缺少相关的学理分析，民间立场与精英立场这两个几乎南辕北辙的立场，即便在严谨的学者那里，也会发生较大的分歧——如前所述，知识分子立场可能形成的对平民的遮蔽，在五四启蒙知识分子那里便已经存在，因此，即便对"民间立场"存在笔者所认为的误解，也丝毫不会影响笔者对作者的尊敬。他指出：

> 《白纸门》与他以往的作品相比，发生了极大的变化。他在谈到自己这部作品的时候说："作家没有明确的民间立场也就没有明确判断生活的尺度，价值观念也难确立。经过这些年的思考，我认为现实主义作家确立民间立场十分重要。建立民间立场，即确立自己的独立精神。从《白纸门》的创作，我有意识向民间立场迈了一步，尽管有点儿为难，可能还会丢掉一些利益，但还是值得的。"在他的独白中，我确实感到了他转变的艰难甚至犹疑。但他毕竟实现了超越自己的"突围"。值得商榷的可能是他所说的"民间立场"。事实上，我觉得《白纸门》恰恰是典型的精英立场，他对传统文化的反省或检讨的自觉，站在纯粹的民

间立场上是不能完成的。如果站在民间的立场上，可能仅仅会"风俗"性地对民间文化表示留恋或怀念，而难以表达这一文化形态的魅力和功能。而恰恰是这一文化形态本身，甚至为他的小说结构带来了新的面貌，这怎么会是"民间立场"呢？[1]

对于民间立场的理解，使用者都是基于个人化的理解，迄今为止没有形成认真的对话。"民间"，是平民赖以生存和生活的空间，因此，对"民间立场"的深入理解，必须要对"平民"首先有正本清源的理解。问题的根本原因是，"平民"在历史上向来是一个面目含糊的、无法自身发声的群体，他们自身无法完成自我阐释。目前中西方还缺少学理化的、系统的平民理论，本研究的出发点，是首先致力于平民概念的梳理，寻找平民的内在本质特点，发现平民被忽视的意义，发现平民与平民文学的内部关联，建构整体化的平民理论。

应该坦率地承认，不存在一个"整一化"的平民群体；如前所言，平民自身话语体系及理论资源的缺乏，使之难以避免其他话语资源的涂抹与遮蔽。因此，本书所研究的"平民"，是超越遮蔽、究其本真、带着理想化和理论抽象性的平民。如后面即将指出的，由于平民长期处于"权力的相对缺失"的下位状态，强调平等、相对、宽容与对话，是平民理论的主导方向。而"对话"的前提，则是先廓清"平民"群体相对于传统文人、启蒙精英知识分子、主流知识分子、文化工业下的大众等群体的边界。在此基础上，本书以平民性在当代小说中的呈现为线索，厘清平民立场与其他立场之间复杂的缠绕互动关系，研究当代平民小说的发生与发展，剖析平民化立场在乡土民间与城市日常两个叙事向度的各自呈现，研究"平民性"所导致的当代小说在美学上的新变与影响，最终尝试建立"启蒙小说——革命小说——平民小说"的当代小说史的三维坐标。

---

[1] 孟繁华：《无能为力的传统与无所顾忌的现代——关仁山长篇小说〈白纸门〉》，《文艺报》2007 年 4 月 24 日。

第一章　面向生存和平等对话的平民理论

　　"平民"概念的含混。"权力的相对缺失"的核心特征。与工农兵的区别。市井民间及乡土民间。权力控制的特点。权力观点的深化。"平民真能说话吗?"平民自我、平民性与平民化。

　　原初平民自我的内涵。生存伦理与生命意识的冲突与分离。"麻木"外表与"弱者的武器"。平民视角下的伦理与道德。

　　沉沦异化与精英抵抗。狂欢节、狂欢式与狂欢化。抵抗与收编：破洞牛仔裤与嘻哈文化。平民与大众。

　　平民小说作为"第二种生活"。多重自我交织的作家立场。

第一节　"平民"的渊源及基本概念

一、"平民"概念的历史、内涵及核心特征

对西方学者而言，学术上提及平民，基本上是一个复数名词和群体性概念，且主要局限于社会学、政治学领域，用于描述围绕着一个没有权力而数量巨大的群体进行的制度、法律、政治、管理等建构或者群体共性，基本没有涉及作为精神和文化层面的"平民"。相关理论的缺失，导致了平民概念使用上的泛化，也无法促成对平民的深入理解。

"平民"（拉丁文 plebs）的概念，在西方的起源可追溯到古希腊罗马社会，在古希腊雅典存在着三大派系，即贵族组成的平原派、工商业主构成的海岸派，以及农牧民及手工业者构成的山地派，后两派主体都是平民，正是由于平民与贵族之间激烈的阶层派系斗争，促成了梭伦改革。古罗马时期，罗马人在征服过程中，不断把被占领城邦的居民带回罗马，居住在城邦之外，形成了外来平民，而城市是公民统治集团，是氏族社会内部的贵族与其他享有公民权者构成的"人民"（populus）群体（托克维尔认为，古代所谓的"人民"本身就是指贵族，其含义与现代所谓"人民"截然不同）。由于平民并不享有权力，因此激发了连绵不断的抗争，并最终获得了一定的权力。他们在罗马帝国的形成过程中起到了重要作用。如蒙森认为，罗马由小城邦发展成大帝国的根本原因在于逐渐兼并近邻地区，不断把公民权授予外来者，从而突破了氏族组织的局限，建立起一个大帝国。恩格斯在《家庭、私有制和国家的起源》一书中持类似的看法。[①]

平民概念至今在专业研究者内部尚存在分歧。历史上"平民"概念几

---

① 相关观点可参见杨师群：《试论中西方上古社会的平民阶层》，《学术月刊》2004 年第 11 期；胡玉娟：《罗马平民问题的由来及研究概况》，《史学月刊》2002 年第 3 期。

乎唯一可以确定的特征，就是作为贵族的对立面。在古罗马的早期，社会结构是由贵族、人民、平民、奴隶构成，而经过平民的斗争，在罗马帝国时期，社会结构则主要是贵族、平民和奴隶。而由此可以得到的推论平民的特点，是"权力的相对缺失"。无论是梭伦改革前后的海岸派以及山地派，古罗马保民官制度的设立，或者公元前471年成立的平民大会，平民与贵族斗争的主要诉求都是平等的社会地位和相关权利。后来孟德斯鸠曾把罗马平民比拟为法国的第三等级，把平民运动解释为一场反抗贵族集权，争取民主、自由、平等的革命运动，借此表达新兴资产阶级的参政愿望。① 法国大革命被视为一场平民革命，尽管法国史学家基佐自己的父亲是在法国大革命期间被处死的，但他依然认为："法国大革命是可怕但合法的战斗，它是权利与特权之间的战斗，是法律自由与非法专横之间的战斗；唯有大革命自己才能提出节制革命的任务，也唯有大革命自己才能提出使革命纯洁化的任务。"② 与贵族相对立、权力的相对缺失，以及善于斗争，可以视为西方历史上平民的三个特点。

　　但基于以上三个特点，平民的构成本身依旧是弹性而随意的，这种弹性毋宁说是"平民"概念在使用过程中，政治功利性目的对学理性的遮蔽。贵族阶层缩小之后，作为平民概念对照的第一条特征已经失去了意义（与贵族的对立本身也是由于权力的缺失所致）。但"权力的相对缺失"这一点被保留了下来。以此为特征，"平民"群体处于动态发展的历程之中。它可以包括农村地主、财政官吏、金融家、律师、医生、大学教授，也可以包括帮工、工匠、杂货商、零售商、布匹商、下级官员、公证人、书记官等。在瑟诺博斯的《法国史》中，法国资产阶级革命前夕的平民包括了资产阶级，而随着资产阶级取得政权，革命后的平民群体就不再包括资产阶级了。③ 但本雅明却依旧认为，"以波德莱尔为代表的小资产阶级'他们分沾的顶多是

① 参见孟德斯鸠著：《论法的精神》第2卷，张雁深译，商务印书馆1993年版，第11章第12—18节。
② 甘阳：《自由主义：贵族的还是平民的》，《读书》1999年第1期。
③ 参见瑟诺博斯著：《法国史》（下），沈炼之译，商务印书馆1972年版，第16、18章。

享乐，永远也不会是权力'"①。

在中国，古代平民阶层也呈现出类似的特点，尽管对此没有自觉意识——一个大家族本身就是分为许多阶层的社会，最初的平民家族大多属于贵族宗族的低层宗支，后来在发展过程中，逐渐失去了与其贵族宗族的联系。这个失去，意味着社会地位和相关权力的缺失。早期的平民家族，哪怕经济上比较富足，也可能被统治者随意分封。但总体而言，由于中国向来没有为自身所属的阶层争取权力的自觉，因此在使用这一概念时，基本涉及不到权力问题。古代很早就有"平民"的说法，意指普通老百姓。如《宋书·吕刑》："蚩尤惟始作乱，延及于平民。"《左传·成公二年》："礼以行义，义以生利，利以平民，政之大节也。"也许相对接近的概念是"国人"。"'国人'系国都中（包括近郊）士、农、工、商四种人，大致为下层贵族及上层庶民。"② 在西周后期以及春秋时期，国人曾参与过"国人暴动"以及"莒纪公……多行不义于国，（大子）仆因国人以弑纪公"等政治斗争，作为中国历史上具有一定政治参与的"平民"群体，"春秋时'国人'起义频繁，多与大贵族作乱相结合，此其局限性。亦有'国人'单独起义者，唯多非正式起义，且规模较小"③。总之，"国人"缺少自身的群体意识，其政治参与往往不是为了自身的利益，和《史记·刺客列传》中所描述的平民刺客一样，基本上只是上层权力斗争的工具。④

由上，"权力的相对缺失"可谓中外平民阶层的核心标志。无论中西方，都有富裕的平民通过捐钱等方式获得爵位或功名的做法。中国晚清以来的知识分子，着眼于改良群治，他们的"平民"概念，主要来自西方。如康有为《大同书》丙部说："欧洲中世纪有大僧、贵族、平民、奴隶之异，压制既甚，故以欧人之慧，千年黑暗，不能进化。"就注意到了权力压迫的

① [德] 本雅明著：《发达资本主义时代的抒情诗人》，张旭东、魏文生译，生活·读书·新知三联书店 1989 年版，第 78 页。
② 童书业：《春秋左传研究》，上海人民出版社 1980 年版，第 346 页。
③ 童书业：《春秋左传研究》，上海人民出版社 1980 年版，第 346 页。
④ 参见李师群：《试论中西方上古社会的平民阶层》，《学术月刊》2004 年第 11 期。

问题。陈望道在 20 年代初为一本《文学小辞典》中"普罗来太里亚"（proletariat）条写的释文是："（该词）原是古代罗马政治上的用语，指无财产及无资财的自由市民而言。当今依狭义用，是指自己没有生产机关，却靠工钱过活的人，依广义用，是指无财产的劳动阶级的全部"，包括"工业劳动者"、"农业劳动者"和"知力劳动者"，"通常译作无产阶级"。① 这一界定，主要重视了经济地位没有强调"政治权力缺失"的特点。

　　"权力的相对缺失"的核心衡量标准，有助于我们廓清"平民"与其他一些相关概念的边界。例如，"平民"与"工农兵群众"的不同。阶级话语下的"工农兵群众"，被赋予了政治上的至高地位，已经属于（起码是理论上的）"权力阶层"（"工人阶级领导的，工农联盟为基础的，人民民主专政的社会主义国家"这一性质被从宪法的层面得到确认）。"工农兵"所面临的问题，是由于知识和传统的缺失而不知道如何运用自己所拥有的权力的问题，因此，在本质上不同于我们所讨论的"权力的相对缺失"的"平民"。再如，现实中的"平民"群体与我们通常所说的"民众"、"老百姓"等几乎没有本质上的区别，区别主要在于概念本身："平民"概念的使用，较之"民众"、"老百姓"等概念，意味着对"权力"状态的自觉。

　　在权力的视域下，也可以更深入地理解"民间"与"平民"的关系。民间是平民生活的空间，因此，尽管现实的民间依旧处于权力的管控之下，但大量平民的汇集，使民间提供并发展了一个整体上悬置、废黜、远离权力的精神和文化空间。民间有乡土民间与市井民间的区分，相应地平民可分为乡土平民（以下简称乡民）与市井平民（以下简称市民）。西方的平民概念多与城市背景有关，因此以市民为主体。泰勒注意到了市民社会与权力的关系，他指出，"（1）就最低限度的含义来说，只要存在不受制于国家权力支配的自由社团，市民社会便存在了。（2）就较为严格的含义来说，只有当整个社会能够通过那些不受国家支配的社团来建构自身并协调其行为时，市

---

① 《民国日报副刊·觉悟》1921 年 9 月 13 日。

民社会才存在"①。黑格尔也认识到了市民社会的这种去权力化的特点，他认为，市民社会乃是个人私利欲望驱动的非理性力量所致的状态，是一个由机械的必然性所支配的王国；因此，撇开国家来看市民社会，它就只能在伦理层面上表现为一种无政府状态，而绝非是由理性人构成的完满的状态。但他由此得到的结论是，国家是绝对的，它体现而且只有它才体现伦理的价值准则。更确切地说，国家是相对于市民社会而言的一个更高的新阶段。对这样的国家学说，罗素指出，"如果承认了，那么凡是可能想象得到的一切国内暴政……就都有了借口"②。

中国的语境与西方不同。在前现代时期，除了上海等少数拥有"外埠"的大城市外，城市依旧保持着乡土社会的整体特征，除此之外还有更为广阔的乡土空间，因此乡民群体更为突出，相应地，存在着一个比西方更为历史悠久的乡土民间文化。相对而言，市井民间的空间相对局促，文明程度高，比广袤的乡村更为容易管控，也更服膺于法治传统。而乡土民间则更多地服从于血源、家族、长老、乡贤、礼俗等传统。这种传统，较之于市民民间的法治权力，更为松散，因而具有相对的不稳定性，尤其是在民间面临重大的生存威胁之际。

20世纪哲学的发展，进一步帮助我们深入地理解了权力的管控方式。从法兰克福学派对意识形态统治方式的挖掘，到福柯的后现代微观权力理论，人们对权力的认识有了重要的拓展。福柯对照了传统权力与微观权力的区别：对于前者，权力有一个实体，通过镇压实施，自上而下；而对于后者，权力没有明显的实体，通过更为隐蔽、无处不在的规训所进行，每个人既服从权力又应用权力，譬如全景敞视：每个人既监视他人和自我，也被他人所监视。也因此，微观权力是一种无所不在、网状分布的场域，存在一些微观的、边缘的、底层的权力形态。知识便是这种微观权力的基本成分。布尔迪厄则借鉴了福柯，运用"符号权力"来解释语言市场中的支配与被支

---

① 查尔斯·泰勒著：《市民社会的模式》，冯青虎译，邓正来、[英] J. C. 亚历山大编：《国家与市民社会——一种社会理论的研究途径》，中央编译出版社2005年版，第6—7页。
② [英] 罗素：《西方哲学史》（下卷），商务印书馆1976年版，第289页。

配的等级制度。"社会区隔"正是借助无处不在的符号权力，通过"习性"
的影响和塑造作用，巩固了社会等级。

但另一方面，科学技术造就的微观权力的发达，毕竟使平民获得了部分
"权力"，就像野草同样分沾了时代的阳光与雨露。因为教育的普及化、法
治化的进程，尤其是当前日新月异的互联网信息技术（包括新兴的微信等
自媒体平台），都使知识或者话语的权力不再是少部分人所独享——互联网
在本质上是自由的。这一点意义重大。因为正是通过教育的普及以及新兴的
媒体平台，知识的垄断被打破，发声的权力也被打破。当代社会产生了越来
越多的、自下而上成长起来的业余作家、记者或者专业发烧友（例如借助
新媒体平台得以涌现的打工诗人、农民作家、网络写手），他们打破了专家
解读真理、真相、知识的垄断权，给平民提供了全新的视角、见解和建议，
而他们自身，不只是对平民的理解更有优势，而且他们自身就是平民。由
此，平民历史性地从他们的内部寻找到自身的代言人。

二、被历史性地误解和遮蔽的平民

可以说，正是由于"权力"的缺失，底层平民历史性地成为由精英或
者体制知识分子构建的文明体系中"被代表"的"他者"。例如，马克思把
法国小农群体比喻为一个个马铃薯的集合，并认为他们"不能代表自己，
一定要别人来代表他们。他们的代表一定要同时是他们的主宰，是高高站在
他们上面的权威，是不受限制的政府权力，这种权力保护他们不受其他阶级
侵犯，并从上面赐给他们雨水和阳光"①。勒庞的名著《乌合之众》一书，
重点在研究大众的集体心理学，也是作为群体的平民，他指出了平民群体作
为"乌合之众"的非理性、情绪化、从众等特性，指出集体的平均智商低
于个体的智商，等等；而汉娜·阿伦特则在对二战中那些忠实执行权力意志
的使命、机械地执行大屠杀的底层军官的分析中，提出"平庸之恶"的概
念。从群体研究的角度看，这些归纳似乎也无可厚非。在中国，以鲁迅为代

---

① ［德］马克思：《路易·波拿巴的雾月十八日》，《马克思恩格斯选集》第 1 卷，人民出版社
1972 年版，第 693 页。

表的启蒙精英知识分子对平民特性也持类似看法，即"哀其不幸，怒其不争"。作为无恒产者以及雇农身份的阿Q，无疑是典型的"平民"，符合哪怕较为严格的平民的界定。但正是其所包含的"典型的"国民性弱点才饱受批判。这种国民性弱点，在某种程度上也类似阿伦特所言的"平庸之恶"。

尽管平民借助知识微权力的普遍化和分散化，以及新兴媒体的技术手段，获得了一定的权力，但至少在学术理论领域，平民（也包括平民出身的知识分子）依旧保持了沉默。因为借助烦琐的规范而形成的理论体系本身是现代科学的产物，而平民外在于这种现代传统，平民知识分子在其自身达成共识和联盟之前，也难以撼动这种传统。著名的女性主义后殖民理论家斯皮瓦克（Gayatri C. Spivak）有这样的追问：

> 我所说的作为主体的他者是福柯和德勒兹所接触不到的。我所想的是超越阶级波谱仪的一般非专家、非学者，对他们来说，只是起着沉默的编码作用。在不考虑剥削地图的情况下，他们将把这些乌合之众放在哪个坐标格子里呢？……我们必须提出下列问题：在由社会化资本导致的国际劳动分工的另一面，在补充了先前的经济文本的帝国主义法律和教育的知识暴力的线路内外，Can the Subaltern Speak？①

"Subaltern"除了无产阶级、下层民众等一般性的含义外，还特指印度社会的"贱民阶层"。这句意味深长的发问就是："平民真能说话吗？"在印度70年代兴起的"贱民研究"中，历史学家古哈为首的研究小组发现，由于印度历史的书写一直被英国殖民者和当地精英共同控制，关于"贱民"史料特别匮乏，只有在他们触犯"法律"的情况下——譬如犯罪、暴乱和起义——才可能留下"反面"的记录，因此从事"贱民研究"的学者往往需要通过对"反面"史料的阅读和分析，重现被压迫者的阶级意识，书写出创造性的"反历史"。

斯皮瓦克并没有止步于对"反历史"的研究——尽管这已经体现了平

① ［印度］斯皮瓦克著：《从属阶级能发言吗？》，邱彦彬、李翠芬译，载《中外文学》1995年第24卷第6期。

民化的倾向。她进一步深刻质疑这种立基于"二元对立"之上的书写历史的方式。她质疑：受到西方良好学术训练的历史学家能从"他者"的语言和文本中真正听到被压迫者的声音吗？他们在呈现这种声音时，是否自觉或不自觉地把它建构成一个具有统一性的、同质化的"大写的主体"？是否在这一建构过程中再次放逐了某些未被书写主体秩序内的"异质因素"？斯皮瓦克并没有取消被压迫者抵抗的可能性，只不过她重构了对"被压迫者"的想象：与那种统一的大写主体不同，她更愿意突现"被压迫者"灵活游移的权宜立场和基于不同背景与利益的政治诉求。①

平民的觉醒是一个长期而且缓慢的过程，甚至注定了有其发展的瓶颈，但不能以此否定平民的存在价值。事实上，社会分工注定了多元化发展的必要，正如有人致力于科技进步，有人只是耕种作物谋求养家糊口。平民不应该对历史、战争、灾荒、极权等社会现象负责。他们生活在日常生活之中，除了无意识间造就的人类的生存和繁衍，除了对自身的责任，他们不对其他任何东西负责。但换个角度，他们是天才、创造者以及启蒙者诞生的土壤。他们正如沉默的大地本身，大地不需要对任何环境的发展乃至人类的进步负责，但它提供了地球和人类生存的土壤，万物正是由此滋生。

因此，我们需要暂时放弃对平民的不切实际的要求，给予平民平等的尊重，有了尊重，才会有理解。作为历史上从来没有缺席过、从中酝酿和诞生了无数天才的群体，平民有其自身丰富的文化、精神之维，有对世界复杂而神秘的理解，是催生文明、催生文学艺术的土壤，它有自身独特的立场、思维、伦理、经验、趣味、审美……各个方面，因此，只有超越作为概念的"平民"，视其为有血有肉的个体，平民所蕴藏的巨大的积极性力量，以及这种力量在整个社会文化网络中的转化与本源性意义，才能被发现。正如动物从大地所汲取的力量，通过了植物、水源以及生态平衡系统等复杂的转化，需要对"大地"的研究才能将这种转换看得更为清楚。

---

① 转引自罗岗：《"被压迫者"的知识如何可能？——"真的知识阶层"与"底层"民众》，高瑞泉、[日]山口久和主编：《中国的现代性与城市知识分子》，上海古籍出版社 2004 年版，第118—147 页。

三、平民自我、平民性与平民化

我们需要研究的，不仅是在历史中沉默的平民群体，而且要进一步研究作为个体的平民，以及被"大写的平民"所遮蔽的异质。正如列斐伏尔所言，"日常生活既不是本真的原始状态，也不是完全单调与琐碎的、异化状态的无意识黑夜，而是永远保留着生命与希望活力的、但也是处于异化状态的矛盾的异质性世界"①。作为平民的生存之所，日常生活的异质性，正是平民的异质性。永远的异质性，正是日常生活滋养着文明不断推陈出新、涅槃重生的根源。而要寻找和研究这种异质，就必须抛开"群体"的误导，深入到平民个体的研究，需要对平民思维、平民意识、平民伦理、平民立场、平民情感、平民审美等与平民相关问题进行综合研究。在此之前，首先提出平民自我、平民性与平民化的概念。

首先是平民自我。"自我"既是一个心理学概念也是一个哲学概念。众所周知，笛卡尔的"我思故我在"，确立了作为一切真理的"阿基米德点"的"自我"——先验自我。黑格尔则认为人的本性就是理性，近代理性精神促成了"自我的觉醒"。但是，如后面将要论述的，这是一个建立在科学体系中的关于"自我"的认知谱系。但平民没有理性反思的能力、没有对"自我"的自觉认知，并不代表平民的"自我"就不存在。简言之，平民由于其从经验出发而非从知识出发的认知方式，决定了平民自我是一种"经验自我"，即平民通过我感觉、我想象、我触摸等方式所建立起来的对自我的认知，是一种基于身体、基于经验等所建立起来的、贴近生命直觉、生命意识的本源性自我。由于绝大多数人（不只是平民）在成长中都会经历一个"权力相对缺失"的状态，因此，都存在着一个平民自我——在此还需要强调，平民自我并不等同于弗洛伊德所说的"本我"，"本我"主要强调个体的"生物性本能"，但"平民自我"却具有鲜明的社会文化属性：一方面，平民自我除了纯粹的生命感受对它自身的确认之外，还包含着平民从社

---

① 刘怀玉：《列斐伏尔与20世纪西方的几种日常生活批判倾向》，《求是学刊》2003年第5期。

会生活中积累起来的经验思维；另一方面，平民自我也通过社会阶层中"他者"对自身的审视而完成对自我的确认。

客观地说，平民自我是一种本源性的、自在性的经验自我。平民自身由于社会地位、知识等方面权力的历史性缺失，对平民自我的存在很难形成自觉的认识，更遑论理性的反思，平民自我因此处于一种敞开的、无人认知的状态，如同一个手持宝剑却茫然无措的婴儿。这使平民自我无法抵制意识形态——例如中国古代社会儒家思想的三纲五常以及等级观念、秩序、真理、知识、文明等现代性理念，当代大众文化语境下的商业金钱伦理所主导的成功观、消费观、审美观等——借助权力对它的重新塑造。真正的平民自我所面对的，正如鲁迅笔下"这样的战士"所面对的"无物之阵"：

　　他知道这点头就是敌人的武器，是杀人不见血的武器，许多战士都在此灭亡，正如炮弹一般，使猛士无所用其力。

　　那些头上有各种旗帜，绣出各样好名称：慈善家，学者，文士，长者，青年，雅人，君子……头下有各种外套，绣出各式好花样：学问，道德，国粹，民意，逻辑，公义，东方文明……①

需要注意的是，"这样的战士"的抵抗，没有依赖所有知识和文明制造的东西，没有依赖鲁迅所推崇的西方的真理火种，而只是最为普泛的、在文明产生之前出现的"蛮人所用的"投枪——这是最接近生命本源的武器，这个战士因此是还没有被文明世界的种种意识形态符号所沾染的原始战士——可以视为平民自我的外化。在这个诗化的场景中，我们随便移植一个原初的平民，可能都会做出类似的动作。每个平民心中都有一个"这样的战士"。本书中，将平民心理结构中对应着的这种原初的自我，称为平民自我。或者也可以说，平民自我是面对种种意识形态无孔不入的渗透性而以最原初的方式保存着的本质性自我。

强调一个理想化的"平民自我"，一个重要的原因是，"这样的战士"由于拒绝所有外在凭借，缺少足够的抵抗资源，它几乎注定要失败而成为另

---

① 鲁迅：《鲁迅全集》第二卷，人民文学出版社1996年版，第214页。

外的一种自我（如后面将要论述的），因而几乎只是理想化的、短暂的、动态的存在。但它的存在是有意义的，是平民的精神之根或者说生命之根。它可能被其他自我所覆盖，但注定不会消失。从这个意义上说，它又是恒定的。

其次是平民性。平民性是平民自我局部特性的呈现，平民自我是平民性的内在（精神）主体。如前所述，由于缺少有力的理论与自觉认同作为支撑，平民自我难以面对外来的压力保持独立的地位，它注定了是化整为零的抵抗，它以碎片化的形式遍布于日常生活之中，这种呈现出的特性即是平民性。平民性是平民自我在现实世界中的外化和闪光，是平民自我能够被感知的"习性"。

布尔迪厄认为，习性就是一套性情系统，对于外部世界的判断图式和感知图式。习性来源于早年的生活经验，并通过后天的教育体系得到强化或者调节。同时，习性与一个行动者在社会结构中所处的位置存在着互动关系：习性决定了行动者的社会位置感，行动者的位置又不断塑造着习性。不同的习性，对应着个体生命的不同自我。平民性直接关联着生命意识、生命直觉和经验智慧，属于本源性的习性。它同样可能通过长期的后天环境、通过行动者在社会结构中长期的平民地位而被后天塑造。例如一个早年经历了五四启蒙洗礼的中国知识分子，形成并巩固了理性与批判思维的习性，形成了知识分子自我；而20世纪五六十年代的特殊经历，使其经历了一个"权力相对缺失"的民间状态，被迫下放农村劳动（这一情况极为普遍，大多数原先的权力拥有者如所谓的"地富反坏右"，都有下放、劳改、牛棚、干校的经历），这时，知识分子的习性不再适用于他的当前环境，而环境（比如，一个物质贫瘠、缺少文化、真实粗陋的农村）却不断地塑造着他的习性。这个周期少则两三年，多则二十年。如高晓声所言，二十多年的乡村生活，"不仅使自己成为农民"，而且受到了乡村文化的浸润："我的命运和他们一样……无意识地使他们的生活变成了我的生活。"① 这意味着平民性的形成。

---

① 高晓声：《曲折的路》，《四川文学》1980年第9期。

另一个有趣的实例，如王蒙的小说《蝴蝶》所揭示的那样，作为从书记到部长的"张思远"的政治家自我，与下放时代作为"老张头"的平民自我，通过意识流的技巧，不断进行并置与组接。两种内在自我的频繁切换，使作者不由产生了到底是庄周梦蝶还是蝶梦庄周的梦幻感。但最终，"张思远"所处的现实地位，使他自觉完成了"政治家自我"的定位。

因此，平民自我具有恒定性和原发性；平民性既来自于平民自我的外化，也可以通过权力缺失的环境短暂性传导；平民自我可以通过长期的习得而形成，但先天自我的恒定性要优于后天习得的自我；平民知识分子具有平民自我与精英知识分子自我的双重自我，但孰先孰后会呈现出不同的面貌（例如同为平民知识分子，贵族出身的托尔斯泰与平民出身的赵树理有很大的不同）。以 80 年代文坛上活跃的当代作家为例，那些有下乡经历的知青作家（如韩少功、王安忆、铁凝等），与农村土生土长的作家（如贾平凹、李锐、莫言、张炜等），尽管都有丰富的民间经验与深切的平民体验，但他们最终呈现出来的面貌是不同的。多种自我的并存，造成了个体性格的复杂性，由于多种自我同样都已经内化，当个体在进行切换时，几乎对自己的切换处于无意识状态。但是，先天的自我，较之后天习得的自我，具有更为本质的力量。例如，一位平民出身的富豪，他在公司管理上一丝不苟，这是商业理性自我的呈现；但他依旧保留了喜欢吃红烧肉的习惯，这是平民性的遗存，也是平民自我的外在呈现。

第三是平民化。平民性通过行动、语言文字等具体载体的外化，即平民化。相对于平民自我的内在恒定性，以及平民性的抽象性及形成的长期性，平民化具有暂时性以及具象化的特点。它不一定是平民自我所特有，可以通过"权力相对缺失"的环境传导。例如，当我们审察日常生活中某个菜场上的芸芸众生的行为时，可以说这是一种平民生活。买菜的群体中，可能有政府官员、明星或高级知识分子等享有较多权力的"非平民"——当他们在专业领域以自己的社会身份出现时，由于社会地位或知识资源所赋予的权力，他们会表现出与自身社会地位相符的"非平民"气质；但"菜场"这一日常生活语境，暂时悬置了他们的特定权力，使他们呈现出了与底层平民相通的"平民化"特征（比如无所用心、讨价还价、插科打诨等）。另一个例子是，在电影《罗马假日》中，一开始呈现出了一个时时处于规诫与塑造之中的"公主"；当她逃出象征权力的皇宫，来到大街之后，大街上的日常生活所具有的悬置权力的特点，使她获得了自由自在、快乐不羁的平民化特点；最后，权力重新加冕，她再次远离平民。但短暂的出逃本身却充分表明了，哪怕贵为公主也隐藏着平民性因子。

历史地看，在原初平民那里，平民自我几乎是平民对自己认识的全部内容。在进入文明社会后，随着平民社会地位的取得和上升，也由于生存伦理所具有的利己性、权且性、务实性，它日益被理性、道德、阶级、大众文化等意识形态渗入，从而被文人自我、知识分子自我、商业精英自我等自我认同所遮盖。同时，一个值得重视的现象是，"平民"本身涵盖的群体过于庞大芜杂，在它的自身内部也存在着分层，这在平民的历史发展中其实一直存在，比如之前提到西方历史上的平民曾经包括了地主或者大学教授，但他们与底层挣扎着生活的人毕竟是不一样的。现代社会财富的分配、资源的多样化，以及微观权力的碎片化，客观上强化了这种分层——平民范围的过于弹性也许是其没有被充分研究的重要原因。因此，有必要首先确定同样处于"权力相对缺乏"的状态下，平民之为"平民"的核心辨识标志是什么。

为了深入、历时地研究和理解平民自我的本质特点和发展，有必要首先回归、还原到原初生活本身，从其源头进行考察。

第二节　平民自我的主要特点与发展

一、原初平民的精神内核

在《人类不平等的起源》中，卢梭把人类不平等的起源，归结为权力的产生。卢梭认为，在权力产生之前，人类社会是平等的。私有财产的确立造成的贫富不平等、权力机关设定造成的强弱不平等，发展到合法的权力转为专制的权力，是人类不平等起源的"三部曲"。为了证明这种假设，他从对野蛮人的考察开始了自己的发现之旅。不平等并不是我们所要关注的主要问题（当然也是其中之一），从这篇长文开始本节的研究的主要原因，是卢梭从对野蛮人生存的设身处地的冥想推导出他的结论的方法。

如前所述，本节旨在分析平民自我的主要特点，这没有现成的理论可循。在此有两个理论假设：第一，平民所在日常生活具有累世不移的特点，日常思维与原始思维之间依然保持着一致性。衣俊卿在综合卢卡奇、列维·斯特劳斯、荣格等人的研究基础上，总结了日常思维与原始思维的关系。其一是，代表着人类精神原生态的，未分化的、自在的、混沌的观念世界的原始思维，通过原型或集体表象，内化到日常思维的结构与图式之中。其二是，原始思维与日常思维不只是具有内在的一致性，它们本质上代表着同一个观念世界。因此，断言原始思维是人类精神的原生态，实际上也就是断言日常思维是人类精神的原生态。① 第二，由于平民的核心特征是权力的相对缺失（如上一节的论述），那么，考察权力彻底缺失（还未诞生的原初状态）下野蛮人的内在特征，对平民自我应该具有借鉴意义。如果我们认同，日常思维就是平民思维，那么，当我们有意撤去社会结构中的"习性"施诸的影响，可以辨析出平民自我与原初平民（卢梭所言的野蛮人）自我之间存在着紧密的关联。

在勒赛克尔为《论人类不平等的起源和基础》一书所写的卢梭介绍中，第一节的标题便是"一个平民"。可以列举在写作该书之前卢梭身上所有具有的平民性的那些东西：孤儿、两年的学徒、撒谎偷窃、十三年的流浪生活、生活放荡、敏感冲动，宁可过困苦冒险的自由生活，也不愿意过安乐的奴隶生活，爱自由比爱什么都深切；敌对贵族，认为一些人的富裕就是另一些人的贫困。② 在该书的附录里，彼得·哥尔达美尔说："他所写的一切东西都是对他自己所属的'第三等级'说的。凡是民间出身的人感到不明白的地方，卢梭就把它说得清清楚楚。"③ 因此，卢梭对野蛮人的兴趣，也佐

---

① 衣俊卿：《现代化与日常生活批判》，人民出版社 2005 年版，第 193 页。
② 参见［法］勒赛克尔：《卢梭》：《论人类不平等的起源和基础》，见卢梭著，李常山译，商务印书馆 1962 年版。
③ ［法］卢梭著：《论人类不平等的起源和基础》，李常山译，商务印书馆 1962 年版，第 190 页。

证了平民与野蛮人之间的关系。而从野蛮人身上，我们能够总结平民自我的原初内核。

首先是统一于身体核心的生命意识与生存伦理。卢梭指出，"野蛮人的身体，是他自己所认识的唯一工具"，因之，"他的欲望决不会超出他的生理上的需要。在宇宙中他所认识的唯一需要就是食物、异性和休息；他所畏惧的唯一灾难就是疼痛和饥饿"；"人的最原始的感情就是对自己生存的感情；最原始的关怀就是对自我保存的关怀。饥饿以及种种欲望，使他反复地经历了各种不同的生存方式，其中之一促使他绵延他的种类"。① 身体是最原初的出发点，是生命存在的本源和核心。与身体有关的生理需要、疼痛、饥饿与欲望，彰显着原初平民的生命意识。对身体的情感，也是对生存的情感。因为身体一方面本身就是野蛮人保护自我、猎取食物的最主要的工具，另一方面也是生存活动的本源和目的。

对野蛮人而言，一切基于身体、利用身体和保护身体，生命意识与生存伦理围绕着身体本源，因此二者并没有判然区分。强旺的生命意识，有助于野蛮人在恶劣的自然环境中更好地生存，而生存伦理，也强化了以身体为核心的生命意识。

其次是自由的本能。卢梭认为，"在一切动物之中，区别人的主要特点的，与其说是人的悟性，不如说是人的自由主动者的资格。自然支配着一切动物，禽兽总是服从；人虽然也受到同样的支配，却认为自己有服从或反抗的自由。而人特别是因为他能意识到这种自由，因而才显示出他的精神的灵性。""文明人毫无怨声地戴着他的枷锁，野蛮人则决不肯向枷锁低头，而且，他宁愿在风暴中享自由，不愿在安宁中受奴役。"② 对自由的要求，也联系着马斯洛的前两个层次的生理需要和安全需要：可以设想，对于原初平民而言，自由首先源于生存伦理，即自我保存的本能。例如，在严峻的自然

① 引自［法］卢梭著：《论人类不平等的起源和基础》，李常山译，商务印书馆1962年版，第76、85、112页。

② ［法］卢梭著：《论人类不平等的起源和基础》，李常山译，商务印书馆1962年版，第83、133页。

环境下，对于一个不慎掉进陷阱、失去奔跑跳跃等自由行动能力的原初平民（当然也包括动物）而言，等待他们的几乎只有死亡，对自由的需求强度几乎跟疼痛死亡的强度相仿。当然自由也是强旺的生命意识的象征。一个刚出生的婴儿、一个濒临死亡的老人，最直观的标志便是自由的丧失；一个人（或者动物）最自由的时候，是它的生命力最强旺的时候，他几乎可以按照自己的生命意志，做任何他所想做的事。

自由是一个极为普泛，而且难以达成共识的概念，不为平民所独有，但基于生命的自由构成了文明社会自由观的源头。有必要指出平民的自由和人文知识分子念兹在兹的自由的区别。后者所追求的自由，是关系着精神、人格、尊严、价值观、智力、道德等形而上的自由（如康德所谓的"自由意志"），而原初平民的自由，总是切身的、非理性的、情感性、物质性的，它接近于叔本华所言的"自然的自由"。"竹林七贤""穷则独善其身"式放浪形骸的自由，与梁山好汉聚啸山林或孙悟空大闹天宫的自由，其本质是不同的。

第三是平等的观念。对卢梭来说，原始状态下的"平等"，是先天的、不证自明的"事实"，是带着乌托邦式强烈情感的理想，是"不平等的人类社会"的彼岸。尽管严格说来这一点有待商榷，因为即便在更为"原初"的动物那里，先天生理条件的不同，也会形成不平等的现实，正如猴王、狮王等的存在。应该说，只要有"群居"，便会有不平等，而"孤独的野蛮人"的理论假设，被认为是卢梭这篇文章的理论缺陷之一。

但是，作为"平民"的卢梭对"平等"的强烈诉求其来有自。汉语中的"平民"一词，本身也包含着平等的意思。《汉书·食货志下》中说，"弋猎博戏乱齐民"，颜师古注引如淳曰："齐，等也。无有贵贱，谓之齐民，若今言平民矣。"这一命名暗示了古人对"平等"的普遍化追求。这种对平等的追求，由平民"自由"的生命情感，以及平民处于"权力的相对缺失"的"下位"状态共同激发（当然，还有稍后将要论述到的"同情"心理机制）。稍微复杂之处在于，同样处于权力缺失状态的平民，彼此之间具有平等的天然情感；但在生存伦理的作用下，平民也许倾向于追求或巩固对自己有利的权力（不平等），甚或在一旦获得权力的情况下变本加厉地使用这种权力。这一现象，并不能对平民与生俱来的"平等"观念构成挑战，因为获得权力的平民，已经不再是平民了，起码，他的平民自我，已经被权力自我所压制。从这个角度说，"平等"的追求与平民"权力相对缺失"的状态几乎享有同一个根源。

因此，作为平民理论极为重要的"平等观念"，起码有三个层次的内涵：其一，是平民群体自身或者说作为个体的平民自我，由于权力长期乃至天然的缺失状态，在同情、自由等内在心理机制作用下，对世界万物所形成的平等重视的感受，以及对平等的社会地位以及平等地享有各项权力的内在要求；其二，是从社会文化的层面，对"平民群体"的平等尊重。这种尊重，不只是基于文艺复兴以来兴起的人道主义传统，不只是外在地关注平民政治地位的平等或人格尊重，而是真正深入到平民内部，理解和尊重平民群体的文化逻辑及平民自我的内在特征，在此基础上，展开平等的对话；其三，对原初平民而言，平等的领域比我们日常领会的要广得多。卡西尔指出：

> 原始人并不认为自己处在自然等级中一个独一无二的特权地位上……人与动物，动物与植物全部处在同一层次上……这个原则不仅适用于同时性秩序，而且也适用于连续性秩序。一代代的人形成了一个独一无二的不间断的链条。上一阶段的生命被新生生命所保存。祖先的灵魂返老还童似地又显现在新生婴儿的身上。现在、过去、将来彼此混成一团而没有任何明确的分界线；在各代人之间的界线变得不确定了。①

杜威则进一步指出，面对自然，所有具体的感情和情绪都具有同等的地位。"从经验上来讲，事物是痛苦的、悲惨的、美丽的……它们本身直接就是这样……这些特征本身和颜色、声音，以及在触觉、嗅觉和味觉方面的性质显然是站在同等地位上的。"这种领略，不只是体现了原初平民与自然之

---

① ［德］恩斯特·卡西尔：《人论》，上海译文出版社 1985 年版，第 105、107 页。其中，sentiment 笔者认为翻译为"感受"更为合适。

间亲密而细致的关系，还体现了原初平民那种无所不在的平等的普遍性。类似的看法，是西方泛神论的源泉，也是中国古代"天人合一"哲学和"齐物"思想的基础。

第四，是作为原初平民强烈的情感基质。列维-斯特劳斯认为，"'原始的'思维与现代的思维之间的根本歧异，在于前者完全受情绪与神秘的表象支配"。卡西尔也指出："神话的真正基质不是思维的基质而是情感的基质……这种情感的统一性是原始思维最强烈最深刻的推动力之一。"

由平民的情感基质出发，发展出了平民的非理性和神秘思维，发展出了原始日常生活中兴盛的巫术、神话、图腾等带有强烈自然色彩的精神活动。巫术和神话，来自于原初平民对四季变幻、阴阳交替、草木荣枯等自然现象的不解与恐惧；正是出于对生的强烈的情感，在世界各民族都有关于生死轮回或灵魂不灭的神话传说。

平民设身处地的同情，也源于生命的情感基质。在《论人类不平等的起源和基础》中，卢梭认为，"纯自然的怜悯的力量就是这样，即使最坏的风俗也不能把它们毁灭……这种情感，在野蛮人身上虽不显著，却是很强烈的，在文明人身上虽然发达，但却是微弱的"。

客观地说，卢梭对"同情"的强调，与对"平等"的强调一样，似乎带着主观的偏爱——如前所言，平民的同情感与平民的平等观有着内在的紧密的联系。在残酷的自然条件与权力缺失的状态下，为了最大程度地保存生命，群居与平等互助是长期自然选择的结果，但万物皆平等的天性与群居的特性，并不足以发展出同情的情感。例如，动物对于身处险境的自己的孩子会有强烈的情感关注；但是对于身处险境的自身的同类，它首先感受到的是强烈的逃离的恐惧。但正是同情心的存在，显出了人之为人的高贵。在某种意义上，同情心来自于感同身受的类比性情感，它出现得较早，但起码也与文明的产生的时期并不遥远。正是由于处于权力缺失状态，平民对身处苦难的他人，如同从他人的镜子里瞥见了自己，帮助他人正是帮助自我。他举例指出，"当发生骚乱时，或当街头发生争吵时，贱民们蜂拥而至，谨慎的人们则匆匆走避；把厮打着的人劝开，阻止上流人互相伤害的正是群氓，正是市井妇女"①。

第五，整体性的思维。列维-斯特劳斯曾经提出，"存在着两种科学思维方式、新石器时代和近代科学两个平面一条紧邻着感性直观，另一条则远离着感性直观"②。在《神话与意义》一书中，他对"科学思维"的说法作了一点修正。他说："一方面它终究与科学的思维不同，另一方面它终究逊于科学的思维。它的不同，在于它的目的是要以尽可能简便的手段来达致对整个宇宙的总括性的理解——不只是总括性的（general），更是一种整全的（total）理解。也就是说，它是一种必然意味着'如果你不了解一切，就不能解释任何东西'的思维方式，这与科学的思维是彻底相抵触的。"在前述关于生命一体化的阐述中，在世界不同民族流传至今的各种神话（诸如各民族颇为类似的创世神话）中，我们都可以看到整体化地理解宇宙万物的野心。

在上述的例子中，其实还可以发现，平民的整体观，蕴含着原初平民正反同体的思维。"正反同体性"本来是一个心理学名词，被巴赫金借用来描述民间诙谐文化的特点。较之双重性，正反同体的概念更强调二者的一体两面和密不可分，以及互相转换的属性，也意味着相对、中庸和不极端。在中国古老的、至今还具有生命力的思维模型中，我们比较容易找到例子。例如，中国的阴阳说便来源于古老的自然观，它既对应着自然界中对立又关联的自然现象，如日月、昼夜、男女等，又代表着对宇宙万物相生相克、对立转化的整体理解，同时也被投射到中医关于人体的种种理论，等等。

需要注意到，整体性思维由于其主要提供对宇宙对世界的理解，对权力不构成破坏性，甚至有助于维护权力的统治（例如中国民间从神话体系的角度，将皇帝理解为"天子"），这使它获得了统治阶级的庇护并一直传承下来。从整体性思维出发，平民形成了多样性的重视，允许把尽可能多的无法认知的现象，通过类比、通感、对立转化等方式加以容纳和吸收，比如弗

---

① ［法］卢梭著：《论人类不平等的起源和基础》，李常山译，商务印书馆1962年版，第100—101页、第102页。

② ［法］列维-斯特劳斯著：《野性的思维》，李幼蒸译，商务印书馆1987年版，第21页。

雷泽在《金枝》中剖析过的"顺势巫术"和"接触巫术"都是类比思维的体现。因此，由此进而形成了开放性和世界性的思维。

作为前科学的整体性思维，即便在科学发展的当今，依旧具有重要的意义。现象学大师胡塞尔晚年强调："我们处处想把'原初的直观'提到首位，也即想把本身包括一切实际生活的（其中也包括科学的思想生活），和作为源泉滋养技术意义形成的、前科学的和外于科学的生活提到首位。"①这里，"原初的直观"表明了与整体性思维的深刻关联。

第六，经验思维。经验思维与生存伦理密切相关。巴甫洛夫的动物条件反射试验表明，经验思维甚至是一种动物性的特征。但人的经验思维显然要比动物性经验思维层次更为复杂，也更为细致而普遍。它来自于平民漫长的实践经验。从对身体和保存自我的关怀出发，平民发展出对物的依赖、对事件的关注，以及对经验的重视。由身体——事物——事件——经验，构成了平民基于生存伦理而发展出的务实经验思维的链条。其中，物既是身体安放之所（海德格尔所谓的"在之中"的世界），同时是身体功能的延展，事件是身体的时空历程，经验则是既往成功的事件在当下的类推和重复。

列维-斯特劳斯在《神话思维》中指出，土著居民"对周围生物环境的高度熟悉、热心关切，以及关于它的精确知识，往往使调查者们感到惊异，这显示了使土著居民与他们的白种客人判然有别的生活态度和兴趣所在"；对原始思维与科学思维的区别，他用了"修补匠"与工程师的比喻：前者的操作规则"总是就手边现有之物来进行"，而后者则"靠概念工作"；他还赞成性地引用了其他学者的一句话："生存，就是充满了精确的和确定的意义的经验。"②

值得指出的是，基于实践的务实经验思维具有蔑视知识和理性的特点。卢梭说："如果自然曾经注定了我们是健康的人，我几乎敢于断言，思考的

① 胡塞尔：《欧洲科学危机和超验现象学》，上海译文出版社 1988 年版，第 70 页。引处的"原初直观"与生命直观或生命感受，在内涵上有很大的一致性。
② ［法］列维-斯特劳斯著：《野性的思维》，李幼蒸译，商务印书馆 1987 年版，第 4、9、26 页。

状态是违反自然的一种状态，而沉思的人乃是一种变了质的动物。"① 在这条线索上，福柯也认为："疯癫是对某种杂乱无用的科学的惩罚。如果说疯癫是知识的真理，那么其原因在于知识是荒谬的，知识不去致力于经验这本大书，而是陷于旧纸堆和无益争论的迷津中。正是由于虚假的学问太多，学问才变成了疯癫。"他同时指出，"理性就是秩序对肉体和道德的约束，群体的无形压力以及整齐划一的要求"②。而列斐伏尔也认为，"所谓'纯粹思想'的存在，本身就是对日常生活身体与生活经验的一种系统的污蔑或蔑视"③。

费孝通同样在乡土中国发现了经验的意义。他说：

> 历世不移的结果，人不但在熟人中长大，而且还在熟悉的地方上生长大……祖先们在这地方混熟了，他们的经验也必然就是子孙们所会得到的经验……在定型生活中长大的有着深入生理基础的习惯帮着我们"日出而起，日入而息"的工作节奏。记忆都是多余的。④

经验思维的这种稳定性，包涵了基于生存的智慧，使平民有可能避开由政治、法律、理性等文明形态所构建的陷阱。在中国"文革"的政治狂热中，那些偏远地区的农民之所以能不被政治宣传牵着鼻子走，保持着对下放右派知识分子的尊敬，以及对翻云覆雨的运动的下意识抵制，更主要源于朴素而务实的生存经验。

需要指出，以上六点并不是孤立存在的，它们构成了原初平民自我的共同结构。

二、平民自我的发展与分化

当我们沿着卢梭的思路，设想人类进入了文明社会，私有财产的形成造

---

① [法] 卢梭著：《论人类不平等的起源和基础》，李常山译，商务印书馆 1962 年版，第 79 页。
② [法] 福柯著：《疯癫与文明》，刘北成、杨远婴译，生活·读书·新知三联书店 2003 年版，第 2、21 页。
③ 刘怀玉：《现代性的平庸与神奇——列斐伏尔日常生活批判哲学的文本学解读》，中央编译出版社 2006 年版，第 102 页。
④ 费孝通：《乡土中国·生育制度》，北京大学出版社 1998 年版，第 21 页。

成的贫富不平等，促成了权力的产生，然后合法的权力转为专制，野蛮人进化成为文明人的同时，平民与贵族的阶层区分已经确定，此时，保存自我的生存伦理与张扬自我的生命意识，作为平民自我的原初内核，会发生什么变化？

如前，在野蛮人生活的那个自然社会，生命和生存没有截然的区分，生存伦理与生命意识是高度一致的。限制自由的恐惧，源自对生存威胁的恐惧，对自由的追求，则是张扬生命意识的本能；同情与平等，既是群体性生存抵御生存威胁的需要，也是基于生命意识的情感基质的释放，以及生命平等与生命一体化感受的自然结果。因此，人保持着其自身的整体性。

在文明社会，可以推想，作为第一伦理的生存伦理具有累世不移的恒定性，但文明的发展进程是一个日益远离生命意识的过程。其一，社会结构倾向于把一切动荡不安的因素，诸如张扬的生命力意志，以及自由、平等、同情、强烈的情感基质等，都置于自身的控制之下；其二，平民也日益远离自然，远离使生命力强旺的精神源泉；其三，文明倾向于用哲学形而上的思考，或者用肉体愉悦和满足的幻象来替代生命意识。但是，与生俱来的、基于生命本能的生命意识注定不可能消失。

与此同时，文明的发展、技术的不断进步巩固着平民生存的能力。第一步是降低了对身体与自然的依赖度。威胁平民生存的主要对象不再是自然而是人类本身。例如，猎枪代替了标枪，种植取代了狩猎。武器的发明使人在狩猎时不再需要过分依赖生命的强力，种植使生存的严峻性得以缓解；作为代价，它降低了人的自由，将人束缚于土地。它还使个体化生存取代群体化生存成为可能。一方面，武器性能的提高，使人们在狩猎时遇到大型动物也能够自保，因而降低了群体合作求生的需求；另一方面，种植取代了狩猎，由于安全性、获取物质资料的稳定性大大提高，群体合作不再是生存本身所必需，降低成为一种情感的依赖。群体合作求生的必然性消失后，人与人之间的关系进一步从基于本能的合作逐渐演变成为利益关系。尤其在总体资源有限的情况下，群体的存在甚至局部地成为自己提高生存质量的障碍，这使利己心削弱了同情心。总之，平民原先浑然一体的生存伦理与生命意识开始出现历史性的分离。

当然，生存伦理与生命意识的独特关系还存在于以下情况：生存能力的提升，会进一步影响平民的动机需求。马斯洛提出了人的需求层次理论，即生理需要、安全需要、归属和爱的需要、自尊的需要和自我实现的需要。①原初的生存，基于保护身体的第一伦理，主要是为了满足生理需要与安全需要。当前两个层次的需要满足后，会进而追求更高层次的需求。在低层次需求向高层次需要跃迁的过程中，会调动和激发生命意识，甚至焕发出基于生命意识的迷醉。

总而言之，对于平民自我，生命意识与生存伦理都同样顽固而强烈。当强旺的生命意识不再是生存之必须时，生命意识与生存伦理的冲突便呈现出来：那种不稳定性的、基于个性的、对规范秩序的挑战与破坏，可能会破坏生存所需要的稳定；但生存需求层次的提高，又会召唤和激发生命意识。基于生命意识的同情感，与基于生存压力的利己心，是平民自我既冲突又统一、不可截然区分的两面，凸显了平民自我的双重性与矛盾性。这种冲突贯穿了平民发展的历史。

可以理解，由于生存伦理是平民的第一伦理，因此生命意识在大多情况下，都屈从于生存伦理。鲁迅曾经通过他的作品持续批判"看客"的形象。民众对革命者行刑的围观，源于知识权力缺失所导致的对革命的不解，但归根到底，是源于对生存威胁的恐惧（不愿理解）。主导围观行为的动机，其实也不乏同情——对自由的限制（示众）或者"死"（死刑），都触动着平民的生命感受。在小说《药》中，华老栓买"人血馒头"治儿子的痨病，如果我们真正平等地触及华老栓的内心，未尝没有"同情"的触动——这种触动呈现在华、夏两家最后上坟时的邂逅中；但是，对华老栓来说，保存生命才是第一伦理，作为权力缺失者，他没有能力改变革命者的命运。"同情心"被更为务实的"利己心"所压倒。表面的"麻木"只是平民生命意识对无可撼动的权力秩序以及务实生存伦理的屈从。需要理解这种屈从——

①　参见［美］马斯洛著：《动机与人格》，许金声等译，华夏出版社1987年版，第40—68页。

作为群体的平民，过去这样生活，未来也必然这样生活，正如"不仁"的大地"以万物为刍狗"。但在这群体中，在生命意识与生存伦理的持续的张力中，会有偶然的波动，会产生"变异的"个体；同时，在对抗不断积累的转折关头，沉默的平民群体也可能会在临界之处做出决定性的选择。如果没有"土壤"，这一切将不会发生。这正是平民的群体性意义。

美国学者斯科特通过对马来西亚农民的日常研究，提供了关于平民生存伦理与生命意义具体而细微的互动图景。在《农民的道义经济学》一书中，他提出了平民生存伦理主导下"道义经济学"的概念："徘徊于生存边缘，受各种外界因素摆布的农民家庭很少把传统的新古典经济学所宣称的追求利益最大化作为行动的目的，在避免失败和追逐冒险之间，农民通常选择前者；他们的决策取向是风险规避，缩小最大损失的可能概率。他们是生存伦理至上，践行'安全第一'的原则。"[1] 在《弱者的武器》中，他指出，"农民并不是没有认识到他们的处境……只是他们认识到公开反抗所付出的成本和代价，所以采取了一种'日常反抗'的方式以获得保全和生存的机会"。其反抗的形式则是"行动拖沓，假装糊涂，虚假顺从，小偷小摸，装傻卖呆，诽谤，纵火，破坏等等"[2]。斯科特本人指出，他这些对权力关系与话语的观察不是原创性的，而是千百万人日常的民间智慧的重要部分。

对上述平民现象的进一步理解，还需要借助对"平民伦理"的理解。

基于生命意识与情感基质的同情，平民逐渐发展出了自身的伦理观。亚当·斯密发展了卢梭关于同情的观念，并使之成为《道德情操论》中道德理论建构的出发点。他用"合宜性"这一概念把对同情的研究导向了深入。他认为，合宜与否取决于我们设身处地观察他人的原始激情是否符合我们自己的感受。符合就是合宜的，也就是会引发我们完全同情的；反之就是不合宜的。[3] 例如，平民对被废黜的国王总是倾向于同情，尤其是当看到他所遭

---

[1] 何雨奇：《生存伦理·弱者武器·日常政治》，《读书》2008 年第 2 期。
[2] ［美］斯科特：《弱者的武器》，译林出版社 2007 年版，第 35、38 页。
[3] 参见亚当·斯密著：《道德情操论》，蒋自强、钦北愚等译，商务印书馆 2003 年版，第 14—24 页。

受侮辱与不幸时，哪怕对他曾经非常憎恨，恻隐之心也会占上风，因为这是"不合宜的"。斯密还敏锐地由此论证了道德在不同阶层的价值区分：对于上层人，平民往往会忽略他们的道德，他们的罪恶和愚蠢，甚至成为时髦和仿效的对象，他们为了攫取权力达成野心，往往凌驾于法律之上，而且不择手段，但只要成功，就会完全掩盖或使人忘却他曾经使用的邪恶手段（因为这是合宜的）。但对低等或中等阶层的平民，舆论和法律不会宽容：他们的成功几乎总依赖于邻人和同他们地位相同的人的支持和好评，如果行为不端，他们可能一无所获（他们遭受的谴责符合他们的地位）。[1] 这也是事实上平民自身为何对民间道义总非常看重的原因之一。

斯密并未注意到伦理与道德的不同——事实上我们对二者很少加以区分。例如，《辞海》中对这两个词条的相关解释分别是，"伦理：处理人们相互关系所应遵循的道理和准则，现通常作为'道德'的同义词使用。""道德：以善恶评价的方式来评价和调节人的行为规范手段和人类自我完善的一种社会价值形态。"[2] 当我们试图对平民在漫长的生存过程中基于经验所形成的行动准则加以概括时，会意识到，称之为平民伦理而非平民道德更为准确，正如我们在本节中已经不加辨析地、直觉地使用的平民"生存伦理"而非"生存道德"。

如果我们细究二者之间细微的区别，会发现区别在于，其一，道德倾向于主体性，强调主体的"自我完善"，而伦理则强调主体间性，即强调在相互交往的关系中，赖由他人所确定的评价。老百姓会为一个手刃逆子、因此正等待法律判决的老实人请愿。在这一悲剧中，平民不会考虑到"自我完善"，他们自发的请愿，表明了民间伦理对这个可怜的父亲的肯定。

其二，道德评价标准是是非善恶，而伦理的评价标准毋宁说是"合宜"。平民不需要抽象的道德，也不需要善恶的判断；那些在彼此交往中积累起来的有助于生存的经验准则形成了伦理，它们同时还受到平民自我的生

---

① 参见 ［英］亚当·斯密著：《道德情操论》，蒋自强、钦北愚等译，商务印书馆 2003 年版，第 74—77 页。

② 《辞海》（缩印本），上海辞书出版社 1999 年版，第 266、1282 页。

存伦理与生命意识的"审查"。例如，生存伦理本身，是无关对错而只关乎合宜的；滴水之恩涌泉相报，两肋插刀、诚实守信、仗义疏财、金兰之交、朋友妻不可欺等等，都是基于平民之间的群体互助原则的；反之，轻声细语、不随地吐痰等，尽管也涉及人际交往关系，但它们是文明人的"道德"，因为有悖于强旺的生命意识而难以成为平民的伦理。再如，对婚外情之类的不正当道德，民间伦理对此就相对宽容得多。当然，善与合适，本身存在很多的共性，这也正是道德与伦理在很多情况下有一致的外在表现的原因。

其三，道德侧重于抽象的标准，而伦理则强调实践性。例如，基于血亲关系的亲缘关系，以及尊老爱幼传统美德等，既来自于文明对平民阶层的漫长的道德塑造的影响，也受群体生活传统、同情情感、经验务实思维等推动。上述《道德情操论》对"道德"的推论，恰恰是建立在复杂的知识体系的推演之上，这也呼应了另一个常识：道德体系本质上是文明的产物，因此具有非平民性。而如前所言，平民本能地拒斥知识和真理，一切标准必须基于切身的经验而务实地加以考量。

其四，作为推论，相对而言，道德是静态恒定的，而伦理则是动态弹性的。《白鹿原》中，白嘉轩所秉持的儒家规范，是静态恒定的道德；田小娥的所作所为，显然不符合儒家道德，但从民间伦理的角度看，则依据不同的情境，在合理与不合理之间呈现出动态与弹性的特点，这也正是此类人物在读者大众那里更富有感染力的原因。进一步而言，民间伦理的动态弹性，也是民间相对性和开放思维的内在根源之一。

顺便指出，"平民"概念有广义和狭义的两种。基于上面的论述，狭义的平民简单地说，是平民自我占据主要地位的平民，也即处于权力相对缺失状态，在生命意识与生存伦理的统一与对抗之中，具有自由平等的立场，同情、非理性和神秘主义体验等为内涵的情感基质，整体性思维和经验性思维等特点，遵循合宜性、动态化、实践性的平民伦理的平民。由于概念的严格限定，这样的平民具有一定的理想性。广义意义上的平民，则是指处于"权力的相对缺失"状态的普通民众。现实中的平民大多是广义的平民。他们的平民自我可能被其他自我所遮蔽或覆盖，但生命意识与生存伦理的内核，依旧使其平民性的呈现较其他阶层更为活跃而鲜明。他们具有上述平民自我的部分或全部特征。由于严格意义上的狭义的平民，在现实中少有存在（它作为一种平民的典型或者理想样本存在），若无特别说明，本书中的平民，即指广义的平民。

第三节　抵抗与收编：从狂欢节到大众文化

一、日常生活：现实与"绝壁"

如前所言，日常生活具有悬置权力（既包括政治地位等宏观权力，也包括知识、符号等微观权力）的特点，是平民的栖身之所。因此，对平民进入文明社会后的研究，必须从对日常生活的研究入手。"每个人在他的日常生活中，其行为与活动方式往往都是本能的、下意识的或不假思索的过程。物、人、运动、工作、环境和世界等等的创造性和可靠性都是不曾被人感知的……一般人都听从机械的本能，带着一种习以为常的感受和习惯在这种司空见惯的节律中游荡"①。20世纪以胡塞尔、海德格尔、列斐伏尔、卢卡契等哲学家为标志的"理性向日常生活的回归"的哲学转向②，为平民意识的自觉揭开了序幕。

日常生活本身不是本书的重点，在此重点考察日常生活与平民之间的关联。日常生活的一个较为显著的特点就是其世俗化特征。在此需要指出世俗化与平民化的区别。简言之，世俗化强调了平民生存伦理的内核，而平民化则增加了生命意识的内核，后者赋予了平民大众以生生不息的革新的源泉，同时也使平民呈现出正反同体的复杂面貌——这种复杂性使得平民具有了复杂矛盾的"人性"。世俗化的日常生活由于突出了生存属性，它的特点及潜在的问题皆由此而来。

---

① 张之沧、龚廷泰等：《从马克思到德里达》，人民出版社2002年版，第523—524页。
② 参见衣俊卿：《理性向生活世界的回归——20世纪哲学的一个重要转向》，《中国社会科学》1994年第2期。

衣俊卿认为，"日常生活是以个人的家庭、天然共同体等直接环境为基本寓所，旨在维持个体生存和再生产的日常消费活动、日常交往活动和日常观念活动的总称，它是一个以重复性思维和重复性实践为基本存在方式，凭借传统、习惯、经验以及血缘和天然情感等文化因素而加以维系的自在的类本质对象化领域"①。他还吸收了列斐伏尔的理论，把日常生活演进史划分为三个大的阶段，即与古代文明相对应的原始日常生活阶段、与农业文明相对应的传统日常生活阶段，以及同现代工业文明相对应的现代日常生活阶段。在原始日常生活阶段，日常生活在巫术、神话、图腾、原始意象等的支配下，涵盖了原始人的全部生活与活动，带有强烈自然色彩，整个原始社会可以说就是一个日常生活世界，在传统日常生活阶段，非日常生活领域开始从原始的日常生活世界中分化出来，过于庞大的日常生活世界，客观上阻碍了人类社会的发展，但也使人们与自然之间保持着紧密的联系；而在与工业文明对应的现代日常生活阶段，日常生活世界的领域急剧缩小，退隐到背景世界之中，成为与轰轰烈烈的非日常生活世界相对应的狭小的私人领域。②

基于上面对日常生活的简单论述，可以概括日常生活与平民之间有如下关系：

第一，日常生活是世俗化的生活，是平民务实生活特点的体现。政客们由竞选、游说、开会构成的生活，或科技精英们在华尔街紧张工作的生活，尤其明星演员们面对镜头的生活不是日常生活。在衣俊卿所言的作为日常生活基本寓所的"个人的家庭、天然共同体"中，人们之间的纽带主要依赖亲情，因此不适用宏观权力；重复性思维和实践的存在方式，意味着日常生活的"不假思索"、可以经验式照搬的特点，这在很大程度上悬置了微观权力；日常生活注重的传统、经验、习惯、天然情感或血缘关系，也更多地系于经验和本能而非宏观或微观的权力。日常生活在漫长的历史发展过程中所形成的稳态的道德、文化和权力结构，既较大限度地限制了平民的生命意

---

① 衣俊卿：《现代化与日常生活批判》，人民出版社 2005 年版，第 31 页。
② 衣俊卿：《理性向生活世界的回归——20 世纪哲学的一个重要转向》，《中国社会科学》1994 年第 2 期。

识，同时也使生命意识的适当宣泄成为必要——主要体现在日常生活的节日、庆典等特定时间点。

第二，日常生活包括乡土日常生活与市井日常生活。中国城乡发展的不均衡性放大了乡民与市民的区别。乡民还与自然保持着相对紧密的联系，生命意识在广袤的自然空间，以及与土地为伍的劳作中，得以适当舒展；同时，传统生存经验、自然习俗、血脉宗法伦理等，还在发挥着作用。而市民则被割断了与自然的联系，尤其是随着城市的发展以及物质水平的提升，生存问题的严重程度被大大缓解甚至消失，而生命意识则随着工业文明下的科层制、精细的社会分工等被不断弱化及抑制，由此，生命意识和生存伦理被一并抛入"无法承受之轻"，如何重建平民自我的内核成为一个问题。

第三，衣俊卿专门研究了日常思维与原始思维之间的关系，作为结论，他指出：

> 表述之一：原始思维代表着人类精神的原生态，它是一个未分化的、自在的、混沌的观念世界……原始思维通过原型或集体表象，内化到日常思维的结构与图式之中。表述之二：原始思维与日常思维不只是具有内在的一致性，它们本质上代表着同一个观念世界。因此，断言原始思维是人类精神的原生态，实际上也就是断言日常思维是人类精神的原生态。[①]

这一观点，进一步地表明了平民自我研究的重要性，因为对当下的乃至未来的日常生活的认识与重建，都具有重要的意义。

如前所述，世俗化的日常生活使大众日益远离生命意识与情感基质，而投向务实的生存伦理。以自我保存为首要目标的生存伦理及其从切身感受出发的思维方式，几乎是必然导致生存压力下的利己心，意味着经验思维主导下不假思索的屈从。经验意味着习惯，契合了日常生活的单调重复特性。正如前面所指出的，由于缺少有力的理论与自觉认同作为支撑，平民自我难以面对外来的压力保持独立的地位。外在表现则是，平民满足于对象的"如

---

① 衣俊卿：《现代化与日常生活批判》，人民出版社2005年版，第194页。

是性"，很少询问"为什么"，他们拒绝思考、人云亦云、麻木地随波逐流，处于异化及沉沦之中，成为海德格尔所言的"庸庸碌碌，平均状态，平整作用"的"常人"。也正是利己心，使得平民在客观上彼此孤立起来，成为马克思所言的"一个个马铃薯的集合"。在现代日常生活中，平民日益远离自然，并被全面地组织纳入生产与消费的总体环节中去，异化现象尤为明显。恩格斯很早就描写过伦敦人：

> 像伦敦这样的城市，就是逛上几个钟头也看不到它的尽头，而且也遇不到表明快接近开阔田野的些许征象……伦敦人为了创造充满他们城市的一切文明奇迹，不得不牺牲他们的人类本性的优良品质……在这种街头的拥挤中已经包含着某种丑恶的违反人性的东西……他们彼此从身旁匆匆走过，好像他们之间没有任何共同的地方。好像他们彼此毫不相干，只在一点上建立了一种默契，就是行人必须在人行道上靠右边行走，以免阻碍迎面走来的人；谁对谁连看一眼也没想到，所有这些人越是聚集在一个小小的空间里，每个人在追逐私人利益时的这种可怕的冷漠，这种不近人情的孤僻就愈使人难堪、愈是可怕。①

日常生活从来都有卑微而顽固的一面，在以列斐伏尔为代表的日常生活批判理论中，充分揭示了其本真性的缺失与异化的四处弥漫。异化已经成为普遍现象，它不唯在资本主义社会，而是在所有现代日常生活中共同存在。

如何免于异化，成为近代以来哲学家们共同关注的对象。马克思主义将其消亡寄于私有制和阶级的消亡；尼采呼吁"超人"；海德格尔提出可以通过返回本真的生存之思，通过瞬间的"良心觉悟"的途径。但这些略显"高蹈"的解决方案，由于没有从平民本位出发审视平民自我，因而难以穿透日常生活内部。这多少源于知识分子对平民根深蒂固的忽视，即便他们中的大多数是对底层民众持同情态度（尼采的姿态是贵族的）、并提供了很多真知灼见的哲学家乃至社会活动家。比如布尔迪厄，他对社会不公、社会苦难、等级区隔等的分析与批评，对在教育普及、民主深化的表象下，权力借

---

① 恩格斯：《英国工人阶级状况》，《马克思恩格斯全集》第2卷，人民出版社1957年版，第303页。

助符号的"巫术效应"以隐蔽的方式进行劫夺的真相的揭露，可谓入木三分；但也如研究者所指出的，他认为有能力反思和有效抵抗的社会行动者只有贯彻反思精神的科学知识分子，对平民的抵抗持悲观态度。① 悲观当然源于"启蒙之难"的现实困境，但如列斐伏尔所言，传统哲学不但脱离日常生活，哲学理性还反过来对日常生活进行强制，被哲学"启蒙"了的世界其实处于一片被蒙蔽之中，这是一个被忽略或遮蔽的重要原因。

精英知识分子面对的似乎是一个蒙昧的"绝壁"，他们正面攻坚，期待通过水滴石穿的努力，最终能凿穿这"绝壁"，却发现陷入了西西弗斯式的困境。如钱理群在研究"五四"时曾经感慨"我们仍未从根本上走出'历史循环'的怪圈"，并借鲁迅的话说："什么都要从新做过。"② 即便如此，他们拒绝哪怕是暂时地放下手中的"錾子"，去真正关注一下"绝壁"后的真实状态。尽管他们身上也流淌着与"绝壁"后的民众同源的血脉，但他们不认为这些"同胞"有同时疏通绝壁、跟自己"里应外合"的可能。其实，平民也在反对自身的异化，基于平民立场，这种异化在本质上来自于"以保存自我的务实生存为第一伦理"的生存伦理本身的缺陷，生命意识如同平民自身的"免疫系统"，一直在抵抗着"生存伦理"基因的过度繁殖。这种平民自我内部隐蔽的斗争，同样贯穿了数千年的文明史。现代文明加大了生存伦理的繁殖，因而使得生命意识的抵抗处于失效的状态，但是，这并不意味着生命意识是无效的，正如我们不能由于癌症的发生而放弃免疫系统一样。一种可行的"医疗方案"，是通过外部的和现代医学的帮助，恢复和强化自身的免疫系统。

如前所言，晚年胡塞尔意识到了这一问题。他试图通过把"原初的直观"提到首位的方式，从理想的科学世界回归到前科学的"生活世界"。返回的"桥梁"，是悬置科学的间接性，超越传统的武断认识论或所谓的科学真理，直接指向"事物本身"，通过这一路径，可能会带回自我意识体验到

---

① 张意：《文化与符号权力——布尔迪厄的文化社会学导论》，中国社会科学出版社 2005 年版，第 27—28 页。
② 钱理群：《试论"五四"时期"人的觉醒"》，《文学评论》1989 年第 3 期。

的所有活生生的关系，"就像渔网从海洋深处带回活蹦乱跳的鱼类和藻类"一样。显然，这个"生活世界"与我们所讨论的日常生活世界有着密切的关联。换一个角度说，日常生活世界并非只是如恩格斯所描述的那个异化的世界，同时也是一个有着"活蹦乱跳的鱼类和藻类"的世界，这个世界，等待着我们的进入和发现。

因此，生活世界中的平民应该被尊重，他们的内部世界以及所做的努力需要被理解，需要在此基础上进行平等对话——这正是本书平民理论研究的重要着眼点。

二、狂欢节：面向日常生活的抵抗形式

在卢梭结束关于野蛮人的探讨的地方，是作为西方文明源头的希腊文明。象征着光明、纯洁的日神，是古希腊最能代表时代精神，也占据最显要位置的神。但正是从希腊时期，平民也开始了对代表着狂欢、丰产与植物的酒神的崇拜。酒神的非理性体现了生命的自然力量，体现了对一切禁忌、压制和规训的挑战和蔑视，后来的尼采正是借酒神精神颠覆现代文明，成为其众所周知的哲学内核。酒神精神所代表的破坏和动荡，在希腊和罗马时期就遭到抑制，例如罗马元老院就曾专门颁布法令禁止酒神节。尽管如此，源于希腊酒神节、古罗马农神节和牧神节等古典节日的狂欢节，还是在规诫森严的中世纪，甚至在基督教内部，作为笼络人心的手段出现了。彩车游行、假面具和宴会成为狂欢节的传统特色。因此，齐美尔也以谨慎怀疑的态度，提及了欧洲的历史记忆里几乎被公认的中世纪：一个抑制个人自由的、"共同形式"的时代，他怀疑"中世纪是否真的这样绝对缺乏个性特征"①。

上面简单地勾勒出一个"古希腊——中世纪——文艺复兴"的历史链条。事实上，20世纪的巴赫金、列斐伏尔、福柯等诸多哲学家，正是不约而同地沿着这一脉络，寻觅差异、抵抗等被遮蔽的传统，为发现在现代性异化世界中"活蹦乱跳的鱼类和藻类"而努力。

---

① ［德］齐美尔：《大都会与精神生活》，上海三联书店1991年版，第291页。

福柯指出："古希腊人与他们称之为'张狂'的东西有某种关系……自中世纪初以来，欧洲人与他们不加区分地称之为疯癫、痴呆或精神错乱的东西有某种关系。"① 巴赫金指出，狂欢节是属于人民大众的，与官方节日对立的，仿佛是庆贺暂时摆脱占统治地位的真理和现有的制度、庆贺暂时取消一切等级关系、特权、规范和禁令的真正的节日②。列斐伏尔则说："我们能够容易在今天的农村找到与古代世界相差无几的日常生活场面。在古希腊的农村有自己的节日，按照自己的日历来安排自己的节日……那个酒神精神澎湃汹涌、激情奔放无羁的狂热世界。每个人在狂欢的节日里尽情地欢歌劲舞"③。

他们所提出的解决方案，也是自下而上、富有平民色彩的。20世纪兴起的后现代理论，就其反对理性化、反知识化体系化、强调反抗和解构的本质而言，体现为一种平民性策略。为挣脱现代权力的控制，实现人的解放，福柯提出了两种方案："局部斗争"和"生存美学"。由于权力不是中心的，而是多元分散的，因此对权力的反抗不是总体性的，只是局部的；不是你死我活，而是权力与反抗共存和协调的。生存美学则反对现代道德的强制性、规范性、主体性和整齐划一，主张彻底自由的，完全个性化的选择，但需要用一种美学思想作为指导，使自己成为独具风格的艺术品。只有合乎美的选择，才能从权力的桎梏中解放出来。

巴赫金则通过拉伯雷的作品挖掘中世纪和文艺复兴期间的民间文化，从而挖掘了被历史掩盖的狂欢节文化，并借助狂欢节——狂欢式——狂欢化这样的转换通道，提示了平民性从生活走向艺术的转化过程。他指出，狂欢式的形成，使狂欢节逐渐脱离了固定的时间（节日）和地点（广场），向人类生活的各个方面渗透，成为一种具有普遍意义的文化形式，而"狂欢式转

---

① ［法］福柯著：《疯癫与文明》，刘北成、杨远婴译，生活·读书·新知三联书店2003年版，第3页。

② ［俄］巴赫金：《巴赫金全集》第6卷，河北教育出版社1998年版，第11页。

③ Henri Lefebvre, Critique of Everyday Life, volume I, pp. 201-202. 转引自刘怀玉：《现代性的平庸与神奇——列斐伏尔日常生活批判哲学的文本学解读》，中央编译出版社2006年版，第181页。

化为文学的语言，这就是我们所谓的狂欢化"①。由此，平民性凸显了它在近代以来的文化意义。

列斐伏尔的日常生活批判理论中既有海德格尔的影子，更体现了巴赫金的影响。他早期寄托于日常生活的节日化想象，后期则转向强调"瞬间"对日常生活的超越和否定意义："它是一种节日，一种惊奇，但不是一种奇迹。只有在日常生活的单调无奇之处，瞬间才有大显身手的地方与舞台。"②无论是节日或者作为惊奇的瞬间，都具有狂欢的性质，因而是对平民自我中生命感受的召唤。

由于狂欢节体现了平民以生命意识突破中世纪以来日常生活的生存实践，在此拟借助巴赫金的相关研究结论，对民间狂欢节文化所蕴含的平民性加以概括和归纳。

首先，狂欢节是与广场联系在一起的。平民从居室聚焦到广场，开始他们的节日。广场上包罗万象，具有全民参与的特点，没有观众和演员之分，因此具有普天同庆、全民性的特点。狂欢节的笑，是"大众"都笑，全民式的笑，是针对一切事物和人（包括狂欢节的参加者）的，整个世界看起来都是可笑的。因而，这个狂欢节广场，又是开放性的，具有未完成性、变易性的。狂欢节的生活，呼应着原初平民的群体生活记忆以及自由、平等、欢乐、同情等平民自我的内质。需要指出的是，全民性即群体性，是不同于卢梭认识的平民的一个重要特征。群体性的历史记忆来自于如前所言原初平民抵抗恶劣生存环境的策略需要，后来，又基于归属与爱的需要。马斯洛指出归属需要"在小说、自传、诗歌、戏剧以及新兴起的社会问题文学中，它是一个常见的主题"③。

其次，狂欢节的一个重要内容是宴会与筵席。大吃大喝本身是与身体密切相关的。如前所述，对于权力缺失的平民而言，身体既是保存的对象也是

① ［俄］巴赫金：《巴赫金全集》第 5 卷，河北教育出版社 1998 年版，第 161 页。
② 刘怀玉：《现代性的平庸与神奇——列斐伏尔日常生活批判哲学的文本学解读》，中央编译出版社 2006 年版，第 234—235 页。
③ ［美］马斯洛著：《动机与人格》，许金声等译，华夏出版社 1987 年版，第 50 页。

赖以生存的手段，是生命意识与生存伦理的内核，也是自然的一个部分。随着人类知识、文明的发展，以及种种形而上的精神追求的崛起，作为平民物质化本源的身体，本身具有与大地、地面上的大众一样的地形学意义。巴赫金指出了肉体因素与平民的关系："物质—肉体因素的体现者不是孤立的生物学个体，也不是资产阶级的利己主义的个体，而是人民大众，而且是不断发展、生生不息的人民大众。因此，一切肉体的东西在这里都这样硕大无朋、夸张过甚和不可估量。主导因素都是丰腴、生长和情感洋溢。"

因此，对于平民，肉身并不沉重，身体形象所蕴藏的强旺的生命意识，包含着欢乐、自由、平等等诸多内涵。巴赫金在研究拉伯雷作品时指出，"生活的物质——肉体因素，如身体本身、饮食、排泄、性生活的形象占了绝对压倒的地位，而且这些形象还以极度夸大的、夸张化的方式出现"。而费斯克也从另一个角度指出，"狂欢节堕落的方面，完全在于它将万事万物都拉低到身体原则的平等性上。狂欢节要瓦解的是强加于身体之上的一种意识形态的社会的精神性的紧箍咒"①。

第三，狂欢节人物包括小丑、傻瓜、骗子等人物，它们是狂欢节假面和化装舞会的主人公，呼应着原初平民张扬的生命意识。因为小丑、傻瓜等面具，赋予了他们免于被文明、科学、理性、法治所规诫的"法外特权"，从而具有了听从生命本身的自由。巴赫金认为"小丑和傻瓜是中世纪诙谐文化的典型人物。他们仿佛体现着经常的、固定于日常（即非狂欢节的）生活里的狂欢因素"②；福柯对疯癫者的考古，以及其作为象征而重点征引的一首诗《愚人船》中，乘客有守财奴、诽谤者、酒鬼，还有放荡不羁者、曲解圣经者、通奸者等形象，与巴赫金的民间人物如出一辙；米兰·昆德拉认为"在福楼拜对死亡的看法中，最令人震惊最令人发指的是：在科学、技术、进步与现代性面前，傻非但没有消失，相反，却与进步并驾齐驱。现代的傻不是意味着无知，而是对既成思想的不思考。福楼拜的发现对于世界未

---

① ［美］约翰·费斯克：《理解大众文化》，中央编译出版社 2001 年版，第 102 页。
② ［俄］巴赫金：《巴赫金全集》第 6 卷，河北教育出版社 1998 年版，第 9 页。

来比马克思或弗洛伊德的最震撼人心的思想更为重要"①。而如上节所引，斯科特则指出，"行动拖沓，假装糊涂，虚假顺从，小偷小摸，装傻卖呆，诽谤，纵火，破坏等等"，是日常生活中"弱者的武器"。

进而言之，狂欢节人物，以及他们所带来的狂欢以及狂欢节的笑，其意义正在于反抗社会的刻板与僵硬。如柏格森指出的，"社会要进一步消除这种身体、精神和性格的僵硬，使社会成员能有最大限度的弹性，最高限度的群性。这种僵硬就是滑稽，而笑就是对它的惩罚"。"掺进自然界中的机械动作、社会中的刻板的法规——这就是我们得到的两类可笑的效果。"②

第四，狂欢节具有正反同体性，它呼应着原初平民生命同一性的生命体验，以及平等相对的情感基质。上面谈到卡西尔认为生与死是相互衔接和转化的，对此巴赫金也有类似的认识："死亡和再生、交替和更新的因素永远是节庆世界感受的主导因素。正是这些因素通过一定节日的具体形式，形成了节日特有的节庆性。"③它们在平民整体性与类比性思维作用下，转换为狂欢节的正反同体性。巴赫金指出，"这种诙谐是正反同体的：它是欢快狂喜的，同时也是冷嘲热讽的，它既肯定又否定，既埋葬又再生"④，"狂欢式所有的形象都是合二为一的，他们身上结合了嬗变和危机两个极端：诞生与死亡（妊娠死亡的形象）、祝福与诅咒（狂欢节上祝福性的诅咒语，其中同时含有对死亡和新生的祝愿）、夸奖与责骂、青年与老年、上与下、当面与背后、愚蠢与聪明。对于狂欢式的思维来说，非常典型的是成对的形象，或是相互对立（高与低、粗与细等等）或是相近相似（同貌与孪生）……"⑤

因此，正反同体性，既是如前所述的整体性思维的体现，是重要的平民文化的现象，也是民间诙谐的重要构成机制。尤为重要的是，它有力地支撑

① ［捷克］米兰·昆德拉著：《小说的艺术》，孟湄译，生活·读书·新知三联书店1992年版，第158页。
② ［法］柏格森：《笑——论滑稽的意义》，中国戏剧出版社1980年版，第13、28页。
③ ［俄］巴赫金：《巴赫金全集》第6卷，河北教育出版社1998年版，第14页。
④ ［俄］巴赫金著：《巴赫金文论选》，佟景韩译，中国社会科学出版社1996年版，第108页。
⑤ ［俄］巴赫金著：《陀思妥耶夫斯基诗学问题》，白春仁等译，生活·读书·新知三联书店1988年版，第180页。

并强化了平等和相对这两种典型的平民观念。因为既然个人、自然乃至世界都是正反同体的，那任何单方面呈现出的美好、庄严、神圣、崇高、光明、严肃等，就显出了可疑与可笑。狂欢节上笑谑地给狂欢节国王脱冕，或者把小丑加冕成为国王等仪式，其本质都体现了平民颠覆权威、解构神圣的正反同体思维。

容易看出，狂欢化的特点与后现代主义有些许类似之处。后现代话语同样是从"狂欢节""愚人船"开始了其理论的建构。① 在西方，"狂欢化与后现代"曾一度成为热门话题。美国学者伊哈布·哈桑借用巴赫金的"狂欢"一词来表现后现代的反系统的、颠覆的、包孕着苏生的要素。但是，二者也是有区别的。尽管二者都站在"现代性"的对立面，但平民思维的历史显然要比后现代主义更为古老和原始，或者说，平民思维正是后现代主义古老的亲戚。但与后现代主义摒弃整体性，强调碎片化、个体化乃至虚无主义不同，平民文化里葆有了对生命意识的重视，提供了整体性和经验性思维以及欢乐积极的情绪指向，无疑更具有积极意义，而且，也更为适合中国的现实国情。

当然，尽管巴赫金认为狂欢节"显示的完全是另一种，强调非官方、非教会、非国家地看待世界、人与人的关系的观点；它们似乎在整个官方世界的彼岸建立了第二个世界和第二种生活，这是所有中世纪的人都在或大或小的程度上参与，都在一定的时间内生活过的世界和生活"②。但狂欢节毕竟不是平民的日常生活，甚至有学者指出中世纪的狂欢节其实只是在一个很小的范围内，在宗教的许可下有限地、局部性存在。事实上，巴赫金也指出一种令人忧虑的趋势是，不仅是日常生活被异化，作为"第二种生活"的狂欢文化，也处于不断被弱化之中：

在这个时代（其实，是从十七世纪下半叶以来），民间文化的各种

---

① 参见赵一凡：《西方文论讲稿——现代性与后现代主义》第四讲，生活·读书·新知三联书店2007年版，第63—66页。

② ［俄］巴赫金：《弗朗索瓦·拉伯雷的创作与中世纪和文艺复兴时期的民间文化》，《巴赫金全集》第6卷，河北教育出版社1998年版，第6页。

狂欢仪式—演出形式逐渐狭隘化、庸俗化和贫乏化。一方面，世俗生活被国家化，逐渐变成歌舞升平的东西，另一方面，节日生活被日常化，即退居个人、家庭和室内的日常生活。往昔节日广场上的那些特权日益受到限制。那种特殊的狂欢节世界感受及其全民性、自由性、乌托邦性和对未来的向往，开始变成一般的节日情绪。节日几乎不再是人民大众的第二种生活，即人民大众暂时的再生和更新。①

由于民间狂欢节在权力的制约下（国家化）逐渐失去了其欢乐的节日属性，那种在大型广场上的节日狂欢消失了，但其精神内核却以"狂欢式"的形式保存下来。巴赫金所说的狂欢式，意指遍布于日常生活之中的、一切狂欢节式的庆贺、仪礼、形式的总和。狂欢式的形成，"使狂欢节逐渐脱离了固定的时间（节日）和地点（广场），向人类生活的各个方面渗透，成为一种具有普遍意义的文化形式"②。而"狂欢式转化为文学的语言，这就是我们所谓的狂欢化"③。这也正是巴赫金高度评价以拉伯雷小说为代表的民间文化的原因。

三、大众文化对平民文化的收编

巴赫金由"狂欢节—狂欢式—狂欢化文学"的思维发展途径及其大致形式，主要基于西方狂欢节民间文化，具有较明显的西方特色；即便在西方，也不宜无限制地夸大其意义与普遍性。而中国自有其独特的国情与文化传统，尤其是在漫长的历史过程中所形成的含蓄内蕴的传统。因此，本书并不意在简单地移植这种狂欢化理论，但是，它启发我们重新关注节日生活的意义，关注民间文化所蕴含的反抗力量，以及平民对日常生活抵抗的方式。

例如，在日常生活日益陷入沉沦或异化、平民日益屈从于生存伦理而丧失生命意识的当下，经过"重造"的节日、仪式与庆典，本可能成为平民

① ［俄］巴赫金：《弗朗索瓦·拉伯雷的创作与中世纪和文艺复兴时期的民间文化》，《巴赫金全集》第6卷，河北教育出版社1998年版，第39—40页。
② 王建刚：《狂欢诗学——巴赫金文学思想研究》，学林出版社2001年版，第108页。
③ ［俄］巴赫金：《巴赫金全集》第5卷，河北教育出版社1998年版，第161页。

自我的精神神殿或自我更新的契机。中国有众多传统的民间节庆，简单列举如春节、元宵、寒食、端午、清明、七夕、中秋、重阳、冬至、腊八等传统节日，但许多节日已经失去了其中与自然及生命意识相关联的内涵，例如春节的传统中，本包含着祭灶、社火、守岁、祭祖等丰富的活动，但目前已经很少能看到。除此之外，民间庙会、灯会、赛龙舟、放灯等特定节日活动，也或者因为安全等原因被缩小，或者被商业文化景观化、表面化；反观西方，诸如万圣节、圣诞花车游行等，动辄全城出动，全民参与，表明这些节日并不与现代文明必然冲突，只是因为萎缩的生命意识已经无力参与到这种对原初记忆的唤醒。在此情形下，更遑论恢复一些已经消失的节日。例如，孔子的学生曾点曾描述过非常著名的理想："暮春者，春服既成，冠者五六人，童子六七人，浴乎沂，风乎舞雩，咏而归。"这一活动的背景，是现在已经消失的节日——农历三月初三的"上巳节"，这个节日还包含着"祓除""衅浴"等古老的除凶去垢的宗教活动。可能也正是由于其中包含着与自然合一的舒张自由的生命意识，因此引得孔子也不由得应和："吾与点也。"但这种情形在当下很难有再现的可能。

节日所包含的生命意识的萎缩，除了科层制的工业制度，还源于平民在20世纪后期遇到的另一个重大的威胁，那就是巴赫金和福柯等学者都没有充分关注到的媒体时代的大众文化工业。

大众文化（mass culture）作为一个"热点"问题，其定义极其庞杂，如西方法兰克福学派的本雅明、阿多诺、霍克海默、英国伯明翰学派的霍加特、威廉姆斯、汤普森，以及其他英美法理论家如杰姆逊、费斯克、布尔迪厄、鲍德里亚等人，都对这一概念进行过自己的阐释，金元浦在《定义大众文化》① 一文中曾简单列举了其中的十二种定义。法兰克福学派阿多诺等人强调大众文化是以标准化、陈腐老套、保守主义等为特性的文化工业产品，同时它们维护了社会的统治权威，制造了大众的虚假的需求，是欺骗群众的统治工具。费斯克等不同意把大众只看作被动受控的客体，而认为大众

———————————

① 金元浦：《定义大众文化》，《中华读书报》2001年7月26日。

文化中也隐含着一种积极能动的自主性力量。他们认为，民间文化是从下而上长出来的，是人们自发的土生土长的表达，是根据自己的需要创造出来的，"几乎没有得到高雅文化的益处"①。同样，威廉姆斯对大众文化持肯定态度："近年来事实上是大众为自身所定义的大众文化……它经常是替代了过去民间文化所占有的地位，但它亦有种很重要的现代意识。"②

我们其实不缺乏重造节日的能力。与传统节日的萎缩相反，商业资本倒是利用人们的消费欲望，创造出新的节日，在中国比较典型的是近几年开始流行起来的、带有"全民参与"性质的"双十一购物狂欢节"。这种商业模式的成功，源于它内在地契合了平民生命意识的张扬与生存伦理的务实。对日常生活中精打细算的家庭主妇来说，有计划的"抢购"不过是生活中偶尔一次"勤俭持家"的生存实践。这种"成功"相对于更多的欲望消费给商家带来的巨额利润而言，只是微不足道的"添头"。而更多人对打折商品的网上哄抢，带着一切欲望消费的根本特质：疯狂过后是空虚，不是生命的充实而是消耗。在整个"狂欢"中，没有作为个体生命意识内涵的自由、平等、相对、颠倒了看、嘲弄戏谑，只有被无形的商业之线牵着的傀儡。类似的情形，也出现在形形色色诸如"啤酒节""美食节""产品发布会"等新造的庆典活动中。这些都昭示着，尽管着眼于平民生命意识的唤醒，在日常生活之内，重造"第二种生活"，恢复"生活原初事实"，是摆脱日常生活沉沦的路径之一，但是，在音乐、电影、时装乃至哲学已经成为精致生活的装饰的今天，在"节日"也被歌舞升平化的今天，重造"第二种生活"何其困难。

因此，从中世纪的"民间狂欢节"的平民，到后资本主义时期"文化工业"语境下的大众，平民自我面临着意识形态对它的改写（在中国，曾经经历过"工农兵群众"对它的改写）。如前所述，平民自我的易于被改写的特点，源于其抵抗资源的不足；但同时，还来自于其依赖经验、不假思索

---

① ［美］约翰·费斯克：《理解大众文化》，中央编译出版社 2001 年版。
② ［美］威廉姆斯：《关键词：文化和社会词汇表》，丰塔那出版社 1976 年，第 199 页。转引自叶志良：《大众文化》，上海文艺出版社 2003 年版，第 18 页。

的思维方式以及生存至上的伦理。"保存自我"的生存第一伦理，使他们成为人类历史中的"随波逐流"者。他们沦为奴隶，成为具有平庸之恶的民众，成为"赤裸生命"或被献祭者，成为带着锁链的"无产阶级"，成为工业流水线上的工人，成为日常生活中斤斤计较的市民，成为媒体工业时代的大众，成为体面的中产阶级。在困厄的时候他们本能地追寻着物质资料，而在解除了生存的基本困境后，物资短缺的创伤记忆和内在的恐惧，促使他们转向物质的攫取，以及追寻使自己肉体和感官更为舒服的欲望。

诚然，对大众的批判是精英知识分子的必然选择，正如中国启蒙精英知识分子在现代阶段曾经做过的那样。法兰克福学派阿多诺与霍克海姆都对资本主义文化工业①进行了深入批判。但是，即便批判是合理的，"通过哲学批判来达到全人类真正解放"，也只能作为一个远景理想而不能是一个可以实现的目标，否则将是一个疯狂的执念。平民则用其惯常的经验逻辑消解了这种严肃与可怕后果的想象，他们依赖经验而拒斥知识、真理和一切宏大叙事的传统，使得上述精神的高蹈同样成为抵制的对象；或者，他们将其再肤浅化，成为新的生存的资源，或者安慰、麻痹自己的致幻剂，就像音乐、动漫、影视、时尚知识、有情调的爱情成为他们虚荣的生活、精致化了的感官的装饰一样。

在这种情形下，我们需要关注：大众与平民的关系究竟是什么？在文化工业时代，平民以何种方式反抗并葆有自身的生命意识，使自己免于成为马尔库塞所说的工业社会"单向度的人"②？

商业资本比平民自身、比知识分子更敏锐地意识到平民对生命意识的本能需求，由此创造了关于身体的大众文化。它发现平民破坏和自由的冲动，并用产品帮助平民实现这种破坏和自由。平民对商品的选择本是听命于生命

---

① 阿多诺等之所以采用"文化工业"而非"大众文化"这一概念，是担心这一概念有可能被误解成为从大众生活中自发产生的、为大众所用的文化——这其实正是本书所称的平民文化的内涵。

② 马尔库塞指出，技术的发展不仅满足了人们的物质需求，而且改变着人们的意识状态，使得人们同现存的社会秩序一体化。人们受制于整个社会享乐主义的生活方式，乐于安享舒适的生活，其结果就是逐渐失去了对所生活于其中的社会的否定和批判能力，不再是历史改造的承担者，成了与社会高度一致的单向度的人。参见〔德〕马尔库塞：《单向度人：发达工业社会意识形态研究》，上海译文出版社1989年版。

的冲动，但个性化选择的本身，却吊诡地被商业化的生产法则所抹平，从追求个性出发，而最终千人一面，从而由平民成为"大众"。例如，"破洞牛仔裤"本身蕴含着劳动、自然、简单、破坏、反抗等种种与生命意识有关的内涵（这正是平民狂欢性的碎片化抵抗的呈现），但流水化的制作与大众的共同选择，使之成为一种都市文化的流行景观。再如，前述"购物狂欢节"中，"狂欢"本身正是平民生命意识的重要成分，却被商业敏锐地加以利用。文化工业如同一个磁场，大众如同芜杂运动的电子，在文化工业"生命意识"的无形磁力的作用下，呈现出井然有序的排列。如费斯克所言，"在工业社会里，被支配者创造自己的亚文化时所能依赖的唯一源泉，便由支配他们的那一体制所提供。因为不存在什么'本真的'民间文化，可以提供一种替代性的选择，所以，大众文化必然是利用'现成可用之物'的一种艺术"。

在上述"破洞牛仔裤"的例子中，还提供了文化工业对平民文化的更为精致的控制方式，费斯克称之为"收编"：由于工业控制下，被支配群体（平民）无法将自身的活力（笔者所谓的"生命意志"含义可能更为丰富）诉诸于已经千篇一律化的牛仔裤，于是他们创造性地发展了"使用的方法"——破洞。但结果是，厂商们开始迅速地批量"制造"破洞牛仔裤，由于商业的反应是如此迅捷，而其复制与收编又是如此地广泛，以至于我们会忽略在这一文化生产过程中，平民的生命意识或者说狂欢式曾经发生过作用。另一个值得一提的最新的例子，是青少年中流行的"嘻哈文化"。它带着反叛的、对成人温和稳妥的社会规范批评嘲讽的姿态。它的内容是芜杂矛盾的，既有青春的、积极的、富有想象力和创造力的一面；也有消极的、颓废的、放纵的一面。一旦它在青少年这一平民的"亚群体"中具有了影响力，文化工业便利用"选秀"的方式，将这一边缘化的文化收编进主流文化之中，使民间的嘻哈歌手运作成流行明星，并随之赋予其传播正能量的要求。

事实上，这种收编与抵抗是一直同时进行的："这一公然采用抵抗的符号的过程，则将这些符号收编到宰制性体制当中，从而有意剥夺着任何一种对抗的涵义。"或者在另一层面上，"'收编'也可以被理解为一种遏制的方式——持异议者被允许且被控制的一种姿态。它担当的是安全阀的作用，因而强化了宰制性的社会秩序，其方式是，它容许持异议者与抗议者有一定的自由，这自由足以让他们相对而言感到满意，却又不足以威胁到他们所抗议的体制本身的稳定性，所以它有能力对付那些对抗性的力量"①。

简单地说，第一，大众文化的流行，既体现了文化工业和文化资本的异化、收编力量，也体现了平民的抵抗、原创与异质力量。因此，对大众文化流行不必过于悲观，需要呵护平民抵抗与异质力量的源头，即以生命意识为内核的平民自我；同时对异化力量也要保持警惕，不让平民陷入昏睡——这正是精英知识分子需要做的事。第二，平民和大众的核心区别，在于生命意识是否存在，及其强度如何。大众工业的最大特点，是以流水线或规模复制，通过机械化生产，消除了个体生命的痕迹。生命意识的存在与否，决定了异质化（前者）还是同质化（后者）。异质与同质，似乎是相互冲突的，但非此即彼的思维本身是科学思维，在平民的整体思维里冲突并不那么强烈。或者说，在他们同质化的外表下，永远隐藏着抵抗；而他们的抵抗，由于源于生命意识而非理性认识，随时会有被同质化的可能。

列斐伏尔认为："日常生活的问题只能通过日常生活自身来解决。"② 卡林内斯库以下的论述呼应着这种观点："从生活本身之中发现了生活的目的，这种目的是受到外部的否认的。这种生活就其本性来说是增值、丰富和发展，它趋向于完美和力量，趋向于一种它本身流溢而出的力与美……惟有生活原初事实才提供了意义与尺度，积极的或消极的价值。"③

第四节　平民小说：定义、内涵与形态

一、平民小说作为"第二种生活"

上述大众文化对平民文化的"收编"说，我们其实有似曾相识之感。

---

① [美] 约翰·费斯克：《理解大众文化》，中央编译出版社 2001 年版，第 23、24 页。
② 刘怀玉：《现代性的平庸与神奇——列斐伏尔日常生活批判哲学的文本学解读》，中央编译出版社 2006 年版，第 36 页。
③ [美] 马泰·卡林内斯库：《现代性的五副面孔》，商务印书馆 2002 年版，第 200 页。

它与绪论中提及的胡适的"文学史上有一个逃不脱的公式"中，文人学士对民间文学的吸纳如出一辙。因此它也提醒我们，平民文化可能同样也是未来走向僵化的大众文化的救赎和重生之途。这进一步提醒我们在文化层面，要对平民文化及平民文学给予充分的重视，因为它直接连通着平民的"汪洋大海"。

如前所述，现实主义小说的作家在人道主义的指引之下，也把关注投向了下层人物，比如巴尔扎克、狄更斯，以及中国五四时期的作家们所做的。但作为现实主义小说内核的现代理性精神，促成了作家们深刻地观察社会、批判社会的激情。自由意志的发现，与个人主义的觉醒，使小说从群体性经验转入了对个人经验的发现，这种转向确立了现实主义小说借助塑造典型人物、典型事件来完成对社会认识的传统。但平民对文学（尤其是小说）的介入，改变了这一传统。平民如前所述的群体性、开放性、经验性、整体性的思维特征，使他们不再执着于对世界的独特的发现而是世界复杂性的情感化呈现，不再执着于"应然性"而更关注"如是性"。如前所述的哲学领域和美学领域所兴起的、对日常生活与前现代经验的普遍的兴趣也为这种平民化转向提供了潜在的精神支撑。

在这种情形下，精英知识分子作家可以在锐意批判与先锋试验的崎岖小径上，听凭自己的内心高歌猛进，而无视读者的可能接受情况；但平民作家内在的平民自我，则将他们的创作与自身的平民化体验，以及读者受众的可能接受情况牢固地连接在一起。这正如"阳春白雪"与"下里巴人"的区别。因此，平民作家重拾故事、经验、传说以及民间文化的古老传统自然在情理之中，复杂的结构、深刻的人物不再是其必需的。在《尤里西斯》（乔伊斯）、《达洛威夫人》（伍尔芙）、《城堡》（卡夫卡）、《生命不能承受之轻》（昆德拉）、《局外人》（加缪）等西方小说中，尽管原生态化的日常生活背后依旧有较为深入的哲学思考，但人物本身已经从传统的典型人物群雕中解放出来。在80年代的中国，由于素少哲学思辨的传统，加上作家们已经较长时期地中断了关于哲学思辨与启蒙批判的传统，与五四时期的作家们相比，他们最不缺少的，是丰富的民间生活记忆与经验，因此平民化的特征尤为明显。例如，在 1983 年出版、汇集了当时大多数著名作家的《新时期作家谈创作》中，作家们谈得最多的正是生活和经验。① 当然，他们依旧在塑造典型人物，但这一做法，毋宁说是长期以来所形成的、几乎是无意识的惯性，而这种惯性，如后面的章节将要讨论的，在失去了宣传的功利化推动之后，很快就被耗尽。

承担起小说这种转变的关键纽带，是作为小说创作者的平民作家。此前，已经对平民的相关概念进行了较为详细的分析。在历史上，"权力相对缺失"的作家本身也曾经属于平民的群体。但小说的创作需要一定的门槛，因此保证了作家必然接受了一定的教育，也就因此接受了知识对其习性的塑造。因而，除非平民作家自身对其有清醒的认识，否则作家的平民自我中，几乎总同时混杂着文人自我、精英知识分子自我等立场。在摆脱了理性精神所赋予的使命之后，多重自我交织的立场，容易唤醒的，是平民作家面对世俗化的日常生活时，对生命意识的情感记忆和平等、自由、同情、开放的立场。这是悬置了现代理性的责任自觉，面向生命本体的召唤，因此，小说才会呈现出米兰·昆德拉所说的那种变化："重新确定和扩大小说的定义本身；反对 19 世纪小说美学对它所进行的缩小；将小说的全部的历史经验给予它作为基础。"才会"使得小说构造更为自由；为离题重新争得权利；给小说吹入非认真的和游戏的精神"。

也因此，平民小说具有了现实主义小说所不具有的那种属性：它不再是日常生活，而是对日常生活的逃逸，是巴赫金所说的"第二种生活"，一个狂欢化的广场。小说文体的平民性质，小说固有的虚构属性，都使小说足以成为平民逃离庸常生活以及获得平等言说权力的重要手段。而且，由于想象是如此便捷，这使小说所构造的虚拟时空，宛如在日常生活的隔壁，随时可以抵达。

因为平民小说提供了平民文化的一种具体形态，通过对平民小说的具体研究，可以深化我们对平民理论的理解。而平民理论，也可以促成我们对平

---

① 参见彭华生、钱光培编：《新时期作家谈创作》，人民文学出版社 1983 年版。

民小说的深入的认识。巴赫金的小说理论的独创性，鲜明地体现在他所独创的两个基本概念——复调小说和狂欢节化上。巴赫金认为，复调结构源于民间社会的狂欢化现象。这种创作形式的出现有其深刻的社会根源。他把人的意识的二重性、矛盾性，同资本主义社会中人的异化、被压迫状况联系了起来。"陀思妥耶夫斯基所处时代客观上的复杂性、矛盾性和多声部性，平民知识分子和社会游民的处境，个人经历和内心感受同客观的多元化生活的深刻联系，最后还有在相互作用和同时共存中观察世界的天赋——所有这一切构成了陀思妥耶夫斯基复调小说得以成长的土壤。"① 一般认为，复调小说的体裁源头一直追溯到古代希腊古典后期和希腊化时期的"庄谐体"文学。"那么陀思妥耶夫斯基是否直接取法过这种文学呢?"佟景韩指出：

> 巴赫金用一个自称为"悖论式"的说法作了这样的保留：使陀思妥耶夫斯基保存了古代梅尼普体特点的不是他的主观记忆，而是他所采用的体裁本身的客观记忆。②

也即，小说作为一种平民体裁，其狂欢、平等、诙谐、复调等特征，本身内含于其文体的历史记忆之中。

事实上，平民小说完成可能、也有理由成为日常生活之外的"第二种生活"，基于以下理由。

首先，小说的文体本质赋予了其成为"第二种生活"的可能。如果说主导文学创作的内在驱动力是尼采所言的迷醉，或者弗洛伊德所言的白日梦，不难看出，文学的重要意义之一，正在于对沉沦的日常生活以及森严的官方秩序的抵抗。其一，如绪论所述，小说作为"小道"的边缘地位，娱乐化与无功利的立场，求"奇"志"怪"的非日常化追求，其内含的平等、自由、欢乐的民间立场，以及它与正统诗学、诗品规范的背离，等等，都表达了一种远离日常生活的趋向。其二，如巴赫金所言，"小说是正在形成的

---

① ［俄］巴赫金著：《陀思妥耶夫斯基诗学问题》，白春仁等译，生活·读书·新知三联书店1988年版，第63页。
② 佟景韩：《巴赫金文论选·序》，巴赫金著：《巴赫金文论选》，佟景韩译，中国社会科学出版社1996年版。

体裁，他在形式是未完成的，在本质上是反规范的。他富于变易性，寻求多样性"①。它比其他任何文体更适于容纳全面的日常生活，崇高雄壮与粗鄙庸俗，可以在同一个小说世界里共存或对立，如同狂欢节的广场一样无所不包；小说具有杂糅的性质，能把诗歌、散文、戏剧、演说、寓言乃至理论等所有常规的或非常规的形式全部组合在其内部，体现了其自由、相对、开放的特征。其三，正如其英文名称 novel（意为"新奇的"）所指示的那样，真正小说的生命在于其发现，重复是小说艺术的死敌。昆德拉所言，"没有发现过去始终未知的一部分存在的小说是不道德的。认识是小说的唯一道德"②。马尔克斯则认为："我认为文学，特别是小说肯定有一种职能。现在我不知道这样说是有幸还是不幸，我认为这种职能是一种破坏性的职能。对吗？我不知道有哪种优秀文学作品是用来赞颂已经确立的价值的。"③ 所有这些，都与"第二种生活"具有内在的一致性。

其次，创作者的平民化使小说作为"第二种生活"成为必然。平民寄身于日常生活之中，并不等于说，只有展现日常生活的文学才是平民文学。平民潜在的生命意识与世俗生活的庸常化之间，存在着永恒的内在冲突。以"平民"为创作主体的创作，与文人学士的载道言志的创作，或者现代知识分子强调社会参与的"为平民"的写作，以及后来的"为工农兵服务"的写作，是有根本不同的。例如，当作家持知识分子立场，以或悲悯或赞扬的目光窥视平民与自然一体的日常生活时，平民却对自身的环境无动于衷，相反用好奇的眼睛打量外部世界。格罗塞就指出："对自然的欣赏，在文明国家里，不知催开过多少抒情诗的灿烂的花朵，狩猎民族的诗歌却很少有这类性质。"④ 高小康在分析宋代话本题材时，注意到其中神话传说、谲诡幻怪之事居多，而属于城市市民自己的生活内容的故事倒并不怎么突出。对此他

① 转引自夏忠宪：《巴赫金狂欢化诗学研究》，北京师范大学出版社 2000 年版，第 101 页。
② ［捷克］米兰·昆德拉：《小说的艺术》，作家出版社 1992 年版，第 4 页。
③ ［哥］加西亚·马尔克斯：《与略萨谈创作》，吕同六主编：《20 世纪世界小说理论经典》（下），华夏出版社 1995 年版，第 117 页。
④ ［德］格罗塞：《艺术的起源》，商务印书馆 1986 年版，第 186 页。

解释说："这当然不能说话本不是市民自己的艺术，恰恰相反，这正是市民趣味的表现。"①

正因为平民生活在日常生活之中，被务实的生存伦理所束缚，也正因为平民介入小说，才使小说文体本身所内含的虚构和"第二种生活"的意义才充分凸显：平民需要借助小说构造的"第二种生活"，短暂逃避日常生活的沉沦，为被抑制的生命意志招魂，同时通过对自身世界、自己生活的自贬自嘲，对日常生活进行自我更新，或者灌注些许新鲜空气，在理想的意义上，实现"整体的人"的追求。对于平民作者来说，如果小说创作仅仅是为了重温日常生活的平庸，那么，创作还有什么动力呢？只有那些试图提供批判性审视的精英作家才会这么干。

昆德拉明确地把小说与"狂欢节"联系起来，他说："在小说的相对性世界里，……没有人正确，也没有人在这个盛大的相对性的狂欢节即作品中完全错误。"② 王蒙也说："一个文本就是一次狂欢"。③ 这也正是中国古代文人尽管视小说为"小道"，但却乐此不疲的原因——它可以帮助文人轻松完成"红袖添香"的梦想（《游仙窟》），或者安全体验王侯将相的生活（《枕中记》），或者化身为游侠豪杰（《传奇·聂隐娘》），等等。

在绪论对中国古代小说特点的总结中，其实也可以看出小说作为狂欢化的"第二种生活"的性质。无论是大闹天宫的美猴王，还是聚山为王、大块吃肉大碗喝酒的梁山好汉，都寄寓着民间的狂欢想象，都歌颂了一种自由不羁的生命力，都是对森严而僵硬的秩序的反抗。一只豢养的猴子当然远不如《西游记》中一只有自己想法的猴子光彩照人。《水浒传》中，梁山好汉排座次之后接受招安的情节让很多读者索然无趣，以他们招安为背景的小说《荡寇志》也面目可憎，也许无关于技巧，根本在于境界与格局：从服从内心与服从自然，下降到了服从利益服从帝王，它背离了平民自由的天性。这

---

① 高小康：《市民、士人与故事：中国近古社会文化中的叙事》，人民出版社 2001 年版，第 27 页。
② ［捷克］米兰·昆德拉著：《被背叛的遗嘱》，孟湄译，牛津大学出版社、上海人民出版社 1995 年版，第 25 页。
③ 王蒙：《作家话语与乌托邦》，《钟山》1995 年第 5 期。

也正是鲁迅对"侠义公案"小说评价不高的内在原因。

二、平民小说的界定、特征与形态

如上，一个平民小说文本，完全可能是一个小型的狂欢广场，一个虚拟的狂欢节，一个超越日常生活的"法外空间"，一个嘲笑僵硬现实、呼吁生命意识的"假面"，一种巴赫金所言的"第二种生活"。这一性质，有助于我们深入理解平民小说的内核与意义。

小说作为"第二种生活"，意味着平民与小说的双向互动。一方面，平民借助小说获得对日常生活的短暂的逃离或超越；另一方面，小说也借助平民，发现被遮蔽的日常生活中的"异质"——昆德拉所谓的"存在的被遗忘"，发掘日常生活世界作为文化沃土存在着的抵制的力量，从而使自身呈现更为丰富复杂的美学。大致而言，平民小说具有以下特征。

首先，平民小说不同于以现代理性哲学为理论基础的现实主义小说传统，而是以"前科学思维"和本章前面所探讨的"平民理论"作为其内核。事实上，这种转变并非小说领域所特有。如前所述，现代哲学已经面临着日常生活哲学的转向；与此同时，现代西方美学也已经不再遵循传统美学自上而下的哲学演绎的研究方法，而采用自下而上的实证法，强调直觉、潜意识、本能冲动、欲望升华、主观价值、情感表现等主观因素的研究，呈现出现了前科学的倾向。哲学及美学领域的深刻变化，既表明了平民小说的产生并非个人臆想，而是一种普遍化的当代"潮流"。这股潮流，为小说容纳生命意识、开拓一个非独白的对话空间奠定了坚实的理论基础。

其次，平民小说从"权力相对缺失"的平民视角去看待整个世界，但对这个平民作者自身所处的世界，平民小说所传达出的，不是悲观、批评或反思，而是在平等、自由、开放、欢乐的精神主导之下，把世界的不同层面一起拉到通过小说所构造的狂欢广场上，完成彼此之间的复调对话。这个世界回荡着"平等之同情"的情感基调，平民所有基于生存伦理的行动，在"同情"的基调下被理解、接受与呈现。那些高高在上的权力者，和社会的刻板与僵硬，一切意识形态加诸身体的精神紧箍咒都被嘲笑、戏谑、脱冕、解构。

　　第三，平民小说很少塑造一个孤独的、脱离群体的英雄。它的代表性人物，是那些在彼此的合作或对立中，凸显了强旺的生命意识，并因此超越日常生活秩序的群体性民间英雄；或者是那些在日常生活中处于边缘地位，而在狂欢广场上却走向中心的民间人物，如小丑、傻瓜、骗子等。因为在他们的身上，有一种前现代的、与自然以及生命本真相联系的神秘力量；同时，他们又因为本身的非规范化，而具有了脱离一切权力与常规压制的"治外法权"，通过他们，平民作者既可以自由地嘲弄权柄，又能够若无其事地置身事外。当然，那些普通的、也许面对生活愁眉苦脸的底层人物，或者那些志得意满的高高在上者，也出现在小说的中心，但他们却毫无例外地被嘲弄或者戏谑，并因此参与了小说欢乐属性的营造。

　　据此可以进一步界定平民小说的内涵：严格的平民小说，是以平民自我为主导的平民作家创作的一个逃离日常生活的、作家自己也参与其中的、虚拟的狂欢广场；是日常生活世界的各个层面，被以一种复调与欢乐的方式平等加以呈现，生命意识与生存伦理之间的并存、冲突或对立的关系成为重要主题，对崇高僵硬的解构，对庸常日常生活的戏谑与嘲弄成为主导姿态的小说，是整体性、经验化、神秘性、类比式、正反同体等思维方式和同情的情感基质为其审美特征的小说。而广义的平民小说，是由平民作家创作的、体现了上述整体或部分特征的小说。由于平民作家大多数对平民自我并没有自觉的认识，在实践中大多呈现出多种自我混杂的状态。因此，本书中的平民小说，若非特别指出，是指广义的平民小说。

　　如果回顾前面对平民理论的梳理以及中外小说的创作，平民小说作为"第二种生活"，已经有了许多成功的实践。大致分为以下几个层次。

　　对生命意识与生存伦理高度合一的歌颂，作为第一层次的平民小说，因为直击平民内心的原初本能，因此也最能激荡人心，代表性的如杰克·伦敦的《野性的呼唤》、福克纳的《熊》等。中国由于儒道传承、文化早熟以及"内陆文明"的特点，歌颂原始野性的作品向来不多见，但在当代小说中有所勃兴。这类小说的共性之一，在于多是以动物、荒原、野地、战争、灾难为主题；之二，多表达对现代文明的反抗并往往以失败告终。困境之一则在于，主题过于鲜明单一，无法满足小说"求异"的审美和哲学的深度；困境之二在于，它指向传统日常生活之前的原始状态，体现了平民回归原初的本能趋势，无法提供对文明社会之后日益异化的日常生活的解决方案。

第二层次的平民小说，呈现出狂欢节广场的节日感受与历史想象。在这个文学广场上，有傻瓜、骗子、奇人、游荡者等等民间人物，有开放欢乐的情节、嬉笑怒骂的广场语言、粗鄙高雅杂糅的审美。它脱离了在第一层次生命直觉所包含的非理性独断，使平等、相对都获得了其位置。如巴赫金着力推崇的拉伯雷小说、"欧洲最早的小说"塞万提斯的《堂吉诃德》《十日谈》，中外各类广泛流传的传奇故事以及民间文学。中国明清小说如《西游记》《水浒传》等大抵也可归为此类。其困难和潜力都在于，作为一种古老的、浅薄化乃至粗鄙化的体裁，如何克服大众读者的传统偏见和审美疲劳，使之焕发出新的生机。

第三层次的平民小说，体现了诙谐、脱冕传统的文学化。诙谐的传统在西方如巴赫金述及的庄谐体、梅尼普讽刺等传统，在中国如早期的谐戏、说话、口技，兴盛一时的元杂剧，以及至今流行的相声小品，以及东北二人转、上海滑稽戏等地方性曲艺。当然，更为普遍的情况是，诙谐精神、脱冕思维，已经通过修辞学的转换，构成了中外小说的常见质素。事实上，无论中外，那些最具幽默感的作家，往往都有着鲜明的平民性，例如美国作家马克·吐温，英国作家狄更斯，中国作家老舍等人。由于诙谐使用的普遍性质，其特点难以简单归纳，例如，巴赫金在论述梅尼普讽刺时，涉及了笑、虚构、幻想与真理、哲理、心理实验之间的复杂关系，归纳了十二个特点，在此难以一一列举。尽管如此，巴赫金对庄谐体体裁的三个重要特点的归纳还是值得一提，因为它提醒了我们诙谐讽刺与现实的特殊关联，正是这一层次与第二层次的不同之处，也拓宽了诙谐小说在当代的价值：

> 其第一个特点就表现在同现实的一种新的关系上：它们的对象，或者说它们理解、主从和表现现实的出发点（这点尤为重要），是十分鲜明、时常又是十分尖锐的时代性。……不是回溯到神话传说般遥远的过

去，而是反映当代现实，甚至是同活着的同代人进行不客气但却很亲昵的交谈。

第二个特点同第一个特点不可分地联系着：庄谐体的各种体裁，不是依靠传说，不是凭古老传说让读者对自己肃然起敬；它们有意地依靠经验（自然是还不成熟的经验）和自由的虚构。

第三个特点，是这类体裁都有故意为之的杂体性和多声性。①

第四层次的平民小说，是将自由、平等、狂欢、开放的平民思维，嵌入小说的深层结构中去。比较代表性的，是陀思妥耶夫斯基的小说以及福楼拜的某些小说片段。巴赫金深入揭示了陀氏小说与托尔斯泰小说的本质不同，即在复调构思条件下的主人公及其声音的相对的自由和独立性，思想在主人公身上的特殊处理方式，以及联结小说整体关系的新原则等。正如前述巴赫金所指出的复调小说与古代庄谐体的渊源。除此之外，如许多论者注意到的，莎士比亚的戏剧复调的性质，狂欢、魔幻等特点，广场上"众声喧哗"的艺术效果，粗鄙高雅的杂糅风格，开放式的戏剧世界和戏剧结尾等等，可以追溯到怪诞现实主义、也就是庄谐体的古老渊源。

据此考察中国新时期以后的当代小说，其平民性的特征较为明显。整体地看，呈现出以下的特征。

第一，由于中国作为农业大国以及新时期以后较长时期的"前现代"特征，以强旺的生命意识为表现对象的第一层次的平民小说，以及作为第二层次的狂欢化想象的小说情节最为普遍也最有成就，它们集中体现在乡土民间叙事之中。而这种相对成熟的叙事经验，在面对新兴的城市日常生活时遇到了阻碍。

第二，在 90 年代，平民意识日益凸显的作家，逐渐发展出了较为成熟的诙谐、脱冕、戏谑、双重性、语言狂欢等平民修辞和平民思维。这些带着平民性特点的写作技巧，被越来越广泛地运用于乡土民间小说中，也同时向城市小说扩散，在一定程度上拓展了城市小说写作的空间，体现了第三层次

---

① ［俄］巴赫金：《巴赫金全集》第 5 卷，河北教育出版社 1998 年版，第 142 页。

平民小说的实践。

第三，当代小说从先锋开始一直保持着文体试验的传统，但许多试验事实上已经失败，而那些被证明具有生命力的、较为成功的文体试验，往往体现了自由、平等、狂欢、开放等平民思维与小说深层结构的较好融合，体现了第四层次小说的价值和意义。但由于作家对此大多并非自觉，因此，这些平民小说的文体试验，缺少与小说思想内容的深层契合，同时相关的文体实验也缺少持续性和可移植性。

需要指出的是，对平民小说的研究，并不意味着对现代理性传统的小说的排斥，相反是非常有意义的丰富、细化和补充。基于平民理论探求当代平民小说的存在之由，考察平民小说的变迁之相，发现平民小说蕴藏的可能、边界及缺陷，在此基础上，与启蒙小说、革命小说形成真正意义的对话，是本书的主旨。

第二章　背景：民间记忆与世俗现实

80 年代的"前世"和"今生"。民间体验与历史记忆。
"粪尿"的例子。历史经验的现实影响。

日常生活的欢乐属性。集体劳动记忆的田野实证。"法
外空间"与童年记忆。狂欢的"文革"与"黄金时代"。

理想主义的历史惯性阶段。改革开放的社会心理嬗变。
城市化进程。教育普及与平民化作家的产生。怀疑情绪的
回潮。世俗化与日常生活书写的兴起。作为转捩点的
1985 年。

第一节　历史记忆与民间经验

一、非孤立和非整体化的"80 年代"

"重返 80 年代"是新世纪的文学史热点之一。就本质而言，"重返"是一种浪漫主义思乡病，正如人类对伊甸园、对田园诗意的永恒想象与重返冲动一样。昔日注定不可能重来，而且在浪漫的想象里，往往已经被简化为"神话"的一部分。80 年代，是"重返八十年代"倡导者们的青春期。在总体化的论述里，"80 年代"似乎已经获得了其具体的认定，比如，"那时，'纯文学'、'回到文学自身'的意识也已经在涌动，但支配大多数作家的，还是那种社会承担意识。"① 抑或"80 年代一个特征，就是人人都有激情。什么激情呢？不是一般的激情，是继往开来的激情，人人都有这么一个抱负。这在今天青年人看起来可能不可思议。其实那种责任感和激情是有来由的，是和过去的历史相衔接的"②。

在大多数参与者的叙述里，我们都可以感受到类似由人道主义、理想激情、社会承担等话语构成的"思想共同体"。这种"思想共同体"的叙述方式，本身带有"左翼神话"式的叙事特征，它既参与了对时代精神风貌的塑造，同时也验证了它对参与者的深刻影响。同样作为"80 年代"的参与者，王尧客观地指出，"如果说'80 年代文学'是共同的记忆，那不可否认，每个人的经验是有差异的，与其说我们仍然生活在 80 年代，毋宁说我们生活在关于 80 年代的纪实与虚构之中。当我们和那些死而复生的问题再次遭遇时，我们不能不承认，80 年代和我们的想象并不一致。"他同时还指

---

① 洪子诚：《"幸存者"的证言》，《南方文坛》2008 年第 4 期。
② 李陀、查建英：《关于 80 年代的访谈》，程光炜编：《重返八十年代》，北京大学出版社 2009 年版，第 69 页。

出，"80 年代"之所以成为我们思想生活和学术研究中的一个问题，并不只是因为它已经成为一个"断代"，重要的是"80 年代"所包涵的问题是与之前的历史和之后的现实相关联，这些问题生在 80 年代，却有"前世"和"今生"。①

正如参与者们意识到的那样，对 80 年代，无论是激情理想，还是社会承担意识，抑或"整体化"的叙事理想本身，其实都不是 80 年代的专属，而是"和过去的历史相衔接的"。这个历史，是现代理性发展的历史，也是左翼神话的历史。无论是激情理想，还是社会承担意识，在延安文学中其实就已经存在。1949 年后漫长三十年间的政治运动，无论怎样翻云覆雨，风云变幻，都是统一在"激情理想"和"社会承担意识"的旗号之下。因此，与其说 80 年代存在着整体化的精神共同体，莫如说是 40 年代以来反复塑造巩固的思想意识的回响；与其说它值得缅怀与重返，不如说是需要仔细甄别处理的对象；与其整体化地设定一个"80 年代"，不如承认，这种整体化在80 年代初期是存在的，但此后不断地处于分裂、稀释之中。

不存在一个整体化的 80 年代。举例是"证伪"的有效方法。例如，当李陀、查建英等知识青年在北京的街头畅谈激情、理想和人生的时候，在浙江海盐小城里的余华，正一心想着通过写作逃离无聊的牙医工作，在文化馆可以过上自由散漫的生活；同在北京的徐星、刘索拉，正通过小说《无主题变奏》《你别无选择》书写理想的失落和对理想的逃离；冯骥才的《一百个人的十年》与张辛欣的《北京人——一百个中国人的自述》，两部纪实作品则分别指向了对"文革"荒诞的反思与对现实庸常的接纳。

贺仲明在其专著《中国心像——20 世纪末作家文化心态考察》中概括了当代作家队伍的复杂性："'文革'结束，使 80 年代文坛上猝然间荟萃了年龄相差半个多世纪，具有不同生活经历和文化资源的几代作家队伍，这些不同文化和年龄的作家，在八九十年代的社会文化中，代表着不同的文化和物质利益，发出自己各自不同的声音，他们的创作和文化心理也在社会文化

---

① 王尧：《"重返 80 年代"与当代文学史论述》，《江海学刊》2007 年第 5 期。

变异中呈现出不同的嬗变和发展方向。"在同一章中，他把当代作家以年龄为依据划分为五个代际，扼要介绍如下：第一代是由现代文学时期过渡过来的老一辈作家，如汪曾祺等；第二代是新时期中年作家，包括王蒙、高晓声、张贤亮等右派作家，以及刘心武、蒋子龙等非右派作家；第三代是知青作家，如王安忆、铁凝、韩少功、阿城、史铁生等；以及青年农裔作家，如贾平凹、莫言、刘震云、张炜、陈忠实等；还有像王朔这样在军区大院长大的。第四代是主要以西方文学为精神资源、在八十年代中后期登上文坛的青年作家，如余华、苏童、格非等1960年左右出生的作家；第五代作家是九十年代后的新晋作家，如新写实作家群、现实主义冲击波作家群、新生代作家群。①

需要注意的，一是第五代作家中，除了新生代作家群中的少量70年代作家外，大多数在年龄段上还是属于第三代及第四代，如现实主义冲击波的代表作家如刘醒龙出生于1956年；发轫于80年代中后期的新写实文学，代表作家池莉是知青作家；新生代作家中的张旻生于1959年，是1976年下乡插队落户的"后五届"知青；韩东曾经作为右派子女经历了全家下放；二是上面的归类中没有提及80年代后期兴起的女性作家，如陈染、林白等，其中林白也是知青作家，而陈染比苏童还大一岁，同样有"文革"的痛苦记忆。

二、"前80年代"的民间日常记忆

不同代际、背景各异的作家，由于特殊时代②所造成的长期"失语"，在"解冻"之后，被同时抛置于"80年代"。他们面对着几乎是"突如其

---

① 参见贺仲明：《中国心像——20世纪末作家文化心态考察》第一章，中央编译出版社2002年版。

② 有关"反右"运动的详细发生可参见朱地：《1957：大转弯之谜——整风反右实录》，山西人民出版社、书海出版社1995年版。另外，"上山下乡"的提出最早源于1953年《人民日报》社论《组织高小毕业生参加农业生产劳动》，但真正在全国范围有组织开展是在1962年，中央实际决定统筹安排解决知青问题是在1978年10月，但高潮在1976年之前已经结束。"大跃进"发生于1958—1960年；"三年自然灾害"发生于1959—1961年，具体原因一直未明，有研究认为主要是"大跃进"引发的人为灾害。"文化大革命"发生于1966—1976年。

来"的日常生活，背负着无法轻易卸下的历史记忆。这种情形在中国文学史上几乎绝无仅有。正是在此意义上，可以更好地理解前述王尧所言，80年代的意义，与其说是横断面，毋宁说是过去与现实的交汇点。在此，本书用"前80年代"一词，来概称从1949年到1970年代的这一特殊的历史时间段。"前80年代"不只是一个时间上的概念，同时还包含着与作为横断面和交汇点的"80年代"相联结、对应的民间历史记忆——相关记忆在很大程度上影响和塑造了"80年代"的思维面貌。

最为普遍的影响，是作家的民间生活经历。中国本来是乡土国家，绝大多数城市人，追溯三代以上都是农民；新中国成立所带来的新城市人口，其中有一大部分，是来自于胜利后的革命队伍，他们从某个边远的乡村参加军队，在革命胜利后，他们组建家庭，扎根在新的城市。因此，总体而言离土地并不遥远。而特定时期的政治风云变幻，又进一步地或者说是史无前例地了拓展了城市人与土地的关联。例如下放右派，从游刃有余的脑力劳动转换为落魄而且并不擅长的体力劳动，在聆听到千里之外庙堂之上风云变幻的政治运动的同时，又在地头民间，和农民一起，经历了"大跃进"、大饥荒等特殊时期。知青中，回乡知青本来出身于农村（那些与他们年龄相仿，在六七十年代得以参军的作家，如莫言、刘震云、阎连科等，也大多出身于农村）；而以老三届、新五届为主的城市知青，远离父母，在地头田间或荒滩戈壁度过了自己艰苦粗粝的青春时代。在年龄再小一些的第五代作家中，也有部分作家有着随"右派"父亲下放并长期生活在农村的经历（比如韩东）。一直在城市中成长的作家，只剩下小部分人，即于特殊原因免于上山下乡的第三代作家（如王朔、刘恒等）以及比较年轻的第四代、第五代作家（比如余华、苏童、陈染等）。对于他们，生活意味着政治狂乱下城市的混乱无序，以及父母由于政治原因无法自保后无人管束的真空。正如王朔在《动物凶猛》里半真半假地表示："我感激我所处的那个年代，在那个年代学生获得了空前的解放，不必学习那些后来注定要忘掉的无用的知识。"

对一般平民，个体记忆的意义要超过官方的历史。因为传统的"历史"只是宏大的记忆，而民众的日常生活的历史，很少被记录。但泛泛地谈历史记忆同样比较困难，因为"记忆"无所不包，简单的列举很容易带着偏见或者只是挂一漏万。雷颐曾举1953年的"统购统销"政策的例子，认为就人数之众与时间之长而言，看似"平平淡淡"的"统购统销"对社会生活的影响，实际超过了包括"文革"在内的任何一场轰轰烈烈的政治运动。[1]一方面，"统购统销"一实行，社会立即分为吃"商品粮"与吃"农业粮"两大阶层，并且实行严格的"世袭制"。一个最直接的后果，就是把农民牢牢地束缚在土地上。由于没有粮票，农民的活动半径非常有限。许多心有不甘者，想改变身份，造成了数也数不清的悲喜剧（比如路遥《人生》的主题）。而当时城市，尤其是大中城市，如果没有粮票，休想买到一碗粥、一个馒头、一两点心……另一方面，作为最重要的粮票，由于定量极少，多数人家都有浮肿病人。何满子当时正在"劳改"，"饿得眼珠发绿，浑身浮肿的人们为了几斤粮票打死人的案子，我就听见过多起；还同一个因抢十几斤粮票和少数钞票而在铁路边打死人的死刑犯一同在宁夏中卫县的公安局拘留所里同待过。"[2]林希、老鬼所写关于粮票的亲身经历，读来都使人唏嘘不已。[3]

为了展现民间日常生活对作家的影响，这里再以一个具体而微的例子——"粪尿"这一最为典型的民间之物为例，稍作展示。

从20世纪50年代中后期开始，被打成"右派"的知识分子，如果留在城市，一个比较常见的任务就是扫大街——这里面也包括了扫厕所。斯时的城市市民对掏粪并不陌生。在50年代上半叶，"掏粪工人"时传祥就因为刘少奇的表彰名噪一时，成为人尽皆知的典型。当知识分子被从城市"下放"到边远地区后，等待他们的，是几乎长达十多年的与土地为伍的磨炼，这中间少不了"出肥"或者"运粪"——这几乎是日常劳动的一部分。正如刘震云以戏谑的语调所述的那样，"身绣荷花的人，去接受身处粪坑

---

[1] 参见雷颐：《"日常生活"与历史研究》，《史学理论研究》2000年第3期。

[2] 何满子：《往昔票证市场下面所包含的……》，《票证旧事》，百花文艺出版社1999年版，第43—45页。

[3] 林希：《痛心的记忆》，老鬼：《饥饿》，《票证旧事》，百花文艺出版社1999年版，第60—64、24—27页。

的人的再教育，很有必要。"（刘震云《故乡面和花朵》）（卷一）。熟谙中国国情的费正清在总结中国"文化大革命"时，曾以较长的篇幅饶有兴趣地向美国人谈到"粪和尿"的问题：

> 由于粪和尿在中国是重要的肥料，所以让一个上等人去尝试尝试群众生活经验，在中国做起来比在美国做容易多了。叫一个知识分子打扫厕所，不是一个简单地抹布蘸些洗涤粉擦干净瓷砖便盆（即使公用的有些臭味）的问题……边远地区，特别是广大农村，还保留着老式蹲坑办法。这种生态学者很羡慕的办法，是每天要人像潮水一样按时去清除，并且掺进其他有机质杂物，然后用来肥田……当 1000 万谁也管不了的"红卫兵"都"上山"或"下乡"之后，他们也得去干这个营生，不过他们发现猪粪更值钱一些。[1]

通过亲身参与劳动实践，进行知识分子思想改造，是国家意志的有意安排；而实践中，知识分子的感受也验证了国家意志的成功贯彻——对大粪的认识，起初几乎总是与"劳动光荣"的认识联系在一起的。在汪曾祺 20 世纪 60 年代所写的为数不多的小说里，"我"曾经作为下放干部去掏粪，这一工作在当时显然是被视为肥差（《七里茶坊》），而这一情节，是有现实经验作为依据的，因为汪曾祺 1958 年作为"补上"的右派，下放到张家口沙岭子，"初干农活，当然很累。像起猪圈、刨冻粪这样的重活。真够一呛。"[2] 新时期之初，王蒙借《布礼》的主人公钟亦成之口说："他掏大粪。粪的臭味使他觉得光荣和心安。一挑一挑粪稀和黄土拌在一起，他确实从心眼里觉得可爱。"[3] 这种情感，当然不是矫揉造作，但也只有在经历了长期下放历练之后，才能形成。如果只是待在城市里，那无论如何，也不可能获得这样独特而淳朴的情感。正是由于肥料在农村日常生活中与农民、与劳动那种密切关系，它们频繁地见于张贤亮、高晓声、从维熙等作家作品之中。在张贤亮的小说《绿化树》中，主人公"我"为了马缨花，骂着"驴日

① 费正清著：《伟大的中国革命》，刘尊棋译，世界知识出版社 2000 年版，第 400 页。
② 汪曾祺：《随遇而安》，《汪曾祺全集》第 8 卷，北京师范大学出版社 1998 年版，第 71 页。
③ 王蒙：《布礼》，《冬雨》，人民文学出版社 1980 年版，第 51 页。

的"，与海喜喜干架，就发生在运肥（也就是粪）的劳动中，发生在肥堆旁边。

较之于右派，知青深入农村的时间并不长。但"运粪"依旧是他们日常劳动的重要内容之一。如艾晓明《在乡下如厕》所言，"分了房子，也分了厕所给我们。原来我们是有自留地的，自留地要浇粪，粪从哪里来呢？我们那儿偏僻着呢，自然没有公共厕所，家家都是自产自销。"总体而言，在这些小说中，"粪"或"肥"，不是作为"意象"而是作为实在之物，与农村广袤的天地，以及劳动本身的正当性融为一体，并不令人感到突兀；甚至，在朝夕相处也自然领略与感染了其中的欢乐意味。作为在小说中对"粪"关注颇多的知青作家，韩少功在《暗示》的"爱情"一章中便有这样的情节："老木找柴刀，在易眼镜的床下发现了半瓶白砂糖，根据团体内严格的共产制度，斗胆私藏食物者，须淋猪粪一瓢以作惩戒。少男们兴奋无比，快意地狂笑，七手八脚大动家法，把易眼镜强拉到猪栏边，拉扯得他的眼镜都掉了。"这种恶作剧放在知青农村生活的背景里，毋宁说是恶俗不如说显得亲切。

当然，民间体验并不代表全盘接受，"文明的冲突"也始终存在。劳动固然能够改造世界观，文明对人的塑造固非一日之寒。比如粪便，将其作为劳动对象是一回事，但是，对于知识分子，如厕的绝对私人性及所关联的"耻感"，甚至关乎着人与动物的分野；而对真正的平民来说，如厕联结着身体、自然。因此，态度要天然和平淡得多。这一分歧甚至是无法调和的，比如韩东的小说《扎根》，就写了下放干部老陶一家与三余当地人在上厕所问题上的分歧：

> 三余人一般是在园子里埋一口粪缸，三面用芦席或玉米秸扎一道半人高的篱笆，上厕所的时候便蹲在里面。粪缸前没有篱笆，无遮无拦，一面出恭一面可以向外面张望。男女老少都如此，寒暑或者半夜只要便急就来到此地……
>
> 小孩子不懂事，有时候会把屎拉在园子外面，因此而招致大人的责骂。老陶家人虽然渐渐地明白了肥水不流外人田的道理，对三余人这一

习惯也有了充分的认识，但还是无法效仿。

　　老陶家的园子里也埋了一口粪缸，扎了一圈篱笆，但那是倒马桶用的，他们从不亲自来粪缸边大小便……老陶家人的秘密最终还是被村上的人发现了。"他们家在屋里屙屎！"三余人说，觉得这样的行为很不卫生。①

前面所引艾晓明的《在乡下如厕》，同样生动地讲述了当年知青在乡下如厕的尴尬与不便。当然，这种尴尬并非仅存于乡下。叶兆言没有经历上山下乡，但年龄与知青仿佛。他的小说《纪念少女楼兰》中，一个核心情节是，漂亮的少女楼兰因为羞于说出自己在泵房"方便"的事实，而被诬陷为"反标"的制作者，导致了命运的改变。而在他的另一篇小说《关于厕所》中，场景同样在城市，有两个情节颇有意味。一是漂亮的女知青因为起初羞于提自己急着要小便，在城市里找不到厕所导致了最后"尿裤子"；二是粪坑里发现了一个鸡蛋，被疑为阶级敌人破坏，工宣队队长以身作则，并要求队员每人都要尝一口，导致了城市来的队员们的呕吐。

　　因此，不管是拒斥还是接受，乡土民间的生活方式与价值伦理，对作家的影响无法忽视甚至无法根除。

三、民间经验的现实影响

　　总结"前八十年代"的历史经验对作家的影响，主要包括：其一，对平民生存伦理的深入认识。李国文说："虽然我也曾经是大地之子，虽然我还搞过土改，从阶级的角度努力理解过农村。但怎么也比不上后来在穷乡僻壤、大山深壑所消磨掉的二十多年。这几乎是七千个日日夜夜的观察体验，使我懂得了我们这个民族，为什么坚忍不拔，为什么有顽强的生命力，正是体现在这亿万默默无闻的农民身上……我所接触到这许许多多以土地为生的人，甚至包括我们工程队的工人，他们也都来自农村，几乎都有一颗善良的

---

① 韩东：《扎根》，人民文学出版社 2003 年版，第 24 页。

心……"① 张贤亮的感受也许更有代表性。他说：

> 和《灵与肉》中的许灵均一样，我出身资本家家庭，少年时期生活在十里洋场的上海，见过灯红酒绿的豪华场面；我文学修养的根基开始是扎在西欧古典文学和北美近代文学上的。那么，是什么使我的感情、生活习惯、幸福观和价值观起了变化的呢？……那就是体力劳动，以及作为一个普通劳动者和劳动人民长期的相处……在这糅合着那么多辛酸、痛苦的欢乐的二十二年体力劳动中，我个人的心灵和肉体都发生了深刻的、质的变化。②

这种质的变化，也许包括了《绿化树》里的感受："她和海喜喜，把荒原人的那种粗犷不羁不知不觉地注入了我的心里。而正在我恢复成为正常人的时刻，这种影响就更为强烈。" 也许还包括了类似随笔的小说《青春期》中，他在谈到曾经为队里争水用铁锹砍断一个农民手指时，所带着的自豪。

其二，对民间经验智慧的体验。民间思维的总体特点是经验实用主义的，这种思维的优点在于，不轻信和盲从任何大而空的东西；而在长期艰苦的生存环境中，还发展出了一种面对生存的乐观态度。这二者都极易受到当时命运乖蹇的知识分子的共鸣。汪曾祺反省这段历史时就说："从某个角度当然是很倒霉的，不过，我真正接触了中国的土地、农民，知道农村是怎么回事……他们和中国大地一样，不管你怎么打法，还是得靠他们，我从农民那里学到了许多东西。"③ 在散文《随遇而安》中，他还说："我当了一回右派，真是三生有幸……这对我确立以后的生活态度和写作态度是很有好处的。"④ 下放到新疆的王蒙说："我在一九五七年被指责为渺小和卑鄙以后，过了二十多年，当真感到自己是渺小而卑鄙的了！然而与此同时，我认识了真正的伟大与崇高。在生活的最底层，在最边远的地方，与人民同甘苦、共

---

① 李国文：《我的歌——谈〈冬天里的春天〉的写作》，《新时期获奖小说创作经验谈》，人民出版社 1985 年版，第 57—58 页。
② 张贤亮：《心灵和肉体的变化——关于短篇〈灵与肉〉的通讯》，《作品与争鸣》1981 年第 9 期。
③ 汪曾祺：《汪曾祺全集》第 8 卷，北京师范大学出版社 1998 年版，第 71 页。
④ 汪曾祺：《汪曾祺文集》，江苏文艺出版社 1993 年版，第 225 页。

呼吸，站在人民的立场看那些年的戏法魔术，风云变幻、翻手云雨，孰是孰非、孰胜孰败，洞若观火！"① 在李锐的小说《古老峪》中，吕梁山的老百姓就以自己的生存经验拒绝了国家话语："搞运动啥的都是公家的事情，咱留下这（总结）没啥用。"

其三，理想的消解与怀疑的滋生。这更多体现在知青一代身上。崇高、精神、理想，从 1949 年开始漫长的三十年里，都曾经是耳熟能详的名词，熏陶和塑造了一代人的价值观。但现实不断地冲击着他们的世界观。"九一三事件"后知青群体中开始出现了"不相信派"。在"文革"后期，集体主义理想和为革命献身的价值观已经彻底失效，怀疑论已经普遍流行。1976年 4 月 26 日和 8 月 28 日，《北京日报》以《两封针锋相对的通信》为题发表的通信争论。其中一方的黄一丁在信中说："人思维的本性就是怀疑的……而且我请教一声，难道现实中的许许多多的不能令人满意的事情和一些让人百思不解的问题的存在都不值得怀疑吗？仅仅轻描淡写地用'这是前进中的问题'不能说服。……我们以前被社会左右得这样厉害，难道不正是因为太少怀疑的缘故吗？"②

其四，"前八十年代"的切身生活经验形成的平等、相对化思维。平民性的怀疑与科学思维怀疑的最终目的指向不相同。对后者，怀疑只是通向更高真理的路径，真理本身不是怀疑的对象。而平民性的怀疑，则来源于生存经验和生命直觉，是对一切高高在上、冠冕堂皇、志得意满者的怀疑，并最终指向"平等"和"相对"。这当然也会影响 80 年代的作家形成相对化的平民感受。池莉就感慨："童年时代穿羊毛衫牛皮鞋抱洋娃娃吃丹麦奶粉，人民群众都朝你巴结地微笑，'文化大革命'一来，整个生活天翻地覆，人们一定要把你置于死地。谢谢漫长的'文化大革命'，谢谢颠沛流离穷困潦倒备受歧视的生活，是它们引发了我对我们生活最初的也是最根本的怀疑与

① 王蒙：《我在寻找什么？——王蒙小说报告文学选自序》，《文艺报》1980 年第 10 期。
② 参见黄一丁：《我和刘宁》，《北大荒风云录》，中国青年出版社 1990 年版。

思考。"① 年轻一代则从"文革"期间以及"文革"之后的人物命运变化领略到了社会的风云变幻，如苏童所言："我家临街的墙上刷写着打倒×××、×××的标语，墨迹非常牢固，几年未褪，又过了几年，被打倒的×××和×××都成了赫赫有名的领导。"② 韩东说："谁自鸣得意，谁划分等级，谁对人蔑视，就特别让我反感，我特别不买这种人的账。"③

这种源于"反右"至"文革"的相对思维在王蒙身上表现得最为典型。在90年代初围绕对王朔以及后来的"二张"的评价而引发的争论中，王蒙坚决站在了精英知识分子的对立面。在《躲避崇高》④《我的处世哲学》⑤等系列文章中，他不断地强调他从上述特定时期获得的经验教训，包括不要相信极端主义与独断论，不要被大话、胡说八道和旗号吓唬住，不要搞排他，不要动不动视不同于自己的为异端，反对救世文学等。同样是由于"好不容易从精神膨胀，从'红太阳效应'中稍稍解脱出一点"，他认为顾准是坚决地站在了世俗的立场上，"最宝贵处在于选择了经验主义与相对主义"，"我看顾准的文章，觉得它讲得特别好……他说，把相对主义绝对化毕竟比把绝对主义绝对化好。任何理论都有破绽，老强调相对主义是也有些绝对，但是比把绝对绝对化更接近真理。"⑥ 这种观念，显然得益于王蒙的"前八十年代"的经历以及民间生活体验。

当然，除此之外，"前八十年代"的历史记忆，对当代作家的思维以及小说创作的深远影响，还在于如下节即将论述的狂欢化感受。

---

① 池莉、程永新：《访谈录》，池莉：《怀念声名狼藉的日子》，云南人民出版社2001年版，第242页。

② 苏童：《年复一年》，《纸上的美女》，人民日报出版社1999年版。

③ 张钧、韩东访谈：《时间流程之外的空间概念》，张钧《小说的立场》，广西师范大学出版社2002年版，第44页。

④ 王蒙：《躲避崇高》，《读书》1993年第1期。

⑤ 王蒙：《我的处世哲学》，《东方》1994年第6期。

⑥ 参见王蒙、陶东风：《多元与沟通——关于当代文化与知识分子问题的对话》，陶东风：《社会转型与当代知识分子》前言，上海三联书店1999年版。值得一提的是，在1979年的小说《布礼》里，王蒙对"讲究吃穿、讲究交际，脸上一副目空一切的神气，眼神里却是一无所长的空虚"的"灰色人"是持批判态度的。应该说，王蒙对王朔的支持经历了一个"否定之否定"的过程。

第二节　"黄金时代"与"狂欢节"

一、民间日常生活的欢乐属性

不言而喻，从 1957 年到 1976 年漫长的二十年的时间跨度，对个体生命的摧残、对人性的扭曲、对日常生活的异化，都对亲历者产生了深刻的、难以磨灭的影响，称之为"灾难"并不为过。新时期大量出现、占主导地位的伤痕小说、反思小说，都是对这一灾难的文学回应；而知识分子对其深层的反思，至今尚在延续。但是，这并不意味着严肃的反思是重新进入这段历史的唯一路径，以及对这段历史唯一的致敬方式。有意味的是，正是从这极端严肃的悲剧中再生了以非严肃、欢乐为特点的平民性。如巴赫金所说，新陈代谢本身意味着死和生的双重性，"死是创造更多的生的手段"①。如上一章所言，日常生活是平民的栖身之所，具有很强的恒定性。这种恒定性，只有战争、瘟疫、自然灾害、大型节日等特定状况才能打破，使其从"日常"变成"非常"。正因这样的"非常"少有发生，才有必要重造日常生活之外的"第二种生活"。古代狂欢节其实就是对特定状况的模拟，通过狂欢节，平民得以短暂地超越日常生活，回复生命的本真状态。以此考察中国 1949 年后到 1976 年近三十年历史，高频的政治运动，大规模大范围的人员迁徙，翻云覆雨式的命运变化，浪漫化的新中国建设，造就了一个"非常"的、打破日常生活秩序的状态，使整个中国变成了一个大型的、全民参与的狂欢广场，构建了一个从知识分子到平民全体参与的"第二种生活"。

狂欢形成的一个必要条件，是群体活动。1949 年前，农村处于乡绅治理的自然经济，自给自足的自然经济本身，并不强调群体性，所谓"鸡犬之声相闻，老死不相往来"。尽管也有民间传统所形成的各种群体活动（比如庙会、龙舟节、上元看灯等等），但并不多见，日常生活的艰难以及频繁

---

① ［俄］巴赫金：《巴赫金文论选》，中国社会科学出版社 1996 年版，第 226 页。

的战争，对群体性的节日也是一种限制。新中国成立后，集体主义成为一个普遍的原则，有组织的集体性活动大量增加。例如农村合作社、稍后的农业学大寨、扫盲识字班，等等。高度组织化从本质上来说，是有悖于生命意志的，但在农村并不如此。熟人社会以及粗放式的管理，使管理本身只提供了松散的、外围式的制约；农民天然的无组织、无纪律性（当然也源于他们与自然贴近的自由的生命意志），进一步弱化了这种管理。另一个容易被忽视的事实是，集体化的生活，促使女性从不抛头露面的"家庭劳动"（围着锅台转）转变为集体劳动。男女混杂的集体劳动或活动，极大地激活了欢乐的氛围，农村有句俗话，叫"男女搭配，干活不累"，涂尔干称之为"集体欢腾"（collective effervescence）。莫言的小说《透明的红萝卜》正是基于这样的背景：男（小石匠等）女（菊子姑娘）老（老铁匠）幼（小黑孩），就是缘于公社要求加宽滞洪闸这一集体劳动的要求，而聚集到一起。小说尽管以悲剧（菊子的眼睛被误伤，以及小黑孩偷萝卜被抓获）结束，但整篇并没有太多的悲伤感，内在原因，正是在于男女集体劳动所带有的欢乐背景。

这一现实，有社会学家的田野调查为证。社会学家郭于华就搜集了很多这样的口述例子。在此援引一例：

> 那阵饿肚子还欣欣欢欢，一天出去就唱歌，还红火（方言：热闹）着呢。饿是饿了，饿了，人多，那依旧还红火着呢。娃娃在家还没人照，还红火着了，那天天就那么个了。唱歌乱谈，嘻嘻哈哈介，你说我了，我说你了，还说了笑了。（问：那阵都说些甚呀？）那阵还说甚了，你家里吃了甚啊，喝了甚呀，家里做些甚啊，就拉那些。那阵打坝哦，前沟打坝，打硪（将土夯实的石头工具），打上硪唱的哇哇介。唱啊，"把你那个硪呀升起来"，嗵打一下，"再往高里升一下"，嗵又打一下。唱得哇哇介，婆姨也唱了，男人也唱。

一个疑问是，为什么在当时极为艰难的生存状态下，会有这样的欢乐？郭于华通过调查得到的结论是，平民是一种基于共同体立场的"道义经济"逻辑，也就是说，在农民的共同体中，当所有人都同样挨饿时，个体所感受到的饥饿程度小于他单独挨饿时的痛苦程度。而且，女性的集体认同较之男性更为突出，因为对妇女而言，从单干到集体的转变同时意味着自身"解放"的过程：与男人一同下地劳动，与男人一样参加政治活动"一搭里红火"，一起唱歌、识字。尽管集体活动其实是从一种被支配状态进入另一种被支配状态，是从家庭与宗族的附属品成为集体与国家的工具的过程，但是这种转变却具有一种"妇女解放"的幻象。①

无论生存条件怎样简陋，只要存在群体，就可能产生欢乐。关于知青生活的另一个例子也可以用唐龙潜《毛泽东和中国知青上山下乡运动》一书中的表述作为补充证据：

> 尽管物质生活境遇相对艰苦，但政治环境却相对宽松。不论农场还是插队，知青们又都相对集中，于是就形成了一个个人气很旺的小环境。在政治管制无法像城市、单位那样严密的农村，在知青们自己的氛围中，大体是可以自由地言说的。他们用不作遮掩，也较少顾忌，有什么牢骚、想法、委屈、不满，是可以倾诉的；有什么新闻、故事、消息，甚至匪夷所思的传闻都可以一吐为快……他们以落魄的境遇，睁着怀疑的眼睛，以玩世不恭的情态，任何严肃的政治宣传，在他们圈内常常化为笑柄，任何神圣的偶像，他们都敢于表达些不敬……其实他们未必是当时中国最受苦受难的群体，但他们却是最敢发声和最能发声的群体。

当然，欢乐并不仅仅限于农村的集体劳动生活，还源于特定时期为那些因为年龄较小而没有被政治运动裹挟的孩子所留下的"法外空间"。频繁的意识形态规诫，以及不时的全民备战，表面看似乎使整个国家的生活被政治化、军事化了，却反而在民间，尤其是给那些边缘化的群体（诸如历史问题清楚、认错态度诚恳的"死老虎"，以及还在求学时期、没走上社会的年轻人）留下了相对宽松的日常空间，从而构成了更为普遍化、全民化的"第二种生活"。以相对年轻的第三、四、五代作家为例，六七十年代的政

---

① 参见郭于华：《心灵的集体化：陕北骥村农业合作化的女性记忆》，《中国社会科学》2003 年第 4 期。

治高温中，他们正处于上学年龄。父辈一代忙于抓革命、促生产，或者在干校劳动，校纪废弛、疏于管束的环境，给了他们野蛮自由生长的空间。

例如，在王朔那儿，导致的是"动物凶猛"。那时候"城里没什么年轻人，他们都到农村和军队里去了"。而当时"校纪废弛。为了不受欺侮，男孩子很自然地形成一个个人数不等的团伙。每日放学，各个团伙便在胡同里集体斗殴，使用砖头和钢丝锁，有时也用刀子。直到其中一个被打得头破血流便一哄而散。"王小波的小说《革命时代的爱情》也主要写60年代父母下放劳动或者去了五七干校后，孩子因此获得的自由。在苏童那儿，导致的是"城北地带"的"少年血"："我从小生长在类似'香椿树街'的一条街道上，我知道少年血是黏稠而富有文学意味的，我知道少年血在混乱无序的年月里如何流淌，凡是流淌的事物必有它的轨迹。"① 而在韩东那里，则是"掘地三尺"的游戏。"我六岁的时候，正逢无产阶级文化大革命。九十六号对面红星煤炭店的围墙上出现了一条标语：'备战、备荒，为人民！'为了躲避苏修可能发动的空袭，所有能找到的空地都被挖得凹凸不平。虽说居民出入受到妨碍，但成了孩子们的天堂……父亲和母亲回来了。他们连夜从干校回来有更重要的事情。我的双亲在房间里来回走动，像动物园铁笼后面的两只狮子。他们在我的上空交换着一些词：战争、疏散、核打击以及军备、三线离别和死亡。"所有这些，都是日后逼仄的、制度化日常化的城市生活所无法给予的。

上面社会调查所揭示的民间集体劳动生活的欢乐与隐含逻辑，以及享有治外法权的孩子们的经历，也为我们看待漫长的"前八十年代"提供了一个不同于知识分子叙述的平民视野；正是在这个视野里，我们看到了悲剧时代的另一个侧面：狂欢。

二、狂欢化的文学记忆

如果提出"狂欢的文革"，这似乎是一个悖论。但换个角度，"前八十

---

① 苏童：《少年血·自序》，江苏文艺出版社1993年版。

年代"频繁的政治运动的本质，就是权力的不断转换。每次运动固然都会使某一批人失去权力，但"权力的缺失"也就意味着平民性恢复的可能性。至于平民群体自身，本来就较少受到政治运动的直接冲击（当然也有类似"大跃进"这样的运动所造成的间接冲击，但因果逻辑并不是平民的思维方式），因此具有隔岸观火的超然（政治运动就是一出不断更换演员的戏剧）。平民在承受政治荒诞的同时本身具有强大的去官方化的能力，而政治本身引发的苦难，被"大家都挨饿、大家都受苦、大家都倒霉"这样的基于共同体立场的"道义经济"逻辑所化解。因此，"前八十年代"具有灾难与狂欢并存的双重性，如前所述，双重性（正反同体性）本身就是平民性的典型特征之一。

基于平民的正反同体视角，我们其实看到了一个不同的"前八十年代"。在新中国成立后漫长的时代里，"大跃进"、大炼钢铁、大食堂、大串联、批斗表彰、武斗、演出、知青聚集点等，无不具有"集体"性活动的性质，因而都呈现出"集体欢腾"的狂欢化。也正是在这样的背景下，我们可以理解，为何王蒙、王小波等作家，不约而同地用"狂欢的季节""黄金时代"来总括那个特定时代。这种定位，与其说是知识分子的，毋宁说是基于平民的。我们不妨从当代作家的文学性描述具体感受这种狂欢。

其一，"大跃进"。历史上"大跃进"与"浮夸风"是关联在一起的。"夸张"本身就是狂欢广场上常见的修辞。从本质上讲，浮夸风是平民狂欢化传统对官方不切实际的浪漫主义半推半就、半真半假"合谋"的结果。在张炜的《古船》中，"大跃进"以一连串夸张的数字形式生动呈现出当时狂欢化的民间图景：

> 巨大的数码报上终于排不下，镇上就在高土堆上扎起一个高高的木架，有人每天早晚到架顶上呼报数字。一个农业社亩产小麦3452斤，计划明年亩产8600斤；可是另一个农业社又报出崭新的数码：他们的小麦已经亩产8712斤，超过了别人的计划112斤，放了小麦卫星。全省有880多个农业社前去参观，其中有300多个社当场表态要超过他们……

有 5846 个农民科学革新小组一夜间宣告在全省成立，计划每个小组每月将研制六件科学发明，全省明年将有 420912 件革新发明推向全国……七月份全省大搞贝氏转炉、猪嘴炉、坩埚炼钢，各种炉埚要达到 684300 个。一个村用青砖、土坯、白干土和焦炭粉试做了 36 只坩埚，三个昼夜炼钢已达七吨半……

生活开始一日千里了。报上、收音机里，都展露出一个个令人目瞪口呆的事实。某地农民赵大贵，伙同另几个人，买了一架飞机。三个月中，共有 1842 个农民乘坐了波音、三叉戟等民航飞机，飞往上海广州北京……一个村子共有 982 户，户户有了电冰箱和彩色电视。另有 7000 户工人已经挂上了壁毯，厨房里实行了以电冰箱为主体的炊具系列化。一个农民专业户以一年 8000 元的巨薪招聘秘书（男女不详）……一个农民企业家发明了新式电焊机，打入国际市场，创利润 489000 多元。①

在莫言的《丰乳肥臀》中，则直接使用了"狂欢"一词来描述这个季节：上官来弟的哑巴丈夫忙于在大街上"大跃进"，而上官金童则紧随着消灭麻雀的战斗队。小说说："这个喧闹的遍地火光的狂欢季节很快结束了。"在这之后，一个重炮连的经过，"标志着狂欢季节的最后终结。"②

其二，"文革"初期的红卫兵大串联。由于得到政府的提倡，以及政策上的支持，堂吉诃德式的漫游变成了全民性的运动。根据金大陆的研究，"据 1966 年全国在校大、中学生的统计，大学生为 53.4 万人，中专生为 47 万人，中学生为 1249.8 万人。如此庞大的青少年人群，因'革命'而有资格、有机会'乘车不要钱'、'住宿不要钱''吃饭不要钱'（即"三免费"），在以北京为轴心，以各大省会城市为连贯的天南地北间或奔走呼号，或游山玩水，不仅是'文革'运动的吊诡，恐怕在人类迁移史上也属特异

---

① 张炜：《古船》，人民文学出版社 2002 年版，第 120、124、140 页。
② 莫言：《丰乳肥臀》，上海文艺出版社 2012 年版，第 384、385 页。

的绝殊。"① 王蒙曾以狂欢的笔触描述过这样的时代现象：

> 那时，像是漫游的季节，你走到这里，他走到那里，天南通地北，大漠连海滨，手举小旗，足裹绑腿，背背军包（也宛如改革开放年代的港澳旅行团），拉练的拉练，扒车的扒车，翻山的翻山，过河的过河，穿山洞攀铁桥翻雪岭爬索道，要票没票，要钱没钱，却实现了天下一家万域相亲四海之内皆兄弟的好梦，也是读一小本书（《毛主席语录》）（不用读万卷书）行万里路的奇观……那才是真正的一九六七或六八中国旅游年呢……

> 也许更加贴切的应该说是狂欢的季节！真是又唱又跳又叫！批判资产阶级反动路线时，各级党委门口光静坐的红卫兵就有多少！伟大领袖早就指出，人吃了五谷杂粮，就要发热，发了热就要闹事嘛。里约热内卢有一年一度的狂欢节，英国球迷一赛球就杀人打群架，美国有几十万人列队盛大欢迎性感女星玛丽莲·梦露和加里弗尼亚州的同性恋者大游行，德国有啤酒节……我们则有史无前例的"无产阶级文化大革命"！……而人生这样的狂欢，对于一个特定的国家和地区来说，正是几十年几百年乃至几千年才有一次！②

马原的小说《零公里处》就生动地写出了一个十三岁的少年是怎样离家出走参加串联一直来到北京，最后安然返乡的故事。

其三，批斗与表彰。批斗本身当然是严肃的。但民间以其特有的脱冕思维，使悲剧诞生了欢乐意味，使严肃的政治形式变成了表演。以王小波的小说《黄金时代》为例："有关出斗争差的事是这样的：当地有一种传统的娱乐活动，就是斗破鞋。到了农忙的时候，大家都很累。队长说，今晚上娱乐一下，斗斗破鞋。……他们斗破鞋时，总是把没结婚的人都撵走。"

张炜的《古船》中，大办食堂期间，李其生发明了自来水，镇党委召开专门表彰他的大会。小说描写表彰大会："凌晨，全镇的人已经陆续往老

---

① 金大陆：《正常与非常——上海"文革"时期的社会生活》，上海辞书出版社 2011 年版，第97 页。
② 王蒙：《狂欢的季节》，《当代》2000 年第 2 期。

庙旧址活动，天大亮时人群已经熙熙攘攘……可是人群并没有全部面向主席台而坐，而大部分却在广场上缓缓游动。后来老婆子小孩儿也全从巷子里走出来，汇入了人群。大家都尽可能地穿上了新衣服，有的姑娘还从襟下余出一截彩色布条……四爷爷赵炳却面带微笑对镇长说："洼狸镇人把表彰会错当成赶庙会了。"在另一处，小说这样描写游斗："至此为止，游斗达到了最高潮。人山人海，交通阻隔，老人们觉得比起很久以前的庙会来，有过之而无不及。"①

王安忆的《叔叔的故事》中，也有类似的描写："后来的事情便是人人皆知的文化大革命。革命使沉睡很多年的小镇苏醒过来，小镇上的每一天，都像过节一般，免费观看喜剧和悲剧……在这些戏剧中，最吸引人们的自然是那些带有猥亵意味的隐私性质的情节。……那次批判会是小镇盛大的节日，学校的操场人山人海，水泄不通，有一些人是从邻近的乡镇赶来。"②

其四，戏剧演出或露天电影。"全国人民八个戏"，革命样板戏不遗余力地推广，使之成为了"文革"时期平民最具娱乐性的文学资源。但平民往往会以务实的经验主义思维方式对其进行民间化的改造。韩少功就描述过乡下演戏的情景：

> 第一次在乡下看戏站我有些吃惊。台上的演员正旋着一把什么油布伞，后来我才知道，这里正在写出一个打土匪的革命样板戏《智取威虎山》。我不记得这出戏有革命战士打伞的情节，大概是某演员有快速旋伞的绝活，不旋给乡亲们看看是不行的，剧中的解放军就只好旋着伞上山剿匪了。农民剧团买不起布景和道具，一切只能因陋就简。欢乐，村干部上台给汽灯加气，加完后再猛吹哨子，大吼一番，警告娃娃们不得爬上台来捣乱。……我不大可能看明白剧情，相信大多数观众也把剧情看得七零八落，甚至觉得他们压根就不在乎这一点。他们没打算来看戏，只是把看戏作为一个借口，纷纷扛着椅子来过一个民间节日，来参与这么热闹的一次大社交，缓解一下自己声色感觉的饥渴。在乡下偏僻

---

① 张炜：《古船》，人民文学出版社 2002 年版，第 128—129、334 页。
② 王安忆：《叔叔的故事》，《收获》1990 年第 6 期。

而宁静的日子里，能一下看到这么多的人面，听到这么多的人声，嗅到这么多的人气，已经是他们巨大的欢乐。①

在上面的表述中，娱乐、狂欢、欢乐、庙会、民间节日，都传达出了狂欢节所特有的那种平民欢乐。

总之，"前八十年代"的特定历史为当代文学提供了丰富的反观资源。如前所述，"前八十年代"在中国的历史时空上，犹如生硬地镶嵌在中国历史进程中的一个巨大的"怪胎"。这一怪胎是以僵化的极权主义、教条主义、个人崇拜、狂热的爱国主义为内核的。例如，"文革"时期"毛泽东语录"作为"最高指示"的无所不在，以及民众在狂热情绪下的许多行动（如早请示晚汇报、忠字舞等），由于被不断重复，都具有了机械式的僵硬化；"大跃进"则让我们看到了那些活跃在民间舞台上夸夸其谈的骗子和小丑，而当一本正经富丽堂皇的数据与残酷严峻的现实并列呈现出来时，几乎不需要再作任何修饰，便可以进入小说成为"第二种生活"。

作家余华说："在大字报的时代，人的想象力都最大限度地发掘了出来，文学的一切手段都得到了发挥，什么虚构、夸张、比喻、讽刺……应有尽有。这是我最早接触到的文学。在大街上，在越贴越厚的大字报前，我开始喜欢文学了。"② 韩东也说："我没当过知青，但对知青以及农村生活有很深的印象。刺激我的是那些非常滑稽、富有喜剧色彩的东西。而那些是非黑白的辨别对我没有什么意义。"③ 柏格森认为，"社会要进一步消除这种身体、精神和性格的僵硬，使社会成员能有最大限度的弹性，最高限度的群性。这种僵硬就是滑稽，而笑就是对它的惩罚。"④ 僵硬的时代从另一个方向把当代小说引向自我狂欢之路。这条路即如柏格森所言：

　　生活当中的严肃成分全都来自我们的自由。我们酝酿成熟的情操，我们培养起来的情人，经过我们深思熟虑，决心从事并终于付诸实践的

① 韩少功：《暗示》，上海文艺出版社2012年版，第63页。
② 余华：《余华作品集》第3卷，中国社会科学出版社1995年版，第385页。
③ 林舟：《生命的摆渡》，海天出版社1998年版，第56页。
④ ［法］柏格森：《笑——论滑稽的意义》，中国戏剧出版社1980年版，第28页。

行动，总之是一切来自我们、高于我们的东西，都给生活以庄严的，有时甚至是崇高的外貌。怎样才能把这一切转变成喜剧呢？那就必须设想，表面的自由底下都隐藏着一套木偶的牵线……因此，幻想通过使人想起那是木偶戏这个办法，把任何真实的、严肃的，甚至是崇高的场面变成滑稽的东西。就用武之地的广阔来说，没有哪种手法是可以跟幻想相比拟的。①

第三节　从理想激情到世俗日常

一、改革开放与社会心态转变

在党的十一届三中全会之后，社会生活的各个方面都呈现出了新的气象。1979 年第四次全国文代会提出了"文艺民主"的口号，并重申了"百花齐放、百家争鸣"的双百方针②，但"文革"的惯性思维难以肃清，政治的"在场"依然十分明显，意识形态的"看门人"机制，会自动过滤掉与主流价值不和谐的，比如怀疑、悲观、讽刺、虚无等杂音。文学的探询，常常引发意识形态范畴的论争乃至批判。代表性的，如 1979 年的"歌德"与"缺德"之争；1981 年对电影《苦恋》、小说《飞天》《在社会的档案里》、话剧《假如我是真的》的批判，以及 1983 年开始的"清除精神污染"运动等。

这一阶段，理想主义在漫长时间形成的历史惯性，在社会思潮中处于压倒性地位。即便是后来提倡"相对"精神的王蒙，在他小说《布礼》（1979）中，也以"1979 年"为专节，对现实生活中出现的"灰影子"现象义正辞严的迎头痛斥："讲究吃穿，讲究交际，脸上一副目空一切的神气，眼神里却是一无所长的空虚。""爱情，青春，自由，除了属于我自己的，我什么都不相信。"作者对此的态度是："你的一生，不过是一场误会，

---

① ［法］柏格森：《笑——论滑稽的意义》，中国戏剧出版社 1980 年版，第 48—49 页。
② 《中共中央国务院致大会祝辞》，《中国文学艺术工作者第四次代表大会文集》，四川人民出版社 1980 年版，第 6 页。

一场不合时宜的灾难，一声哀鸣罢了。你怎么看不透你自己呢？你何必活下去呢？"以独断和强硬的姿态，宣判了怀疑论者的"死刑"。

这段时间小说的趋向，其一是写新人新动向。比如农村新政策、城市新气象，比如坚持原则的干部、社会主义新人、大刀阔斧的改革家，如罗群、李铜钟、雷军长、乔光朴、李向南等，这些小说也可见五六十年代主流小说的印记；其二是关注社会问题，如知识分子待遇问题、官场作风干群关系问题、新旧观念碰撞问题、住房问题等等，这也是五十年代中期"干预生活"小说的回响；其三是在现实生活中反思和批判。比如对国民性的批评，对知识分子自身的反思，对女性地位、对追求美与爱的权利的呼吁等。如王蒙、张贤亮等对国家与知识分子立场命运的反思，高晓声、路遥等国民缺点的批评，戴厚英、张洁、铁凝、张弦等作家对爱情和理想美的呼唤，等等。尽管如此，无论是从客观形势，还是从主体的思想资源积累方面，因为长期教育及思想文化欠缺而遗留的历史债务短期难以偿还。因此，无论是对丑的批判还是对美的呼唤，抑或对自我的反思，都没有达到"五四"的高度。同时，尽管部分知识分子小说出现了意识流、荒诞性等现代性因素，也开始注重人物性格的深化，但"反映论"的现实主义美学原则依然是主流，小说"工具化"的定位也没有改变；小说家依旧在小说世界中保持着绝对的权威。（人民文学出版社1983年出版的《新时期作家谈创作》一书收录了当时重要作家的创作观，可以看出，丰富的生活经验和鲜明的主题意识还是公认的认知基础。）

文学领域发生的变化并不偶然。起码对知青而言，自由的追求植根于"文革"时代的历史记忆。如亲历者唐龙潜在《毛泽东和中国知青上山下乡运动》中所言，"知青确是在当时的社会政治条件下最不安分的群体，最希望打破现存秩序的群体……在我的感觉中，思想解禁以后的80年代初的整体社会氛围，就很像是当年我所处的知青小环境的氛围的推广和延伸。"在长期思想禁锢后，突破成规成为普遍的愿望，种种突破的尝试正在酝酿之中。

但还有更为宏大的、开始于1978年改革开放的时代背景。有社会学研究者曾提出改革开放时期社会民众心理嬗变的三时期说，即 1978—1984 年为社会心理驱动阶段，扬眉吐气、开朗乐观、意气风发成为这一时期中国民众精神面貌的明显特征；1985—1989 年为社会心理失衡阶段，由于一些社会现象等现实导致了民众拜金、怨愤、浮躁情绪的滋生；90 年代后则为社会心理调适阶段，享乐主义的人生观、实用主义的价值观和认命信天的世界观组成了巨大的世俗化社会思潮①。从社会心理驱动向社会心理失衡的过渡，也许可以贾平凹的创作为佐证。他的《腊月·正月》（1984）描写了农村的改革带来的价值伦理冲突以及给小知识分子的冲击；而写于 1986 年的长篇小说《浮躁》②，则以较长的篇幅刻画改革开放带来的"浮躁"情绪。

另一个与之相关的背景是，从 80 年代初开始，城市化进程也进入了一个新的阶段。1980 年国务院在批转全国城市工作会议纪要时，提出了"控制大城市，合理发展中等城市，积极发展小城市"的方针。社会学家指出，从 1984 年至 1988 年，许多大城市的流动人口均发生了成倍的增长③。经济建设地位的提升，以及城市化进程的重要意义之一，在于赋予日常生活合法性地位。如上节所述，漫长的"前八十年代"，由于政治挂帅、阶级斗争为纲，加上备荒备战等，城市日常生活空间被极大压缩，同时也是文学的"禁区"。但经济建设以及城市化发展，从其内在逻辑上，包含了对稳定的社会环境以及合理化的经济利益追求的肯定，因此，也就是肯定了世俗生活价值本身。多元化的选择，以及对这种选择权利的尊重，本身就是世俗社会的重要标志。

平民文学繁荣的一个重要前提是国民素质的提高，以及由此产生的大量平民作家。对新时期平民知识分子群体形成有力支持的是国家的教育体制。经济水平的提高促进了教育的普及，教育的普及让知识不再是少数人（阶层）的专利。除了一批年长的作家外，新的作家队伍是国民教育普及的结

---

① 参见李伟民：《改革开放时期中国民众社会心理的嬗变（1978—1995 年）》，《中山大学学报》1997 年第 2 期。
② 贾平凹：《浮躁》，《收获》1987 年第 1 期，实际创作于 1986 年。
③ 参见北京市人民政府研究室社会处撰：《关于八大城市流动人口问题的综合报告》，《社会学研究》1991 年第 3 期。

果。1977 年冬及 1978 年夏，全国刚恢复高考之初，总报考人数达到 1160 万人，这里包括了被"文革"耽误的若干年间累积起来的高中毕业生。高考人数在 1998 年达 320 万，以后每年保持递增，至 2006 年全国参加高考的人数为 952 万人。在恢复高考制度以后的 20 多年中，已经培养出 1000 多万普通高校本专科毕业生，这些人分布在各行各业，是新时期平民阶层的中坚力量，同时也是新一代作家脱颖而出的巨大基石，他们的平民身份已经并将越来越明显地改变文学由知识分子书写的格局，这一变化已经体现在较晚进入文坛的"晚生代"，以及年龄更小的七八十年代作家身上。

值得关注的，还有西方思潮的进入。经济上的改革开放同时也带来了"阅读无禁区"① 的自由，西方思潮的进入大大拓展了国人（主要集中在知识界）的思维和视野。思想阅读热衷的主要哲学家包括如韦伯、法兰克福学派、萨特、加缪、尼采、弗洛伊德、康德等。当然，不可忽视的，还有围绕着现代派、现代主义、拉美文学、现代小说技巧的西方文学与相关创作理论阅读和争论。其中影响最大、最值得一提的，无疑是萨特和他所代表的存在主义思潮。作为"八十年代新一辈"的精神初恋，萨特的"他人即地狱""人除了自己认为的那样以外，什么都不是。这就是存在主义的第一原则。"以及"人就是自由"等观点，带着半知半解的误读，呼应了民众艰苦民间生存的记忆和体验，同时肯定了人们对自由的本能需求，对知识分子甚至普通民众都影响深远。比如，在重新肯定"人"的价值的问题上，它成为不同路向选择的理论基点，比如对人的自我价值和理想主义情怀的坚守，对美和爱情权利的正当诉求，对个人世俗成功的大胆追求，当然，也可以成为追求"不干什么"的消极自由的理由。

事实上，当理想主义依旧沿着历史的惯性高歌猛进的同时，"文革"中一度兴盛的怀疑心态、对世俗日常生活的追求，正逐渐复苏并完成对理想激情的消解。可以从 80 年代前期的小说创作中，窥见社会文化心态嬗变的历程。

---

① 《读书》创刊号，1979 年 4 月。

从 80 年代初开始，理想主义与世俗主义就持续分道扬镳。"文革"结束初期的中国，理想主义当然具有天然的道德优势。但是，对回城知青而言，无论是在"本次列车终点"（王安忆）的上海，还是遍布"立体交叉桥"（刘心武）的北京，"住房"就是一个坚硬的、普遍的现实问题，足以打破大多数廉价的诗意和理想。在一开始，他们也曾经以"前八十年代"曾经燃烧过的生命意志为资源进行抵抗，这体现在从 1983 年开始的一批不约而同以"远"和"梦想"为主题的小说上，这一特征甚至直接体现在大量小说的题目上——《远方的树》《南方的岸》《迷人的海》《远村》《北方的河》《高原的风》《这是一片神奇的土地》《我的遥远的清平湾》。但是，这种抵抗注定只是青春浪漫主义的不及物的回潮。史铁生的《命若琴弦》（1985）同时体现了希望之虚妄与守望之必要，但难掩其惆怅。这种惆怅，或来源于当下理想失落的迷惘，在刘索拉的《你别无选择》（1985）中，在森森、孟野、戴齐等众多学生身上，在现代主义思潮影响下学生从思想到行为的反叛和对艺术的追求，由于缺乏有效理念的支撑，最终陷入了精神困境；或者来源于历史，残雪《山上的小屋》（1985），在虚化了历史感的时间里，弥漫的其实是无法走出"前八十年代"的心理创伤。

困境或迷惘之后，还是需要面对现实。在通过"拂晓前的葬礼"（王兆军）向过去告别之后，知青还是需要选择自身的人生轨迹。沿着理想顽强前进者固然有之，此外的一种趋向是，在《血色黄昏》等小说中，知青为了生存资源或回城资格而进行的粗粝的生存斗争，被转化为《在同一个地平线》（1981）、《人生》（1982）、《继续操练》（1986）等小说中急功近利、尔虞我诈的个人成功追求。另一种趋向是，《风筝飘带》（王蒙）、《北方的河》（张承志）中那种男女主人公目标一致的明朗的爱情与理想愿景，在徐星的《无主题变奏》（1985）中变成了"我"与老 Q 的分裂。小说中，"我"不再追求"成功"，不再尊重个体的兴趣以及自由，因而显得"玩世不恭"。当初王蒙严厉批评过的"灰影子"或"灰色的朋友"，开始获得其正当性。

二、日常生活书写的兴起

在上述理想主义与世俗关怀的此消彼长中，值得重视的是，对世俗日常生活的书写，作为此前现代小说传统中的"异质"，起于青萍之末，而逐渐壮大成为一个醒目的潮流，成为小说摆脱文学"政治工具论"、脱离宏大叙事的工具化传统的最初的切口。这里可就乡村与城市背景分别举一个例子。

例如，何士光的小说《乡场上》，写一向懦弱的农民冯幺爸，出人意料地挺直腰杆，反对作威作福的曹支书，支撑他的是国家的农村政策。小说在主题乃至潜在结构方面，和当时高晓声的《"漏斗户主"》、张弦的《被爱情遗忘的角落》等一样，有着如"绪论"所述的"左翼神话"的清晰性。但他在小说《种包谷的老人》（1982）中，却一改风格，通过刘三老汉，写几乎无事的日常生活。这种改变是自觉的。在写作谈《努力像生活一样深厚》中，何士光明确表达了对《乡场上》过于鲜明的主题，以及刻意表现技巧的不满意，并说："生活并不常常都那样精彩，倒往往是日复一日，太阳静静地升起来了，长久地停在田野的上空，过后又静静地从山垭那儿落下去，人们不过在种包谷，并没有发生什么格外的情况。但生活的全部内涵，更多地则是渗透在这种表面看来是无声无息的时日之中的。"① 这种看法，已经具有一定的普遍性。比如同时期的作家彭见明在创作谈中也表达了类似的意思。他说："我力求把老人的一切写得很淡很淡……为什么要有训示呢？为什么要让人物叫喊呢？为什么要添上英雄伟绩、制造惊险场面来体现人物的不凡呢？艺术的真正的力量不完全在于那样。"②

再如，刘心武曾经以《班主任》蜚声文坛，而在 1984 创作的长篇城市题材小说《钟鼓楼》中，关注点也从"问题"走向了"日常"。小说开篇先写一个清朝强抢民女的贝子在贝子府被人剜去双目的传说，然后很快转到

① 何士光：《努力像生活一样深厚——关于〈种包谷的老人〉的写作》，彭华生、钱光培编：《新时期作家谈创作》，人民文学出版社 1983 年版，第 277 页。
② 彭见明：《力的美——〈那山那人那狗〉创作前后》，彭华生、钱光培编：《新时期作家谈创作》，人民文学出版社 1983 年版，第 353 页。

了钟鼓楼："我现在呈现给读者的这部小说，竟并不循着这离奇的传说朝下发展，而将钟鼓楼下那平凡琐屑却蕴含更丰富的一面，向读者展现，想来不会使亲爱的读者们见怪吧？"① 这一开头用意非常明显：超越时空的传奇时间（一百年前），变成了精确时刻的当下时间（有意精确到日）；从神秘的贝子府，到钟鼓楼下寻常百姓的日常生活。整个小说以北京一个普遍的四合院里，一户人家张罗儿子结婚这样的平民事件为线索，写了四合院中各家的喜怒哀乐。小说甚至还直接用较长的篇幅，对"市民"概念进行了阐述：

> 似乎还没有哪个社会学研究者，来研究过北京的市民。这里说的市民不是广义的市民——从广义上说，凡居住在北京城的人都是北京市民；这里说的市民是指那些"土著"，就是起码在三代以上就定居在北京，而且构成了北京"下层社会"的那些最普通的居民……文学艺术也很少把他们当作描写重点。有的人干脆鄙夷地称他们为"小市民"，或一言以蔽之曰：芸芸众生。②

当然，日常生活进入小说，会给小说家带来叙事上的压力。正如前述创作谈中何士光所言："像生活表面地看来常常显得寻常一样，小说也整个地是寻常的，似乎显得沉闷。"这种沉闷，正是日常生活本身的属性使然。为了摆脱这种沉闷，在何士光，是向小说中灌注诗意和乡情——这是古典化的美学；对刘心武，则是投入理想与审视之光——这是社会主义主流理想的折光。

表面上看，日常生活自身不具有"美学"的意义，因此必须通过诗意化或者理想化的传统美学"光晕"赋予其意义。但其实日常生活本身具有丰富的美学矿藏，只不过此时作家还没有深入到日常生活的内部，没有寻找到"打开"日常生活的正确方式。但是，对日常生活正当性的确认，以及上述的写作尝试，毕竟给当代作家提供了一个新的可能。当何士光、刘心武等沿着传统的路径探索日常生活的书写经验的同时，拉美魔幻现实主义、美国南方文学等世界文学经验，与本土汪曾祺、贾平凹等作家的创作实践相呼

---

① 刘心武：《钟鼓楼》，人民文学出版社 1998 年版，第 7 页。
② 刘心武：《钟鼓楼》，人民文学出版社 1998 年版，第 121—122 页。

应，激发了作家们潜伏着的历史经验与世俗日常生活体验，开辟了一个全新的日常生活写作路向。

三、作为转捩点的 1985 年

总结以上的分析，可以看出，在社会整体世俗化与平民化的路向上，1985 年（尽管未必那么精确）具有转捩点的意义。1985 年的转折性意义，已经体现在上述概括之中，在此还可再作适当总结：

在社会学意义上，如前所言，1985 年是城市化进程的起飞点，是改革浪潮下社会心理从驱动阶段向失衡阶段过渡的转折点，作为第一阶段发展的高峰，1984 年因为开始了下海经商潮而在中国历史上被称为"公司年"，当时流行的一句话是"十亿人民九亿倒，还有一亿在思考"。对此亲历者阿城的观点也可以作为佐证。他说："八四年后，世俗间自为的余地渐渐出现，私人做生意就好像官场恢复科举，有能力的人当然要去试一试。写小说的人少了，正是自为的世俗空间开始出现，从世俗的角度看就是中国开始移向正常。"①

在文学生态上，当代文学创作外部环境的"松绑"，大致可以 1985 年年初召开的中国作协第四次会员代表大会为标志。这次会议上正式提出了"创作自由"的口号，时任文化部部长的作家王蒙发表了《中国文学的黄金时代》②的发言，《人民日报》《北京日报》《工人日报》《中国青年报》《文汇报》等各大报纸则在 1 月 3 日至 5 日的三天时间内，都不约而同地发表了以"创作自由"为主题的新闻报道或与会作家们的访谈，这意味着文学（相对）自由的探索，获得了来自国家主流意识形态的政策支持。一个重要的证据，1985 年是历史上的"通俗文学年"。港台大众文化、大众文艺席卷大陆，琼瑶热、金庸热、三毛热、梁羽生热、古龙热、梁凤仪热此起彼伏。这是市民社会兴盛的表征之一，同时也意味着平等、宽容、对话、多元的平民文学生态的形成。而在大众文化热的背后，还有值得关注的、方兴未

---

① 阿城：《闲话闲说——中国世俗与中国小说》，作家出版社 1997 年版，第 129 页。
② 王蒙：《中国文学的黄金时代》，《文汇报》1984 年 12 月 31 日第 3 版。

艾的文化工业对小说创作的影响。

洪子诚在回顾 80 年代文学概况时认为："以 1985 年前后为界，80 年代文学可以区分为两个阶段。80 年代前期，文学界和思想文化界存在着相当集中的关注点。刚刚过去的'文革'，在当时被广泛看作是'封建专制主义'的'肆虐'。因此，挣脱'文化专制'的枷锁，更新全民族观念的'文化启蒙'（'新启蒙'），是思想文化的'主潮'。与此相关，文学是对于'现实主义'的'传统'的呼唤。"而"80 年代中期文学的变化，因1985 年这一年发生的许多事件，使这一年份成为一些批评家所认定的文学'转折'的'标志'。"[1] 在创作实践上，1985 年是文学史上文学创作的"方法年"：以《你别无选择》《山上的小屋》与《无主题变奏》等为标志，它体现了理想激情平抑之后的失落与迷惘，以及对世俗生活追求的正当化；《钟鼓楼》等小说所明确的日常生活化趋向，在这一年，被以《5·19 长镜头》《王府井万花筒》等为代表的纪实文学的兴盛所证明。也正是在这一年，莫言发表了他充满神秘意味的小说《透明的红萝卜》，而次年，《红高粱》《古船》《狗日的粮食》等作品不约而同地在文坛出现，开创了当代小说的新纪元。

当然，更为重要的是，汪曾祺等作家从新时期初开始的小说实验，在一定程度上复苏了古代小说的传统，以及古代文人对于民间世俗生活的审美传统。它们启发了 1984 年底以"寻根"为号召的自觉的理论倡导，与 1985 年的寻根小说实绩。它们自觉的民间立场，以及对日常生活原生态的书写，使现代以来由启蒙小说与革命小说共同构建的二维坐标，出现了一丝罅隙。平民小说，因此历史性地成为当代小说史的第三维度。

---

① 洪子诚：《中国当代文学史》，北京大学出版社 1999 年版，第 240、243 页。

第三章　转折：寻根思潮与平民觉醒

　　从文化渴慕到民间日常。重估寻根。李庆西与陈思和的论文。民间立场凸显及民间原生态还原。同时代诗人的佐证。原生态还原的途径。

　　平民立场分析：80年代作家平民自我与其他自我的混杂、分歧与融合。民间理想主义。

　　原生态生存分析：粗鄙与沉默。生存过载。当代小说的平民美学呈现。

第一节　从文化寻根走向民间日常

一、回归传统与转向民间

1985 年，郑义在《文艺报》发表了《跨越文化的断裂带》① 一文。这当然只是当时寻根思潮中的一个"浪头"。但他所传达出的"文化的断裂"的焦虑，是当时值得关注的现实。1949 年之后的社会主义教育理念，尤其是越来越激进的"左倾"思潮，形成了较"五四"新文化运动更为彻底的"断裂"。新时期对传统文化的渴慕，正是长期断裂所形成的"饥渴效应"。礼平的《晚霞消失的时候》（1980）引发的热潮较好地体现了"断裂"与"渴慕"。小说就结构或技巧而言并不足道，吸引读者的，是那些似乎"新鲜"、其实有堆砌之嫌的有关哲学、宗教、文明的知识。有趣的是，小说中提到的大部分书籍作者本人其实也没读过。比如有关佛教的内容，全都来自任继愈的《汉唐佛教思想论集》——"这是文革期间人们可能见到的唯一一本与佛教有关的书"。②

因此，也可以理解汪曾祺在当时的意义。作为在 1949 年前已经接受了完整的传统教育的老一辈作家，汪曾祺小说所独具的那种风格，如同空谷跫音，正属于大众所渴慕的"传统"。汪曾祺自己也提倡传统，但在"传统文化"概念的使用上，跟大众的理解多少有些貌合神离，反倒是跟"民间"或"日常生活"更情投意合。1982 年，汪曾祺发表了《回到民族传统，回到现实主义》一文，也许是和当时的语境有关，他把"民族传统"与冠冕堂皇的"现实主义"的大帽子进行了组接。但这个"现实主义"，与建国之

① 郑义：《跨越文化的断裂带》，《文艺报》1985 年"理论与争鸣"专栏第 1 期。
② 礼平、王斌：《只是当时已惘然——小说〈晚霞消失的时候〉作者礼平访谈录》，《上海文化》2009 年第 3 期。

后流行的主流"现实主义"毫不相干，而是指向过去的、以日常人物为对象的写实主义。他强调的传统文化，也是基于民间日常生活的。他说："小说重视民族文化，并从生活的深层追寻某种民族文化的'根'，我以为是无可厚非的……但是不一定非得追寻得那么远，非得追寻到一种苍苍莽莽的古文化不可……我们在小说里要表现的文化，首先是现在的，活着的；其次是昨天的，消逝不久的。理由很简单，因为我们可以看得见，摸得着，尝得出，想得透。"① 这种态度，具体地说，就是摒弃意识形态的加持，回到对日常生活中平凡人物的关注。这其实就是中国古代小说的正宗。——在"文人其表、平民其里"的古代小说中，大凡属于文化的那部分，大多是作为遴选者、润饰者的文人加上去的，而平民的内核，只关注那些与日常生活以及生命意识相关联的东西。他在《关于〈受戒〉》中说："'市井小说'没有史诗，所写的都是小人小事。'市井小说'里没有'英雄'，写的都是极其平凡的人。'市井小说'嘛，都是'芸芸众生'。芸芸众生，大量存在，中国有多少城市，有多少市民？他们也都是人。既然是人，就应该对他们注视，从'人'的角度对他们的生活观察、思考、表现。"②

同样是在1982年，贾平凹发表了《"卧虎"说》，面对霍去病墓前的卧虎石，他领会到"生我育我的商州地面，山川水土，拙厚，古朴，旷远，其味与卧虎同也"。而"卧着，内向而不呆滞，寂静而有力量，平波水面，狂澜深藏，它卧了个恰好，是东方的味，是我们民族的味"。贾平凹的此次"悟道"，也是在经历了传统现实主义的创作困境之后。"东方的味"似乎强调的是民族文化，但正如他明确表达的："在传统文化的其中淫浸愈久，愈知传统文化带给我的痛苦，愈对其的种种弊害深恶痛绝。……我的初衷里是要求我尽量原生态地写出生活的流动，行文越实越好，但整体上却极力去张扬我的意象。"③ 尽管这段表达是在后来创作《高老庄》的时期，如果参之

① 汪曾祺：《咸菜和文化》，《汪曾祺文集·汪曾祺小说》（上），广西人民出版社2006年版，第2页。
② 汪曾祺：《市井小说选·序》，杨德华主编：《市井小说选》，作家出版社1988年版。
③ 贾平凹：《高老庄·后记》，太白文艺出版社1998年版，第414页。

以他这一时期的《商州初录》，还是落实到"商州"以生存伦理与生命意识为支撑的民间日常生活。小说里的写人、写事，正是古代小说中志人、志怪和笔记体的传统。

值得一提的是，汪曾祺与贾平凹，属于惺惺相惜、趣味相投的作家。两人一为"文狐"，一为"鬼才"，外号来自双方的互赠。狐与鬼，本身就频现于中国民间文化之中，包含着抵制规范的异质性。

以民间日常替代传统文化的倾向，还来自于域外。也是 1982 年，加西亚·马尔克斯的《百年孤独》获诺贝尔文学奖，使拉美魔幻现实主义文学在中国广为人知。《百年孤独》揭示的，与其说是拉美的传统文化，毋宁说是拉美的民间生存。拉美文学理论中值得重视的概念之一是"神奇现实"，正是植根于拉美本土的"民间现实"。阿莱霍·卡彭铁尔较早地挖掘了美洲不同于西欧的神奇现实，他指出，"神奇是现实突变的产物（即奇迹）"，"这块土地上生活着成千上万渴望自由的人，他们深信马康达具有变形的能力，在他被处决的那一天，信仰创造了奇迹。"① 同样是基于对美洲神奇现实的深刻体验，加西亚·马尔克斯拒绝认为《百年孤独》的那些故事出于幻想，他说："我们周围尽是这些稀罕、奇异的事情，而作家们却执意要给我们讲述一些鼻尖下面的、无足轻重的事。"他指出传统作家的弊病："（对奇异事件）不是当作一种现实去接受，而是展开辩论，将它理性化"，"我认为我们必须做的是，我们看到的事情是什么样，我们就如实地接受它，不要想方设法去进行解释。"②

中国民间文化中同样包含大量的神秘和神奇元素，而且与民间生活紧密交织在一起，只不过由于儒家"不言怪力乱神"的传统，始终没有融入主流文化，只是存在于传奇或笔记体小说之类的"非规范"文学里，因此中国作家面对拉美小说，自然会有心灵相通的感觉。贾平凹的《商州初录》

---

① ［古巴］卡彭铁尔著，陈众议译：《美洲的神奇现实》，吕同六主编：《20 世纪世界小说理论经典》（上），华夏出版社 1995 年版，第 356—361 页。

② ［哥伦比亚］马尔克斯著，申宝楼译：《与略萨谈创作》，吕同六主编：《20 世纪世界小说理论经典》（下），华夏出版社 1995 年版，第 126—128 页。

便隐现着中国民间的神秘传统，莫言也自言："《红高粱》《透明的红萝卜》是在我读到《百年孤独》之前创作的。"而且，"《百年孤独》至今我也没有读完，但我经常翻那么一两页，每一次读都觉得我非常了解这位作家……"①。

在改革开放的 80 年代初，中国与拉美一样，都有摆脱处于强势地位的"西方中心"的"影响的焦虑"的内在需求。事实上，如果视野拓展到小说之外，在 1984 年，高行健就已经具体地指出他在戏剧方面融入民间文化的思考："原始宗教仪式中的面具、歌舞与民间说唱、耍嘴皮子的相声和拼气力的相扑，乃至于傀儡、影子、魔术与杂技，都可以入戏。"② 因此，以寻根思潮的兴起为标志，从本土民间寻找抵抗或突破之途，成为作家不约而同的选择是很自然的。

对"文化寻根"现象的研究，目前已经比较丰富。归纳起来，主要的观点包括，其一是指出其受汪曾祺、贾平凹、王蒙、张承志、乌热尔图等或基于文化传统或基于地域文化的创作以及杨炼关注文化传统的诗歌的影响；其二是指出其实验意义，即寻根派也是先锋派，受到了拉美魔幻现实主义以及福克纳、川端康成等各自立足于自身民族风格的域外文学创作及相关理论的影响；其三认为寻根作家囿于自身知识结构，对"文化"的内涵认识及检讨不够深入，也难以摆脱"被殖民"的后发文化的被动地位，因而造成了自身的困境；其四，"寻根"思潮蕴藏着突破既有文学创作规范——即现实主义传统的要求；其五，正是由于上述困境以及对上述困境反思的缺乏，加上寻根文学介入现实生活的现实困难，导致了寻根文学在 80 年代末的式微。

上述评价基本反映了"寻根文学"在文学史上基于知识分子尺度的定位。但是，现在回顾起来，寻根文学的发起者们对自身的意义理解，乃至文学史对其意义的理解并不深入；寻根文学的价值也许要高于目前文学史所给予的定位。我们需要对此重新辨析，并在此路向上试图回答：寻根文学是否

① 周罡、莫言：《发现故乡与表现自我——莫言访谈录》，《小说评论》2002 年第 6 期。
② 高行健：《我的戏剧观》，《戏剧论丛》1984 年第 4 期。

真的走向了式微？它是否真的与当下现实水火不容或者另有突破途径？

对寻根文学的深入理解，需要着眼于寻根文学与"民间"的关系。在关于"寻根"的系列理论文章中，对"民间"的重视和"规范"的突破几乎并列（尽管对何为"规范"、何为"民间"，没有形成统一明确的认识）。例如，韩少功认为，"更为重要的是，乡土中所凝结的传统文化，又更多地属于不规范之列。俚语、野史、传说、笑料、民歌，神怪故事，习惯风俗，性爱方式等等，其中大部分鲜见于经典，不入正宗……在一定的时候，规范的东西总是绝处逢生，依靠对不规范的东西进行批判地吸收，来获得营养，获得更新再生的契机。宋词、元曲、明清小说，都是前鉴。因此，从某种意义上说，不是地壳而是地壳下的岩浆，更值得作者们注意。""我们说创造源于生活，一方面指源于劳动人民的社会实践；另一层意义，应该是指源于劳动人民中间丰富的文化成果，即大量的还未纳入规范的民间文化吧。"①李杭育的态度更为激烈明显。他说："我所说的传统，可以当作一个规范来看"，"有时我真万分痛恨我们的传统……中国的文化形态以儒学为本……偶或论诗也只'无邪'二字，仍是伦理的，'载道'的。"而在规范之外，非传统的，是不同于儒家正统规范的少数民族的文化，包括发源于西部诸夏的老庄哲学、以屈原为代表的绚丽多彩的楚文化、幽默、风骚、游戏鬼神和性意识开放坦荡的吴越文化等。他指出："规范之外的，才是我们需要的'根'，因为它们分布在广阔的大地，深植于民间的沃土。"②

如果联系前面对汪曾祺、贾平凹等先行者的思考与实践，可以看出一条清晰的思路：突破现实主义的"规范"——寻找传统文化资源——规范之外的"民间"。在寻根思潮的倡导者那里，内在的逻辑线索，是以"文化寻根"对抗"规范"——所有宏大的、严肃的、整体化的成规；但"文化"本身，尤其是正统的文化（中原文化、儒家文化）恰恰又是"规范"本身；因此，这种寻找，最终只能途向逸出，落实到"民间"。这就能理解，为什么原本杂芜的"民间"从一开始就被赋予了非规范、非正统、非宏大的

---

① 韩少功：《文学的"根"》，《作家》1985 年第 4 期。
② 李杭育：《理一理我们的"根"》，《作家》1985 年第 9 期。

内涵。

有意味的是，尽管《百年孤独》在中国走红，而且与中国的民间神秘文化不谋而合，寻根作家却几乎不约而同地淡化了中国民间文化的神秘性。他们关注得更多的，是民间的生存现实。如果落实到作家的生活以及知识经验，可以看到，"反叛"的精神根源，正隐藏在上一章所分析的以知青作家为主体的知识分子的历史记忆之中。而"民间"的选择，既与作家个人化的民间体验有关，韩少功所谓的"俚语、野史、传说、笑料、民歌，神怪故事，习惯风俗，性爱方式等等，其中大部分鲜见于经典，不入正宗"。这一认识，起码不全是来自书本，多少有他在湖南汨罗县做六年知青的体验，也与汪曾祺等先行者的启发有关。同时，还可能源于与当时存在主义、现象学哲学理论对"生存"和"存在"关注的共振。

二、基于现象学的寻根发现：民间立场与原生态民间

在关于寻根现象的研究中，1988 年李庆西发表的论文《寻根：回到事物本身》① 与 1994 年陈思和的论文《民间的还原——"文革"后文学史某种走向的解释》② 是引人关注的。李庆西和陈思和的共性是，他们不仅是研究者，同时还是 1984 年年底那次会议的参与者；二者的论文题目，无论是"回到事物本身"，还是"还原"，都是现象学较为有名的关键词。"事物本身"即胡塞尔所讲的直接体验到的世界③，而其途径即"还原"："就是重返认识始终在谈论的在认识之前的这个世界。"④ 胡塞尔的"生活世界"，是悬置科学真理、文化符号等的间接性，在自我意识下直接体验到的世界。悬

① 李庆西：《寻根：回到事物本身》，《文学评论》1988 年第 4 期。以下李庆西的观点均出自该文，不再标注。
② 陈思和：《民间的还原——"文革"后文学史某种走向的解释》，《文艺争鸣》1994 年第 1 期。本章所引陈思和的观点，若无特别说明，皆出于此文。不再专门指出。
③ 李庆西所言的"直接的经验世界"，与现象学上"认识之前"的"直接体验到的世界"，从字面看，较为相似；而从严格的表述而言，当然是有所不同的。在此，暂时无法考证，二者的不同是由于翻译的不同还是李庆西有意为之。由于本书的目的不是在于作严谨的哲学研究，因此，忽略二者细微的差别，姑且认可二者的共性，一概使用"直接的经验世界"这更容易被接受的表述（仅仅是因为经验较之体验更有具体可感性）。
④ ［法］梅洛-庞蒂：《知觉现象学》，商务印书馆 2001 年版，第 3 页。

置不是摒弃，而是暂时离开或割断，从而唤醒或发现。

尽管比不上他的弟子——比如萨特和海德格尔——那样让国人耳熟能详，但胡塞尔也是第一批进入中国知识分子视野的西方哲学家之一。1979年11月，罗克汀在一次外国哲学会议上宣读了他的论文《胡塞尔现象学是对现代自然科学发展的反动》并发表于次年的《哲学研究》，引发了关注；而1980年出版的《现代西方著名哲学家述评》也收录了李幼蒸的《埃德蒙特·胡塞尔》，这篇论文涉及了还原或悬置，以及生活世界等概念。

科学真理、文化符号，都属于知识分子文化传统的一部分。科学真理，正是晚清以来知识分子觉醒和孜孜追求的东西；而文化符号，在现代以来漫长的文学发展中，已经日益变成了"左翼神话"的一部分。因此，现象学强调的悬置，其实是对一切宏大历史、固定结论、既往规范的悬置，是对现代知识分子立场的悬置，当然，也是对现代小说传统的悬置。如陈思和指出，"民间的加盟意味着原有价值取向的变换，这不是一种标准是非的简单颠倒，而是将原有的价值标准另置一旁，既不否定也不肯定，只是在另外的空间里重新树立一个价值标准，而民间正好成为这样一种标准的价值取向。"民间传统与知识分子传统之间，并非是对立的，而是互补的。只不过由于我们长期忽视了那种混沌神秘、强调生命直觉的、"前科学"的"民间"，现在它格外呼吁着我们的尊重、重视和重新发现。

因此，这是寻根文学影响深远的结果之一，它通过悬置现代知识分子立场，明确了一个独立于现代传统的新立场（或者说，其实也是在古代小说中曾经占重要地位的旧立场）：民间的立场和价值标准。

在这方面，同时期诗人的尝试也提供了佐证。较之小说家，诗人自由的天性、基于生命本源的直觉与敏感，往往使他们走在时代思潮之前。作为一个对民间定位有着自觉的诗人，韩东创作于1986年的《关于大雁塔》，以及"诗到语言为止"[1] 的诗学理念，都呼应着现象学"直接的经验世界"的理念。在一次访谈中，已经是小说家的韩东依旧保持这样的观点："我理

---

[1] 韩东：《自传与诗见》，《诗歌报》1988年7月6日。

想的文学不应是有赖于任何知识体系的，更不是知识体系本身或它的一部分。""我认为的生活是常恒而根本的，如人的生老病死，吃喝拉撒以及爱恨情欲……生活就在此处，它不是我们可以任意选择的东西，它必须如此而不被我们所左右，这才显出了它的严重性。说到底，生活就是命运……小说家不是从哲学的结论中抽取演化出他的小说方式和意义……昆德拉的哲学演绎显然要低于卡夫卡从具体生存出发而导致的思考。"① 韩东对自己的看法有所表达：他不喜欢艾略特的《荒原》，认为里面有太多的虚张声势，不是第一性的。而"第一性"，根据韩东的看法，是诗人身体引发的、出自他内部的东西，是撇开不同的文化背景也能感受到的东西，这与他的《大雁塔》明确试图摒弃"文化"在"大雁塔"上的堆积，而直指作为物质的"塔"自身，追求是一致的。韩东的这种看法，清晰地呈现了一个与知识分子立场不同乃至有意保持着对立状态的、陈思和所说的民间价值立场。韩东一以贯之地保持了这种立场，在后来的《论民间》一文中，他系统地表达了自己的"民间"立场。②

　　如李庆西所言，"在永恒的生存面前，他会明白，这是知识分子的个体忧患意识难以达到的境界。"呼应着李庆西的看法，陈思和明确表达了存在一个知识分子文化传统之外的、被排斥的民间："民间是自在的文化形态，它与知识分子勾勒的文学史没有直接关系"，"民间文化形态不是在今天才有的文化现象，它是一个历史的存在，不过是因为被知识分子的新文化传统长期排斥，因而处于隐形状态。它不但有自己的话语，也有自己的传统，而这种传统对知识分子来说不仅仅感到陌生，而且相当反感。"

---

① 韩东、林舟：《清醒的文学梦》，《生命的摆渡——中国当代作家访谈录》，海天出版社 1998 年版，第 51—51 页。

② 韩东：《论民间》，《芙蓉》2000 年第 1 期。文中他强调了由民间社团、地下刊物、个人写作者构成的民间"事实"（即作为公共舆论空间的民间）；抵抗"权力、奴役和'庞然大物'"的独立、自由、创造的民间精神；列举了食指、胡宽、王小波等代表性民间人物；强调民间不同于边缘、非主流的绝对性、自足与本质化等等。在"民间"的抵抗、独立、自由等方面，在对知识分子体系的对立方面，它与本书所言的"平民理论"有相似之处。但它不认同民间基于生存的妥协，缺少对"平民"的同情之理解。就本质而言，它不是自下而上的"平民立场"，而是边缘知识分子立足民间的策略化立场。真正的"平民"不在其"民间"之内。

这里的"反感"或"陌生"，与李庆西所说的"难以达到"，其实有类似之处。"难以达到"，并非意味着另一种境界更高，只是意味着，每一种视野其实都有自身的局限。突破这种局限的途径，在于回到"本质生存"。米兰·昆德拉曾说，小说的价值，在于发现"存在的被遗忘"。在民间的立场观照之下，寻根作家发现了"存在的被遗忘"——那个他们其实早已熟悉的、在规范和科学文明之外，遵循着前科学的经验、智慧、思维、价值立场而一直生存着、存在着的民间，一个原生态的民间。

如何从现实世界"回归"或"还原"到原生态世界，这本质上是个哲学问题。但文学创作毕竟不同于哲学，有自身的实践规律；小说的模糊性，也为一定程度的"误读"留下了弹性空间。较之陈思和，李庆西对"还原"概念进行了自己的深入阐述："所谓'还原'，其中一个很重要的含义就是将文化时空还原为直接经验所形成的生活世界。'寻根派'作家以'描述'的态度处理自己的艺术对象，写人的生存斗争，写民间的日常生活，强调人的基本欲望和世俗的价值观念，就是为了把握那个直接的经验世界……'寻根派'在向事物自在状态追寻的过程中，自然需要某种文化作为依托。但是，在他们找到某个精神特点的时候，至少已经掀掉了表层的文化堆积。"为了解释"还原"，他还借用了王国维的"有我之境"与"无我之境"的概念。他强调审美主体的"局外人"态度，或者更准确地说，是"无我之境"的"以物观物"的态度。"在他们的感觉中，任何外来者的价值判断，都不及生活本身的涵义丰富。从民间的日常生活到民族的生存斗争，这一切，本来就是'无我'的存在。"这种看法，与前引马尔克斯的观点不谋而合："我们看到的事情是什么样，我们就如实地接受它，不要想方设法去进行解释。"

因此，"原生态的还原"强调作者在呈现这一切时，放弃价值判断和情感立场，以"不解释"或"描述"的方式，中立、直接地呈现这个世界。这种姿态，其实是有其内在现实指向的，可以说，是对之前长期以来的革命小说的一种反拨。彭见明的看法提供了佐证："我力求把老人的一切写得很淡很淡：经历、生活、性格、语言。这样越接近生活本身，也就越显现出人物的可亲可敬和真实生动来。为什么要有训示呢？为什么要让人物叫喊呢？为什么要添上英雄伟绩、制造惊险场面来体现人物的不凡呢？艺术的真正的力量不完全在于那样。力量在于真朴。"①

　　但是，我们不能回避这样的问题："选择"本身就意味着立场。任何描述一旦存在，都意味着价值判断和情感立场。如何克服这种作家难以避免的主观性呢？在此借用韩东另一次访谈的观点："我所理解的真实性就是不否认很多东西，就是承认矛盾，承认冲突，承认焦虑，承认疑惑，那就是真实。我觉得真实的存在是一个宽宏大量的事实，是一个无所不包的事件，它是力量的漩涡，它是一个产生冲突和分歧的地方……当有些人只是强调极端的时候，我就觉得不真实，因为强调极端就是强调事物的一致性和统一性。"②

　　如果对此进行概括，我认为"原生态"的核心便是多线程和复调对话叙事。"一个无所不包的事件"，意味着作家不能只选择性地写事件的某一面，因此需要多线程地展开事件的多个侧面；"一个宽宏大量的事实"，意味着事件的各方面都具有不依赖作家的价值判断而具有平等的权利，因此意味着多线程事件的复调和平等对话。

　　事实上，原生态的写作经验已经存在于古代小说之中。《金瓶梅》与《红楼梦》之所以被视为日常生活书写的两座高峰，正是因为作家在波澜不惊的日常生活中，以平等的姿态，展开了多个线程的叙事，给予了平等的关注。如绪论中提到《金瓶梅》的叙事，"在这五天的时间横切面中，人事线头多至数十，随放随收，时沉时浮，聚散成几乎像生活本身那么丰富复杂的无限烟波。"③

　　作为总结，可以说，悬置价值真理——确立不同于知识分子传统的平民立场——超越现代小说经验；以及原生态还原——平等宽容地展现全方位的

---

①　彭见明：《力的美——〈那山那人那狗〉创作前后》，杨同生、毛巧玲编：《新时期获奖小说创作经验谈》，湖南人民出版社 1985 年版，第 353 页。

②　张钧、韩东访谈：《时间概念外的空间流程》，《小说的立场》，广西师范大学出版社 2002 年版，第 41 页。

③　杨义：《中国古代小说十二讲》，上海三联书店 2007 年版，第 129 页。

民间日常生活——寻求古代小说经验，这是寻根思潮开启的两个理论路向。当然，在"寻根"时期，作家们对此没有形成理论自觉以及深入的认识。

第二节　多立场缠绕与民间立场凸现

一、"寻根"前后的多立场呈现

如陈思和所言，寻根小说的一个重要意义，是确立了一个不同于知识分子立场的民间立场。它不是排斥或者取代知识分子立场，而是悬置原有的价值标准，既不否定也不肯定，在另外的空间里重新确立的立场。当然，由于知识分子立场强大的现代传统，民间立场很难彻底排除前者的吸引，在很多情况下，保持着若即若离的关系。因此，要深入认识民间立场，有必要先梳理其在形成过程中，与传统立场此消彼长的关系。

在文化寻根的追求中，"文化"无疑符合 80 年代初依旧具有的宏大叙事和浪漫理想的特色；"寻根"和"追求"，也具有鲜明的科学理性主义及价值立场诉求，平民创造了文化，但"切身"思考的方式，使他们并不关注文化（正如他们也警惕知识和真理），也不尝试一切本质主义的"寻"与"求"。因此，可以说"寻根"口号的提出，是基于鲜明的知识分子立场的。洪子诚也指出，"寻根"倡导者中有的人"尽管可以对'五四'的新文化运动、对这一运动的启蒙精神表示不敬，但他们却的确是'五四'的'文化'产儿，身上仍流着他们想反叛的先辈的血液。他们不是在个体的生命体验和情感经验的层面上来考虑精神问题，他们更关心民族整体的文化心理特征……承接了'五四'那一代人对所谓'国民性'主题的热衷"[1]。

如之前所描述，80 年代前期，整体上处于主流话语、知识分子话语交织的"现代"时期。在寻根小说的实际创作中，无论是何立伟湖南封闭的小城镇、李杭育的"葛川江"，还是郑万隆"异乡"的"异闻"，总体而言具有以下特点：一、小说情节遵循生活真实的原则，小说世界总体上具有理

---

[1]　洪子诚：《作家的姿态与自我意识》，陕西人民教育出版社 1991 年版，第 57 页。

性、清晰、明朗的审美特点；二、小说总体上如同"五四"时期的小说一样陷入了陈平原等所言的现代性"焦虑"① 之中，失去了平民视野特有的欢乐再生情绪。汪曾祺就曾准确地指出何立伟小说"与废名的相似处是哀愁"②，陈墨指出郑万隆小说《老马》中"'孤独感'似乎也过分地'现代化'了"③；三、小说的价值取向基本上取决于作者价值观，并鲜明地作用于人物，这种以传统"真善美"为核心的价值观在小说中被默认为是自然正确的价值观。以上几点都与以启蒙理性为核心的现代小说美学没有根本的区别。

但寻根思潮的倡导者们从知识分子立场的"文化"愿景出发，却走向了"反文化"的回归，并最终落实到了"民间"，这也许是最初倡导者们始料未及的。

前面在分析汪曾祺的小说创作时，指出了他与传统文化若即若离的关系。尽管他关注的也是经验化的日常世界，但在进入日常世界时，还是带着传统文化的积淀与知识分子的精神印记的，是"认识之后"的、外在观照的，欣赏到的世界，而非"直接体验到的"世界。汪曾祺小说中的日常生活是"诗化"的，这来自于儒家精神以及中国传统文化的影响深。比如，即便在短暂下放期间，他也保持了画画和写诗等根深蒂固的文人生活习惯，这些化为他作品的"温润"之感。但温润诗意的日常生活，并非是"直接体验到的世界"，毋宁说是作家主体情趣的投射。因此，在汪曾祺身上，更多地体现了作家在深入民间之后，对文人立场与平民立场的深度融合。

在贾平凹身上，也有传统文人的情趣。但在80年代前期，他的主流立场与知识分子立场也同样鲜明。如前，贾平凹是抱着创作突破的目标，经历了长时间的游历之后，才发现"商州"的。但"游历"本身，暗示了其外在于商州的立场，他对商州人、事、传说的选择与叙述，也是带着知识分子外在观照（欣赏）立场的，程光炜说："我在前面对贾平凹'商州之行'做

① 黄子平、陈平原、钱理群：《论"二十世纪中国文学"》，《文学评论》1985年第5期。
② 汪曾祺：《小城无故事·序》，何立伟：《小城无故事》，作家出版社1986年版，第5页。
③ 陈墨：《浅谈〈异乡异闻〉的不足》，《北京文学》1986年第3期。

冗长的历史地理考的时候，就已经留意到这位风尘仆仆的作家当时的眼光早已超越了一般山川水土、民间习俗的层面，而对天文、地理、宗教、哲学和美学表现出更深邃的思考。"① 同一时间，贾平凹也还创作了如《天狗》《腊月·正月》《鸡窝洼人家》《浮躁》等作品，表达了对改革语境下乡土现实的关注。在他身上知识分子与民间立场的混杂，可以用一句悖论式的话来概括："我的出身和我的生存的环境决定了我的平民地位和写作的民间视角，关怀和忧患时下的中国是我的天职。"② ——"关怀和忧患"并不是"民间视角"，相反，包涵着中国传统知识分子"感时忧国"的古老传承。而"天职"体现了现代知识分子面向民众启蒙的责任担当，同样不属于平民。对于真正解放的平民而言，并不存在"天职"。正如在第一章中的分析，来自生命本真的自由欢乐、融入群体的平等观、面对一切僵化教条的反讽、戏仿和脱冕等思维，才是真正的平民性。

主流立场、知识分子立场以及平民立场的混杂，同样存在于王蒙、张贤亮等人的创作中。王蒙的身份、经历无疑具有特殊性。他新时期初重返文坛之后的创作，大致分为三类：其一是反映五六十年代知识分子经历的，如《布礼》《蝴蝶》《杂色》《活动变人形》等；其二是面向现实生活的，如《春之声》《风筝飘带》《夜的眼》等；其三是以"在伊犁"汇集的小说，以及《队长、书记、野猫和半截筷子的故事》《寻找哥神》等以新疆生活为背景的小说。前二者，兼具主流话语以及知识分子反思的特征；而后者，则包含着对边远地区日常生活中民间思维、智慧、欢乐的认同。

作为一个下放时间长达二十年的右派，张贤亮无疑是具有较为深厚的民间体验的。他的系列小说，如《邢老汉与狗的故事》《灵与肉》《绿化树》《男人的一半是女人》等，一方面充斥着马克思主义唯物论影响下的哲学思辨（在《绿化树》中，抵御的精神武器是颇具象征性的《资本论》）和哲学话语，同时不乏对劳动与劳动人民的歌颂；另一方面，又包含着由饥饿引发的民间生存体验，以及对民间的善良、温情、强旺的生命意识等的认同。正是

---

① 程光炜：《商州如何成了贾平凹的起点?》，《文汇报》2016 年 6 月 2 日。
② 贾平凹：《高老庄·后记》，太白文艺出版社 1998 年版，第 414 页。

由于不肯承认平民价值伦理的正当性，使得他的小说中"灵"与"肉"两种立场，始终处于尖锐的对抗与对话之中。体现在小说情节上，可以概括为作为主人公的"我"（章永璘），却在接纳着以马缨花、黄香久等民间女性给予的庇护（食与性）的同时，始终清醒地抵御着自身的"软弱"，并为这种"软弱"而羞愧。这种分裂，究其实是知识分子立场与民间立场的分裂。

相较而言，张承志对民间价值立场保持了一种清醒的关切。小说《黑骏马》（1982）中，蕴含着知识分子立场与草原立场的分歧。小说的一开始，就以揶揄的方式，写了"一位据说是思想深刻的作家"（知识分子）对草原古歌《黑骏马》的误解。其中的"我"被当公社社长的父亲，从公社镇子寄养在草原上额吉奶奶家里。小说的核心事件，是"我"与索米娅妹妹的爱情遗憾。导致我们爱情悲剧的原因，不在于她被奸污致孕，而在于对这一事件的态度的分歧，在于"我"必须对失贞事件要有一个说法。小说较为鲜明地展示了知识分子道德伦理观与草原务实的生存伦理之间的隔阂，以及作者对这种隔阂的自觉："也许是因为几年来读书的习惯渐渐陶冶了我的另一种素质吧，也许就因为我从根子上讲毕竟不是土生土长的牧人，我发现了自己和这里的差异。我不能容忍奶奶习惯了的那草原的习性和它的自然法律，尽管我爱它爱得是那样一往情深。"

在此，也许可以和二三十年代的沈从文相对比。沈从文的许多小说写到了野合，甚至被生活所迫卖淫补贴家用的情节（比如《丈夫》），但无论是作者，还是当事人，都对此采取了一种平静的态度。归根到底，沈从文是内在于湘西的，而张承志，则是外在于草原文化的。《黑骏马》中，若干年后，"我"与索米娅再度重逢，隐忍、达观、宽容、善良成为索米娅性格的一部分，这正是她奶奶的性格的延续。作者最终表达了二者之间难以逾越的隔阂："我觉得，像我这样的人是很难彻底理解他们的一切的。"——"很难彻底理解"，正是李庆西所言的"这是知识分子的个体忧患意识难以达到的境界"的另一种表达。而事实上，"我"所难以彻底理解的，恰恰是吸引读者的草原独特的生存伦理，是民歌"黑骏马"对草原人民永恒命运的感伤的喟叹。

在韩少功的寻根小说《爸爸爸》中，小说则呈现出知识分子立场与民间立场交融混合的趋向。小说有鲜明的知识分子批判意识，首先体现在"丙崽"这一丑陋人物的设置上。丙崽丑陋、粗鄙而且生命力顽强，可视为对民族之根的某种整体性态度。在仲裁缝的身上，同样可见鲁迅式的批判。有关仲裁缝的心理活动描写，如"汽车算个卵。卧龙先生，造了木牛流马。只怪后人蠢，就失传了"。有明显的赵七爷和九斤老太的影子。批判也体现在一些细节。小说在写"打冤"前吃对手人肉的祭祀仪式时，有意安排了这样的细节：丙崽"抓了一块什么肺，放到口中嚼了嚼，大概觉得味道不好，翻了个白眼，忧心忡忡地朝母亲怀里跑去了"。作者悄悄为白痴含义不明的外在行动指出了内在原因，也泄露了作者的批判构想。

但与此同时，生存的粗粝、强韧以及民间价值伦理构成了小说的第二主题。鸡头寨人祭神、打冤、殉古、举族迁徙，他们在粗粝的生存中，遵循着从古代延续下来的传统。老人们慨然赴死，"所有的这些老人都面对东方而坐。祖先是从那边来的，他们要回到那边去。"而年轻人唱着古歌上路，这种执着超越了生死，显出了生命的崇高与悲壮。除此之外，也有日常温情，比如丙崽娘夜里关起门来，和傻儿子聊天，"对于她来说，这种关起门来的模仿，是一种谁也无权夺去的享受。"也有传统的"长幼"伦常，比如仲裁缝训斥那些欺负丙崽的年轻人（因为丙崽是叔辈），以及他自己对长辈的尊重。小说主题的复杂性，体现了在寻根初始、知识分子立场向民间立场过渡的阶段性特征。

二、超越"零度"与情感强化

"原生态的还原"是寻根文学开辟的民间通道，它强调悬置价值判断和中立的情感立场，以"不解释"或"描述"的方式直接地呈现这个世界，李庆西甚至将其概括为"以物观物"的姿态。它有助于揭示一个不同于传统现实主义观点下的"真实的"民间，但是，与真正的平民姿态并不一致。"零度写作"的概念源于法国后结构主义大师罗兰·巴特，或受存在主义文学作品的启发，但"零度"并非是一种自然的、基于生命本真的情感。如

第一章所指出的，强旺的情感基质、旺盛的同情心，以及由此发展而来的全民（包括自身）参与其中，才是平民自我的主要特征。

因此，以莫言的《红高粱》为代表的新历史小说，在承接寻根小说民间的立场、对民间日常生活的展示方面，体现了与寻根文学的关联；但它把强旺的生命力与情感基质融进了小说，进一步彰显了平民立场的特点。在《红高粱家族》里，"我"的家族的源头，在山东高密东北乡的红高粱地上，矗立着"我爷爷"（余占鳌）和"我奶奶"的形象。不同于之前的小说，所有的身份与行动，都是反传统、反正统、反规则的、野性的，体现了与民间精神深刻的契合。小说的情节，被设置在日本军队入侵的年代，在红高粱的大地上，民间的、官方的种种力量扭结在一起，在民族正义的大前提下，强旺的生命意识与生存伦理发生了激烈的对抗，作者借此构建了一个大型的狂欢广场。在大型的狂欢中，还有许多小型的情节，如"我爷爷"一泡尿成就了名扬天下的高粱酒、罗汉大爷反抗日本人被剥皮、因狗食人尸而爆发的人狗大战、出高粱殡等等，身体、死亡、抗争是一以贯之的主题，无不与平民的生命意识密切相关。小说突出的特点是，传统的道德被悬置，生命意志成为这个世界里唯一的裁判——事实上，无论是高粱地里"野合"的情节，还是余占鳌为了"我奶奶"而对她夫家的"灭门"，还是几支抗日力量互相之间的绞杀，都不符合主流道德。但是，道德悬置正是所有民间故事的共有特征，正如有名的"巴奴日的羊群"故事：巴奴日在出海的途中与羊贩丹诺德吵架，为了报复，他把丹诺德羊群中的头羊罗班推到海中，于是所有的羊都纷纷跳到海里淹死，而丹诺德也被羊拖到海里淹死。如果基于道德裁判，这无疑是一个非常残忍的故事，但是，民间故事关注的是欢乐，是一个道德悬置的地方。在他 90 年代的《檀香刑》《酒国》《红蝗》《生死轮回》《蛙》许多作品，在保持原有特点的基础上，进一步把民间艺术、民间传说等引进小说的结构，狂欢叙事、平等相对意识等都有进一步的强化。

在新世纪的一次访谈中，他清楚地表达了自己不是"为老百姓写作"而是"作为老百姓写作"的立场：

　　我认为所谓的民间写作，最终还是一个作家的创作心态问题……所谓的"为老百姓的写作"其实不能算作"民间写作"，还是一种准庙堂的写作。当作家站起来用自己的作品为老百姓说话时，其实已经把自己放在了比老百姓高明的位置上，我认为真正的民间写作就是"作为老百姓的写作"……他在写作的时候，没有想到要用小说来揭露什么，来鞭挞什么，来提倡什么，来教化什么，因此他在写作的时候，就可以用一种平等的心态来对待小说中的人物。①

　　可以佐证的是，在另一次访谈中，莫言针对访谈者"《檀香刑》是否接着文化启蒙的路子走"的发问，回答说："现在的作家可能不会这么狂妄了……越年轻的作家，越把文学当代娱乐的、自我的、个人的、私生活的，这我觉得很正常。我写《檀香刑》没有想到要去启蒙什么……"② 几乎是委婉但非常明确地表达了与启蒙立场的分野。

　　刘震云也是一个具有自觉的平民立场的作家。与其他乡土作家往往扬乡土而抑城市不同的是，在他的小说里，历史记忆的和现实的乡村，以及现实中的城市等都得到了平等的重视。早期的新写实小说中，他对卑微人物的悲悯和轻微的揶揄已经初见平民立场的端倪，他说："我对他们有认同感，充满了理解。在创作作品时同他们站在同一个台阶上，用同样的心理进行创作。这同站在知识分子立场上是不同的，创作视角不一样。"以"故乡"系列为标志，他进一步关注到了平民的叙事方式："过去是我对这些事情的叙述，《故乡相处流传》是他们对事情的叙述，我是通过他们的叙述来叙述。他们的叙述话语同知识分子话语是不一样的，这就是民间的传说性。每一个人对历史、乡间人、乡间事件的叙述都加入了他们个人极大的创造……"③ 在其"故乡"系列中，宏大的戏拟式结构，与情节及语言上古今中外、动物精怪、各种文体、插科打诨的语言等共冶一炉，体现了自由狂欢与开放对话的平民性内核。这一特征在其《温故一九四二》《一腔废话》乃至《一句

---

① 莫言：《文学创作的民间资源》，《当代作家评论》2002 年第 1 期。
② 周罡、莫言：《发现故乡与表现自我——莫言访谈录》，《小说评论》2002 年第 6 期。
③ 刘震云、周罡：《在虚拟与真实间沉思——刘震云访谈录》，《小说评论》2002 年第 3 期。

顶一万句》等小说中依旧延续下来。在复调、对话等技巧的使用方面越发纯熟，同时也体现了对平民真正由下而上的理解。

通过小说作为"第二种生活"的文体意义，刘震云尝试着一种平等、对话、复调、开放的文体试验，打开新时代小说的可能空间。例如，在他最新的小说《吃瓜时代的儿女们》中，作家可以打破等级的桎梏，让省长、农村姑娘、市环保局副局长、县公路局长，不是同一个地方、不是同一个阶层的人，发生可笑和生死攸关的联系，由此引发欢乐的巴赫金意义上的广场"对话"——莫泊桑的《羊脂球》中，便曾经以战争为引线，把来自法国社会各阶层的十个人汇集在同一辆马车上。

与莫言相比，阎连科和李锐则体现了跨越和融合平民及知识分子双重立场的努力。作为当代最熟谙乡土生活的作家之一，阎连科对农民和土地的表述，与前述贾平凹的表述如出一辙："你是农民，在你的内心深处，你就永远背负着土地与农民的沉重。你的心灵是由土地构筑的，是由泥土和草木建造的，这种沉重就是无法摆脱的。"[1] "沉重"感是作家作为农民中的思想者从一个高度反思其命运后得出的，在作出这样断言的时候，作家所持的依然是知识分子立场。"沉重"是农民的生存现实，但这并不等同于平民必然存在"沉重感"的心理体验。如曹乃谦在描述了"温家窑"极为恶劣的生存现实后，说："问题是他们觉得这样的生活很好，他们不觉得这样的生活是可悲的。"[2] 类似的观点，也出现在陈染的小说中："母亲说，有时，你看着一个人挺惨，劳苦不堪，若是换上自己肯定就以为活不成了。其实生命力的顽强，是人自身无法估量的。生存方式的快乐与不快乐也全是个人的体验。因此，我对楼下老头的同情是没有道理的，是不公平而且多余的。说不定，他还格外地同情我的生活呢……"[3] 事实上，沉重感是现代小说（也是知识分子创作）一以贯之的主题，而"泥土和草木"是平民的痛苦也同时是他

---

[1] 阎连科、梁鸿：《巫婆的红筷子》，春风文艺出版社 2002 年版，第 42 页。
[2] 曹乃谦：《到黑夜想你没办法——温家窑风景·序》，长江文艺出版社 2007 年版，第 3 页。
[3] 陈染：《凡墙都是门》，胡平、阿蓉主编：《粉色——女性心理体验小说》，中国文联出版公司 1999 年版，第 195 页。

们的自由与欢乐，农民对待世界有一整套自身的哲学。

但正是由于对平民生活的深入体认，使阎连科突破 80 年代《两程故里》《夏日落》等更接近传统和"新写实"的创作，开始专注于"耙耧山"的独特天地。《耙耧天歌》《年月日》《日光流年》等小说中着意写生存极端的艰辛苦涩，写生命意识对生存苦难的克服，充盈着英雄主义的激情。稍后的《潘金莲逃离西门镇》《坚硬如水》《受活庄》《丁庄梦》《炸裂志》中，在灰暗的生活、强旺的激情之中，又融入了欢乐、自由、戏仿等质素。《潘》本身就是对"潘金莲、武二郎、西门庆"的古老故事的戏仿（戏仿本身是一种狂欢化的体裁）；《坚硬如水》娴熟地戏仿"文革"话语，并将性爱与革命进行了隐秘的联系；而《受活》中无论是柳县长购买列宁遗体的宏伟计划，还是受活庄的受活庆及绝术表演团，都因某种脱离现实生活的夸张荒诞而染上了狂欢节的欢乐色彩。他在谈到刘震云作品中农民的阿 Q 式的"麻木"时认为，"必须意识到，这种麻木正是农民的武器，他活下去最有力的武器就是用麻木来对抗社会对他的不公。人们一味地批判麻木是对农民的不理解，完全是对农民的不清醒的认识。"① 这种对农民的看法体现了作家对平民立场的深入地体认。

阎连科小说的成功，很大程度上来自于他对平民立场的发自内心的尊重。但不同于莫言和刘震云的是，他迄今为止还没有放弃对于世界的"愤怒"。这种愤怒，也标志着阎连科在保持民间自下而上的认识基础上，对知识分子立场的日益明确。在融合民间与知识分子立场方面，阎连科无疑探索出了一条新路。他新世纪的《坚硬如水》《风雅颂》《丁庄梦》《四书》《炸裂志》等作品，都体现了作家个人化的风格。但知识分子立场的过于明确，也会使其作品略带概念化的弊病。

李锐的立场接近于阎连科。他以"厚土"系列寻根式小说开始了自己的创作，如上一章所述，在"厚土"系列中，他已经展现了对民间传统、民间智慧的深刻的体认。到《无风之树》（该小说的最初原型是"厚

---

① 阎连科、梁鸿：《"中原突破"的陷阱——阎连科、梁鸿对话录》，《小说评论》2003 年第 1 期。

土"系列中的《送葬》）等小说时，民间感明显有所增强，作者感到"从原来高度控制、井然有序的书面叙述，到自由自在、错杂纷呈的口语展现的转变中，我体会到从未有过的自由和丰富"①。提升小说审美空间的，正是"矮人坪"这一与世隔绝的村庄、奇异的习俗（暖玉作为"公妻"往往被评论家作为"藏污纳垢"的例子），和小说中各个人物各自以第一人称视角展现自我内心的平等叙事立场等平民化的因素。而在《万里无云》等小说里，他进一步强调了"叙述就是一切的浑然如一的体验"②。而他小说关注的范围，往往放在建国后那个时期的乡土历史，因而有与阎连科类似的地方。

民间强旺的情感，也容易导致把民间过于理想主义化的激情。这体现在以张承志与张炜为代表的"二张"身上。他们的立场，由于1993年人文精神大讨论中，面对世俗化倾向旗帜鲜明的反对而凸显。"二张"无疑是有鲜明的民间情结的。在《黑骏马》之后，张承志以草原文化和北方大自然作为自己心灵的最后栖息地，以不妥协的姿态远离"中国文人的团伙"，"以笔为旗"，走上自己的"荒芜英雄路"，并投身于民间宗教哲合忍耶，"以民间话语成功表达出了人类高贵的精神图像"（陈思和语）。张炜则在《融入野地》《伟大而自由的民间文学》等散文里表达的以民间为武器和资源对抗世俗的激情。他说："没有对一片土地痛苦真切的感知和参悟，没有作为一个大地之子的幻想和浪漫，就永远不会产生那种文学。人们在今天极少关于土地这个概念的理解，就像极少关于生命、文化之类概念的深切理解一样。一切都萎缩了、俗化了，想象的触角被一点点磨钝。"③

激情体现了非理性的民间情感基质，但容易走向"独断"。对张承志而言，哲合忍耶是被平民所信奉的宗教，但平民所信奉的东西未必是平民的，宗教作为一种信仰，隐含着一种排他性。萨义德说："在我看来，宗教信仰本身既可以理解，又是极个人的事。然而如果完全教条式的体系认定一边完

① 李锐：《无风之树·后记》，江苏文艺出版社1996年版，第204页。
② 李锐：《万里无云·后记》，山东文艺出版社2002年版，第235页。
③ 张炜：《关于乡土》，《张炜文集》第6卷，上海文艺出版社1997年版，第210—211页。

全是善良、一边是完全邪恶，当这种体系取代了活泼的、你来我往的互动过程时，世俗的知识分子觉得一个领域对另一个领域的侵犯是不受欢迎而且不合适的。"①

对张炜来说，由民间强旺的生命意识发展而来的非理性独断不同于知识分子的独断，后者毕竟还在理性的框架内，同时有"反省"的自我纠偏机制发挥作用。在许多情况下，知识分子的理性恰恰回避使用诸如"伟大""最"等情绪化的宏大词汇。但90年代的张炜对此区分缺少必要的认识。他80年代的观点体现在《缺少说教》《缺少不宽容》等文章中，强调认为"文学的本质是诗，而诗是难以通俗的。文学将愈来愈排斥故事化；它的不通俗性，将逐渐成为它的基本特征之一。"②"不通俗"以及"排斥故事化"的立场，显然已经脱离了民间的立场，而且指向了小说体裁"小众化"的不归之路。事实上，张承志后来逐渐淡出了小说创作，而张炜在新世纪的创作，包括《独药师》、皇皇巨著的《你在高原》等，多少收敛了八九十年代激情独断的锋芒，独断的激情得到了控制，也表明了作家对自身观点的反拨。

在此并不是否认"二张"选择的价值和意义，理想主义在一个平民和世俗化的社会有其宝贵的社会价值，但小说作为一种文体，有其内在的规定性。作为平民化的体裁，小说从根本上说是平等、相对的，因而也是自由、宽容的。

总体而言，乡土民间小说由于融合了历史记忆、乡土体验以及世界文学的经验，又正值城乡变迁的历史转型期，加上现代以来乡土小说的历史积淀，因此注定代表了当代小说的最高成就。而对当代平民小说来说，生命意识与生存伦理之间的统一与斗争，是形成独特审美面貌的核心原因。任何单极化的强调，都不足以凸现民间的丰富与复杂性。

---

① ［美］爱德华·W. 萨义德著：《知识分子论》，单德兴译，生活·读书·新知三联书店2002年版，第95页。
② 张炜：《文学是忧虑的、不通俗的》，《张炜文集》第6卷，上海文艺出版社1997年版，第168页。

第三节　原生态：粗鄙沉默与生存过载

一、粗鄙与沉默的"原生态生存"

在寻根思潮之前，汪曾祺与贾平凹的小说，已经深入到民间日常生活世界，并揭示出民间世界所包含的内核，诸如欢乐不羁的平民日常生活（《受戒》《棣花》《白浪街》等）；自由、舒张、强韧、神秘的原初生命意识（《受戒》《异秉》《莽岭一条沟》等）；同情互助、蔑视礼教、坚守道义、务实生存的平民道德观和价值观（《岁寒三友》《王四海的黄昏》《黑龙口》《刘家兄弟》等）；摆脱社会面具呈现日常"真我"的小人物（《职业》《李三》《摸鱼捉鳖人》），等等。

对比这些已有的探索，寻根小说对民间原生态还原的尝试，区别于汪曾祺、贾平凹等民间日常写作的最为鲜明的特点，首先是所表现的民间世界的真实和粗粝——甚至是粗鄙。在此前的民间日常小说中，总离不开趣味、诗意或者温情等，是有温度的，这种温度其实来自于作者欣赏的立场。但现在，作者隐退了，或者说，作者隐身民间、悬置了现实主义的价值评判，由下而上地将那个剥离了一切文化的矫饰的民间日常世界，敞开在读者面前。例如《爸爸爸》中，无论是丙崽的丑陋、愚昧和骂人，甚至鸡头寨打冤吃对手人肉的情节，都仿佛只是通过一个没有情感意识的镜头知无不尽地"实录"。这种粗鄙几乎前所未有。《小鲍庄》中，"仁义"似乎是小鲍庄引以为傲的传统，作者对此没有刻意地肯定或否定，但正是在对日常生活的琐碎的描写中，在拾来倒插门事件、鲍彦山家对童养媳、村里对鲍五爷的态度等细节，都不动声色地指向了"仁义"的可疑之处。捞渣也许是唯一真正"仁义"的象征，然而死了。那些写市井民间的小说同样如此，方方的《风景》以一种宁静的姿态，写同一个屋檐下生存的粗粝和钩心斗角，这显然是汪曾祺不屑为之的。但对于 80 年代中期的（以知青为主体的）作家来说，以直接经验回归生存的要求，直接唤起的是他们在民间关于生存的历史记忆。这种记忆由来已久，而且大多与痛苦相关。

在当代作家可以切身体验到的五六十年代，物资短缺占据了他们的直观记忆。出生于农村或边远地区的作家固然如此，而右派作家与知青作家也大多数都程度不等地经历了新中国建立后右派下放、知青上山下乡、自然灾害等一系列天灾人祸。因此，与前辈现代作家不同的是，民间价值立场代替了原有的知识分子立场，内部的生存体验取代了外部观照与感受，同情（不是居高临下的同情，而是身在此中的"感同身受"）代替了批判。立场与视角的变化，使得生存困境哪怕比现代时期更为惨烈，作品所体现的情感态度，也远非绝望、悲凉所能概括。例如，"鸡头寨"中，即便族人们在生存斗争中失败，老人孩子服毒殉古，青壮年们举族迁徙，笼罩在他们身上的也不是绝望，而是从古歌传达出的生命的坚韧；在小鲍庄贫瘠的日常生活中，也有爱情、温暖、同情与自我牺牲。当然，也有民间的粗鄙、丑陋甚至野蛮等。所有这些方面的合成，构成了民间不同分割的混沌或者说整体性，也表明寻根作家对民间的挖掘深度超过了现代乡土小说所能达到的丰富度。

粗鄙的原生态生活，也体现在随后兴起的新写实小说中。因 1989 年《钟山》"新写实小说大联展"而知名的新写实小说，初衷与寻根文学的诉求显然是完全一致的："这些新写实小说的创作方法仍是以写实为主要特征，但特别注重现实生活原生形态的还原，真诚直面现实，直面人生。"①当时的倡导者也是从突破传统现实主义规范的高度，给予其很高的期望。刘震云的《一地鸡毛》以琐碎的笔触，写了豆腐馊了、偷水、送礼走后门等日常生活的家长里短。由于生存资源的获得，不再取决于生命意识甚至个人的能力，而取决于复杂的人际关系的计算。因此，在"生存过载"下被抑制的生命意识，甚至还没有觉醒，就被进一步弱化了。其表征就是对日常生活逻辑的彻底投降：小林弄明白了一个道理，"按道理办事，生活就像流水，一天天过下去，也满舒服。"池莉的《烦恼人生》最后，将睡时的印家厚把琐碎的烦恼人生，潜意识地归结为"梦"："你现在所经历的这一切都是梦，你在做一个很长的梦，醒来之后其实一切都不是这样的。""梦"，无

---

① 参见《钟山》卷首语，《钟山》1989 年第 3 期。

论是从现实意义上还是象征意义上，都是生命体的表征，而"无梦"，正表明了人向机器的转化——可以想象，梦的存在与否，将会是未来的机器人区别于人的一个显著特点——这也体现了恩瑟尔所说的城市"又使醉心于这种安逸的人们进一步机器化"① 的诊断。这个梦注定无法在短时期内醒来，而生命意识，注定只能与之一同沉睡。

方方的《风景》更突出地呈现出了粗粝的原生态生存。小说题词引用波特莱尔的诗句："在浩漫的生存布景后面，在深渊最黑暗的所在，我清楚地看见那些奇异世界。"小说中，一家十一口拥挤在十三平米的河南板壁屋子。父亲喝酒、沉醉于打码头（做打手）的过去，毒打孩子对他们的死活毫不关心；妈妈风骚喜欢挑逗男人；老大和邻居的老婆偷情、和父亲打架；姐姐大香小香变着法子欺负老七；老七面对打骂陷入了沉默，他在上大学后终于想通了不择手段和方式改变命运；五哥六哥轮奸女孩，改革开放后成为个体户；兄弟姐妹之间，钩心斗角超过了血脉亲情，有的甚至互不熟悉。小说采用了夭折的老八的视角："我对他们那个世界由衷感到不寒而栗。"

如果说新写实小说只是呈现了作家世界观主导下面对城市生活的"片面的深刻"，同一时期的乡土原生态写作，则由于乡土日常生活本身与自然生命的融合无间，也由于其恒常性的属性，几乎每一段生活之流，都得以"全息"地体现日常生活的全部：民间价值伦理，被务实的生存伦理拖累着，只要在一定限度之内，都是合宜的、可以理解的；而那种强旺野性的生命力，不需要评判，只需要"描述"就可以了。民间立场和价值悬置的写作的结果，是在汪、贾等人的日常生活地表下，挖掘出了一个更为丰富复杂的民间图景。

这种图景，出现在 1985 年莫言的小说《透明的红萝卜》中。小说首先展现出来的，是沉默。沉默其实是日常生活最为根本的"原生态"。如前所言，平民在千百年的"历史"中一直"不在场"，是一个沉默的群体。沉默的不只是作为主人公的小黑孩，正如小说一开始就呈现出的群像："老老少

---

① ［法］本雅明：《发达资本主义时代的抒情诗人》，江苏人民出版社 2005 年版，第 146 页。

少的人从胡同里涌出来，汇集到钟下，眼巴巴地望着队长，像一群木偶。"通篇沉默的小黑孩其实是从这个群体中被凸显出的"这一个"——需要指出的是，在《爸爸爸》中，丙崽由于只会两句含义不明的脏话，本质上也是沉默的；他们由此表现出来的、在外界眼中的"傻"也类似——但他们又有根本的不同。丙崽在小说中没有内心世界，他的内心与外部一样荒芜，因而只是一个"象征体"。而黑孩在木讷的外表下却有着极其丰富的生命感受，包括对植物（庄稼）、对河水、对大自然的声音的超常感受，细微而生动的情感（包括性的意识与爱的情感），当然，还有奇妙的不为外人所知的想象。用小石匠的话来说，"这孩子可灵性哩"。这不仅是对黑孩的写照，也是对沉默千年、被知识分子忽视的平民群体的最具隐喻的平反。

基于对照可以看到，小黑孩与丙崽不同的根本之处在于作者与人物的关系。此时的韩少功，还是外在于丙崽的，他从一个遥远的高空悲悯地俯视着这个"生物"，因而昭示了自己的知识分子立场；而莫言，则是将自己置身于黑孩的内部——莫言对黑孩的形象饱含深情，他说："如果硬要我从自己的书里抽出一个这样的人物（指作者自传式的人物），那么，这个人物就是我在《透明的红萝卜》里写的那个没有姓名的黑孩子。这个黑孩子虽然具有说话的能力但他很少说话，他感到说话对他来说是一种沉重的负担。这个黑孩子能够忍受常人不能忍受的苦难……他具有幻想的能力，能够看到别人看不到的奇异而美丽的事物；他能够听到别人听不到的声音……黑孩子是一个精灵，他与我一起成长，并伴随着我走遍天下。"[①] 小说中最为频繁的限知视角，正是通过小黑孩完成的。作者并不打算通过小黑孩达成对世界的批判。因此，通过黑孩的视野所捕捉到的，正如一架内置的摄像机所无动于衷地捕捉的那样。作者通过小黑孩彻底的沉默，关闭了其丰富的内心世界与外界沟通的通道，使现实世界只剩下粗粝的表象。

正是在巨大的沉默之中，小说展现了坚韧而粗粝的日常原生态生存状态。这是一个由铁、石、土所构成的世界。对小黑孩而言，他的不可思议的

---

① 莫言：《小说的气味》，春风文艺出版社 2003 年版，第 122 页。

抗冷、抗打、抗痛、能吃苦，也正是沉默的平民们引以为豪的特质。在这抵抗中，他所依赖的，正如原初平民一样，只是他的身体。小说中，写他布满伤疤的后背，可以扇动的耳朵，像骡马的硬蹄一样的脚掌，被烫熟了皮肉而似乎没有痛感的手掌，都突出了他肉身化的身体。

在他的周围，展现的也是一个本质化生存的民间——小石匠、小铁匠与菊子之间，与其说是存在着爱情，不如说是性的本能所驱使，而两个男人之间的几次交锋，正如两头雄兽为了获得与雌兽的交配权而进行的争夺王位的斗争；小铁匠与老铁匠之间同样是斗争，关乎生存资源的争夺。老铁匠手臂上的旧伤疤与小铁匠手臂上的新伤疤，意在表明，在有限的生存资源和恶劣的生存环境下，相比于《命若琴弦》的温情脉脉，民间累代进行的"经验"的传承，伴随着地位与资源的竞争（正如同动物界的地盘与王位之争），因此也是粗粝而且残酷的。老铁匠的出走，如同《爸爸爸》中战败的鸡头寨不得不迁徙他乡，寻找新的生存资源；或者说，如同在狮王之战中落败的一方必须愿赌服输另徙它处，这是原初生存伦理的一部分。而老铁匠所哼唱的古老的戏文，则如同《黑骏马》中的草原古歌，《小鲍庄》中孤老头鲍秉义的"讲古"，或者《爸爸爸》里的古歌，他们吟唱的，包含了民间生存的历史与经验，日常生活的恒常、温情与无奈，是他们沉默的代言，这才是民间日常生活代代相传的本质体验。

李锐1986年开始的"厚土"系列，展现了与莫言相近的本质化的民间。李锐的民间体验，同样得益于粗粝的民间存在经验。他说："从十八岁到二十四岁，我曾把六年多的黄金岁月变成汗水，淌在那些苍老疲惫的皱纹里。我没想到这些汗水有一天会变成小说，我没想到我竟会如此久远地生活在那六年之中……"①

"厚土"的整体背景也是沉默，"只能在苍天之下忍受屈辱的山们沉默着，木然着，比肩而立，仿佛一群被绑缚的奴隶。""牛们不说话。"（《看山》）。小说同样是在沉默的表象之下，展开了在沉默的表相下坚韧生存的

---

① 李锐：《厚土·自序》，浙江文艺出版社2000年版，第1页。

原生态图景。王小波的《沉默的大多数》是关于"沉默"的较为有名的文章。他说："在我周围，像我这种性格的人特多——在公众场合什么都不说，到了私下里却妙语连珠，换言之，对信得过的人什么都说，对信不过的人什么都不说。保持沉默是怯懦的。"保持沉默的怯懦，既是民间"沉默是金"的经验智慧，也包含着政治高压下"祸从口出"的创伤的平民历史记忆，同时，也是平民消极抵抗的一种方式。因此，要真正理解平民，必须了解他们的"私下"。只有作者内在于这个民间世界，接近到平民的"私下"，才能捕捉（描述）到平民日常世界的生动之处。

例如《厚土·送葬》中，给单身汉拐叔下葬时，小说这样描述："有一刻，大家都愣住了，定定地瞧着那被自己隔开，似乎也是被自己建造的另一个世界，不由得升出些茫然和陌生来。"这种面对死亡的短暂的沉默，其实是海德格尔所言的"向死生存"接近生命本真的一瞬间，但是，民间务实生存的伦理，决定了平民（常人）对死亡的回避态度，于是，沉默很快被与帮忙后全村男劳力吃公家羊肉的热闹（生）所取代。

沉默其实也是一种表达，是平民生命意识面对生存伦理的"弱者的武器"。阿城的《树王》中，面对知青李立等人整整四天的砍树，农民想拼死护卫，却被支书以政治的力量压服，"队上的人常常在什么地方站下来，呆呆地听着传来的微微的砍伐声，之后慢慢地走，互相碰着了，马上低下头走开。"

对于平民，沉默其实并不是天生如此的，而是被塑造的，它指向了对于"权力相对缺失"的平民而言无处不在的"迫害"。《透明的红萝卜》中，黑孩原来并不沉默，他的沉默，是在他一再抵抗生存的压力却发现一切皆徒劳之后（事实上，《风景》里的七哥、《你是一条河》里的冬儿，都在父母粗粝的伤害之下同样陷入了沉默——他们最终都选择了"逃离"的抵抗）。《命若琴弦》也展现了"沉默"的形成：在小说中的大多数时间里，小瞎子也经历了快乐的时光，他的类似于老瞎子的最终的沉默，可以想见，是在领会了作为命运"谜底"的那张"空白"纸条所包含的一切内涵之后。小说《我没有自己的名字》（余华）、《没有语言的生活》（东西）也揭示了沉默的来路：当生活中所有的"光"都消失之后，沉默的暗夜便最终降临。前者的结尾中，傻子来发在受到欺骗而失去相依为命的狗之后，"我对自己说：以后谁叫我来发，我都不会答应了。"在后者的结尾中，当一个由瞎子、聋子、哑巴组成的家庭里，健全的孩子王有钱的诞生本来给了家庭希望。但上学后王有钱第一天就学会了骂他们的儿歌——他不知道是在骂自家。等王老炳告诉他之后，"王胜利变得沉默寡言了，他跟瞎子聋子哑巴没有什么两样。"迫害使他放弃了语言。

从另一个角度，沉默也只是我们从外部观察民间所得到的印象。正如莫言、刘震云等立足于民间内部所揭示的民间的强旺与欢乐。另一个有力的例子是林白的《妇女闲聊录》。小说原生态地展示了一个名叫"木珍"的乡下妇女在闲聊中对乡村日常生存的展示，正如研究者所言，"像她把这个世界中任何细枝末节的东西都记录下来了——有很多重复的、琐屑的事情是我们一般人根本不会去记录的：比如说喊鸡、喊狗的声音，还有反复出现的那个村子里乱搞的事情，她都巨细无遗地记录了下来……这就是广阔的生活世界对一个有着非常局促的心灵世界的作家的震撼。""当木珍开口说话时，会让你感觉很吃惊，我们的文学体制建立起来的农民形象完全给破坏掉了。那么活生生的一个人，她可能不像你认识那么多字、不像你念过那么多书，但她讲她的世界时的那种生动、泼辣、生机勃勃的感觉，跟文人脑子中想象的农民的形象差别太大了。大概木珍在农村也算是少数，是特殊……她的叙事大胆、流畅，让你很吃惊，这与文学体制制造出来的农民形象是完全相反的……"①

在平民的"沉默"表象之下，其实也有平民对精神生活的需要。刘震云新世纪的小说《一句顶一万句》，深入到平民的"私下"：语言的狂欢只是表象，人与人之间，无非是"说得着"或者"说不着"，真正有用的话，也就是那么一两句。因此，语言也可能遮掩的是沉默，沉默遮蔽的是孤独。正如贫嘴的张大民（《贫嘴张大民的幸福生活》），以及王朔笔下的那些油嘴

---

① 张新颖、刘志荣：《打开我们的文学理解和打开文学的生活视野》，林白：《妇女闲聊录》，新星出版社 2008 年版，第 238、241 页。

滑舌的"顽主"（如《橡皮人》）等，语言掩盖的其实也是沉默与孤独。

因此，日常生活是一片丰厚的文学土壤，隐藏着潜在的、也许在未来某个时代可能破土而出的全新的小说写作可能，前提在于，我们真正参与其中，"作为老百姓"平等地去观察、体验。

二、特殊化的生存："生存过载"

深入理解平民的原生态生存，还有必要专门关注生存的一种特殊情况，即生存的压力超过一定的阈值的状态，正常的生存伦理已经难以维持个体生命的存在的状况——我把这种情况称之为"生存过载"。生存过载可以分为日常生活负担过载，与灾难过载两种情况，前者还属于日常生活的范畴，后者则属于溢出日常生活的"非日常"状况。它们由于其相对于当下日常生活的异质性，而具有了独特的文学性。平民生存伦理与生命意识的冲突，或者说人性的深度与幽明，往往在这种特殊情况下，表现得格外鲜明。

日常生活负担过载，首先是在相对贫瘠的生活条件中，由于自身条件的问题（比如子女过多）而导致的生存过载。比如《狗日的粮食》《你是一条河》《风景》所揭示的情况，其特点是生存过载只限于局部（瘿袋或辣辣的生存困境明显烈于周围）而持续时间相对较长（基本上在孩子未能贡献自己的力量之前）。这些小说的共性是人口众多而引发了生存危机。民间的生存伦理，强化了人类的繁殖本能，因为延续种族是平民抵御充满不确定性的恶劣生存环境的终极要求。吊诡的是，为延续种族而导致的人口众多，又通过粮食短缺的困境使之成为主要的生存问题。《小鲍庄》中，便是以鲍彦山家的要生了开始的，对此，鲍彦山的想法是，"不碍事，这是第七胎了，好比老母鸡下个蛋，不碍事"；《狗日的粮食》中，瘿袋与杨天宽的"幸福"生活，也是以生了六个孩子而结束的；《你是一条河》是以辣辣三十岁成为寡妇开始的，"那时她有七个孩子，最大的儿子得屋十三岁，最小是一对花生双胞胎"，由此将辣辣抛入了生存的困境之中；《风景》中，"我"更是有七个哥哥和两个姐姐；莫言的小说《丰乳肥臀》同样是以上官鲁氏的第八个孩子的出生开始。

这种情形不只是小说的想象，而是有其现实依据。以城市小说《风景》与《你是一条河》为例，两部小说的主要时代背景都是六七十年代的武汉。《风景》中，生存首先基于"父亲带着他的妻子和七男二女住在汉口河南棚子一个 13 平米的板壁屋子里"这样一个显然比其他小说更为极端的事实。这一事实，有现实资料的支撑。由于抗战时期饱受破坏，武昌市的人口损失过半（战前 43 万，战后 17 万），导致解放时武汉市人口较少。但 1949 年后工业建设的发展导致了其人口的大量急剧增长。统计数据表明，1953 年武汉市的人口已经是 1427291 人，在辣辣失去丈夫的 1964 年，已经增长到 2477756 人（几乎翻倍），增速在全国首屈一指。[①] 这正是以六七十年代的武汉为背景的《风景》或《你是一条河》的现实。这种现实，一旦遇上如"三年自然灾害"这样的特定时段，当然会遭遇生存危机。《许三观卖血记》中，许三观通过"卖血"能渡过那个生存危机，尽管看似很"苦"，但能够靠卖血解决的困难尚不是真正的困难，如果卖血也不能解决赖以生存的温饱问题，这才是人性考验以及生命韧性展示的开始。

日常生存负担过载还存在着另外更为严重的情况，那就是长时间（由于自然环境导致的世代贫困）、强烈度的生存过载。曹乃谦从 1986 年开始创作的"温家窑风景"系列，呈现了一个令人震撼的全景式的地区生存画面（温家窑在现实中的名字叫北温窑，是在地理上与世隔绝的贫苦山村），这里的生存困境，不再是个人的，而是群体的；不是由于天灾人祸，而是人们一直就那样生存。作为生存最为基本的饥饿与性的问题，困扰着这里的人们，小说刻画了由此而出现的疯癫、乱伦、上吊、兽交、共妻等极端情况（"共妻"也出现在同为山西作家李锐所创作的《无风之树》中的"矮人坪"中）。同样让人震惊的，其实还有平民对这一现实的承受态度。

从现实地理上看，甘肃的"西海固"等地区的险恶程度比太行山区还要过之。在张承志的《心灵史》中，人们面临的同样是整体性的生存过载，是"从根本上说是不适于生存的"土地所造就的困境——作者强调这是真

---

① 国家统计局人口统计司、公安部三局编：《中华人民共和国人口统计资料 1949—1985》，中国财政经济出版社 1988 年版。

实的原生态生活——

> 不用所谓深入。只要凝视着它，只要你能够不背转身而一直望着它，这片焦黄红褐的裂土秃山就会灼伤你的双目……娶妻说媳妇，先要显示水窖存量；有几窖水，就是有几份财力的证明。

> 女人们嫁不出去，她们穷得往往没见过邻村，没有一身衣裤。

> 儿子（饿）死在山里，同伴吓得跑回村，告诉那孩子的母亲。可是她刚刚弄来一碗糊糊汤，正打算等儿子挖回苦苦菜，给儿子喝，一听说儿子的死讯，这位母亲猛地抓起碗，只顾自己急急喝起来！

> 狼和狐狸在一家家屋里串窜。有一个女人病在炕上，狼进了屋。而人们却以为是狗，睬也不睬。

此外，还存在由于疾病等其他原因造成的生存过载，当然，在很大程度上，这种生存过载并非现实，毋宁说是本质生存的一种隐喻，例如阎连科的《日光流年》，三姓村世世代代生活在导致所有人都活不过四十岁的、无法克服的"喉堵症"中。与之相比，《丁庄梦》中的"热病"，尽管极"烈"，由于时间跨度并不长，因此，只能归入灾难过载中。

特定情形下的生存情况，是由于战争、瘟疫、饥荒等特定事件，形成的"日常生活中断"。平民的日常生活诚然是贫瘠的，但大多数情况下，还没有到危及生存的程度。而上述特定事件，将平民抛入了巴赫金所说的"第二种生活"之中。这是非日常生活的状态，持续时间可能不长，但烈度之强，具有短时间内摧毁或瓦解人们生存努力的可能。而这种状态的发生，往往是由于人为的推动。

其一是战争。例如《爸爸爸》中，鸡头寨在与鸡尾寨的斗争中最终失败，尽管作者采取了克制的叙述，但其惨烈还是可以从狗吃人的兴奋中窥见一斑："坡上，路口，圳沟里，都可能出现尸体。它们撕咬着，咀嚼着，咬得骨头咯咯咯地脆响。一只只已经吃得肥大起来，眼睛都发红……"。《红高粱》中，战争的残酷性得到了更为张扬的描写，同样是通过狗吃人的情节来展现的。在伏击日本鬼子失败之后，"一九三九年中秋节晚上的大屠杀，使我们村几乎人种灭绝，也使我们村几百条狗变成了真正的丧家之犬。"洼地里集中了近千具尸首，"不紧不忙、下下停停的秋雨把尸首泡肿了，洼子里渐渐散发出质量优异的臭气，乌鸦们疯狂地瞅着机会，冲进尸堆，开膛破肚，把尸臭味折腾得更加汹涌地扩散。"类似的情形，还出现在90年代小说如《丰乳肥臀》《檀香刑》（莫言）、《民谣》（李晓）、《敌人》（格非）、《枣树的故事》《一九三七年的爱情》（叶兆言）等小说中。

其二是饥荒瘟疫。现代以来，中国历史上出现过多次有名的、大规模的饥荒，这些为当代小说留下了丰富的写作资源。张贤亮的小说中较早进行了关于饥饿的详细描写，但较为突出的描写出现在张炜的《古船》中。其他如《荒山之恋》（王安忆）、《狗日的粮食》（刘恒）、《风景》（方方）、《一九三四年的逃亡》（苏童）、《你是一条河》（池莉）、《九月寓言》（张炜）、《白鹿原》（陈忠实）、《温故一九四二》（刘震云）、《丰乳肥臀》（莫言）《古典爱情》《活着》《许三观卖血记》（余华）、《生存》（尤凤伟）、《年月日》《受活》（阎连科）等（许多小说里兼有天灾人祸，不一一说明）。许多场景在当代许多不同作家的小说里被描写到令人触目惊心的程度。试以饥荒为例略举几例：

> 整个洼狸镇都在寻找吃的东西。一些青嫩的野菜早被抢光，接下去又收集树叶。麻雀吃不到东西，死在路边和沟汊旁，人们也把它收起来。河汊的淤泥被掘过十次以上，大家都同时记起了泥鳅。秋初有蝉从树上掉下来，有人拾到直接放进嘴巴。芦青河滩上各种小鸟小兽都饥饿不堪，又被更加饥饿的人捉到吃掉。（张炜《古船》，1986）

> 人吃人情况。人也恢复了狼的本性。当世界上再无什么可吃的时候，人就像狗一样会去吃人……如果人肉是从死人身上取下的倒可以理解，反正狗吃是吃，人吃也是吃；但情况往往是活人吃活人，亲人吃亲人，人自我凶残到什么程度？白见到，一个母亲把她两岁的孩子煮吃了；一个父亲为了自己活命，把他两个孩子勒死，然后将肉煮吃了。（刘震云《温故一九四二》，1993）

> 受活的几处坟地也都有了新坟。又半月，那新坟也如了雨后春笋，到末了，村头也就有了麦场样一片新的坟包。那些不到十八岁没有成亲

的年轻人，死了不能入祖坟，就顺手埋在村头上。那些三岁以下，或者五岁以下的，饿死了，又不值得费下一副棺材板，就用草捆上，放在一个竹篮里，拎出去把那竹篮扔在村外的哪条沟里，或山梁上的一堆石头旁。(阎连科《受活》，2004)

生存过载状态下，民间生存伦理第一性的原则，会导致民间伦理与公共道德的直接冲突。在上述《温故一九四二》中，描述了一九四二年的河南大灾，以及政府对此置若罔闻的状况。小说的末尾写到，当最终日本人来临，数以百万计的平民为了粮食而投靠了日本人。在"宁肯饿死当中国鬼"还是"不饿死当亡国奴"之间，作者选择了后者。成为"汉奸"，这在精英知识分子立场看，无论如何是"大逆不道"的，而在民间，却有"合宜性"的坚实的伦理基础。作为对照，从维熙的小说《雪落黄河静无声》中，一对恋人劫后重逢，范汉儒对他的女友说："只要不是叛国犯，我都能谅解。"① 因为爱国、舍生取义古往今来似乎从来都是中国知识分子的底线。问题在于，基于道德伦理而舍生取义的毕竟只是少数英雄，不应该成为强加给平民的绝对律令，大多老百姓选择做亡国奴也是历史现实。无论如何，这毕竟是被官方话语遮蔽掉的平民的一种声音，只是通过平民狂欢式的小说第一次如此清晰地传达出来。生存伦理揭开了真理道德神圣的面纱，一切都变成相对性的，在某种意义上，这种特定时刻的体验正是平民相对性思维的源头。

但对生存苦难的体认，也容易导致一种趋于极端化的激情。在阎连科与张学昕的对话中，一切是从苦难和生存开始。他说："贫穷与饥饿，占据了我童年记忆库藏的重要位置。""少年的记忆更多的不是革命，而是生存。入学以前，饥饿的记忆非常深刻……虽是'文革'，可对我、对农民说来，重要的不是'革命'，而是生存。""生存就是一切。因为生存，导致我对权力的崇拜，对城市的崇拜，对健康的崇拜，对生命的崇拜。可以说，生存，在我的记忆中占有重要的位置。"② 平民面对无路之路返身而求的生存的悲

---

① 阎纲等编选：《1984 年中篇小说选》第 1 辑，人民文学出版社 1985 年版，第 85 页。
② 阎连科：《我的现实我的主义》，中国人民大学出版社 2011 年版，第 4—9 页。

壮，使他的小说洋溢着他自称的"一种苦难与战胜苦难的激情"，这是一种"受活"的哲学，他的小说因此都笼罩着这种"壮美"色彩。可以说，阎连科小说产生于苦难，苦难就是阎连科的"宗教"。

王安忆认为，小说第一个要不得的是非常态的故事，她拒绝"偶然性制胜"："将人物置于一个条件狭窄的特殊环境里，迫使表现出其与众不同的个别的行为，以一点而来看全部。这是一种以假设为前提的推理过程，可使人回避直面的表达，走的是方便取巧的捷径，而非大道。经验的局部和全部都具有自己固有的外形，形式的点与面均有自己意义的内涵。"①

生存过载状态的确是一种"偶然"，正如前所述新写实小说在城市平庸的自然主义生活中没有充分展开的人格一样，只在生存过载状态中展示出的人格同样具有局限性。例如，《年月日》所展示的极端干旱的生存过载中，先爷为了保护唯一的玉黍苗而如同远古的神话英雄那样的对抗，更多地只具有符号的意义，而缺少了让人亲近的气息。

因此，生存过载的突出、尖锐与反常，需要通过更具普遍性的民间一般生存状态来中和。或者说，这正体现了民间内含的复调与正反同体性特征。日常生存可以是《棋王》《小鲍庄》《厚土》等小说所展示的一般乡土民间；也可以是《古船》《红高粱家族》等小说中饥荒、战争来临之前或熬过之后的日常生活；也可能是叶弥《天鹅绒》开头"从前有一个乡下女人，很穷。从小到大，她对于幸福的回忆，不是出嫁的那一天，也不是儿子生下的那一刻，而是她吃过的有数的几顿红烧肉"这样带着念想的生活——这样的生存体验存在于绝大多数经历过六七十年代的中国人的记忆；当然也有《长恨歌》《玫瑰门》等小说所展示的在政局动荡中平淡而坚韧前行的市井民间。

生活世界本身是无所不包而且包容万物的日常之流，"直接的经验世界"或者说生活的"原生态"，注定了只能是选择性地截取日常之流的一个局部，平民所展现出来的生存伦理、生命意识以及民间价值的特异性，是与具体的生存状态密不可分的。而选择就意味着主观，真正客观的、悬置价值

---

① 王安忆：《写作小说的理想》，吴义勤主编：《王安忆研究资料》，山东文艺出版社 2006 年版，第 69 页。

判断的"原生态"难以抵达。——正如在鸡头寨的日常生活中，仲裁缝不过是一个沉浸在过去想象里的、类似赵七爷那样的庸人，但当生存的压力被推到一个极端时，潜伏的民间价值伦理，便通过他召唤了自我牺牲的生命意识，从而使得仲裁缝成为一个生存伦理与生命意识结合的"完整的人"。因此，平民生存的体验，只有置于不同的生存状况，其本质化生存的展示才相对全面。

例如，庸常的日常生活本身蕴含着多种可能——汪曾祺其实已经展示了一种审美化的可能。他的小说《异秉》《八千岁》《故里三陈·陈小手》分别以大便、吃饭、性结尾，就在活泼的民间意味中体现了一种文学的审美。但对日常生活的审美化的强调，与对日常生活的理想化、平庸化一样，都不是日常生活的原生态。世界本身意味着一个整体化的时空，对其任何一个侧面的"直接经验"，都只能是盲人摸象；或者说，因为不是全面的，因而所得到的结论便是失真的。

事实上，现在回顾，新写实小说已经证明其成就并不如预期的那么大，问题不在于其自身的不真实，而在于它们普遍只是展开了民间生存的一个"局部"，或者一个整体生存的粗略的"框架"，小说的主要人物没有与生命意识发生直接关联的童年，没有情爱在其成长过程中的激荡，也没有机会直面生存伦理与生命意识正面冲突而导致的抉择考验，只是匍匐在一个平庸的波澜不惊的现实之中。新兴的城市文化，隔断了生存伦理与生命意识的联系，而作家"原生态"的追求，也部分源于对城市生活的隔膜以及对平民困境的深入思考，注定了使新写实小说笔下的大多数人物，只能成为没有完成其全部内涵、因而缺少了生命之光的"仲裁缝"。

从这个意义上，真正的原生态写作，意味着从前所言的《金瓶梅》等古代小说的多线程并列叙事的经验——正如日常生活本身所包含的那种开放性与多元性。与此同时，面向日常生活与生存过载的写作，本身提供了它蕴含着突破"原生态"叙事的内在力量——可以借助"第二种生活"，通过狂欢化的手段，对自己置身其间的异化生活，给予欢乐和戏谑的笑声，并把自由的想象、对生命与神奇的召唤，游戏的和非认真的姿态融入小说的日常生活时空。

对当代作家而言，这两个方向，都是少有前例可循的考验。但在从寻根出发的当代小说创作里，已经体现了自发的平民性赋予的全新的特征。

第四节　当代小说的平民美学概述

一、思维、立场、情感与认识论

以寻根小说肇始的当代平民写作，揭开日常生存粗鄙而沉默的面纱。对于当代平民小说，作家不再是高于平民而是置身于平民内部，因此作家所揭示的平民世界也是作家自身所在的世界。那些千百年来隐藏于平民群体之中、被几乎所有历史叙事所遮蔽的平民性特征，被以文学的形式突出地呈现；平民性所包含的思维、情感、价值伦理等特征，也构成了当代小说的平民美学。

其一，正反同体性。把正反同体性放在第一位，是因为它既是平民生活世界的现实特征，也是平民的思维方式和认识论，同时也构成了平民小说典型的叙事特征。中国民间这一思维特点尤盛，这体现在中国统一、对立和互化的阴阳文化之中。自然界中的一切现象，如暑来寒往，新陈代谢，生老病死，盛极而衰等无一不是正反同体性的生动表现，因此，其中蕴藏着深刻的生命意识。

平民所生活的日常生活本身同样体现了这一特性，如列斐伏尔所言，日常生活是"真假参半、本真与异化同在的、内涵丰富而矛盾的文化沃土区"。① 贴近民间的作家，几乎是在无意识中多少领略到民间的这一属性。例如，莫言在《红高粱》中，说高密东北乡是"地球上最美丽最丑陋、最超脱最世俗，最圣洁最龌龊、最英雄好汉最王八蛋、最能喝酒最能爱的地方"②。张承志则描述牧民"他们那么豪爽慓悍又老实巴交，那么光彩夺人

---

① 刘怀玉：《现代性的平庸与神奇——列斐伏尔日常生活批判哲学的文本学解读》，中央编译出版社 2006 年版，第 29 页。

② 莫言：《红高粱家族》，解放军文艺出版社 1987 年版，第 2 页。

又平淡单调，那么浪漫又那么实际，周而复始地打发生涯又那么活得惊心动魄。他们的生活那么洋溢着古朴动人的美，那么迟滞而急需前进。在这一切中，我深深感到了一种带有历史意味的庄严，感到了一种富有艺术底蕴的矛盾"①。张炜则说："生命的质地是各种各样的，可是各种生命会在无边的时光之中被无休止地融解和冶炼。生命于是同时出现了渣滓和合金，放射出难以辨认、难以置信的光泽。"② 因此，陈思和借用政治术语"藏污纳垢"来概括民间的根本特点，即"民主性的精华与封建性的糟粕交杂在一起"③。平民的正反同体，如同硬币的正反两面，是不可分割、混沌一体的。

正反同体性还是诙谐欢乐的平民思维。前述的"污"或者说"粗鄙"，如肉体化的骂人话、赌咒发誓、粗俗的歌谣或玩笑、插科打诨或吹牛诓骗、部分野蛮习俗、亲昵的（甚或猥亵的）接触等，是民间借以抵抗庄严、神圣、严肃官方话语的重要手段，是民间不可分割的一部分。鲁迅曾引述从佣人那里听到的故事，说皇帝很可怕，一不高兴就要杀人，于是大家让他吃菠菜，为了哄他，还另取了一个"红嘴绿鹦哥"的名字（《华盖集续编·谈皇帝》）。鲁迅旨在讽刺乡下人的无智识，但平民对皇帝不可能误解至此，其实体现了民间对国王的脱冕。苏童的《我的帝王生涯》同样体现了对帝王的脱冕，"我"从帝王最终如愿以偿地成为一个走钢丝的艺人。在小说的结尾处，作者有这样的描述："杂耍班所经之处留下了一种世纪末的狂欢气氛，男女老幼争相赶场，前来验证我摇身一变成为走索王的奇闻。"就平民视角而言，之所以杂耍班所到之处能万人空巷，给平民带来世纪末的狂欢，正是因为在"燮王/走索王"这一角色上深刻呼应了民间的正反同体性。

需要指出的是，正反同体性是如此普遍，以致成为遍布于平民小说各个方面的同一性元素：从小说的题目（如韩少功《日夜书》，贾平凹《白夜》），现象、情节或者片段（如《万物花开》中，有这样的描述："我二

---

① 张承志：《〈黑骏马〉写作之外》，杨同生、毛巧玲编：《新时期获奖小说创作经验谈》，湖南人民出版社 1985 年版，第 107—108 页。

② 张炜：《伟大而自由的民间文学》，《纸与笔的温情》，春风文艺出版社 2002 年版，第 123 页。

③ 陈思和：《民间的浮沉——对抗战到文革文学史的一个尝试性解释》，《上海文学》1994 年第 1 期。

皮叔认为，杀一头猪就是给它天大的幸福，不是让它死，而是给它放生，放一条生路让它投胎做人……所以杀猪叫福猪。杀猪刀叫放生刀。"），到情节的转化（如莫言的众多小说中，灾难与欢乐轮番出现），从宏观到微观，无处不在。正反同体性也体现在小说的反讽语言上，这在本书稍后将会专门论述。

其二，基于直觉经验的思维方式。维特根斯坦有一句名言："对不可言说之物，应该保持沉默。"如《黑骏马》中所言："《黑骏马》究竟是一首歌唱什么的歌子呢？这首古歌为什么能这样从远古唱到今天呢？就是它，世世代代地给我们的祖先和我们以铭心的感受，却又永远不让我们有彻底体味它的可能。"世界的复杂性和不可言说之处，正是理性、科学规范与文化符号之所以需要悬置之处。在《黑骏马》《小鲍庄》《爸爸爸》《透明的红萝卜》等小说中，那些代代相传的"讲古"或民歌，意义正在于此，因为这些民间口口相传的艺术，蕴含着沉默的民间世界的某些内部法则，毋宁说，既是民间累世不移的经验，也蕴含着平民的直觉。子孙的命运，只不过是祖先曾经命运的重现，丙崽（《爸爸爸》）的不死不智，正隐喻了这种传承。《命若琴弦》中那张藏在琴中，被一代代取出又放回的"空白"的纸条，也典型地体现了民间这种直觉和经验的思维方式——因为那种经验性的苦难，在被一代人领受的同时，他们也明白了同样的命运将不得不被下一代人所承受。

在不可言说和不可把握中，平民能够凭借的，是以作为第一伦理的生存经验洞穿这个世界本质。在"厚土"系列中，当六七十年代外部世界已经陷入权力的翻云覆雨与全民狂乱时，"厚土"中的平民却以平淡的寥寥数语，洞穿了这个异化世界和波谲云诡的政治运动的本质。诸如，"搞运动啥的都是公家的事情，咱留下这（总结）没啥用"（《古老峪》）；再如，他们把当时的"婆姨当朝"比作《封神演义》里的妲己（《裤裆地》）。《黑骏马》中额吉奶奶和索米娅妹妹所遵循的草原伦理，同样也是经验性的。

以经验为内涵的生存伦理，其实包括第一章曾经提到卡西尔关于原始人生命一体化的情感。经验既是一种智慧，也是一种承受。这种古老的情感，越是在底层生存的平民那里，就越是真切。对于死亡的消解，既在于相信经验记忆的代代传承，也在于通过轮回等而寄托于来世。因此，鸡头寨的老人们才可以坦然地面对自身的死亡，——"殉古"，意味着他们无非重复祖先曾经做过的；而他们的死，是为了种族的生（正如丙崽死而复活的隐喻）。因此这也可以解释为何无论处于怎样的生存过载状态，民间依旧保持着乐观。这种经验性，还集中地体现在整个当代小说中乡土民间叙事中的那些长者形象身上，如白嘉轩（《白鹿原》）、上官鲁氏（《丰乳肥臀》）、福贵（《活着》）、许三观（《许三观卖血记》）、尤四婆（《耙耧天歌》）、茅枝婆（《受活》）、笼罩全书的叙述者"我"（《额尔古纳河右岸》，小说以"我是雨和雪的老熟人了，我有九十岁了"开头）。

以经验为内核的生存伦理的呈现，也意味着平民自我的另外一极，即作为对抗的生命意识的确立。有些对抗，其实隐藏在民间经验的传递，以及无言的承受过程之中。但与此同时矗立起另一种对抗，例如司马蓝对一代代被注定的命运的抵抗（阎连科《日光流年》）、西门闹带着六世轮回的记忆保持着张扬的生命意识（莫言《生命疲劳》）。它也出现在熊正良的小说《我们卑微的灵魂》（2003），五个乡下的老人，面对着在城市遭遇的不公与欺侮，最终所采取的行动中："他们的脑袋都比我的脑袋白多了，白得没几根黑头发了，肩膀都老得扛起来了，他们耷拉着皱巴巴的颈脖子，可是他们的眼睛、鼻子，还有紧闭着的嘴巴，还有脸上深深浅浅的皱纹，我越看越觉得这就是庄严。"

需要指出，相对于乡土写作，城市小说一个显著的特点，是很少有代表着民间经验的长者形象，因此也就没有了包含着生命意识的反抗与包涵着生存智慧的通达与承受。

其三，整体化观照方式。如前，从原初平民开始，这就是平民认知世界的重要方式。知识分子立场的鲜明特点，是理性分析和明辨是非，但前科学把握世界的方式，却是整体化观照。李杭育很早就从理论上认识到这一点（尽管他的小说实践中并未做到）：

> 说到宏观，我以为真正的宏观是浑沌的，应当看到这个世界的统一性，各种东西绝不是互相排斥代替的。观念也一样，各种现念都是有价

值的，若能同时将各种观念交融起来，浑沌地观照世界，无疑会更接近真理，也更接近文学。……微观之所以重要，因它构成经验、直觉。发达的直觉恰恰是文学最珍贵的"神思"，甚至当代的自然科学也极珍视直觉。①

正因为世界是不可言说的，因此任何一个局部的突出或孤立，任何一种单向度的评价或描述，无论是赞美还是批判，都像盲人摸象一样南辕北辙。这意味着对这个世界只能整体性地去把握。正如鸡头寨抑或小黑孩所处的世界，都是泥沙俱下、斑斓复杂，难以用美丑是非等概念一言以蔽之的。这种混沌，包含着对平等、相对、宽容、正反同体性等民间价值的体认。乌热尔图的鄂温克族故事，或者说郑万隆的"异乡异闻"，或者李杭育的"葛川江"，正是由于其相对的单一性，而与《爸爸爸》《红高粱》等拉开了差距。如前所述，同样的缺点，也普遍存在于当下的城市平民小说写作中——事实上，即便是《爸爸爸》，李庆西也认为存在着遗憾："我不知道为什么韩少功没有将《爸爸爸》搞成一个长篇。如果有人问，这部作品缺点何在，我以为这是最大的问题》……从本文上述分析来看，这部作品的主题思维的丰富性和复杂程度足以支撑一部结构宏大的长篇巨制。因而就这个意义上说，目前的写法自有粗疏之处，虽说时至如今韩少功的文字功夫已炉火纯青。"② 从这个意义上，可以理解莫言对长篇小说的偏好——这是民间丰富性与复杂性对小说文体的内在要求。

整体性还体现为去时空的整体性。对寻根时期的小说如《爸爸爸》《小鲍庄》《透明的红萝卜》等，以及 90 年代如阎连科的《耙耧天歌》《年月日》等，明确的时空不再是小说所必须。例如《爸爸爸》中，尽管鸡头寨已经有若干当代外部世界的印记（比如同志、皮鞋壳子、照片），但"云下面发生了一些什么事情，似与寨里的人没有多大关系……说就说了，吃饭还是靠自己种粮"。归根到底，一方面，它内在地被日常生活的恒常化所规定；另一方面，在民间的当代叙述中，它被整体地用来作为现代文明的对立面和参

---

① 李杭育：《通信偶得》，《文学自由谈》1986 年第 2 期。
② 李庆西：《寻根：回到事物本身》，《文学评论》1988 年第 4 期。

照系。

需要指出的是，整体性也容易理解为现代性的宏大叙事，也是知识分子所长。但民间基于直觉把握的"整体性"与知识分子基于明确观念的"整体性"并不是一回事。民间的整体性，更多地体现为不同观点、不同现象的罗列与并存——这也是本书在前面所强调的"原生态"的意义：这是一种平等、自由、开放的整体性。事实上，韩少功此后的努力，都体现了他整体把握民间的雄心（他之后的小说《暗示》也包含着类似的追求）。"词典"这一体裁本身蕴含着客观性与整体性的双重追求（《马桥词典》）。除此之外，张承志所采用的"史"（《心灵史》）、阎连科所使用的"地方志"体裁（《炸裂志》），以及孙惠芬所使用的"书"（《上塘书》）等，也具有类似的意义。当然，知识分子立场与民间立场并不容易截然区分。这一点将在后面部分加以论述。

在小说内部，平民小说中人物形象的群体性特征，也是整体性思维的间接呈现之一。李庆西认为，"可以说，一切在总体风格上具有代表性的'寻根'小说，几乎没有强调个人命运而忽略具体文化背景中的群体意识的。"简单地说，不再是经典现实主义的"典型环境典型人物"论，"环境"本身成为小说中有生命、有意义和被呈现的内容，那些被言说的人物，只是若干同类没有被言说的人物的代表。正如从"商州"系列到"厚土"系列，我们所能记住的，不是一个人，而是一群人。在李锐的《选贼》中，村里的老槐树下聚集了全村的村民，因为粮食老是被偷，队长粗暴地赋予了农民"民主"选贼的权力。结果，农民戏谑性地选了队长（这是一个小型的狂欢广场），但选了队长谁去领救济粮呢？大家最后决定让婆姨们出面去请队长，全体村民，女人在前，男人殿后，开始在灼人的阳光照耀下行进。在这个场景中，没有单个人的，只有群体。

事实上，民间意识越强的作品，人物的群体性特征便越是突出。在第二章第二节中，曾经列举过五六十年代现实民间集体化生活，以及文学作品中许多群体生活欢乐的例子。再以莫言的创作为例，《红高粱家族》《丰乳肥臀》《檀香刑》《四十一炮》等小说中，尽管有核心人物形象，但并不是"典型人物"。在这些核心人物的周围，往往都聚焦着一群精神气质类似的人——例如《檀香刑》中，唱猫腔的孙丙是核心人物，但行刑的赵甲，甚至是孙眉娘，毋宁说和他是一类人。在他的《生死疲劳》中，地主西门闹的塑造似乎相对集中，但是，六世轮回，也完全可以理解为六个不同的人物。民间本身就存在将同一精神气质人物通过"轮回"或"转世"进行归类的趋向，例如说李元霸（《隋唐演义》）是项羽转世，刘伯温是诸葛亮转世，等等。他们与其说是一个人，不如说是一群人。

人物的群体性所构成的民间特征，即便在当代城市小说中也依然可见。刘心武《钟鼓楼》中，描写的正是市民日常生活中的各式人等。王朔笔下的"顽主"，并不只是方言一个，而是与他在一起的一群人；在韩东的《西天上》《三人行》等小说中，在叶兆言、朱文、何顿等的城市小说中，也很难区分出某个典型人物。应该说，越是日常生活世界，越是由形形色色的人物所构成；不同类型人物在同一平面的展示，正体现了民间平等、杂话、对话、开放的本质属性。当然，也可以清晰地看到从与自然关联的乡土民间的群体欢乐，到市民民间不断地被单位、家庭甚至居室、新兴的虚拟网络空间等逼仄的空间和私人生活所分割、规诫，因而转向了无所事事的无聊，或者彻底个人化的空虚所替代的过程。这一方面是令人忧虑的时代发展趋势，另一方面也源于当代文明规范下私人空间对群体性生活的遮蔽。应该说，当代小说有必要重新呼吁和唤醒群体性生活。

其四，道德悬置后的民间伦理。前面指出了民间伦理与民间道德之间的联系和区别。简单地说，道德倾向于主体的自我完善，而伦理则往往产生于人与人的相互关系之中；道德评价标准是善恶，而伦理的评价标准毋宁说是"合宜"；道德侧重于抽象的标准，而伦理则强调实践性；道德是相对静态的，而伦理则是动态的。诸如血脉亲情、善良、温情、同情、爱、自由、欢乐、平等、守信重诺、重义轻死等，除了在生存过载的极端情况下可能失效之外，几乎贯穿了所有的民间日常生活。也正因为民间伦理交际性、合宜性、实践性、动态性的特点，使之在平民小说中，具有了丰富、复杂、斑斓的美学面貌。

例如，《黑骏马》中"我"与索米娅妹妹的分歧，部分体现为道德与伦理的分歧。我的愤怒，不仅来自于对所爱人被玷污的愤怒，还来自于索米娅妹妹的被玷污而不愤怒。但对服从于草原伦理的奶奶与妹妹，恶不是她们能制止的，只能被动承受，生殖繁衍以及怀孕本身的重要性压过了对"是非"的追究。这种做法未必是"对"的，却是"合宜"的。再如《透明的红萝卜》中小铁匠对老铁匠的代替，或者《爸爸爸》中仲裁缝熬制毒药帮助全村老少慨然服毒殉古，前者不合于"尊老"的道德，后者剥夺人的生存权利，甚至是不道德的，但基于传统，却是"合宜"的。民间伦理的这一特性，也是平民小说呈现出与知识分子小说异质性的重要原因。这种情形普遍地存在于类似余占鳌与戴凤莲、上官鲁氏、辣辣、孙眉娘、田小娥、尤四婆身上，甚至也存在于小林、印家厚、王琦瑶、万泉和等人身上。不能用静态的"道德"来判定他们的是非，而应该在动态的情境、人物关系的语境中去判断。在自由宽松的民间环境里，戴凤莲是一个敢爱敢恨的女英雄，而在一个儒家道德成为普遍评判标准的环境里，田小娥却几乎从一开头就被注定了是一个"坏女人"。

需要再次回顾《透明的红萝卜》中小黑孩的形象。小黑孩在小说中的行动绝非无可指摘，之所以能够在读者那里引发同情，是因为，他兼具"孩子"和"傻"两种情形（当然，他不是真傻，但沉默与"迟钝"使他具有了傻子的某些特征），他由此在读者（也包括在小说中）获得了道德上的豁免权，并使他生活的情境悬置道德，而服从伦理。

顺便也可以解释当代平民小说中较多"傻子"形象的原因，它不只是提供了一个叙事视角，也并不是小说众多人物中无足轻重的道具，甚至也不仅在小说中提供了一种卓尔不群的形象：在很多情况下，这类形象的设置本身，如同作家与读者之间约定的一个隐喻、一种暗示、一个开关，甚至是一次催眠，它几乎是民间时空本身的代言人，随着它的出场，道德被悬置，民间伦理登场，一个不同于当下的民间世界成为读者共同的"期待视野"。无论是在《棋王》结尾广场上惊鸿一瞥的无名傻子，或者《爸爸爸》中串起整个鸡头寨叙事的丙崽，抑或《罂粟之家》中处于陪衬地位的演义（他在小说的一开头出现，标志了跨入民间的门槛），或者《我没有自己的名字》中作为主人公的来发，以及《秦腔》中作为叙述者的引生。大多数情况下，它预示着道德的悬置，以及民间伦理的登场。其他如儿童及鬼魂形象，也可作如是观。

其五，同情的感受。平民的同情，是我们自身"生活在这个受限制的世界中"的在场。贾平凹的《白夜》中，来自民间的"目连戏"既是小说的重要情节，也承担了小说的重要叙事功能。小说指出目连戏本身具有"阳间阴间不分、历史现实不分、演员观众不分、场内场外不分"的特点——这与狂欢节的特点有点类似，由此，现实世界与目连戏世界并行，这使它与小说的日常生活叙事之流，形成了互相交错、融合无间、彼此感应的结构。

同情还体现为"我"在平民世界里很少缺席，而且并不享有更高的地位或权力。这一特点体现为当代小说第一人称叙事角度的兴盛，如莫言从较早的《红高粱家族》，到《丰乳肥臀》《生死疲劳》《四十一炮》等小说、刘震云的"故乡系列"、阎连科的《丁庄梦》等小说，以及王小波的《革命时期的爱情》等小说中，均是如此。王朔、朱文、王小波等的城市小说中，尽管没有直接的"我"的出现，但"方言""小丁""王二"等相对固定的主人公，在他们的小说中，几乎成为了作者的代言人。还体现为的主体参与感。同情之笑，是巴赫金式的狂欢之"笑"。狂欢化是双重的，它呈现为狂欢化的情节或场景，也体现为狂欢化的语言，在莫言、刘震云、阎连科、李锐、张炜、王蒙、王小波、王朔等作家的创作里，都可以看到这种双重狂欢。主体参与感之强烈，有时使小说呈现出大段的独白，甚至超出小说文体边界的诗性和抒情性。

在场的方式还体现在，莫言、刘震云、韩东等人的许多小说中，作者的名字乃至作品，往往直接在小说内容中出现，通过这种"指名道姓"的方式，将作者自己置于小说世界的"在场"，例如刘震云的《故乡面和花朵》（卷一）中，有俺孬舅和小刘这样的对话："记得有一篇和《羊脂球》不相上下的世界名著叫《一地鸡毛》，不知你看过没有？如果看过了，那就对了，如果还没看，要抓紧看……《一地鸡毛》的作者，肯定是个有趣的可爱的孩子。""我希望你的写作从这篇《故乡面和花朵》开始，能上一个新的台阶，将过去的毛病给改过来。"

二、神秘主义美学

衣俊卿指出，日常思维是原始思维。神秘思维是原初思维的一部分，由生命的情感基质所推动，包含着原初平民对自然和生命的理解及探询。之所以把神秘意识从生命意识中独立出来，是考虑到其在小说中独特而丰富的美学内涵。

英国学者 J. G. 弗雷泽在十二卷版皇皇巨著《金枝》中深入研究了人类各民族的原始巫术与宗教，也揭示了隐藏在民间内部的巨大的神秘矿藏。东方是神秘主义思想的发源地，中国古代小说中从来不缺神秘意识，但和小说的平民传统一样，在"五四"之后也被中断。学者王德威在论文《魂兮归来》中指出，传统中国神魔玄怪的想象已在世纪末卷土重来，他提出一系列的疑问："如果二十世纪文学的大宗是写实主义，晚近的鬼魅故事对我们的'真实''真理'等观念，带来什么样的冲击？如前所述，如果鬼魂多出现于乱世，为何它们在二十世纪前八十年的文学文化实践中，销声匿迹？这八十年可真是充满太多人为及自然的灾难，是不折不扣的乱世。难道中国的土地是如此怨厉暴虐，甚至连鬼神也避而远之？"在同一篇文章里，他对晚清小说的看法也是饶有兴趣的："五四文人一向贬斥晚清谴责小说作者，谓之言不及义，难以针砭现实病源。事实上，我以为晚清谴责小说融神魔、世情、讽刺于一炉，其极端放肆处，为前所仅见。作者所创造的叙述模式不仅质诘传统小说虚实的分界，也更对行将兴起的五四写实主义，预作批判。"①

神秘主义在 21 世纪初的消失，大致受"五四"以来现代科学理性，以及与小说兴起几乎同时的"写实主义"理论的影响。1957 年到 1976 年的漫长时期，为作家深入民间提供了契机。韩少功在《文学的"根"》一文中，就把神话传说纳入非规范的文化之根的范畴。此外还有神秘文学传统的潜移

---

① ［美］王德威：《魂兮归来》，《当代作家评论》2004 年第 1 期。

默化，莫言就在多个场合提到《聊斋志异》对他的影响："蒲松龄对我确实有很大启发，我对神话一直非常入迷。"① 贾平凹在《高老庄·后记》中也表达了对《聊斋志异》的喜欢。80 年代初拉美魔幻现实主义固然也给中国的作家提供了一个成功样本。但是，更重要的也许是"创作自由"对作家的解放，莫言就声称：他在马尔克斯小说被翻译到中国之前就已经开始了《球状闪电》《透明的红萝卜》等创作②。

神秘在当代小说中的"魂兮归来"，是平民式的胜利。如绪论部分所引高小康对宋话本小说的分析，对神秘意识的关注体现了平民意识的增强和知识分子科学理性意识的退场。

当代小说中的神秘显然起于民间。贾平凹的《商州初录》源于作家对民间文化的田野寻找，其中的《莽岭一条沟》《刘家兄弟》等小说中出现了人狼交流、鬼魂附体等民间传说，主要呈现的是仁义、平等、善恶报应等民间传统伦理。《爸爸爸》中，丙崽的"不死"显然也是神秘的，但由于只是一个"孤例"，也不妨视为一种隐喻。与丙崽性质略类的，是同时期《透明的红萝卜》中的小黑孩。小黑孩似乎具有超乎常人的承受力，但这种神秘是轻微的；小说更重要的神秘，体现在小说通过"沉默"所彰显的"空白"，一种难以一言以蔽之的神秘，里面或者还有一丝宿命的力量：我们一直预感到有事发生，而"果然"发生了。这种神秘性是民间直觉的神秘性。

神秘意识的兴起是当代平民小说引人瞩目的新质之一，它拓宽了当代小说的美学风格。概言之，中国当代民间小说中的神秘意象大致包括万物有灵、人鬼感应、预感宿命、因果报应等诸多方面。其中以前二者最为常见。

其一，天人感应。天人感应最直接地体现了原初平民与自然亲密无间的关系，是原初平民发达的感官系统、关于"物"的细密经验的综合呈现。例如莫言的《金发婴儿》中，关于瞎子老母有以下一段描写：

　　田野里的禾苗和青草钻出水面，芽儿或鲜红或嫩绿，不分彼此，你
　追我赶，噌噌地往高里蹿，往壮里长。晚出的芽苗把大块的泥土掀起

---

① 林舟：《生命的摆渡》，海天出版社 1998 年版，第 205 页。
② 林舟：《生命的摆渡》，海天出版社 1998 年版，第 205 页。

来，解放了的欢呼声和失败了的切齿声融进夜声里，一齐扑进了老太婆的耳朵。

一只蛤蟆在泥土里呱呱地叫着。

一群蚯蚓把泥土翻出来。

一只猫头鹰在坟头上大笑一声。

老太婆心里猛一哆嗦，鼻子里满是春天的气息：青草的苦涩味儿和浅黄色迎春花淡淡的香气。

"盲人"灵敏的感官在这里被夸大化地呈现为人与自然的交感，从而构成了一种全新的叙事手法。"老太婆心里猛一哆嗦"也潜伏着她（也许是基于经验的）直觉——正如故事的发展，春天生机的蓬勃生长，却蕴藏着命运的危机。在《望粮山》（陈应松）中，望见"天边的麦子"意味着不祥，这也是来自于长期与自然融合所形成的民间经验直觉。

对于命运的预感，还存在于贾平凹《瘪家沟》（侯七奶奶）、《泥日》（阿来娘）、《丰乳肥臀》（鸟仙）、《白鹿原》（朱先生）、《白夜》（刘逸山）、《高老庄》（石头）等民间人物上。需要指出的是，"朱先生"尽管被塑造为"关中大儒"的形象，但被作者赋予的预知能力却是民间性的，正如《三国演义》中诸葛亮也被民间赋予了预知能力一样。民间对能预知凶吉的兴趣，一方面是生存伦理下对命运确定性的追求；另一方面，也包含着追求超越生活常规的生命直觉。

作为起于民间的"鬼才"，贾平凹对"天人合一"的关注较为突出。在《病相报告》后记中，他明确说新兴趣在"分析人性中弥漫中国传统中天人合一的浑然之气"[①]。但这种兴趣由来已久。从早期的"商州"系列，到《太白山记》乃至《秦腔》等，都有民间的神秘因素。例如，《废都》开篇写天上四个太阳的神秘天象，以及盛开四色的"奇花"，引出西京的"四大文化闲人"，体现了较为鲜明的天人感应特征；《白夜》中，小说开头的再生人有家难回的神秘故事，如同传统小说中的"得胜回头"，带着神秘的预

---

① 贾平凹：《病相报告》，上海文艺出版社 2002 年版，第 304 页。

示。《古炉》中，猫狗说话，树能流泪，甚至石头、半截子砖都有灵性，都有生命。对于贾平凹，神秘性是如此平常，因此几乎以一种平常的方式融入日常生活之中，例如在《秦腔》细密的写实中，白果树流泪、痒痒树结疙瘩等与人的疾病命运相感应的细节的描写，只是非常平淡地一笔带过。

其二，万物有灵。万物有灵的泛神论，如前卡西尔所说，本身包含着平等的立场。在小说世界里，人并不比生物享有更高的位置，在某些情况下，是激发生命意识的对手。除去那些零星的小说，在如张炜的《海边的风》《刺猬歌》、刘震云的《故乡面和花朵》、莫言的《四十一炮》《生死疲劳》，以及贾平凹的《太白山记》《怀念狼》《秦腔》等小说中，万物有灵都有较为普遍的体现。总体而言，植物精灵相对较少（苏童偏爱这类情节，如《桂花连锁集团》《河岸》等小说中，分别指向了植物和河流的神秘），万物有灵首先主要体现在与民间日常生活密切相关的动物精灵如猪、驴、骡、马、牛、狗身上，其次体现在对民间生存产生威胁的动物如狼、狐、黄鼠狼等动物身上。总体来说，小说藉此体现出生命的平等与欢愉，以及面对恶劣生存而迸发的强旺的生命意识。

第一种情况以"猪"为例。猪可以说是与中国人生活最为密切相关的牲畜。给猪赋予灵性而与人构成对话的代表性小说，如莫言的《四十一炮》《生死疲劳》，林白的《万物花开》等。莫言的《生死疲劳》中，地主西门闹六世轮回，其中一世便是投胎为"猪十六"。尽管猪十六还保留着前世转胎的那种生命的野性，但这一部分，作者还是相对更为突出了其"撒欢"的欢乐功能。《四十一炮》中，整篇小说洋溢着语言之"炮"与性爱之"炮"的欢乐，罗小通具有的与猪乃至猪肉对话的功能，也具有民间狂欢广场上肉身化的欢乐。林白的《万物花开》中，猪的通灵，其实来自于《妇女闲聊录》中木珍所说的两种民间观点，即"猪能听懂人话""聪明的猪是人变的，五爪猪不能养，就是人变的，一般猪只有四只爪"。在《万物花开》中，相关的叙述先是直接变成了"有的猪是人变的"的章节名称，与此同时，二皮叔杀猪的场景，因为猪被赋予了灵性和想法，而具有了欢乐性，如："兹啦一下，猪感到自己的屁股上落下了一只软塌塌的火球，像油一样沾在了自己的皮肤上，一种又锋利又冰凉坚硬如水的东西掠过它的屁股，好像一阵凉风，又像一片热水。猪好生奇怪，它想，难道支书的武器改变了？难道他的位置也发生了变化？难道自己跟不上现在的时代了？"总体而言，这类神秘叙事传达了生存的欢乐与基于平等互助的亲昵。

第二种情况，以"狼"为例。相关小说有乌热尔图《琥珀色的篝火》、郭雪波《母狼》、马秋芬《狼爷·狗奶·杂拌儿》、贾平凹《莽岭一条沟》《怀念狼》《太白山记·猎人》、陈忠实《白鹿原》、阎连科《年月日》、红柯《狼嗥》等。贾平凹认为，"狼最具有民间性""怀念狼是怀念着勃发的生命，怀念英雄，怀念着世界的平衡"[1]。其中民间性、勃发的生命、世界的平衡等表述，正体现了平民性的典型特征——世界的平衡是生命意识与生存伦理的平衡，狼性的消失，意味着生存伦理对生命意识的吞噬，对狼的怀念，正是对生命意识的召唤。当然，狼的出现往往也是人类灾难的表征（《白鹿原》和《年月日》等），而生存过载的压力，会使狗会变成狼（如《红高粱家族》《温故一九四二》等许多小说中出现的抢食人肉的狗）。生命意识需要靠不断产生的生存困境来激发，民间对狼的既敬且畏，还包含着同情、平等等更多的平民内涵。

其三，鬼魂叙事。中国民间向来深信鬼魂的存在，关于鬼的传说和想象在以《太平广记》为主的许多书籍中得到充分描写，《红楼梦》中也有秦可卿死后托梦的情节。在当代小说中首先是在 80 年代后期一些先锋作品中出现的。如余华《世事如烟》《古典爱情》等小说，但前者中的鬼（钓鱼的鬼、生孩子的鬼、鬼魂报仇等）旨在渲染某种阴森恐怖氛围；后者主要的爱情情节则是几篇古代爱情故事的拼凑游戏之作（赶考中的爱情故事类似《西厢记》，结尾小姐鬼魂复生过程被中断则类似《搜神后记·卷四》第四十六则）。对食人的血腥场景的描写，则以惊悚为追求，表明了这类神秘与欢乐开放的民间情绪并不相通。

90 年代涉及人鬼感应小说不少，但"鬼"密切地融入了日常生活之中。

---

① 廖增湖：《贾平凹访谈录》，《当代作家评论》2000 年第 4 期。

《九月寓言》中，所有死去的亲人都在村口转悠，而且鬼魂之间互相会谈话交流，他们惦念着村子、家人和孩子，因此围着村子打望。《白鹿原》中，白嘉轩娶的第六个女人胡氏在梦中就看到了之前死去的五个女人并能一一说出她们的相貌；后面也有鬼魂（蛾子）附体复仇和鬼魂（白灵）死亡托梦的描写。《耙耧天歌》中，尤四婆死去的男人尤石头就一直和尤四婆生活在一起，帮她守着傻儿子傻女儿。《太白山记·寡妇》中，孩子每天夜里看到死去的父亲趴在母亲身上，两个人翻来滚去。苏童的《城北地带》中，跳水而死的女孩美琪的鬼魂穿着滴水的绿裙子行走在香椿街上，和不同的人劈面相遇；在刘震云狂欢体的"故乡"系列中同样得到了充分描写，鬼魂则是体现了作者自由的想象，已经完全没有恐怖的内涵了。

总体来说，当代小说中的"鬼魂"具有"日常"而非"恐怖"的属性。这种特性，解除了鬼魂的特权，从而凸显了其"权力缺失"的平民性，事实上，当代小说中几乎所有的鬼魂叙事中，鬼魂生前都生活在底层。底层既是使其成为"鬼魂"的原因，同时也因此保留着平民的立场。与此同时，失去权力的鬼魂依旧保持着自由穿行与观察的能力，它们因此提供给当代小说自由的叙事视角。这种视角从方方的《风景》始，在阎连科的《中士还乡》《鸟孩诞生》《丁庄梦》，商河的《肉体》，以及余华的《第七天》、苏童的《菩萨蛮》等小说中普遍存在。

神秘性当然并非只有这些内容，但穷举神秘形式并非全书追求，在此重点关注的是，神秘如何推动和发展了民间叙事。可简单归纳为：

其一，它为当代小说提供了一个混沌、整体、多元的民间日常世界，以及更具开放性和多样性的想象空间，为小说引入了奇遇式的民间欢乐。承认了神秘，世界不再只是人类的独白，而是随时可能参与到与世界的对话之中。在我们日益远离自然的当下，神秘性带着自身舒张的生命意识的历史民间记忆。日常生活也由于神秘性的闪光，使树木草石，河流山川，飞禽走兽，有了凸显其主体性和平等对话的可能，宣告了希腊神话中植物之神"阿都尼斯"的复活。另一方面，"神秘"如同打开另一个世界大门的钥匙，使小说可能在瞬间越过庸常的日常生活，进入"第二种生活"的狂欢空间。

例如，在莫言《酒国》中，围绕着"红烧婴儿"这一显然脱离日常生活现实的核心情节，形成了整体上融合夸张、想象、魔幻的狂欢。

其二，神秘具有民间"降格"的叙事功能，这一点在以现代文明和秩序为特征的城市背景映衬下，尤其明显。如前所述鬼魂叙事，除阎连科小说外，大多发生在城市底层。而在贾平凹的《废都》《白夜》《土门》等城市小说中，神秘意象的存在也使作品呈现出前现代性的特点。如《废都》，小说开头作为引子的神秘现象，以及疯癫说谣的"老叫花子"，都容易让人想起《红楼梦》。它提醒我们，尽管小说写了现代文明导致的"人的退化"，但作为主体的庄之蝶等的精神废墟，归根到底不是由现代性而是文人的虚伪分裂所引发——这一点与《金瓶梅》《儒林外史》等古代小说其实是相通的。事实上，同样是"废墟"，对比较早的《你别无选择》，以及稍后徐坤的《先锋·废墟》，便可看出这各自区别。

其三，神秘拓展了当代小说的叙事策略。在先锋小说中，预知结果的神秘宿命，将小说变成了一种普遍的回顾式和面向结果行进的陌生化写作风格。前面在"天人合一"部分，也列举了大量具有预知能力的民间人物的例子。但"神秘"还来自于预知略微不同的情况：作家有意截断了因与果之间理性的逻辑联系，将世界抛入一个不可知的境遇之中，在命运的这种荒谬性（不可知论）之中，也蕴藏着民间的神秘性思维——它最终既指向了一种宿命（不可知的宿命也是宿命），同时也暗示了一种超自然的神秘力量的存在（足以左右逻辑）。

作为一种叙事策略，神秘还被作家用来形成小说的结构。例如，莫言的《生死疲劳》，全书的整体结构来自于较为常见的"六道轮回"的民间传说，主人公西门闹带着不断积累的历史记忆，在漫长的时间里经历了从人到不同牲畜的过程。他的《四十一炮》，则用两种不同的字体，并行展开了日常生活世界与一个狐鬼并存的扑朔迷离的虚幻世界。前述的鬼魂叙事，也可归入这一类型之中。

此外，神秘性还蕴含着更为多样的、有待挖掘的文学矿藏，比如，它可能参与到对小说理论的建构之中。拉美魔幻小说的成功便是一个例子。

正是从神秘性出发，阎连科提出了他著名的"神实主义"理论："神实主义疏远于通行的现实主义。它与现实的联系不是生活的直接因果，而更多的是仰仗于人的灵魂、精神（现实的精神和事物内部关系与人的联系）和创作者在现实基础上的特殊臆思。有一说一，不是它抵达真实和现实的桥梁。在日常生活与社会现实土壤上的想象、寓言、神话、传说、梦境、幻想、魔变、移植等等，都是神实主义通向真实和现实的手法与渠道。"①同一篇文章中，他基于神实主义理论，对贾平凹《秦腔》中的"自宫"，苏童《河岸》中的"人头漂流"作出了初步的解释。而在他自己践行"神实主义"理论的小说《炸裂志》中，神秘成为作者指向"内真实"的快速通道：

> 念（乡改镇的文件）到第九遍，他奇迹地看到桌子上已经干枯的文竹花草又活过来了。那盆文竹因为天冷缺水，浇了水又会在盆里冻成冰碴儿，在任它枯死时，明亮看见它在转眼间细碎的叶儿都又黄绿着。他不知道在文竹身上发生了啥儿事。试探着把两份文件在文竹上空晃了晃，那干的文竹叶儿就纷纷落下去，有细的芽儿挣着生出来。为了证明啥儿一样，他对着文竹，又把文件朗诵一遍后，那文竹就在他面前一蓬云绿，散着淡淡翠色了。

> 朝办公桌边一盆弯成弓状的冬青盆景走过云，把那两份文件在冬青枝上拂了拂，那冬青枝上就慢微微开出豆粒似的小白花，让村委会这三间村长办公室，如了花房样。

需要指出的是，立足于民间传统的神秘，在当下有与向科学神秘转化的趋势。量子力学等本身所蕴含的、当下科学尚无法解释的神秘性，给当代作家同样打开了想象的空间，这里包含着指向过去或指向未来的时间旅行，虫洞现象所指向的空间跃迁，量子叠加态所包含的"既 A 又 B"式多事件同时发生的可能，高维视野所具有的上帝全知视角，平行宇宙及弦理论所揭示的无限尝试的可能、大小无数宇宙的存在，等等，都与传统的神秘思维发生

---

① 阎连科：《"神实主义"——我的现实，我的主义》，《中华读书报》2013 年 11 月 23 日。

共振，极大地拓宽了年轻一代作家的思维空间，并可能、也正在产生新的"神秘小说"。就其本质而言，在开放、自由、世界性等方面，它们具有与民间性共同的基质。

第四章　乡土平民小说的生命意识

吃与性所关联的生存伦理与生命意识。吃与性指向的抵抗与超越。性爱作为修辞。作为"底层的底层"的"粪尿"。粪尿叙事的多重意义。

生死的节律性及正反同体性。生殖。"活"。壮烈的死。"转折关头"的狂欢意味。死的"延长"与"烈度"。作为"权力的相对缺失"的"疾病"。性无能。疾病的补偿机制。疯傻。

"节庆"的三种形态。节庆仪式对苦难的消解、生命意识。节庆与灾难的正反同体性。作为"第二种生活"的节庆与广场。广场的三种特征及文学呈现。漫游者的生命意识、谱系及内涵。

第一节　吃、性与排泄

一、吃与性所关联的生存伦理

在之前的研究中，已经提到过民间吃和性这两大基本主题，与平民的生存伦理及生命意识的本源性关联。如前所言，在原初平民那里，二者是同一的，不存在的冲突。如卢梭所言，野蛮人"他的欲望决不会超出他的生理上的需要。在宇宙中他所认识的唯一需要就是食物、异性和休息；他所畏惧的唯一灾难就是疼痛和饥饿"。① 正是因为生殖繁衍能力使人类克服了最终恶劣的自然环境和漫长岁月中形形色色的天灾人祸最终得以生存，世界上几乎所有民族在最初时期都经历过一个生殖崇拜的阶段。

另一方面，前面在谈论生存过载问题时，还指出吃与性在生存问题上的悖论：生存的恶劣，导致了民间需要通过繁衍的强化，来保证生命的延续；但恰恰是过多的人口，又直接造成了吃的危机以及生存过载的现实。正是在这样的悖反困境中，吃和性成为寻根小说的核心主题。总体而言，就身体的保存而言，吃比性更直接关系着生命的本源，因而也具有满足的优先权；而性的问题，则更为复杂，因为它除了繁衍后代的功利性需要之外，同时也是生命力强旺与否的证明；在贫瘠的生存境况中，它的匮乏意味着难以实现时的焦虑与痛苦，而它的满足，也足以成为生存苦难中的光亮与欢乐。它的苦难与欢乐并存、生存伦理与生命意识交织的特性，也足以使其成为呈现民间生存的最好载体。

这种情况，早在寻根之前的小说中就已经较多地出现。在张贤亮的系列小说中，在主流知识分子定位下的形而上的思考，往往是与形而下的吃与性

---

① ［法］卢梭著：《论人类不平等的起源和基础》，李常山译，商务印书馆1962年版，第85页。

结合在一起。《邢老汉和狗的故事》中，因为饥荒，光棍邢老汉与为了省口粮而丢下两个孩子出来要饭的陕北女人在半天内就结了夫妻，而牵挂孩子的女人在年底分了粮食后，还是带着自己的那份口粮不辞而别了。《绿化树》中，作为"右派"的我，为了抵抗"饥饿"而调动了所有的生存本能和智慧，并逐渐沉醉于马缨花带来的馍与性爱之中——尽管同时带着由《资本论》《普希金诗选》所代表的知识分子的反省与愧疚。

《棋王》中，"吃"对于人的生存意义，以及由此产生的人对"吃"的尊重，与形而上的"棋道"并存不悖，体现的是对"民以食为天"的生存经验的认可。吃是如此地参与日常生活，在《爸爸爸》中，不唯关联着最为实际的生存，而且还转化为打冤的仪式（杀了对手和牛一起煮了给大家吃）。

作为立足于吕梁山区民间现实的小说，李锐的"厚土"系列有较多篇幅涉及了"性"的主题。《假婚》中，队长的话表明了性爱背后普遍的民间生存伦理："穷碰穷，碰对了。走遍天下也是男人睡女人，女人生娃娃，一块过吧！"其背后，是民间对生殖和繁衍的重视，因为这是民间抵抗恶劣生存的本源力量。由此，哪怕是死去的单身者，也需要有配偶，因此产生了合葬的民俗（《合坟》）、银女死后是跟前夫还是跟后夫埋在一起（《秋语》）——在后来阎连科的《丁庄梦》中，阴婚也成为小说一个浓墨重彩的情节。贫瘠的生存条件，以及对生殖繁衍功能的强调，使民间的性，更具有务实不尚精神的物质性，例如，"寡淡。不睡她，干干的有啥爱头？天底下男人女人还不是一个样！"（《驮炭》）。所有这些，都构成了民间生存的细节。在他的《无风之树》中，有这样一句话："牛是队里的，地是队里的，暖玉也是队里的。"——女人和平民赖以生活的大地，及其最忠实的伙伴摆列在了一起。

在民间苦难生存对性的压抑的展示方面，也许没有其他同时代作家比曹乃谦从1986年开始创作的"温家窑风景"系列写得更惊心动魄。系列小说的主标题——"到黑夜想你没办法"就来源于山西民间的"麻烦调"，表达的是对情人的思念。不同于寻根作家几乎全是知青作家，曹乃谦是在山西雁北民间土生土长的作家（儿时和姥姥生活在应县下马峪村，生活在底层，生活轨迹没有离开过山西）。他说："我之所以关心这些饥渴的农民，是因为我出生在农民的家庭。可以说我是半个农民。最起码我身上流着农民的血液，脑子里存在着农民的种种意识，行为中有着许多农民的习惯。……"在回答杂志"你的创作最关心的问题是什么?"的提问时，他的回答是"食欲和性欲这两项人类生存必不可少的欲望，对于晋北地区的某一部分农民来说，曾经是一种何样的状态。"①

如前所言，温家窑处于"生存过载"的状态，沉重的生存负担严重压抑了性欲，使农民卸掉了所有文明的伪饰，直接指向动物化的生存。吃和性，构成了这个 70 年代极度贫穷的土地上最为沉重的两个话题，也是这部小说最为关注的主题。正如当地民歌"要饭调"所唱："油炸糕，板鸡鸡，谁不说是好东西。"（板鸡鸡指妇女的生殖器）。小说中，出借老婆、兄弟共妻、母子乱伦、因性而疯，甚至骑母羊兽交，等等，都源于经济的贫瘠导致的女人的匮乏。使之超越了纯粹痛苦的，是即使在生存过载的恶劣环境中依旧存在的男女真挚、苦涩、压抑的感情。比如锅扣大爷与三寡妇，板女与奶哥哥，莜麦秸窝里情人出嫁前幽会的温馨，等等。这体现了平民对苦难的承受，以及欢乐与苦难相互交替的永恒规律。小说采用了原汁原味的地方方言，方言本身的质朴，与作者叙述的节制，赋予了生存"沉默"的特点，民间的生存伦理，就隐藏在这种沉默之中。

刘恒创作于 1986 年的《狗日的粮食》，与稍后发表的《伏羲伏羲》，则是有意分别从"吃"与"性"、现实与历史这两个民间原生态的维度展开。

首先是粮食。杨天宽用二百斤谷子买回了已经转卖了六次的老婆瘿袋（"瘿袋"这一突出的意象指向了肉身化的身体）；所有的劳累、悭吝、泼辣都是为了节省和储蓄口粮；六个孩子的名字全是粮食；瘿袋旺盛的生命力，全部用来抵抗生存的压力，也正因为此，一次丢失了购粮证（在第二章曾经提到过粮食票证的重要性）和钱的失误，成了致命的打击。生命的意志

① 马悦然：《〈到黑夜想你没办法〉·序》，曹乃谦：《到黑夜想你没办法》，长江文艺出版社 2009 年版，第 1 页。

抵抗不了生存压力的打击，她最后的遗言，几乎代表了民间千百年的呼声：狗日的粮食。这里需要指出的是，生殖力旺盛造就的"吃"的生存压力是民间重要而普遍的原生态。

其次是性爱。当瘿袋为六个孩子而付出生命时，《伏羲伏羲》中的地主杨金山正为无法传宗接代而困扰，为此他花了二十亩坡地娶了年轻的王菊豆。这却使杨金山 16 岁的侄子杨天青从此陷入了性的觉醒、煎熬、偷窥的漩涡之中。杨金山的无能（体现在对性与传宗接代的力不从心上）与杨天青强旺的生命意识形成了鲜明的对照。终于，在饱受蹂躏的年轻的婶婶的鼓励之下，两个年轻的生命从此陷入了隐秘的性与爱情的迷醉和乱伦的巨大压力与罪恶感之中。小说跨越了从战争年代、土改一直到"文革"，以杨天青的闷水缸自杀结束，宏大的历史几乎只是空虚的背景，而杨天青大于常人的阳具，则成为后来孩子们口中的一个传说。小说的主题在作者的"代跋"中虚构的考证中显露无遗。第一则"歌颂"了"性爱"以原始的、永恒的本质属性：

> 它是源泉，流布欢乐与痛苦。它繁衍人类，它使人类为之困惑。在原始与现实的不朽根基上，它巍然撑起了一角。即便在它摇摇欲坠的时刻，人类仍旧无法怀疑它无处不在的有效性及其永恒的力度。

第二则通过杜撰的清人关于壮硕的"本儿本儿谷"的笔记，把"粮食"与"性"作了有意的关联，因此也反证了上面两篇小说的"有意为之"：

> 本者，人之本也。又本者，通根，意及男根也！以本儿本儿命之阳具者奇，命之以谷禾者大奇。食色并托一物，此幽思发乎者谓之佳才，可乎？……

尽管在上述的文字中，作者给予吃与性以欢乐或张扬的歌颂，但二者在现实中却受制于生存的巨大压力。《狗日的粮食》中，瘿袋终于还是被丢失购粮证的打击所击溃。在叶弥的《天鹅绒》中，也有类似的情节：李东方的母亲穷得连袜子和鞋都买不起，但在一系列偶然的原因下，终于决心买了二斤猪肉，却被人偷走了，这直接导致她疯了。生存的韧性，敌不过生活的现实；《伏羲伏羲》中，强旺的性爱，还是被更为可怕的道德伦理所压倒。

瘿袋和杨天青的自杀，表明了生活的禁锢还是具有最终决定的力量。这也体现了作家遵循现实生活逻辑，还原生活原生态的艺术追求。

吃与性主题的民间恒常性，使之在整个当代乡土小说中成为普遍的话题。比如在新世纪的小说中，《秦腔》《妇女闲聊录》《歇马山庄》等纪实性描写乡土日常的小说中，民间那种暧昧的性关系普遍到令城市读者不敢相信的程度——在日益"空心化"的农村，这的确已经是一个社会性问题。农村普遍的非正当性关系，缘于情感需要、互助需要、功利目的等多种内涵。相比而言，吃比性更具有公众性和日常性。它们甚至成为民间公共记忆的一种方式。韩少功的《马桥词典》"老表"词条有这样的描述：

> 在地上干活，蛮人们除了谈女人，最喜欢谈的就是吃。……这种谈话多是回忆，比方回忆某次刻骨铭心的寿宴或丧宴……在这种时候，本地人也常常说起"办食堂"那一年，这是他们对"大跃进"的俗称和代指——他们总是用胃来回忆以往的，使往事变得有真切的口感和味觉。正像他们用"吃粮"代指当兵，用"吃国家粮"代指进城当干部或当工人，用"上回吃狗肉"代指村里的某次干部会议，用"吃新米"代指初秋时节，用"打粑粑"或"杀年猪"代指年关，用"来了三四桌人"代指某次集体活动时的人数统计。

生存危机所导致的生存伦理与生命意识的冲突，更为突出地体现在更加关乎生命本源的"饥饿"主题上，在上一章中已经列举了关于饥饿的普遍描述，在此不作赘述。

相对而言，性的压抑在90年代乡土小说中没有进一步的展开，究其原因，它在残酷的环境中，被性的交换属性所压倒。女人通过出卖肉体进行物质交换。这一现象事实上，几乎是乡土中国漫长时代里权力与生存压迫下普遍存在的微观历史。它在乡土历史小说中如此普遍，甚至无需一一列举。在此仅举阎连科的例子。他的小说展示了民间各种各样与性有关的"承受"：如果说司马蓝在生存面前也不得不接受与心爱的女人蓝四十无法结婚，甚至"动员"她出去卖淫的现实（《日光流年》），那么，被村长霸占了老婆而自己却在屋外望风，并甘心替有钱的张老大入狱的路六命（《天宫图》），同类型的张老师（《最后一名女知青》）、李贵（《耙耧山脉》）、刘根宝（《黑猪毛白猪毛》）等的做法就不难理解了。

二、吃与性所包括的生命意识及其转换

较之于吃，"性"在乡土民间叙事中得到更多的描写，究其原因，是因为"性"一边连接着务实的生存伦理，另一边连接着张扬的生命意识和生命情感，因而，它成为民间超越生存局限（苦难、异化等）的重要桥梁：它既是现实中肉体的欢乐、繁衍的前导，也包含着民间超越现实层面的生命的张扬，以及对一切规范樊篱，包括传统伦理道德、权力与阶层区隔、革命与专政、唯利是图的金钱伦理的蔑视。

开先河者是《红高粱》。小说中，最广为人知的，是"爷爷"和新婚三日回门的奶奶在高粱地里野合的场景："奶奶和爷爷在生机勃勃的高粱地里相亲相爱，两颗蔑视人间法规的不羁心灵，比他们彼此愉悦的肉体贴得还要紧。他们在高粱地里耕云播雨，为我们高密东北乡丰富多彩的历史上，抹了一道酥红。"在此，大地、粮食、性爱融合到一起，同时伴随着生殖（性爱孕育了我父亲）与死亡（爷爷因此杀了麻风病的丈夫及其全家）。这是一个生机勃勃、包含了众多民间典型元素的场景。当然，"奶奶"关于性的逸闻并不仅如此。"我奶奶"年轻时"花花的事儿多着咧"，面对她与罗汉大爷的"不大清白"的传闻，作者说："我奶奶是否爱过他，他是否上过我奶奶的炕，都与伦理无关。爱过又怎么样？我深信，我奶奶什么事都敢干，只要她愿意。她老人家不仅仅是抗日英雄，也是个性解放的先驱，妇女自立的典范。"细究"性爱"在小说中的意义，一是借由"性"，"我"的祖辈超越了那个沉默的民间庸常，由此走向了人生的巅峰。二是值得重视的是，上述内容，都是作为"回忆"，在面对着战争与死亡中作为意识或幻像出现的。因此，明确表明了"性"超越苦难与死亡的意义。

在《红高粱》之后，当代乡土历史小说中，张扬的性爱作为普遍的情节而存在。吃和性的需求程度，往往与生命力的强旺程度成正比。一个人生命力衰退往往是从性欲的减弱（雄风不再）开始的，反之，土匪、英雄等

生命力强旺者，处于权力地位或生命成长期的年轻人，则往往兼具强旺的性欲或食欲例如，《红高粱家族》中的余占鳌（同时也是高粱酒的制造者与嗜好者）、《米》中的五龙（五龙在米上做爱，往女人下体里灌米，以性爱征服代表的生命意识，与以米代表的生存伦理融为一体）、《白鹿原》中类似，举人老爷的身体强健，是与吃女人的"泡枣"来实现的；《石门夜话》中的二爷，再如《伏羲伏羲》中的杨青山、《黄金时代》中的王二、《罂粟之家》中的陈茂、《家族》中的女土匪小河狸，等等。

另一个规律是，在男女基于生命力的性爱中，女性往往占主动地位。例如，《小鲍庄》中，二婶之与最后入赘的货郎拾来；《伏羲伏羲》中，婶子王菊豆与侄子杨天青；《岗上的世纪》中，女知青之与村长；《白鹿原》中，田小娥之与白孝文；余华《祖先》中，母亲堂而皇之地离开了懦弱的父亲，跟只有一面之缘、救了孩子的货郎在树林里待了整整一夜；《花影》中甄家大宅里的女主人妤小姐有着强烈的性爱欲望；在《日光流年》蓝四十与司马蓝的关系中，也是前者占据主动；李锐《无风之树》中，暖玉作为矮人坪的"共妻"，非但不是被动的承受者，反而是一个主动的施舍者和主导者。事实上，女强男弱其来有自，本来就是民间津津乐道、也较为常见的现象，并成为如"二人转"等民间艺术的常见模式，当代小说中不乏此类，如《狗日的粮食》中的瘿袋（相对于男人杨天宽）、《丰乳肥臀》中的母亲（相对于铁匠男人上官寿喜）等。与生命力强旺的父亲相比，母亲往往信任自身直觉、感觉，从不迷信任何虚构的或抽象的规则和权威，为了生存，他们可能以牺牲自己的某些原则为代价。比较具有代表性或普遍性的情况是，女人在特定时候出卖自己的肉体来获得自己或亲人生存的可能（这在沈从文小说中也出现过），这种思维在现代启蒙小说家看来是不可想象或者不可容忍的，因为知识分子很难逾越这样的道德鸿沟："富贵不能淫，贫贱不能移，威武不能屈，此之谓大丈夫。"①

因此，女性的性爱，一方面更能揭示出坚韧的生存伦理与强旺的生命意

① 《孟子·滕文公下》。

识的和谐与整体性；另一方面，也展示了日常状态下冠冕堂皇的官方道德伦理在"生存"原则下的脆弱，它展示出来的正是迥然有异于启蒙知识分子的平民意识。

但吃与性，在当代小说中所承担的功能，并不止于生命意识和生存伦理，它还指向了抵抗与超越。在"温家窑风景"中，"性"只是作为沉默的"风景"，而在《伏羲伏羲》中，却变成了作者的内部视角。两个卑微的人物面对着强大的民间"乱伦"的禁锢，焕发出超越了生存的性爱的迷醉——"沉默的人"发声了，获得了言说的权力。性爱因此在此成了对伦理规范的一次成功的暴动和突围；比之晚一年发表的王安忆的《岗上的世纪》中，知青李小琴为了争取回城指标，有意色诱队长杨绪国。这本是一个颇具时代性的故事，比如起码可以形成对乡村权力的批判，小说开始也似乎在往这个方向走，但不动声色地，却远离了权力，一改以往对不伦之爱的外部观照，以内部视角极力摹写两人的性爱沉醉及生命欢娱。如谭桂林所说，作品"标志着我国新时期文学中第一部真正纯粹的性爱小说的诞生。性爱以及对性爱创造力的膜拜礼赞是整部小说的惟一主题。"① 这种超越了功利的性爱，构成了对现代小说的另一种抵抗。

《白鹿原》中，多处的性爱描写，让人想起《岗上的世纪》，彰显了强旺的生命意识；田小娥从生命意识性爱的追求，到在强大的传统伦理压迫下堕落乃至死亡，但其以性爱所蕴含的生命冲动，却冲决了儒家规范传承下的森严族规。上述性爱所蕴含的反抗，象征性地体现在白孝文与田小娥之间的性爱中：儒家文化思想抑制的白孝文，在"奸情"没暴露之前，每次都是"勒上裤子就好了解开裤子又不行了"。而真正恢复神勇，却是在身败名裂、无所顾忌之后。

《黄金时代》（王小波）中，性爱所指的对象，是"文革"的僵硬，并赋予了消解与反讽的功能。在前者中，"王二"与陈清扬的第一次性爱，发生在夜晚月光之下山坡的草地上，这种自然描写，衬托了"性"的自然无邪。

---

① 谭桂林：《性文化蜕变中一次新的躁动》，《文艺学习》1989 年第 4 期。

他们在山野间的性爱、逃跑（私奔）与"破鞋"的谣言、批斗、写交代材料等形成了独特的反讽张力，使那个严肃的时代变得含混暧昧；而写交代材料与性爱，同样发生在作为流氓的"王二"与作为团支书"X海鹰"之间。

莫言的小说中，性的舒张与吃的欢娱往往联系在一起。《丰乳肥臀》中，曾经大写欢乐而喜庆的婚宴——美国人巴比特娶念弟。莫言显然有意把这种欢乐指向肉身化的"吃"，他不吝用大段的笔墨，摹写各种菜名，以及吃的状态："……一条明晃晃的猪腿，落在桌子中央，几只油亮的手，一齐伸过去。烫，都像毒蛇一样咝咝地吸气。但没人愿意罢休，又把手伸过去，抠下一块肉皮，掉在桌上再捡起来，扔到嘴里，不敢稍停，一捅脖子，咕噜咽下去，咧嘴皱眉头，眼睛里挤出细小的眼泪。顷刻间皮尽肉净，盆子里只剩下几根银晃晃的白骨。抢到白骨的，低着头努力啃骨头关节上的结缔组织。抢不到的目光发绿，舔着食指。他们的肚子像皮球般膨胀起来，细长的腿，可怜地垂在板凳下。"这种肉身化的欢乐，正是典型的民间欢乐形态。

《四十一炮》是一部独特的民间狂欢之作。狂欢正体现在小说主线在吃、副线写性的双线结构上。"在我的脑子里，肉是有容貌的，肉是有语言的，肉是感情丰富的可以跟我进行交流的活物。它们对我说：'来吃我吧，来吃我吧，罗小通，快来啊！'但肉这个东西，据说就像女人一样，是永远吃不够的。""他们不可能理解一个男孩对肉的渴望竟然能够强烈到泪如雨下的程度。"在饥饿记忆以及屠宰村的背景中，罗小通因为对吃猪肉的挚爱而成为"肉神"，吃几乎上升为"宗教"，与此形成对比的，是商业法则下屠宰村猪肉注水、注射福尔马林等扭曲的金钱伦理；而在另外一条线索上，是罗小通讲述一个一天内可以和四十一个女人交合的具有超常性功能的老兰的传奇人生故事。小说中修复供奉着"淫神"的五通神庙，表明了这个时代性欲沉沦的开始。

三、性爱作为"修辞"的可能与误区

《坚硬如水》（阎连科）中，"性爱"也是小说最为重要的主题，但却呈现出了与上面两种情况不同的叙事功能。它既不指涉"生存"的压抑与

沉重，也弱化了其所具有的抵抗与超越日常生活的现实功能，毋宁说，它成为一种修辞，通过抽取了性爱的内部特征，使性爱成为革命与权力的镜像与隐喻。小说呈现了"性爱"与"革命""权力"之间的纠葛是最为显在的主题。小说以更为张扬、狂欢的叙事，把三者之间隐秘的关系推向了极致。在此，性爱不是抵抗革命或权力的力量，而是由于性爱内在的狂欢与破坏性质，而成为革命与权力的喻体。如书的扉页所题，"本书并不纯粹是一对青年男女的情史，关于原欲、疯狂和变态，而是一个小山村，乃至全民族曾经有过的一场梦魇。"革命、权力与性爱，在偏执的追求、生命的张扬、征服的快感、狂欢与破坏乃至疯魔等方面，都具有类似的属性。革命的歌曲，点燃的不仅是革命之火，还有欲火；二程寺中的性爱，是渎圣，是破坏，是对肉体与传统纲常的双重征服。地道中的相会与爱情之火，则类似革命史上曾经有过的地道战。而疯狂的终极之路，便是毁灭。

总体来说，作为高峰体验的性与爱，它与自然、大地的亲密联系，突破了文明、伦理、道德等所构成的清规戒律，彰显着强旺的生命意识，超越了功利乃至生死，因此，带着"迷狂"的性质。但是，不加抑制的迷狂，也带着某种盲目性乃至独断性。这正是从卢梭的理论，到法国大革命的爆发所滋生的激进与暴力所揭示的道路。在政治领域，广场化狂欢式的大民主，会在非理性的裹挟之下，产生意料不到的后果。

在上面的例子中，凸显了性爱的一个重要文学功能：性爱及由此而来的生殖繁衍，对于人类世界具有本源性意义（无论是希腊神话还是中国的原始神话中，都可以找到丰富的性爱意象）。韦勒克在其《文学理论》一书中，把文学艺术品的存在方式表述为三个主要层面——声音层面、意义层面（包括语言结构、文体风格之类）和要表现的事物层面，第三个层面，主要是通过意象、隐喻、象征、神话等来展示。性爱的原始性、普遍性、激情性、审美性以及神秘性等诸多特征的混杂，使它成为一个具有多重隐喻、象征、神话空间的文学内核，同时也是文学通向广阔的世界的隐秘的桥梁，或者说，它本身可能成为世界的镜像。例如，《岗上的世纪》中，与政治化的社会空间隔绝的、完全沉浸于生命本源的性爱的描写，可能是隐喻式的；

《四十一炮》中，在欲望横流的背景下，作为副线，一个"一天内可以和四十一个女人交合的具有超常性功能的传奇人物的故事"也可能是隐喻式的；余华小说《兄弟》的开头不厌其烦地多次写偷看女人屁股，以及小说《废都》的结尾，庄之蝶对景雪荫的报复，也可能是隐喻式的。

之所以强调"可能"，诚如以修辞研究闻名于世的吉哈德·热奈特所言，修辞格仅仅是一种修辞感觉，它是否存在，完全取决于读者是否能够成功地意识到所展现给他的话语中的模棱两可性。因此，读者如果能够领会，修辞便存在；如果不领会，那么，性爱的事实作为情节也将独立存在。这正是巴赫金所强调的狂欢广场上的复调与诙谐文化的特征。因此，性爱作为修辞，正是民间文化的一种重要特点。如前所述，民间日常生活中长期流传的俗话俚语中，绝大多数都可以找到与性或吃相关联的表述方式。

事实上，平民俚语的表达中，对性或吃文化的挪用，几乎是出于本能的生活经验。文学上的隐喻或者象征，并不是平民的修辞。将性爱修辞功能化的背后，背后隐藏着知识分子立场对历史的思辨，它提供了基于民间价值立场的原生态写作走向更为开放的世界性感受的途径，正如同狂欢广场本身就是世界生活的一个缩影。遍布小说《坚硬如水》中的元因素的民间主题以及民间特有的"狂欢化"感受，表明寻根之旅并未终止，只是走向了复杂化和丰富化。它也表明了平民自我与知识分子自我融合后民间经验智慧向无限世界的延伸。

但林白从一个纯粹的农村妇女闲聊的实录（《妇女闲聊录》）到其小说《万物花开》的改写，提供了另一种情况。相对于波澜不惊的日常生活，"性爱"就像一个绝好的调味剂。由于总是蕴含着逸出常规的倾向，而被作家所喜爱正如"生活不只有眼前的苟且，还有诗与远方"，诗与远方可能意味着生命的漫游，但也可能是回避现实复杂性，甚或只是为了吸引眼球的自我安慰的借口。超越现实与逃避现实，其实是一个问题的两个角度，区别在于，我们不能只是耽于一种遥远的乌托邦，而是要关注其实现之途，这种实现，总是与生命的"在场"密切相连的。《妇女闲聊录》提供的一个沉沦而芜杂的日常生活之流（由于是闲聊，原来都是片段化而且无逻辑的），在改为小说《万物花开》时，林白进行了重组与改写（这在情理之中），一个值得注意的现象是，作者添加的绝大多数的虚构都与性有关，比如，头尾添加的两章，如果除去结构的功能意义，在情节上分别添加了鸡奸和奸尸；相对于原来缺乏亮点的原生态生活，作者加上了一段场景鲜艳、追求唯美的花痴女人一丝不挂在油菜花地里作"花痴舞"的叙述，这在《万物花开》中是少有的"亮色"，显然体现了作者通过狂欢化的性超越原先庸常生活的追求。但问题由此而生，虚构的狂欢（林白对狂欢是有自觉追求的，她在《妇女闲聊录》后记中说，"复制他人的狂欢从而获得自我的狂欢。而狂欢精神正是我梦寐以求的。"①）不能只停留在外在的观望之中，要参与，要介入，要在场。如果虚构没有获得在日常生活中真实发展的行动逻辑，它就只是通过狂欢化的想象消解了反抗的可能性。客观地说，就探讨或展示当下农村日常生活的本质而言，《万物花开》的文学想象还不如木珍直截的叙述更为有力，它陷入了陈晓明所言的"文学虚构的危机"②之中。小说的处理方式恰恰显示出了其无力直面（处理）这种日常生活的真实，只能靠文学技巧借以回避现实困难的缺陷。

四、排泄的身体地形学

吃喝拉撒，是民间的基本形态。对于身体，吃是世界的"进口"，而排泄则是世界的"出口"；同时，它与性或受孕的子宫一样，都指向了"物质——身体"的下部。它与生命具有如此本质的联系，因此，成为民间诙谐文化、民间语言的重要主题和内容，具有欢乐、狂欢的民间意义。性的原初动力是繁殖，而繁殖与排泄具有类似的形态。但是，在自古至今的文字材料中，作为最典型的民间之物，排泄，作为底层的底层（一个平民自我作践的语言，莫过于"我就是一摊狗屎"），它比沉默的平民本身更为沉默，也在情理之中。

中国回避粪尿自有其文学传统，可归于温柔敦厚与"子不语怪力乱神"

---

① 林白：《妇女闲聊录》，新星出版社 2008 年版，第 228 页。
② 陈晓明：《历史终结之后：九十年代文学虚构的危机》，《文学评论》1995 年第 5 期。

的诗教，粪尿当属"怪"类。在《庄子·知北游》中，庄子曾经用"道在屎溺"来形容"道"的无所不在以及日常属性，而其"下邪"惊得问道的东郭子目瞪口呆。东郭子的反应很正常。即便以道家之洒脱，屎溺也同样鲜见于其典籍。放眼中国文化史，无论是千年的古典文学，或者"五四"以来一直占主流的现实主义小说，抑或"五四"伊始以张扬个性为特征的浪漫主义小说，都没有它的一席之地。比如，对莫言小说中的"粪便"现象，李美皆的看法颇具代表性："但莫言作品仍然有我不能容忍之处。比如，屡屡可见的对于粪便的激情。与莫言的审丑意识和暴力倾向相比，他的排泄崇拜才是最不堪忍受的，他自己也承认他的作品中存在'屎尿横飞'的问题。一个人即便没有审美洁癖，也得讲究起码的卫生吧？……即使文艺允许审丑，也得有个底线，莫言这个写作的癖好太不讲卫生太变态了，我对此保留厌恶的权利。"①《文学自由谈》因此引发了关于这个话题的争鸣。

但正是在巴赫金所描述的身体地形学的意义上，同时也是在其本身所包含的典型的民间属性上，"粪尿"叙事在当代小说中的兴盛值得关注。

粪尿无疑是"丑"的，但丑先于理性而存在，具有深厚的民间文化土壤，具有非理性和反规范的特点；它以日常化、肉身化和物质化，提供了与古典审美完全不同的规范和衡量标准；它化恐惧为诙谐，转沉重为轻松，将上部降格为下部，体现了典型的民间趣味和立场。而"粪便"，则以其绝对的无形式、反秩序、肉身化、情感化、典型化地呈现了上述内涵。

"粪与尿"在小说中的出现，开始于80年代中期的"寻根"思潮。它是充满着鸡粪、牛粪、屎尿的所在，相关字眼出现多达20次之多的鸡头寨（《爸爸爸》），抑或是说着荤话，在裤裆地嘲笑找地方撒尿的学生娃的厚土世界（《厚土》）。而继续把这一民间主题在乡土历史小说中发扬光大的，是莫言、余华，而在城市小说中，则有王小波、韩少功等作家。

"尿"在莫言的《红高粱家族》中以在当代文学史中令人深刻的意象出场。小说中，爷爷在酒坛里的一泡尿成就了后来我奶奶名扬天下的高粱酒的

---

① 李美皆：《一个奖引起的戏谑与凛然》，《文学自由谈》2014年第2期。

秘方。在这篇小说中，尿的意象，与爷爷奶奶的高粱地野合、罗汉大爷的被剥皮、饥荒时代野狗以人的尸体为食等情节一起，代表着不羁的生命力、民间的狂欢和坚韧野性的生命欲望。"撒尿"的情节，在他后来的中篇小说《野骡子》，以及由《野骡子》扩展而成的长篇小说《四十一炮》中也同样出现；在后者中，跟两次撒尿一起出现的，是"父亲"与老兰为了野骡子争风吃醋、父亲降伏怒牛等情节，同样体现了强旺的生命力。但尿所代表的，不仅是生命力，还是人与自然连接的桥梁，蕴含着天人合一的哲学。与其说尿，毋宁说自然，是人舒张的生命力的来源。只有理解了这一点，才能更为细致深刻地理解《天堂蒜薹之歌》中高洋入狱被逼喝尿的情节。一方面，尿意味着胆小（憋尿失禁）与欺凌的象征（被逼喝尿），但另一方面，它也被赋予了"自然"的意味——小说描写，在尿中，高洋品尝出了蒜苔的味道——它呼应着"蒜苔之歌"。因此，既是恐惧，也是生命的源泉。由于与自然、与庄稼融合在一起，喝尿在较大程度上被"净化"了，这一情节远比"胆小"的内涵要丰富。

除此之外，在莫言90年代的小说《丰乳肥臀》里，出身于民间的上官斗、司马大牙，纠集了一帮不怕死的酒鬼、赌徒、二流子，与修铁路的德国人还进行了一场荡气回肠的屎尿大战，尽管以失败告终，但在后辈那里，却成为令人神往的历史——最典型的民间人物，加上最典型的民间之物，最大限度地隐匿了战争本身所携带的死亡的悲痛与恐惧，从而将这一传说中的战斗，变成了一个狂欢广场（它把民间广场上的骂人话、粗鄙的语言，用更为极端而直接的屎尿体现出来）。而关于粪便的更为集中的、正面的、也是最具争议的描写，则体现在小说《红蝗》中。小说以较多的篇幅，浓墨重彩地写了四老爷、九老爷野外拉屎的场景，甚至是对"大便"礼颂，这同时也是对"吃青草、拉不臭大便的优异家族"的生命力的礼赞。——如果因为食草大便是不臭的，那么，《檀香刑》中，孙眉娘表达对钱丁的爱时，说"告诉他我吃过他的屎……老爷啊我亲亲的老爷我的哥我的心我的命"，"吃屎"便正如上述的高洋喝尿一样，同样被较大程度地净化了；同时，再联想到前述工宣队长带头吃粪坑里的鸡蛋的情节，如之前强调的，屎尿在民间有着与城市文明中截然不同的情感，因此，这种肉感十足的、极端形而下的、在文明逻辑下难以被接受的描述，并非全然不可接受的。这些异类的情节给莫言的小说带来了动荡奇异、非逻辑、非理性的特质，一切迥然不同于所有已有的小说规范——这是远离"美"，却贴近"生命"的民间"丑"学。

余华是众所周知的先锋代表作家，许多研究者也注意到了先锋小说的"审丑"特质。但是，由粪与尿所代表的欢乐诙谐充满生命力的客观物质之"丑"，与80年代残雪、余华等共同构筑的猜忌、仇恨、阴暗、畸形等抽象或主观之"丑"有着截然不同的属性。另外，这两种丑的本质不同，还类似于巴赫金所言的民间怪诞风格与浪漫主义怪诞风格的一系列本质区别，"这些区别最鲜明地表现在对待恐惧的态度上"①。主观的丑，每每带着无法倒转的恐惧态度，而粪便，尽管令人厌恶，但却同时具有"温柔欢乐"的属性——这也是民间特有的、化恐惧为诙谐的属性。在鲁迅散文《无常》所展现的民间迎神赛会上，"无常"一出场就须打一百零八个嚏，同时放一百零八个屁。——化恐怖为活泼诙谐，对民间节庆有亲身体验的人，也许对此都会有同感。

余华90年代的民间转向已经得到公认。在他90年代的小说中，一个代表性的场景，正是费正清曾经提到过的民间"蹲坑"。1992年左右发表的三部小说《活着》《一个地主的死》以及《呼喊与细雨》中，它们一再出现。在这些小说中，蹲坑在本质上意味着人与自然的联系，排泄同时也是与自然交流的某种形式（在《红蝗》中对此也有强调），同时意味着人对土地的占有——在自家的土地或粪坑排泄，对于农民而言，是一种自豪，也是一种归宿，当然，同时也是生命存在的证明。例如，《活着》中，蹲坑情节重点出现在"我"败光家产之际。"我爹"在已经不属于自家的粪缸拉完最后一泡尿，并死在了粪缸旁。

在余华的粪尿叙事中，有意无意地建构出"财产——排泄的权力——

① ［俄］巴赫金：《弗朗索瓦·拉伯雷的创作与中世纪和文艺复兴时期的民间文化》，《巴赫金全集》第6卷，河北教育出版社1998年版，参见导言部分，第45页。

生命"这三者之间隐秘的联系。这也体现在他的其他小说中。在《一个地主的死》中，"蹲坑"情节甚至出现了三次，几乎贯穿了小说。小说开始，年过花甲、对自己的生活心满意足的老地主"他朝村前一口粪缸走去时，隐约显露出仪式般的隆重。"这种仪式，不啻是在宣告对土地的占有，以及生命力的强旺。而小说最后，经历了战乱和儿子之死的老地主，在蹲坑时死去，与《活着》中"我爹"如出一辙，意义也相同。小说中间，作者则不厌其烦、几乎是仪式性地写了明知赴死的王香火的一次拉屎，甚至包括了细致的擦屁股的情节——这并非做作矫情，因为这一最为世俗化的行动，是生命还存在的证明，同时也的确是"仪式性的"对生命的告别（巴赫金在对拉伯雷的相关研究中，用了长达七页的篇幅谈论其"擦屁股"的情节）。以上情节，都可以看到蹲坑与土地、生命、占有权合一的民间逻辑。而在小说《呼喊与细雨》中，"我父亲"也死于粪缸，他是酒醉后跌在粪缸中淹死，后被同样喝醉的罗大爷当成小猪捞起来，看清是"我父亲"后又一脚踢进了粪缸。这里，粪坑并没有我们所惯常认为的肮脏或不洁，而是遵循着与上面的论述相似的民间逻辑，几乎本身就是民间和生命本体的隐喻。人起于排泄而终于粪坑，粪尿，连同生命本身融入了土地，这也意味着巴赫金所说的"再生"——从这个角度看，余华 90 年代向民间的转型，可以说坚决而彻底，并深得民间旨趣。

余华的《许三观卖血记》中，"尿"伴随着珍贵的"血"一起，成为了小说中最为频繁的情节。卖血的情节，在阎连科的小说里也较多见（《丁庄梦》《日光流年》等），但是，余华敏锐地将作为民间最重要的身体财产的"血"，与"尿肚子"的大小联结在一起。血的多少是有限的，而水则是无限的，因此，尿肚子越大，意味着财产的扩大，同时，也是生命力的一个佐证。反之，则意味着生命力的衰弱。小说以一句非常粗俗的民间语言，宣告了许三观卖血生涯的结束，同时，也意味着年轻生命对年老生命的更替："屌毛出得比眉毛晚，长得倒比眉毛长。"这是意味深长的。

在《白鹿原》中，关于"尿"的情节提供了另一种意义，那就是以其纯粹的"下部"，完成对道貌岸然的上部的反抗，即民间"倒过来看"的颠覆思维。作为小说中一个典型化的人物形象，"尿"这一元素关联着田小娥的命运和性格的转折点。生殖器官，既与意味着生命的欢娱的性爱有关，也与指向下部的生殖有关，同时也与尽管卑下却蕴含着反抗的排泄有关。如前面提到过郭举人吃枣的情节，实际情况是，大女人每天晚上监视着她把三只干枣塞进下身才走掉，田小娥后来就想出了报复的办法，把干枣儿再掏出来扔到尿盆里去。"他吃的是用我的尿泡下的枣儿！"小女人说着，又上了气，"等会儿我把你流下的给他抹到枣儿上，让他个老不死的吃去！"而田小娥真正完成性格转变（从被动型变成攻击型），则是在白孝文因田小娥的勾引身败名裂，心怀悔意的田小娥把尿尿在鹿子霖的脸上。在鹿子霖逃跑时，她还跟到窑门口骂着："鹿乡约你记着我也记着，我尿到你脸上咧，我给乡约尿下一脸！"——这里，民间式的反抗，不仅仅是针对鹿子霖个人，还延伸到了"乡约"这一职务以及这一职务所包含的伦理道理上。

值得一提的还有李洱的小说《花腔》。小说中仅以专节提到的与排泄有关的就有"粪便学""屎白疗法""慢性腹泻"等。其中有给革命者治疗便秘、用鹰屎给司令治疗金疮、给蒋介石治疗腹泻等情节。相关内容，因此体现了鲜明的民间叙事，以及对崇高的解构等作用。

因此，粪尿与吃和性一样，体现了生命欢乐、温柔、反抗，同时还有解构等全部含义。

第二节　生、死与疾病

一、生殖与生活

海德格尔在其《存在与时间》中，探讨过死亡的两种情形，一种是常人面对死亡的逃避与躲闪，"有所掩藏而在死面前闪避，这种情形顽强地统治着日常生活，乃至在共处中'最亲近的人们'恰恰还经常劝'临终者'相信他将逃脱死亡，不久将重返他所操劳的世界的安定的日常生活。""按照对日常生活具有本质性的沉沦倾向，向死存在表明自身为在死面前的有所掩蔽而闪避。"另一种是自己面对无可逃避的死亡，而领略到生的本真从而给自身以自由。"这种先行却不像非本真的向死存在那样闪避这种无可逾越之境，而是为这种无可逾越之境而给自身以自由。"① 简单地说，第一种情形是把"死"当作一种不可逃避之物而接受，既然所有人都难逃一死，于是毋宁关注生，坦然接受死，这是生存伦理对不可避免的"死"的终极处理；第二种情形，是面对着自身的死亡，激发出生的本真，这种本真，毋宁说是对自身生命意志的唤醒。

"死"向来是文学向来最着意表现探讨的主题。但基于平民立场的生死观，与知识分子立场的生死观的不同，在于后者更倾向于其外部（社会的、历史的）的价值和意义（是什么导致了死），而前者则悬置价值，从内部展示这种"生"与"死"（海德格尔基于日常生活内部的存在所揭示的两种情形）。例如，鲁迅笔下，阿 Q 的死、魏连殳的死，以及子君的死，都具有不同的社会原因及其重要意义；萧红的《生死场》，既从民间生存的内部展现了这种生和死，也从生命意义的外部观察了这种生和死。

总体来说，基于民间立场的生，往往以三种方式得到文学呈现。

首先是生与死构成日常生活自然节律——所谓生老病死，在其基础上，也呈现了民间的本质生存。

关于生死，《九月寓言》中，肥的母亲总把死亡叫成"好日子"人们相信死与生之间有着某种神秘的联系。死中孕育着生，生的轻快的脚步紧接着死亡沉缓的步履。在较早的民间小说《小鲍庄》中，捞渣的出生与鲍五爷的孙子社会子的死前后相接；《红高粱家族》中，残酷的战争使大量平民死亡，尸体却养肥了高粱和狗群（植物和狗的生），而成熟的植物（植物的死）给人们提供了生活的希望，狗皮（动物的死）使抗日支队得以度过漫漫严冬（人的生）；《民谣》中，英雄马五被枪决，大牛守夜时心头发闷朝着月亮开枪。"枪响的时候，羊圈里有头母羊生了崽。"《丰乳肥臀》中作为故事的开端，"上官吕氏领着她的仇敌孙大姑，……走进了自家大门，为难产的儿媳上官鲁氏接生。她们迈进大门那一刻，日本人的马队正在桥头附近

---

① ［德］海德格尔著：《存在与时间》（修订译本），陈嘉映、王庆节译，生活·读书·新知三联书店 1999 年版，第 290、293、303 页。

的空地上践踏着游击队员的尸体。"（与上官鲁氏同时生产的还有她家的驴子）。

如前所述，生死的节律蕴含着民间的正反同体性，这使当代小说呈现出一些独特的细节。《红高粱家族》中关于"我爷爷"和"我奶奶"的高粱地的野合，有这样描写："余占鳌把大蓑衣脱下来，用脚踩断了数十棵高粱，在高粱的尸体上铺上了蓑衣。他把我奶奶抱到蓑衣上。奶奶神魂出舍，望着他脱裸的胸膛，仿佛看到强劲彪悍的血液在他黝黑的皮肤下川流不息。"其中，"高粱的尸体"似乎显得有点突兀，但在生与死的正反同体美学视野里，它与"彪悍的血液"所蕴藏的"生"，构成了"有意味的形式"。另如在《黄金洞》《坚硬如水》等小说中，阎连科两次写到"棺材旁的交媾"这一情节，这也是典型的死与生的正反同体。巴赫金《小说理论》中也以《贞洁的以弗所贵妇》小说为例专门论述到这一情节，"在直接与死亡为邻处，'挨着棺木入口'，受孕怀上了新生命"，并称之为"古代综合体"①。没有证据说明作家与巴赫金或古代小说之间的影响，中西小说中类似情节的出现，是民间共性思维的证明。

其次，"死"是不可避免的自然结果，而且意味着终结。因此，小说关注更多的落脚处是与"死亡"相对照的、带着生命本源意识的"生"，即生殖。

生殖是民间性爱的延续，是民间生存的终极保证。对生殖的重视，是民间价值伦理的重要构成部分。不孝有三，无后为大。《黑骏马》中，当索米娅妹妹被奸污而怀孕，额吉奶奶的本能反应是"女人——世世代代还不就是这样吗？嗯，知道索米娅能生养，也是件让人放心的事呀。"《伏羲伏羲》中，近五十岁的地主杨金山用三十亩坡地中的二十亩地换来年轻的老婆王菊豆，为的是求得一个儿子；《狗日的粮食》中，杨天宽出于同样的目的用二百斤粮食换来了老婆瘿袋。

生殖在民间中的重要的地位，也可以通过具体的文本感受到：《小鲍

---

① ［俄］巴赫金：《巴赫金全集》第 3 卷，河北教育出版社 1998 年版，第 421 页。

庄》中，故事情节以鲍彦山家里的生第七胎开始；小说《丰乳肥臀》以母亲上官鲁氏的第八次分娩开头，在此之前她已经生育了七个女儿；《白鹿原》中，则是以白嘉轩娶了六次老婆开头。民间的生存压力，在促成生殖分娩频繁化的同时，还使民间对生殖本身抱着满不在乎的态度，从而成为坚韧而粗粝的生存状况的展示。这在当代小说中并不鲜见。如：

鲍彦山家里的，在床上哼唧，要生了。……鲍彦山两只胳膊背在身后，夹了一杆锄子，不慌不忙地朝家走。不碍事，这是第七胎了，好比老母鸡下个蛋，不碍事，他心想。（王安忆《小鲍庄》）

已经头晕目眩的父亲，看到蹒跚走来的母亲，似乎感到她的模样出现了变化，但他顾不上这些了，他冲着走近的母亲吼叫起来："你想饿死我。""不是的。"母亲的回答轻声细气，她说："我生了。"

于是父亲才发现她滚圆饱满的肚子已经瘪了下去。（余华《在细雨中呼喊》）

女人为生不出孩娃活活疼死，差不多每年都有，可她生藤、葛、蔓三胎，却都是在不知不觉之间。……那个午时，她说我的肚子不舒服哩，从门口回到家里就生了老大藤。一年后的夏天，正割着麦子，她往麦铺儿上一躺，葛的哭声就汪洋了一个世界。再有一年，她就又把蔓生在了挑水的路上。她是挑着一担水抱着三女儿蔓的一团红肉回到家里的。（阎连科《日光流年》）

由生殖主题自然派生出几乎与新历史小说同时共生的"性"的意象，一个极端化表现是生殖器官在叙事中被赋予了重要的地位。例如，《伏羲伏羲》中，作者最后有意描写了自溺于水缸的杨天青的生殖器（"杨天青对着人们的是尖尖的赤裸裸的括约肌和两条青筋暴突的粗腿，像是留给人世或乡亲们的问候。那块破抹布似的东西和条腌萝卜似的东西悬垂于应在的部位，显示了浪漫而又郑重的色彩。""他（杨天白）目不斜视，似乎已对美丽而又丑陋的物质着了迷。"）——一方面，它暗示着性（生命）的冲动构成了整个故事，与此同时，赤裸的肉体化述说，与貌似庄重的"问候""抹布似的""腌萝卜似的"描述与"浪漫而又郑重的色彩"都构成了反讽；而生殖器"美丽而又丑陋"的属性，让我们联想到同一时期莫言在《红高粱》里对山东高密东北乡"最美丽最丑陋、最超脱最世俗、最圣洁最龌龊、最英雄好汉最王八蛋、最能喝酒最能爱"的描述，它再次提醒我们，民间的正反同体性，蕴藏于与平民最密不可分的肉体、生殖与大地之中。

总之，在当代小说中，生殖器官体现为性、生命、生殖、生命伦理等的纽结点。《红高粱家族·狗道》中，父亲被狗咬坏了生殖器，侥幸没有失去生育能力变成了"独头蒜"，爷爷对着天空，连放三枪，然后双手合十，大声喊叫："苍天有眼！"；《五月乡战》中，高凤山为儿子金豹下葬时特意请木匠用红木赶做了一个男人的物件（金豹被土匪阉了是整个小说的中心情节）；《黄金时代》中，多处有类似"我的小和尚直翘翘地指向天空，尺寸空前"的叙述；在苏童《米》中，五龙有把米放在女人子宫的爱好，这里，粮食和生殖两种与生存至关重要的东西被直接联系在了一起。此外，乳房、臀部在小说叙述中也较为多见，两者分别以《丰乳肥臀》和《古船》（具有宽大的臀部的赵四爷）为代表，它们成为母性、生命力以及权力地位等的象征。生殖意象在当代小说中还有更为弱化的表现，诸如粗俗的骂人话（如《爸爸爸》里丙崽口中出现的"爸爸爸"和"×妈妈"，在韩少功的《日夜书》中，作者甚至有意罗列了场长对着知青说的下流话）、荤笑话或民歌；打情骂俏等，由于在当代平民小说中数量众多，在此不一一列举。它也启发了小说通过有意构造阉客、"接生婆"等与生殖有关的人物的自觉。如《爸爸爸》中丙崽的母亲（她还有吃"胞衣"的习惯），《九月寓言》中阉猪的方起、年杆，《黑风景》中的"挑客"，《日光流年》里的杜拐子等。他们共同构筑了民间的独特风貌和趣味。

其次，从生到死，还体现了生存的过程，或者说，活。死亡虽然不可怕，但好死不如赖活，这是平民生存伦理的核心内容。

活，是民间的普遍主题，这从当代小说的诸多题目即可以看出来。如余华《活着》（同一年还有《一个地主的死》）、阎连科《受活》、池莉《热也好冷也好活着就好》《生活秀》、杨争光《越活越明白》，当然还有稍微间接的，如《你是一条河》《年月日》《生死疲劳》等；另一方面，则有陈村

《死》、马原《死亡的诗意》《旧死》、张贤亮《习惯死亡》，等等。

余华受到美国黑人民歌《老黑奴》的启发而写成《活着》。他说："写作过程让我明白，人是为活着本身而活着的，而不是为活着之外的任何事物所活着。"①《活着》是一首关于历经生之苦难而依旧达观的咏叹调。福贵漫长的一生，从大地主家的纨绔子弟的优裕生活，一步步走向困厄的最低点，而他在经历了历史与人生的风风雨雨，经历了家产败光、承受了父母、妻子、儿子、外孙、女儿、女婿的各种死亡之后，与唯一的老牛（也叫福贵）相依为命。也正是这一面对堆砌了生存几乎所有能够设想的苦难，依旧保持了生命的通达甚至是乐观的态度，使之成为生存状态的典型代表，——如曹乃谦所言："问题是他们觉得这样的生活很好，他们不觉得这样的生活是可悲的。"② 这才是平民真正的生存姿态——因而打动了读者的心，使之成为余华的代表作品。有意味的是，老人与动物相依为命的意象，在乡土历史小说中经常出现，例如，除了福贵和牛外，还有邢老汉与狗（《邢老汉与狗的故事》)、杨万牛与狗（《远村》)、先爷与盲狗（《年月日》）等。究其原因，它使一个人的孤独的生存，变成了相互偎取暖的双重的"生"，大大增强了生存的承受能力（在前面提及的关于"猪"的神秘叙事中，也体现了这一点）。

关于活，前面也提及，刘震云在《温故一九四二》中的观念甚至是有点惊世骇俗的。在他写了一九四二年那场上百万人饿死而政府置若罔闻的灾难之后，他评论说：

为了生存，有奶就是娘，吃了日本的粮，是卖国，是汉奸，这个国又有什么不可以卖的呢？有什么可以留恋的呢？

……是宁肯饿死当中国鬼呢？还是不饿死当亡国奴呢？我们选择了后者。

在此，典型地体现了作为平民第一伦理的生存伦理。生存的权利高于一

---

① 余华：《活着·后记》。
② 曹乃谦：《到黑夜想你没办法——温家窑风景·序》，湖北长江出版集团、长江文艺出版社 2007 年版，第 3 页。

切，作为国家大义的爱国"道德"，也不能高于第一伦理。

阎连科的小说《受活》，题目与《活着》异曲同工。阎连科说，"活着就是毫无意义。我觉得，明知道是死，还必须活下去，这就是人类生存的意义。"[①] 在阎连科看来，哪怕日常生活的苦难，使生活几近于"地狱里的挣扎"（陈众议语），也不能削减"活"的必要性。值得指出的是，福克纳也同样喜欢类似意象。小说《喧哗与骚动》以一个简单句作结："They endured"李文俊将其翻译为"他们在苦熬"，并指出"endure"并非福克纳的一闪念，而是贯穿于其许多作品，并且惯于提及的一个主题。事实上，"endure"就像是"受活"的天然英译。[②]

二、死的生命意识

在当代小说中，那些关联着生命强烈感受的"生"往往是与"死"成对出现的，总体而言，死亡叙事从来都是文学关注的重点（不唯是当代）。但是，如同卡西尔在《人论》中反复强调的原始思维中"人类的生命的坚固性、生命的不可征服、不可毁灭的统一性的坚定信念"，这种对生命的原初力量是平民小说的典型特征，在巴赫金那里，也被同样强调："希腊小说还是保留下来民间人的观念中最可珍贵的一点，传达出一种信念，相信人在同自然的斗争中，同一切非人力量的斗争中具有不可摧毁的力量。"[③]

当代作家中，写"死"最为代表性的当数莫言与阎连科，无论是莫言还是阎连科，都喜欢写壮烈的死，但二人的写法各具特色。

对莫言而言，更关注生与死的转换。生与死作为生命最为重要的"转折关头"，往往也是"第二种生活"的逸出关头，因而往往与自由舒张的生命意识关联在一起，关注更多地落脚于"死"；当它被不是作为民间存在的一种普遍现象，而是带着个体烙印的具体的"死"时；或者说，当"死"

---

① 阎连科、梁鸿：《巫婆的红筷子——作家与文学博士对话录》，春风文艺出版社 2002 年版，第 24 页。

② 参见拙著：《阎连科小说与西方哥特小说比较研究》，《中国比较文学》2015 年第 2 期。

③ ［俄］巴赫金：《巴赫金全集》第 3 卷，河北教育出版社 1998 年版，第 297 页。

不是一种状态而是一种正在进行的行为的时候，它体现了强烈的"非日常生活"的特性，而且，往往意识着生命意识的释放、呈现和张扬。

早在莫言的《红高粱家族》中，"死"成为覆盖小说始终的巨大的意象（不说是阴影，因为在这里，"死"并没有被赋予过多的恐惧的意味）。其中，罗汉大爷被日本兵剥皮而死的酷烈，小舅舅在枯井中三天三夜慢慢饿死，二奶奶被日本兵轮奸而死等情节，都被有意以整节的篇幅，细致地写出了其过程。当然更为突出的，是"我奶奶"的死。叙述时间在这里脱离了故事时间，被无限放大，如同电影里的慢镜头。小说在对奶奶中弹进行了精细的写实描写之后，转入了漫长的回忆："逝去岁月里那些生动的生活画面，像奔驰的走马掠过了她的眼前。"著名的"奶奶和爷爷在生机勃勃的高粱地里相亲相爱"的画面，正是在濒死的回忆中发生的。此后还包括了奶奶的不甘、抵抗与抒情，还调动了幻觉、通感等一系列手法，把"生"之世界的细致的场景，浓墨重彩地写进奶奶临终的留恋与回望里（如有些科学研究认为的，人在临死之前感觉格外敏锐）。因此，奶奶的死，充分地展现了生活中的"转折状态"。当然，这还是微观的转折状态。围绕着奶奶的死，还构成了小说更为宏大的转折，即围绕着"高粱殡"的几方武装力量内讧以及日本兵的坐收渔利，构成了"我爷爷"从辉煌走向失败的转折。

《檀香刑》在某种意义上，是《红高粱》中"奶奶"濒死描写的再度强化和扩大。可以想见"檀香刑"的意义：主要目的不是"死"，而是要"延长"死。这既是官方力量威慑平民的需要，也是作家向"死"生存、展现民间生命意识的需要。小说既是写刑，也是写死。孙丙向死而生的猫腔，与赵甲使人向死的刑罚艺术等，都意在达到和呈现生命的某种迷醉。小说《蛙》写历史上曾经经历过的计划生育——姑姑既是一生接生婴儿近万名，被人称为"送子娘娘"的乡村医生；同时也是坚决执行计划生育国策的计生干部，扼杀了无数生殖繁衍可能，人们口中的"杀人妖魔"。一是指向生，一是指向死。而怀着极度矛盾痛苦的姑姑晚年通过捏泥人来缓解自己的痛苦。小说隐藏着的，是莫言惯有的对生命（生殖、繁衍）的敬畏和礼赞。《生死疲劳》中，作者利用了中国民间习见的轮回观，写土改时被镇压而心怀怨愤的地主西门闹，经历了六世轮回，最终重生为人——小说也因此分五章写了西门闹的五世，即五次生死。结构无疑是奇巧而明确指向生死观的。在西门闹作为驴、牛、猪、狗的四次轮回的时代变迁中，经历了太多的痛苦、狂欢、分离与爱，最终消除了仇恨，最终转世为怀有致命疾病、通晓一切的大头婴儿蓝千岁，并在五岁时开始讲述自己的故事——回到了小说的开头，这样整个小说也就构成了一个轮回。因此，通过六世生死的经历，小说第四章最后借由"莫言"撰写碑文："一切来自土地的都将回归土地。"可谓是主旨之一。这篇写小说写的是民间大地，是大地上生生不息的时间之流。

在写"死"的烈度上，阎连科较之莫言可谓有过之而无不及。重要原因是，阎连科对"生与死"主题的自觉。他说："为什么老是找这种激烈的情节？这可能就是思维方面的事情。我觉得，就我的写作而言，其他的东西无法使我激动起来。……尤其在中、长篇里，我觉得最重要的是一种激情。一种苦难与战胜苦难的激情。……我觉得如果考验人的话，可能在生死临界点，最能考验人的本质。写作是一种对生活的敬畏和恐惧。"① 死亡在许多当代文学作品中本已稀松平常，但在阎连科这里，从较早的小说《黑乌鸦》中的黑乌鸦，到《日光流年》中挖通的灵隐渠，都弥漫着的具有质感的、带着"奇怪的腥臊味"的死亡气息。阎连科小说写"死"大致有以下两种情形：

一是举身面死的对抗。《年月日》中，面对"千古旱天"引发的大饥荒，先爷志在保护唯一一棵黍苗，在与自然对抗到最后一息时，他先是用盲狗、最后以自己的身子作肥，终于使黍苗最终熬过了旱灾。《耙耧天歌》中，为了儿女甘愿付出一切的尤四婆，其生命意志的强旺使其足以突破"生存过载"的困境，向死而生，以身体和骨殖为药引，最终让子女回归"全人"。《日光流年》同样是向死而生，小说以"'膨'的一声，司马蓝要死了"开头。作者在自序中写道："到了想到这些的时候（指原初人生的目

---

① 阎连科、梁鸿：《巫婆的红筷子——作家与文学博士对话录》，春风文艺出版社 2002 年版，第 34 页。

的——引者注），已经是三十大几，已经直奔了四十岁的门槛。我想，我必须写这么一本书，必须帮助我自己找到一些人初的原生意义"①。因此，三姓村四十而死的宿命，无疑隐喻着自己即将到达的四十岁门槛，司马蓝就是作者自己。小说的情节与结构要复杂一些。司马蓝为了抗争全村的死亡选择逃死，司马蓝舍弃了爱情、蓝四十为爱情而舍弃了身体、三姓村男人卖皮女人卖肉的极端，都是为了向宿命发出最后一击——尽管最后依旧以失败告终。但抗争没有失败，小说以一种倒叙的结构，终于从"司马蓝要死了"开头，就像影片的倒带一样，以"司马蓝就在如茶水般的子宫里，银针落地样微脆微亮地笑了笑，然后便把头脸伸送到了这个世界上"的"生"结束。这一结构，与莫言的《生死疲劳》其实有异曲同工之处，它一方面追溯了民间生存的沉重与生命的欢乐，这也就是作者所标示的"人初的原生意义"；同时也暗示了民间的生生不息，与从头再来的乐观。这也是作者基于民间立场对于民间生存的终极思考。思考本身是非平民立场的，但最终的答案，却是平民的。

　　二是带着鲜明的阎氏特点的。那就是死亡所连接的墓地与阴间。当代没有第二个作家像阎连科这样肆意写过这两个主题。如果从下往上看，阎连科的"耙耧世界"的底层包括墓穴、地道、棺材等，最底下无疑是阴间——按民间的观点，阴间与地狱联系在一起。"坟墓"在阎连科的耙耧世界里几乎是日常之物，它们如同指示牌兀然凸显在《日光流年》《炸裂志》等小说的开头；《耙耧山脉》《耙耧天歌》《日光流年》等小说中都有"入土不安"的掘墓情节；《坚硬如水》中甚至出现了较为罕见的"墓穴/地道"爱情；另外，《受活》中的购买列宁棺材、《丁庄梦》中丁辉大发"棺材财"等，也构成了小说的主要情节。总体来说，阎连科小说中与死亡的"下部"世界，并不带有特别的阴沉属性，而与作家的气质，以及作家试图表明的激烈沉郁的生命意识有关；另一方面，与通常意识中令人恐怖的阴间相反，阎连科笔下的阴间，却吊诡地成为人们生活的"桃花源"，甚至寄寓着作者对世

---

① 阎连科：《日光流年·自序》，春风文艺出版社 2004 年版。

界的理想：这个世界"不仅是风光秀朴，物事原始，人也敦厚到被那边视为几近痴傻。"（《天宫图》），死去的人们在这里过着桃花源式的"古朴、全新的生活"（《最后一名女知青》）；《风雅颂》中那个也许象征着自由与平等的诗经古城，原本也是地下（黄河的淤泥里）。应该说，这种观点多少带着点"民粹主义"的，但其思维的立足点无疑是民间的。

总体而言，乡土民间小说往往按照祸福相倚的节奏构造情节。生存过载指向"死"，第二种生活则意味着"生"；前者是日常生存的寒冬，而后者则是日常生存的春天。对于现实生活的生存过载，"第二种生活"意味着被抑制的生命力的短暂绽放；而对于日常生活的中断状态，它意味着日常生活的重新弥合；这是自然的节律，是民间生存的节律，同时，也是民间叙事整体性、正反同体性与神秘性美学的核心来源。

三、疾病

生老病死，是民间的日常状态。疾病可以分为身体疾病与精神疾病，在本质上是弱化的死，是"生命的阴面"①，意味着生命意志的抑制状态。如果我们认可写作是生命意志释放的"白日梦"，那么，就可以理解古今中外的作家中，疾病与写作存在普遍联系的现象。例如患有身体方面疾病的作家有荷马、拜伦、莫泊桑、契诃夫、陀思妥耶夫斯基、尤金·奥尼尔、卡夫卡、普鲁斯特、博尔赫斯、福柯，精神方面疾病的则有伍尔夫、川端康成、海明威、列夫·托尔斯泰、尼采等等。中国当代作家中，阎连科、贾平凹、史铁生、苏童等的写作，都与疾病有着众所周知的关系。

疾病与平民性有着自然的关联。如前，身体是平民生命意识与生存伦理的本源，平民性的本质特点是"权力的相对缺失"，而疾病，无论是身体上的还是精神方面的，都指向并以一种直观的方式，表达了权力的缺失——身体的缺失必然最直接地导致若干权力的缺失。如同女性、儿童、温和的"鬼魂"等一样，身患疾病的平民，成为平民中的平民。

---

① ［美］苏珊·桑塔格著：《疾病的隐喻》，程巍译，上海译文出版社 2003 年版，第 5 页。

因此，当代小说中的疾病，首先成为"被侮辱和被损害的"隐喻，指向了底层平民。例如，《无风之树》中矮人坪中的"矮人"，《没有语言的生活》中瞎子父亲王老炳、聋儿子王家宽和哑巴儿媳蔡玉珍一家，《受活》中受活庄身患各种残疾的村民，《耙耧天歌》中尤四婆的四个呆傻儿女，《日光流年》中三姓村的"喉堵症"，《丁庄梦》中蔓延全村的"热病"，《古炉》中"村里许多人都得着怪病：秃头、哮喘、腰疼、胃病、吐血、半身不遂、怪胎、羊癫疯等，不一而足。"等等。——在上述的列举中，疾病往往以一种群体性的形象出现，它以象征的方式，彰显了底层平民的群体性与生存压力的普遍性。当然也存在着一些个体性疾病的存在。其中较为普遍的疾病是疯傻。例如丙崽（《爸爸爸》）、黑孩（《透明的红萝卜》）、愣二疯子（《到黑夜想你没办法》）、扁金（《三盏灯》）、来发（《没有语言的生活》）、引生（《秦腔》）等。他们同样处于被压迫的状态。《耙耧天歌》中，尤四婆之所以为了使自己的后代脱离疯傻无所不用其极，正是为了使孩子避免因为疯傻而引起的普遍的歧视和压迫。压迫正如勒内·吉拉尔所指出的集体迫害的第三种范式：人具有内在的迫害性趋向，在迫害者的选择中，不是罪状起首要作用，异常首先成为选择受害者的标准，疾病正是其中的一种："还有纯粹的身体标准：生病、精神错乱、遗传畸形、车祸伤残，甚至一般残废习惯上都成为迫害的对象"。①

在上述的列举中，还有必要区分疾病的原生性与后天性。与生俱来的莫名的疾病，暗示着底层平民的先天存在。而后天性的疾病的形成，则往往另有隐喻，它往往指向了被掩盖的心理创伤。例如《丰乳肥臀》中上官金童的"恋乳癖"，如张清华所言，代表着"对政治与暴力的厌倦、恐惧与拒绝"②。《古炉》中，霸槽在将"文革"之火带回古炉村的同时，也将奇痒难耐的疥疮带了回来，从而构建了疾病与政治病之间的隐喻关系。再如，黑孩、来发与王有钱在压迫中转向沉默；愣二疯子的疯癫则源于贫穷的压迫，《丁庄梦》中"热病"源于贫穷、欲望与无知，等等。

---

① ［法］勒内·吉拉尔著：《替罪羊》，冯寿龙译，东方出版社 2002 年版，第 21—22 页。
② 张清华：《叙述的极限——论莫言》，《当代作家评论》2003 年第 2 期。

正因为疾病使平民处于底层中的底层，较之一般人更加处于生存过载状态，张扬的生命意识，便在对抗这种"过载"的过程中，体现出悲壮的崇高。这较为典型地体现在阎连科的小说中。尤四婆为了拯救子女脱离疯傻而举身为药的行为，体现了母爱推动下的生命意志。正是在丁庄与死亡为临的"热病"中，两个注定走向死亡的人——丁亮和玲玲，冲破人伦俗理，迸发出了石破天惊的爱情。类似的情形，也体现在三姓村中蓝四十与司马蓝的爱情之中。不唯是阎连科，李锐笔下身罹身体与精神的双重残废的矮人坪，在暗淡的庸常生存中，拐叔为保护暖玉而死，绽放出了民间伦理照耀下人性的光芒。

另一种不为人所注意的疾病是"性无能"。在民间，"性无能"无疑代表了生命力的缺失，由于直接威胁到生殖繁衍的基础，因此甚至也是对生存伦理的挑战。如本书前面所言，民间伦理不同于民间道德之处，在于其淡化善恶，而强调合宜。一个"无性"的婚姻，显然是不自然，也不合宜的，相反，只要生命力和繁殖力强旺，哪怕是带着丑陋属性的"瘿袋"，也成为合宜的（《狗日的粮食》）。乡土平民小说中，带着强旺的生命意识的"偷情"，正是通过这样的设置，获得了其正当性。例如，《男人的一半是女人》中，当章永璘由于政治的在场以及知识分子本身的孱弱而丧失了性能力时，黄香久的出轨，是可以被读者接受的。《伏羲伏羲》中，杨青山出于"无后为大"的民间伦理，用三十亩坡地换取了年轻媳妇王菊豆，本身是合宜的，但他的"性无能"对王菊豆生命力的剥夺，是造成王菊豆与同样年轻的侄子杨天青的乱伦的内在原因。在小说的内在逻辑里，乱伦尽管是不正当的"罪孽"，但较之"性无能"，显然更具有合宜性。同样，《红高粱》中，戴凤莲与余占鳌的野合，也由于她被嫁给了一个性无能的丈夫而获得了正当性。《白鹿原》中，举人老爷孱弱的生命力，其实也赋予了田小娥与黑娃私奔的正当性，如果是生活在生命力舒张的山东高密东北乡，而非儒家正统礼教森严的白鹿原，那么，田小娥的罪过理应也被赦免——小说从另一个角度呈现了儒家礼教并非民间伦理而是正统道德的一面。综上所述，普遍的"性无能"的情节设置，都彰显了民间以生命意识和生存伦理为至高评判的合宜性标准。

乡土小说中疾病还呈现为另一种可能，即疾病导致的身体某一方面的欠缺，由另一方面更为突出的能力进行补偿。这体现了民间的神秘思维，同时也体现了民间思维的正反同体性。在《受活》中，受活庄村民的残废，反而使他们各自身怀绝术——这一特点仅是作为情节被一般地使用，并未被赋予美学的功能。但还有更为普遍的情况。例如，"瞎子"眼睛看不见，却对应着"明白"：比如《命若琴弦》中老瞎子对命运的洞察，《金发婴儿》中瞎子老婆婆对大自然的感受，《天堂蒜薹之歌》中民间艺人瞎子张扣对真相的了解。

类似的情况还有"疯傻"。疯子傻子是巴赫金所言的狂欢节广场上的"典型人物"，他们的出现，如同鬼魂、排泄等一样，具有较强的"降格"作用。正是因为疯傻，他们具有突破规范的"治外法权"，以及洞察真相的神秘力量。《爸爸爸》中的丙崽曾被鸡头寨的族人认为有预卜吉凶的能力，尽管事实并非如此，但丙崽却确乎有超越死亡的能力——尽管小说中也许意在赋予其象征意义。《檀香刑》中，傻子赵小甲能透过"虎须"看到每个人的原形。《三盏灯》中的傻子扁金，在战争中目睹了小碗一家三口的死亡，他离开家乡，赶着他的鸭子去寻找那装载着小碗一家人漂流的渔船，他比那些在生存的泥淖中苟活的正常人更接近温情、美好，也更知道自己要寻找什么。《秦腔》中的引生，在疯傻之中，对美好的爱慕（对白雪的爱）是基于直觉，而他对生活的很多发言，使他更像一个"智者"。《四十一炮》中的罗小通，是一个从馋肉而无肉可吃变成了嗜肉上瘾、肉体已经长大而精神永远停留在少年的"炮孩子"，在改革带来的利欲熏心、物欲横流中，却保持着对"好肉"的尊重和初心。徐则臣的《耶路撒冷》中也有傻子，如作者自己所言："人还是需要精神生活，需要一些超越性的东西。不管你有没有文化，像小说里有一个傻子，就是那样一个人，他发自本能地，一定要到远方去，自己都意识不到。……他站到了更高一点儿的地方。"①

---

① 徐则臣：《跑步穿过耶路撒冷》，《南方人物周刊》2015 年第 26 期。

第三节　节庆仪式、广场戏剧与漫游

一、民间节庆仪式的呈现及功能

上一章中，已经提到了引发"生存过载"的那些灾难，如战乱、饥荒、瘟疫等。灾祸的意义在于中断庸常的日常生活，将平民抛入"第二种生活"之中，在极端的环境中向死而生，彰显平民的生命意识。在绝大多数新历史小说中通过灾难试图展示的，都是当危及生存的特定时刻来临时，平民或展示出尼采所张扬的酒神式狂欢的生命强力，或展示出以实用为主超越官方意识形态的生命韧性。

在灾难的对立面，是节庆和仪式（在民间，大多数民间仪式往往都是与节庆联系在一起的。仪式或者是节庆内容的一部分，或者仪式本身会成为一种节庆，本章中合而论之，称为"节庆"）。作为民间抵抗灾难，或者从灾难中得以恢复的一种替代形式，节庆指向平民自由欢乐的感受，以及置身于人群之中所产生的世界性和群体性体验。如巴赫金所言："在狂欢节的街头广场上，在暂时取消了人们之间的一切等级区分和壁垒，取消了日常生活，亦即非狂欢节生活中的某些规范和禁令的条件下，形成了在平时生活中不可能有的一种特殊的既理想又现实的人与人之间的交往。这就是在人们之间打破一切距离，不拘形迹地在广场上自由接触。"①

小说中节庆的来源大致有三种，一是日常生活中常见的节庆，如祭祀（《爸爸爸》）、春节（《生存》）、婚礼（《伏羲伏羲》《红高粱》《五月乡战》《丰乳肥臀》）、唱戏（《檀香刑》《秦腔》《白夜》中的"目连戏"）、端午（《神鞭》）、赛龙舟（《好清好清的杉木河》）等；二是特定的（流传不广或系作者虚构）而形成的节庆，如高粱殡（《红高粱家族》）、雪集（《丰乳肥臀》）、花子节（《檀香刑》）、肉食节（《四十一炮》）、伐神取水（《白鹿原》）、受活庆（《受活》）等；三是一些具有时代特性的狂欢化资源。例

---

① ［俄］巴赫金著：《巴赫金文论选》，佟景韩译，中国社会科学出版社 1996 年版，第 113 页。

如，历史上具有官方严肃性的"农业合作化"，却被社会学家证明无意中为妇女提供了一个集体欢乐的空间。① 而革命史上一些带强烈官方色彩的活动在经过平民化的误读或解构后，往往客观上产生了狂欢化感受。如王小波《黄金时代》中大家视批斗为"出斗争差"、《古船》中对李其生的表彰大会演变为庙会、《九月寓言》中的忆苦会等等。这方面，在本书的第三章中已经举例论述过，在此不再赘述。

节庆首先彰显着民间的欢乐。新时期最早揭开平民欢乐的日常生活面纱的作家是汪曾祺。他描述了一个充满了各种生活欢乐因素的鲜活的民间世界。这种自由与快乐，存在于放焰口、顶香请愿、放焰火、踩高跷、烧香还愿、小贩的吆喝、迎神赛会、戏班子卖艺等民间节庆，以及活跃于节庆之中的"奇人"，如仁渡和尚、老锡匠、宋侉子、八千岁、故里三陈、金昌焕、李三、王四海、赫连都、郝有才、高大头等人身上。同样的特点在随后邓友梅的《那五》《烟壶》、冯骥才的《神鞭》《三寸金莲》《阴阳八卦》等小说中也有所体现。

在上述小说中，招摇撞骗的江湖骗子、游手好闲的世家子弟、身怀绝技的民间艺人成为小说的主角，而鱼龙混杂的茶社店堂、节日欢庆（或人群攒动）的街道、容纳三教九流的厅堂是故事发生的共同背景，典型人物的神圣地位被黜废，环境获得了和群体人物几乎平等重要的地位。所有一切都使小说充满着民间特有的活泼动荡与举天同庆的欢乐气氛。例如《阴阳八卦》开头就展示出天津卫市井聚集的场所："旧带河门外，老铁桥东，是顶平俗的小百姓折腾出的一块地。"在这个所有秩序规则都缺席的街道上，融汇了各式人等、饮食男女，使小说从一开头就跨入了平民欢乐的氛围之中，充分体现了作者的平民立场。再如，在《白夜·后记》中，贾平凹这样描述"目连戏"："在近千年的中国文明史上，目连戏以其独特的表现形式，即阴间阳间不分，历史现实不分，演员观众不分，场内场外不分的为人民群众节日庆典、祭神求雨、驱魔消灾、婚丧嫁娶的一种独具特色的文化现象。

---

① 参见郭于华：《心灵的集体化：陕北骥村农业合作化的女性记忆》，《中国社会科学》2003 年第 4 期。

它是中国戏剧的活的化石。"① 也充分体现了民间戏剧庆典所具有的全民参与的狂欢的特点。

　　民间节庆仪式体现强旺的生命意识。《白鹿原》中，白嘉轩原本无非是一个"德高望重"的族长，但是，当白鹿原由旱灾导致的异常的年馑到来时，伐神取水、祭奠关帝的仪式在关帝庙举行，当几次接铁铧失败之后，白嘉轩亲自上场了：

　　　　那一瞬间似乎是最后一口污浊的胸气喷吐出来，他就从关公坐像坐前的砖地上轻轻地弹了起来，弹出了庙门。人们看见，佝偻着腰的族长从正殿大门奔跃出来时，像一只追袭兔子的狗；他奔到槐树下，双掌往桌面上一按就跳上了方桌，大吼一声："吾乃西海黑乌梢！"他拈起一张黄表纸，一把抓住递上来的刚出炉的淡黄透亮的铁铧，紧紧攥在掌心，在头顶从左向右舞摆三匝，又从右到左摆舞三匝，掷下地去，那黄表纸呼啦一下烧成粉灰。他用左手再接住一根红亮亮的钢钎儿，"啊"地大吼一声，扑哧一响。从左腮穿到右腮，冒起一股皮肉焦的的黑烟，狗似的佝偻着的腰杆端戳戳直立起来。

求雨的仪式表明，白鹿原并非只是一个道德伦理规训下不言怪力乱神的儒家世界，同样也是蕴藏着强旺的生命意识、连通天地自然的民间世界。

　　民间节庆还包含着基于道义经济的、消解苦难的特有方式——之前比这苦多了。忆苦会被放置在《九月寓言》的中心（第四章），被安置在一个丰收的广场上。金祥的"忆苦"是颇具意味的，他所忆的，并非是如寻根小说那样的原生态之"苦"，而是地主阉了长工，老祖宗吃人肉治失眠，地主靠猴精背来的东西发了财，又把怀孕的猴精妻子害死……民间故事。"在寒冷的冬夜里，给了村里人那么多希望，差不多是一个最好的歌者。"在夸张而传奇化的"苦难"的映照之下，日常生活的苦难便不难接受，甚至拥有了"欢乐"的特性——这正是民间对抗苦难的典型方式之一。如前所述，其中也体现着民间正反同体的思维。

---

① 贾平凹：《白夜·后记》，漓江出版社 2012 年版。

节庆作为灾难的反面，还有另外一种功能：正如阴阳交替、冬去春来，民间节庆往往与灾难相伴相随，这种设置，既呼应着自然的本质属性和节律，同时，也暗示着支撑民间苦难的生存逻辑：乐极生悲与否极泰来。在《红高粱家族》《泥日》《丰乳肥臀》《受活》等长篇作品中，灾难与欢乐的联袂而至，似乎出于作者调节叙述节奏的需要，但事实上，无论作家有没有自觉意识，这种节奏正呼应着民间本身的特点：即没有永远的灾难，也没有永远的欢乐，正是在灾难与欢乐的交替中，民间呈现出了更新与再生的希望，这种希望是平民赖以保持生命韧性的源泉之一。

体现在《丰乳肥臀》中，一是由生向死。巴比特和念弟热闹、饕餮的婚礼，与他带来的露天电影，构成了民间群体性的欢乐节庆（司令司马库在这样的热闹中，和来弟在羊棚中滚在了一起），但婚礼连着死亡，美国电影混杂着手榴弹和枪声，性爱的欢娱紧跟着浓烈的血腥，十七团的突击带来了战争的灾难。二是死后复生。在经历了尸横遍野的大战和逃难之后，"和平年代的第一场大雪遮盖了死人的尸骨，"劫后余生的人们赶"雪集"——包括雪上的集市、交易、祭祀和游行庆典。而"现在回想起来，'雪集'其实是女人的节日，雪像被子遮盖大地，让大地滋润，孕育生机，雪是生育之水，是冬天的象征更是春天的信息。"有意味的是，这样的庆典里同样酝酿着新的"死"——雪集的发起人，120岁的老道门圣武被公安抓走，三个月后被枪毙。

《红高粱家族》中，"我"在"现在"的存在作为与过去历史整体灾难的一个对应，本身蕴藏着欢乐的因素，正是这种欢乐基调使整篇小说成为一个欢乐与灾难并存的正反同体的民间绝唱。余华的《活着》也具有类似的结构。在小说的开始，"我"作为民间的"游荡者"在充满生命力的民间大地上的存在充满着生命的欢乐，并连同那个老人的名字"福贵"一起，成为与生存之艰辛互相映照的东西，从而使"活着"这一主题具有了因正反同体而产生的生命力。

《四十一炮》中，罗小通在叙述的同时，在庙前的广场上举办着盛大热闹的"肉食节"活动，诸如花车表演、动物表演、谢肉游行、吃肉比赛、烧烤品尝、肉类加工技术产品展示交流、肉食学术研讨会、筹备建设"肉神庙"、庙前搭台唱戏，等等。

对于民间而言，节庆最为本质的功能，是为庸常的日常生活提供一次逸出的机会，即"第二种生活"。这一特点在刘震云的《一句顶一万句》中，对由吴摩西扮演阎王的社火节庆的描述中，讲得比较清楚：

> 生活中他反对乱，但一个人扮成另一个人在街上舞，他觉得这不叫乱，恰恰是静。他喜欢舞台上的人连说带唱，原因也在这里。社火又与一出戏不同，戏中只有几个人在变，现在一百多人都比划着变成了另一个人，这就不是静不静的事了；如全民都变成另外一个人，不再坚持原来的那个，从此就天下大治了。从阴历十二三起，老史就让人把太师椅搬到津河桥上，身披狐皮大衣，居高临下，看万民舞社火。戏院也就是老詹的教堂本也唱着锡剧，但老史撇下锡剧，专门来看社火。社火队看县长也来观看，社火舞起来，架势又与往年不同。

> 舞社火有些"虚"。所谓"虚"，是一句延津话，就像"喷空"一样，舞起社火，扮起别人，能让人脱离眼前的生活。当年吴摩西喜欢罗长礼喊丧，就是因为喊丧也有些"虚"。如今天天揉馒头蒸馒头卖馒头，日子是太实了。正是因为太实了。所以想"虚"一下。

所谓的"全民都变成另外一个人"，或者"虚""喷空"，其意义就在于"让人脱离眼前的生活"，——这其实就是寄寓民间自由欢乐的"第二种生活"。

二、广场的构建方式

如前，民间节庆，尤其是作家通过小说艺术所虚构出来的民间节庆，本身具有充分的狂欢特征。需要注意到，民间节庆仪式的本质，是提供了一个群体狂欢的广场。但当生命意识极度舒张的狂欢被弱化为平民的欢乐，当节庆仪式在庸常的日常生活中已经湮灭时，无论是在日常生活中，还是在平民化的小说中，"广场"的形式，为平民提供了一种便捷化的欢乐通道——它不再需要借助仪式，而可以通过民众的聚集随时随地产生。

例如，《棋王》的结尾就呈现出民间欢乐的广场形式。王一生同时与九人下棋引发了轰动，"到了街上，百十人走成一片。行人见了，纷纷问怎么回事，可是知青打架？待明白了，就都跟着走。走过半条街，竟有上千人跟着跑来跑去。商店里的店员和顾客也都站出来张望。长途车路这里开不过，乘客们纷纷探出头来，只见一街人头攒动，尘土飞起多高，轰轰的，乱纸踏得嚓嚓响。一个傻子呆呆地在街中心，咿咿呀呀地唱，有人发了善心，把他拖开，傻子就依了墙根儿唱。四五条狗窜来窜去，觉得是它们在引路打狼，汪汪叫着。"店员与顾客、过路的乘客、狗，以及民间广场上的典型人物傻子，都出现在同一画面中，从而达到了小说的高潮。借着下棋在那个文娱活动并不发达的时代所形成的群体效应，日常生活获得了超越庸常的品格。

莫言的小说《三十年前的一次长跑比赛》，也是一篇欢乐的小说。从大的角度来说，"我"所在的那个地方就是一个大型的狂欢广场——"因为离我们大羊栏村三里的胶河农场里，曾经集合过四百多名几乎个个身怀绝技的右派。"包括了跑步的、跳高的、写字的、唱戏的、算账的……各方面的"能人"，再加上本地的各类奇人，成为一个较大型的"狂欢"广场。而运动会，则借助其"人群聚集"的效应，在这个广场中进一步构建了一个小型的"广场"——围绕着长跑比赛，以"能人"中的"天才"、土造右派朱总人老师为线索，串起了五光十色的逸闻趣事。小说的最后，警察突然出现，若干心虚的参赛者纷纷主动"认罪"，体现了那个时代隐藏在民众内心的恐惧。但是，"误会"本身带着民间喜剧的特征，而广场所暗含的特有的欢乐基调，使这一突发的情节，正如狂欢节上的一出戏剧，使小说将那个时代代表性的恐惧融化于民间的欢乐之中。这是对待历史的悲剧的平民式姿态——不是批判与反思，而是将其倒置为欢乐。

"广场"除了自身所携带的"欢乐"属性外，值得注意的，还有因为各式人等的并置杂陈，所带来的"对话"效应。狂欢广场上取消了阶级等级，具有平等、相对、开放等平民思维，这些平民思维的现实表征之一，就是"对话"——如前，"独白"具有独断性、排他性与严肃性，是与平民精神格格不入的，而平等对话，与平民的欢乐感受，有着内在的隐秘的联系。

莫言显然是最具有广场意识、也最善于构造"广场"的作家之一。在他的小说"广场"上，欢乐与对话自然地交融在一起，已经成为莫言典型性的文体标识之一。他早期的《红高粱家族》，新世纪的小说《四十一炮》等均是如此，在他最近发表的中篇小说《天下太平》① 中，也体现了这一特点。小说的主题或者说核心情节，是生态和环境——这几乎是一个已经略微陈旧老套的文学话题。但小说的独特性在其技巧上——它承接了莫言小说中"未完成的广场性"这一特征。小说中，由于鳖咬住孩子手指不放的核心情节，带着草莽气息、正在谋划乡村转型的村长，贪婪的外来的打渔人父子，被抓住小辫子的警察，养猪污染了环境的袁武，带着一点小黑孩特点的孩子小奥，以及心存报复、似乎带着神秘气息的老鳖，以及不同特点的村民们，都在一个雨天汇集到了已经被污染了的乡村池塘旁，从而带来了（未完成的）对话性——作者没有对是非作率然判断，只是"呈现"。

当然，广场性的小说呈现，有多种方式。在此以莫言的《檀香刑》、刘震云的《故乡面和花朵》，以及阎连科的《坚硬如水》略作阐述。

莫言小说广场上狂欢与对话兼备的形式，在他的长篇小说《檀香刑》中表现得尤为突出。从平民视角来看，《檀香刑》的关键词是"表演"。《檀香刑》本身就是一出大型的民间戏剧（对话正是戏剧的特性）。小说中眉娘所言："爹，你唱了半辈子戏，扮演的都是别人的故事，这一次，您笃定了自己要进戏，演戏演戏，演到最后自己也成了戏。"首先体现为小说整体上的"猫腔"（茂腔）的结构，包括凤头、猪肚、豹尾。其次，猫腔艺人孙丙承受"檀香刑"（身体的献祭以及示众）为核心，构建了一个大型的全民参与的广场："百姓们从四面八方拥过来了，似乎是全县的老百姓都来了啊，无数的人面，被夕阳洇染，泛着血光。暮归的乌鸦，从校场的上空掠过，降落到校场东侧那一片金光闪闪的树冠上，那里有它们的巢穴，它们的家。"再次，这个示众广场具有狂欢广场所需要的几乎所有要求：有形形色色的民间人物，如视刑罚为艺术的狂人（同时也是太监）赵甲，有傻子（赵小甲），以及戏里戏外不分的艺人（孙丙）；戏剧本身的要素，保证了每个重

---

① 莫言：《天下太平》，《人民文学》2017 年第 11 期。

要人物，都有平等表达的机会，包括了"浪言""狂语""傻话""恨声"，也包括了"道白""诉说""放歌""绝唱"；每个人都参与了戏剧的演出：孙丙女儿眉娘的哀鸣"这腔既是情动于中的喊叫，但也暗合了猫腔的大悲调，与台上孙丙的沙哑歌唱、台下众百姓的咪呜帮腔，构成了一个小小的高潮"。

刘震云的《故乡面和花朵》同样构建了一个大型的、无所不包的狂欢广场。这种广场的关键词则是"戏拟"。这部洋洋二百余万字的长篇小说，最突出的特征就是其语言的狂欢，例如对"文革"语言的戏拟以及频繁的、随处可见的插话、题外话、歇后语、插科打诨等民间性的语言；其次是人物的庞杂，诸如曹成（操）、吕伯奢、袁哨（绍）、福克纳、冯大美眼，影帝瞎鹿，毛驴、蛇会说话，鬼魂以及由人死后转世而成的狗，等等，体现了全民性和开放性；当然还有各种文体的杂糅，诸如京剧的西皮快板，传真，文件（题目也带着狂欢的语言特性：《小麻子为同性关系和家园工程所召开的第21次大资产阶级代表大会上所作的关于目前形势和任务的工作报告》）、新闻、歌曲、讲课、会议记录（牛屋理论研讨会）、民谣，等等。这些都充分体现了这篇小说整体上作为"第二种生活"和"狂欢空间"的属性。但上述所有这些表面的情节，其实统摄于一个更为宏大的模仿。小说故事的核心事件，是一帮同性关系者流行，要向"世界恢复礼义与廉耻委员会秘书长"俺孬舅要求他们的空间，而俺孬舅将计就计，把他们送到"我们"（小刘子）的故乡，上山下乡，让故乡消磨掉他们身上的异味、异端、异化和同性化：

> 从历史上看，（故乡）这些人哪个是好弄的？哪一个是省油的灯？一千多年来，他们上蹿下跳，无风三尺浪，有风搅得满天尘；窝里斗，起反，当面一盆火，背后一把刀，当面说好话，背后下毒手；……同性关系者需要家园，我们将计就计，把他们赶到这样一个地方，让他们跟我们家乡这些杂拌、无赖、泼妇、魔鬼和性虐待者待在一起，不是也一箭双雕、一石双鸟吗？①

---

① 刘震云：《故乡面和花朵》（卷一），人民文学出版社2009年版，第111页。

这其实是对历史的模仿和戏拟。如前，模仿和戏拟本身也是狂欢节广场的典型事件，而模仿与戏拟，本身就包含着对话性（参见第六章）。

不同于《故乡面和花朵》的整体性虚构，《坚硬如水》则是建立在"文革"这一真实的历史事件上，它的关键词可以说是"展示"。"展示"的现实基础是，如本书第二章第二节所言，"文革"本身就带有巨大的狂欢性质，小说只不过是突出了这种性质。小说有"斗争"和"爱情"明暗两条线索。在明线上，它基本遵循了坚实的现实主义的原则，如果单看作品的章节目录，我们能够得到关于那个时代阶级斗争的清晰脉络；但如影随形的畸形的情爱，如同阶级斗争（其实也是权力攫取的过程）的变调或者说复调。

小说开始于"车站"，如前所言，车站本身就意味着生活的转折关口，同时车站也是南来北往各式人等的聚集之地；男女主人公则相见于"铁轨"，作为道路的铁轨，本身带着漫游与奇遇的性质；而背景则是红色音乐——"音乐"本身也是狂欢广场的标配，正是红色音乐，将两个人带来了第一次的激情。"从日近西山，到残阳如血，笔杆那么短的功夫，我们之间似乎没说几句话，就上演了那么惊心动魄的一场戏，这怎么会是真的呢？说出来你们谁能相信呢？可我和她在演着那腐化、堕落、惊心动魄的反革命的一幕戏儿时，这城里又恰在那个时候正演着革命的另外一场戏，把半个县城都打得偏瘫了。"小说一开头便展示了革命和爱情的双重戏剧化属性，从而奠定了小说的整体基调。

革命的火焰把整个"程寺"都变成了一个充满着"失败与庆典"的广场空间——这正如第二章中关于"狂欢的文革"所展示的那样。小说的最后，则同样是一个狂欢广场——男女主人公在红色音乐声中，在众人的围观下被公审和执行死刑：

> 音乐声如风如雨雪花飘飘，歌词儿似绳似索冷水潺潺，唱段儿惊涛骇浪洪水滔滔。审判台被音乐声淋得浑身是水，台下的社员群众被歌声弄得满头飞雪，十三里河被唱段儿堵得水积水海，程岗镇被淹得奄奄一息，死去活来。人们在音乐声中不知为啥儿狂唤乱叫，不知是在庆贺高呼，还是谩骂会议太短，不值得让他们跑这十里二十里，甚或几十里。

我和红梅被四面八方、天上地下的歌声和音乐包围着，击打着。我看见有人把原来坐在屁股下的鞋子扔在了半空里。

如前，革命的特点，是善与恶、忠与奸、是与非、生与死的对立，是狂乱、奇遇、突发情况、激情、演说和斗争，这一切都远离平淡的日常生活而具有戏剧化的特点；性爱的狂欢，作为暗线、对位，与无处不在的高音喇叭以及红色音乐，强化了这种戏剧性。革命时代，人们似乎都戴着面具而生活，整个生活就是一出大型的狂欢戏剧，同时也是一个大型的广场。

三、漫游者的生命意识

群氓把生命的欢娱寄托在短暂的"第二种生活"的狂欢中，然后再回到平庸的日常生活中去，而一小部分人，却从人群中走出来，走向田野和大地。他们是漫游者。

古代小说中不缺乏漫游者的形象。他们在《水浒》中漫游，以替天行道的名义，在广袤的世界里不断有新的奇遇；他们在《西游记》中漫游，尽管表面上，受制于貌似虚无的使命，还有种种性格上的弱点；她们也寄托在《聊斋志异》的那些鬼狐中，成为日常生活中的异类。而在西方，那个叫堂吉诃德的游荡者，以世人看似荒谬的勇气，挑战着风车，成就了《堂·吉诃德》这部被视为西方小说开端的伟大著作。

在《融入野地》中，张炜呼唤着他们。以天地为家，以野地为路。隋不召是曾经是漫游者，他的梦想应该是整个世界，出海的船沉了羁绊了他的脚步。他的过去映照出的，不只是庸众，也包括自闭在磨房里的侄子隋抱朴，正如后者自己的自白："不能再犹豫了，不能再拖拖拉拉，像死人一样坐在磨屋里了！"在《九月寓言》中，九月是一个狂欢的季节，"千层菊开花之前，风中有一股酒味儿。"收获的地瓜暂时缓解了生存的压力，这是年轻人的节日——去海滩哎，云哎，小村里的年轻人又喊又叫。"没有办法，疯张的日子又来了。"小村青年男女在夜色中的奔跑，如同野地上的狂欢节。闪婆和丈夫露筋（在《海边的风》里，他是喜欢行走的老筋头），带着生命的强韧与舒张，谱写了他们流浪传奇的传说，"他们在山地和平原上奔波，风餐露宿，像老鼠一样满地觅食。"为了改变村人吃黑瓜干的命运，金祥翻过茫茫大山去寻找做黑煎饼的鏊子；还有独眼义士三十年寻妻的传奇；当工区最终"冒顶"，村子消失，表明了大地在苦难与现代文明的双重侵袭下的溃败，但是，有什么关系呢，流浪者露筋的儿子开始了和他父亲同样的流浪生涯；而正是在这样的溃败中，"无边的绿蔓呼呼燃烧起来，大地成了一片火海，一匹健壮的宝驹甩动鬃毛，声声嘶鸣，扬起长腿在火海里奔驰。"这匹在火海中奔驰的宝驹，抒发的正是游荡者的意志。

现实中的人们都被禁锢在脚下的方寸之地上，因为户籍制度、票证制度和城市的"单位"；那些改革开放中走南闯北的弄潮儿，注意力在金钱而忽略了脚下的大地和生命的召唤（比如《浮躁》）。游荡者随着寻根文学的提出、实质是因为民间立场的形成，而出现在当代小说中——尽管由于彼时作者对此没有自觉，他们可能只是作为背景或局部存在——《爸爸爸》中，他是丙崽的父亲、那个最会唱歌、居无定所的德龙；《小鲍庄》中，他是摇着拨浪鼓走村串户的小货郎拾来——还有他那个会唱歌的老货郎父亲（货郎是安土重迁的乡土中国土地上的职业行走者，同时也是不安分的象征，在其他许多小说中也随处可见）；而在《棋王》中，他是棋痴王一生，为了寻人下棋，请假外出，游荡上百里，来到"我"所在的知青聚集点。——对很多"知青"来说，漫游的记忆并不陌生。因为在他们的小学阶段，也就是轰轰烈烈的红卫兵"大串联"时代，第三章中对此已有叙述，这是一个后来被王蒙感叹为"漫游的季节"。马原的《零公里处》就是写13岁的大元，上北京串联、打架、想参加毛主席接见的经历。相信即便没有亲身参与，也会在知青的记忆中埋下漫游的种子。

事实上，可能正是红卫兵时期漫游的体验，才有了马原的西藏之行，才有了他的"拉萨的小男人群像"系列。西藏代表了主人公逃离现代都市文明或日常生活的避难所，因而具有第二种生活的意义。在这里生活的人物无一例外具有游手好闲者的某种属性（如单身汉、吹牛、豪爽、随便、私生活混乱，等等），他（她）们之所以进藏，往往就是为了逃避那种千篇一律的日常生活，如《低声呻吟》中牛牛所言："我没有大的抱负，我只是觉得闷了腻了，我到西藏像闹着玩似的。我知道漂亮女人到什么地方都可以活得不错，我只是想换一种活法。"如果我们细加观察还可以发现，马原顽强地阻断他小说中的人物回归日常生活的道路。在他所展示的西藏形形色色的人物故事中，隐藏着一个共性的结尾：一旦小说中的主人公试图走出西藏的地点及单身汉的状态，恢复正常人的生活，等待她们的就将是死亡。例如，牛牛预备和小罗结婚，做一个好妻子，就在和我一起下乡采风时遭遇雪崩而死（《低声呻吟》）；明明刚刚复婚，就在外出采访时出了车祸，在我原定的婚礼那天找到了尸体（《骠骑兵上尉》）；林杏花准备回去和等她结婚的大块头丈夫结婚，当晚她就在突如其来的火灾中死亡（《死亡的诗意》）。一个可能的解释是，作家在潜意识里，是排斥作为日常生活象征的婚姻的，或者说，日常生活本身就是漫游者们的坟墓。西藏的经历在马原身上留下了独特的痕迹，在朋友们眼中他是"流浪的马"，何立伟也指出他"怪""狂"和"流浪汉"的特点①。

乡土历史小说的兴起，为漫游者们开辟了新的空间。那些活跃在莫言小说中山东高密东北乡的好汉们——不只是土匪，也包括其他形形色色重梦想轻生死、游走在高粱地里的武装队伍，都是大地上的游荡者。无论是《红高粱家族》中土匪头子余占鳌、冷小脚；还是《丰乳肥臀》中的司马库、鸟儿韩，或者《檀香刑》中作为一个风流的猫腔艺人、后来参与义和团进行的抵抗德国人战斗的孙丙，或者《生死疲劳》几世轮回中的西门驴、西门牛以及猪十六，都带着反抗一切规范的游荡者气质，与莫言小说中的其他元素一起，成为张扬的生命意识的组成部分。

另一种类型的漫游，体现在刘震云的《一句顶一万句》中。那个一直被生活逼迫着迁徙流离直至离开延津的吴摩西，以及 40 年后重新走向延津寻访从未谋面的祖父印记的牛建国，两代人的游荡意识，起初并不清晰，但却在孤独的、难以沟通的生活中，成为了他们的自觉，那就是寻找梦想——属于底层生存的、并不奢侈的梦想，还有就是寻找沟通的可能。

---

① 何立伟：《马原这个人》，《文学自由谈》1995 年第 2 期。

在余华的小说中，漫游者的意象频频出现，丰富而复杂，成为贯穿他小说的重要美学特征之一。首先，漫游具有一种被命运安排的被动性。例如，《十八岁出门远行》中，18 岁的我，是被父亲推出家门去认识外面的世界："父亲在我脑后拍了一下，就像在马屁股上拍了一下。于是我欢快地冲出了家门，像一匹兴高采烈的马一样欢快地奔跑了起来。""我"从此开始了走向广阔天地的游荡，尽管等待"我"的是荒诞。先锋时期作品如《一九八六年》《鲜血梅花》抑或《古典爱情》，尽管主人公都是游荡者，但由于"小说里的人物，都是我叙述中的符号"① 的创作认识，漫游者已经失去了《十八岁出门远行》中的明朗的光泽，失去了与生命的关联，只是作者理念驱使下的一叶浮萍。《一个地主的死》中，地主的孽子王香火，在城里被日本兵逼着带路去松篁，他带着日本兵从李桥、竹林，一路带到四面全是水的孤山；后面还一路尾随着被老地主王子清派来找他儿子的长工孙喜。这同样是漫游。日本兵的残忍，民众没心没肺的民间生活，孙喜的狡黠等，随着漫游的视野不动声色地展开，如同一个原生态生活的舞台。王香火类似于抗日英雄王二小性质的英雄举动，由于其被动性质、同时也是由于作者零度叙事的风格选择，使其同样不具有明朗的英雄属性，而是更像《鲜血梅花》中的阮海阔——漫游只是被命运指派，生存具有局外人的荒谬，设想阮海阔如果得知面前站着的是杀父仇人，他会选择复仇，哪怕因此身死。对他和王香火而言，无所谓英雄，只是听从命运的安排。在此，漫游呈现出的不是生命的自由与张扬，而是一种"人生如旅"的神秘与宿命。

如同余华自言的"民间转向"，《活着》的开始，十年前的"我"作为一个民歌采集者游荡在广阔、自由而欢乐的民间空间，见识了形形色色的民间人物，因此遇上了福贵——"十年"推开了一个相对遥远的时空，它配合游荡者及广阔的民间两个要素，成功地参与了小说欢乐达观的民间气质的构造；并因此与福贵的苦难记忆形成了一种复调对位。小说面对生存苦难的通达，其实不仅来自于福贵本人的态度，还有作为主人公"我"的欢乐的

---

① 余华：《我能否相信自己》，人民日报出版社 1998 年版，第 246 页。

和弦。

《许三观卖血记》中，许三观也是一个漫游者，为了在上海住院的儿子，年迈的他一路卖血到上海，这一情节也是小说的"核心事件"。不同于民间大地上游荡者生命意识的张扬，许三观的一路卖血，因为基于明确的生存需要，而成为苦难生存的展示。小说《第七天》中，游荡则提供了主导整个小说的视角。鬼魂叙事在当代并不少，但大多数情况下，鬼魂本身是不行动的、视角是静态的，比如《风景》；余华则发挥了鬼魂本身所具有的自由穿行的特点，通过"接力式"的鬼魂视角转移，使之成为小说中穿行于城市各种丑恶之间的无所不在的游荡视角。总体而言，尽管余华小说中的"漫游者"并未都与生命意识直接发生关联，但游荡本身固有的民间属性，以及外在的形式感，依旧有机地参与了余华小说民间性的构造。

苏童的作品中，也有较强的漫游气质。但不同于莫言或"二张"，他的漫游更接近于余华，带着一种被动性。他前期的《一九三四年的逃亡》《刺青时代》等，都有鲜明的漫游者意象；《我的帝王生涯》中，国王端白终于在皇宫的囚笼和叛乱中走向民间，成为一个流浪江湖的走索王，"杂耍班所经之处留下了一种世纪末的狂欢气氛，男女老幼争相赶场，前来验证我摇身一变成为走索王的奇闻。"

小说《河岸》的时间背景在 70 年代，一个核心亮点就是构造了"河"与"岸"的意象。相对于固定的岸，河是永远的放逐，是底层的底层。"向阳船队一共十一条驳船，十一条驳船上是十一个家庭，家家来历不明，历史都不清白。金雀河边的人们对这支船队普遍没有好感，他们认为向阳船队的船民低人一等，好好的人家，谁会把家搬到河上去呢？"父亲库文轩因为被指责"伪造烈士身世"以及众所周知的作风问题，失去了权力、家庭与名声，沉醉在自己作为烈士邓少香儿子的坚信中，和儿子库东亮一起在船上漂流了十三年，最后驮着邓少香烈士纪念碑自沉河底。关于河与岸，加西亚·马尔克斯的小说《霍乱时期的爱情》中，提供了在两岸霍乱流行的河流中漫游的大船的意象，但那里装载的是炽热的、疯狂的、不为尘世所容的爱情；而被放逐的船只意象，最有名的当数福柯作为开启《疯癫与文明》思考的"愚人船"："这种船载着那些神经错乱的乘客从一个城镇航行到另一个城镇。疯人因此便过着一种轻松自在的流浪生活。城镇将他们驱逐出去","其意义暧昧纷杂：既是威胁又是嘲弄对象，既是尘世无理性的晕狂，又是人们可怜的笑柄。"① 在苏童所营构的《河岸》世界里，岸，既是高度规诫的政治意识形态下理性日常生活的象征，也是被祛除了梦想的、一般民间日常生活的象征；而船上的乘客，正体现了福柯所说的"愚人船"的那种意义暧昧。库文轩的自我阉割，正是时代威胁、嘲弄、笑柄的直观证明，而其对烈士身世的执着，反而成为无理性的晕狂——正如岸上的人所难以理解的，为什么要执着于这样的身世呢？但正是这样的偏执与脱俗，与民间及自然的神秘融为一体（父亲的鱼形胎记，以及像鱼一样的蜕变，以及河流"下去"的密语，都是一种走向自然的召唤）。因此，"船"提供了抵抗那个时代日常生活的另一种可能。从这个意义上看，《河岸》的主人公，其实不是作为儿子、连接河与岸的库东亮，而是他的父亲。

值得一提的还有吕新的近作《下弦月》。小说背景是 1970 年冬天，正是"文革"的午夜，斯时还是乡土中国的熟人社会，加上对阶级敌人的警惕，整个乡村社会对任何一个陌生人而言都是一个森严的堡垒。小说的主要线索，是由林烈的逃亡历程，以及他的妻子徐怀玉和好友萧桂英对他的苦苦追寻构成。林烈对时局的思考，无疑是具有知识分子气质的，但他在大风中乡野、山区之间的匍匐、逃遁、昼伏夜出，体现了生命的韧性，以及对自由的渴望；妻子对他的艰难地寻找，同样也具有漫游的性质。林烈山穷水尽之际，得到了下放时所在的生产队队长黄奇月的帮助，把他藏在隐性的山谷柳八湾，而这里，同时还安顿着其他许多来历不明的、被那个时代放逐的游荡者。在某种程度上，这也是"愚人船"。写知识分子在"文革"时受难的小说并不少，但正是由于双重漫游的结构的存在，使这部小说拥有了有别于其他作品的民间气质。也正是通过对漫游的写实，使这部小说成为一首特定时代下知识分子的民间生存与抵抗之歌。

---

① ［法］福柯：《疯癫与文明》，生活·读书·新知三联书店 2003 年版，第 5、10 页。

将身体与自然融为一体的理想的漫游，体现了生命意识与生存伦理的统一，是属于平民的原初记忆，毋宁说，是我们思乡情结和家园意识的抒情，那种原初的自由、野性、欢乐，被保存在漫游的形式里，因此，即便是弱化的、被动的、潜在的漫游，也能让我们感受到生命欢乐的回响。但总体来说，漫游母题在乡土民间小说中还没有引起足够的重视。例如，在同样倾心于乡土民间的实力派作家阎连科、李锐等那里，很少有漫游的意象。究其原因，中国安土重迁的文化传统，自给自足的自然经济，统销统购及票证制度，严格的户籍制度，都制约着漫游者的脚步。

但是，小说的想象没有边际，从这个意义上说，关于这一主题的写作还有很大的挖掘空间。

第五章　城市平民小说的叙事困境

城市意识与乡土传统。难以进入的"他者"。恐惧与逃离。融入的失败。逼仄空间。"单位"文化。城市的僵硬、神秘。粪便与真相。

日常生活的沉沦。性爱抵抗。性爱的利益交换、欲望消费。"阿都尼斯复活"。作为"底层的底层"的卖淫女。

游手好闲者。"痞子形象"再解读。作为弱化的生命意识的躁动与游戏。

城市的空间构型及阶级分层。底层街区的历史记忆与文学意义。中产阶级的居室隐喻。历史想象中的上海。逃避与自由幻觉。女性退回身体。

第一节　难以进入的城市

一、走向城市以及逃离城市

中国人关于现代城市的认识，主要是基于上海。30 年代茅盾便基于对上海的认识认为："消费和享乐是我们的都市文学的主要色调"①。相对而言，90 年代末期白先勇的看法显得更为成熟："我相信旧社会的上海确实罪恶重重，但像上海那样一个复杂的城市，各色人等，鱼龙混杂，必也有它多姿多彩的一面。茅盾并未能深入探讨，抓住上海的灵魂。"② 白先勇对于城市复杂性的看法，比较接近寻根思潮对于"还原到事物本事"的追求。

对城市深刻的、全面的理解，需要的不只是理论认识，更需要有切身的、深入的、并非浅尝辄止的生活体验。杜维明指出："中国的都市和乡村是一个连续体，而真正经济的重要运作常常在镇，或是集，这是在城市和乡村之间的中介结构。"③ 对于乡土传承的中国作家来说，在较长的时间内，都市意识是一个难以跨越的经验障碍。城市以其远离自然的本质化属性，隔开了它与乡土的联系。何锐在新世纪之后依旧感叹，"较之乡土文学，当代文学的城市书写，仍是一个弱项。"而其要旨，在于"作家要全身心地融入城市，身临其境地去感觉城市。这里的感觉，并非简单的了解，而是真切理解，并非外在的感知，而是尝试揭示"。④

因此，中国的城市书写需要立足于这样的经验现实，需要对中国城市乡土性的深入体认。如前所言，中国从 1980 年开始了"积极发展小城市"的

---

① 茅盾：《都市文学》，《申报月刊》1933 年 5 月 15 日第 2 卷第 5 期。
② 白先勇：《社会意识与小说艺术》，转引自吴福辉：《老中国土地上的新兴神话》，《文学评论》1994 年第 1 期。
③ 杜维明：《现代精神与儒家传统》，生活·读书·新知三联书店 1997 年版，第 388 页。
④ 何锐：《感觉城市——中国城市小说选》（前言），江苏文艺出版社 2011 年版，第 4 页。

进程。积极发展小城市的策略，符合乡土中国的特点，当时代进行到 80 年代中期时，对作家来说，城市已经成为一个难以回避的现实。尽管小说的本质是城市性的，但在乡土中国，对城市的描写，除了 30 年代的新感觉派以及 40 年代的张爱玲等有限的作家之外（老舍描写的更多是前现代的老中国经验，而茅盾则关注的不是城市日常），并没有坚实的传统。而新中国成立之后漫长的政治动荡，进一步荡涤了城市的记忆。在王安忆的《长恨歌》中，旧社会的王琦瑶带着成熟的市民眼光，看到改革初期的上海呈现出如下场景：

> 薇薇她们的时代，照王琦瑶看来，旧和乱还在其次，重要的是变粗鲁了。马路上一下子涌现出来那么多说脏话的人，还有随地吐痰的人。星期天的闹市街道，形势竟是有些可怕的，人群如潮如涌，噪声喧天，一不小心就会葬身海底似的。穿马路也叫人害怕，自行车如穿梭一般，汽车也如穿梭一般，真是举步维艰。这城市变得有些急风暴雨似的，原先的优雅一扫而空。乘车、买东西、洗澡、理发，都是人挤成一堆，争先恐后的。谩骂和斗殴时有发生，这情景简直惊心动魄。①

早熟如上海这样的都市，出于其自身的文化惯性，无法接受和认识新生城市的乡土性。起码到 80 年代中期，对于已经习惯了广袤的乡土大地，拥有了舒张不羁的生命体验的右派、知青等作家而言，城市森严的法规、等级、秩序，依然如同嵌在自然发展过程中的一个怪胎。即便是相对熟悉城市的作家，也体验到了城市经验与乡村经验的分裂。林白说："我想我有一半像这（阳台上的）玉米，既不是城市之子，也不是自然之子。好在文学收留了我，我无根的病态和焦虑，以及与人隔绝的空虚感，都在文学中得到了安放。"② 更为年轻、生活于苏州城郊的苏童则说，"人们生活在世界的两侧，城市或者乡村，说到我自己，我的血脉在乡村这一侧，我的身体却在城市那一侧"③。毕飞宇的说法也如出一辙："乡下人却不认我。他们认定了我

① 王安忆：《长恨歌》，南海出版公司 2003 年版，第 305 页。
② 林白：《内心的故乡》，《中国当代作家面面观》，春风文艺出版社 2003 年版，第 166 页。
③ 苏童：《世界两侧·自序》，江苏文艺出版社 1993 年版，第 2 页。

是个'城里人'，所以我的一只脚踩在乡下，一只脚踩在一座想象中的'城里'。"①

走向城市，成为这一时期的主题之一。与那个熟悉的、开放的、充满生命力的乡村相比，城市带着一些神秘、虚幻甚至恐惧。这是一个难以进入的城市，城市作为一个难以进入的、带着原罪的乡村的"他者"，不约而同地出现在 1987 年的小说里。

余华的《十八岁出门远行》中，"我"被父亲推出家门——在安土重迁的乡土中国，这预示着社会的变迁——"我"带着对世界的好奇，"像马一样兴高采烈"，柏油路与装载苹果的卡车，分别指向了城市和商业（根据余华的自述，本小说的起源就是当时报纸上一则关于个体户苹果被抢的报道②）——因此，迎接"我"的是一个荒诞"神秘"的世界，表明了作者对这个新生世界的犹疑态度。荒诞体现在理性逻辑和传统道德的失效：我为保护司机的苹果被打得鼻青脸肿，而司机对针对自身的抢劫无动于衷，最后和抢劫者一起扬长而去。在苏童《1934 年的逃亡》中，环子最终掳走摇篮中的父亲逃往了城市，蒋氏的追踪在长江边停止，因为"大江"就是乡下蒋氏认识的边缘，"他们到城市去了，我追不上了。""我"也因为这种历史记忆而一直认为自己是城市的"外乡人"；在苏童后来的小说《米》中，乡下的五龙带着强悍的生命力踏上城市，试图征服城市，最终却一无所获奄奄一息地回到了乡村，也佐证了他对城市的看法。莫言《红高粱家族》的最后，带着"肮脏的都市生活"的印记的"我"，站在二奶奶坟前，二奶奶说："你现在站在我面前，我就闻到了你身上从城里带来的家兔子气，你快跳到墨水河里去吧，浸泡上三天三夜……"。这种表述，与《黑骏马》中草原上的父亲对儿子的批评如出一辙："你应当滚到伯勒根河的芦苇丛里去，在河水里泡上三天三夜，洗掉你这股大翻译、大干部的臭味儿再来看我！"

但走向城市，几乎成为乡土平民的一种执着的本能，这种本能根源于作

---

① 毕飞宇：《沿途的秘密》，昆仑出版社 2002 年版，第 55 页。
② 余华：《我的文学道路——在苏州大学"小说家论坛"上的讲演》，《当代作家评论》2002 年第 4 期。

为平民自我内核之一的生存伦理。因为城市已经展现了其提供更多生存选择的能力。在当代小说中，平民走向城市的主题一直在延续。仅以 2003 年具有代表性的创作为例，我们就能列举北北的《寻找妻子古菜花》、刘庆邦的《到城里去》、荆永鸣的《北京候鸟》、李佩甫的《城的灯》等 "乡下人进城" 主题的小说。

但另一方面，城市对生命意识的吞噬所引发的恐惧，也在那些对城市有初步体验的平民作家那里积聚。本雅明对此做过预告："害怕，厌恶和恐怖是大城市的大众在那些最早观察它的人心中引起的感觉。"① 这种感觉在中国尤甚，甚至古已有之。例如，明首辅大臣徐溥就记录，"母曰，南京繁华之地，儿年少未娶，恐为所诱，不能自持"②，担心城市对孩子的污染；清初汪琬形容苏州的人情凉薄："嗟乎，吴中风俗狷恶，往往锥刀之末，箕帚之微，而至于母子相谇，伯仲相阋者，所在皆是"③。

现代以 "乡下人" 自称的沈从文更是对城市有颇多批判，如城市人的不劳而获、虚伪狡诈、生命力的孱弱等等。当代作家续接了这种传承，但也可能因此走向了另外一个极端。如陶东风所言："对工业文明、都市文明以及现代世俗生活的拒斥，对工业文明、乡村文明以及原始自然生活的崇尚，使得今日中国的道德理想主义表现出鲜明的民粹主义特点。"④

这使逃离城市与走向城市同时成为当代小说的主题。张炜完成于 1987 年的小说《海边的风》，则写对城市的逃离："至于为什么要逃离那座城，好像也不完全是因为杀了人以及小红孩等等缘故。为了什么？说不清。好像是过得烦腻了，讨厌这座城了。比如他要不客气地问：一代一代人都拥挤在这个地方，理由是什么？而这座城的实际，不过是很早、很早的一个人在茫茫荒野中做了一个标记，就是说像自己一样搭了个小窝棚。……这些想一想就很憋气。真憋气。他爱，他恨，他杀人，他真像在制造着逃跑的托辞，那

---

① ［德］本雅明著：《发达资本主义时代的抒情诗人》，张旭东、魏文生译，生活·读书·新知三联书店 1989 年版，第 145 页。
② 徐溥：《谦斋文录》卷三《先妣何夫人行状》。
③ 汪琬：《尧峰文钞》卷二十三《南垞草堂记》。
④ 陶东风：《社会转型与当代知识分子》，上海三联书店 1999 年版，第 214 页。

种最最表面的理由。"①

单看莫言的《红高粱家族》、张承志的《金牧场》、张炜的《九月寓言》《家族》阎连科《年月日》等小说中的抒情片段，都充满着对乡野民间的拥抱讴歌和对都市文明的逃避反省，排除地域特点，没有经验的读者很难将其截然分开。囿于民间的经验和视角，同时持精英知识分子的思想，可能把小说创作带上一条把乡村与城市人为地隔绝的道路。这在这批作家的小说中并不鲜见。例如，对贾平凹来说，城市意味着生命力的萎缩。庄之蝶代表着城市文化精神和肉体的双重废墟（小说最后，庄之蝶"休克"所在地车站，正是城市通往乡村的衔接点）；现代文明类似于缺乏生殖文明的熊猫式的庞然大物（《怀念狼》）；阎连科则视城市几乎是罪恶的隐喻。他用卖肉（卖淫）、偷煤隐喻着男盗女娼构成了城市的发迹史（《炸裂志》）；而受活庄的人们，一旦受到城市的蛊惑，等待他们的是被关押起来以惨无人道的手段压榨光所有的钱财，以及众目睽睽下的轮奸这样夸张的虐待（《受活庄》）；城市因此也是逃离的对象（《风雅颂》《最后一名女知青》），小说的理想世界，是对"阴间"所呈现的小国寡民的乡村乌托邦的想象。对成长于新疆广阔天地的邱华栋来说，"城市是骗子（《环境戏剧人》）；是轮盘（《偷口红的人》）和老虎机（《化学人》）；是长满怪异高大的金属之树的欲望森林（《如何杀死一棵树》）；和让一切杂草茂盛生长的巨大的培养基（《天使的洁白》）；是令人有推倒它们的欲望的一堆积木（《环境戏剧人》）；或轻轻一弹就颓然倒塌的沙盘模型（《沙盘城市》）是有着成千上万垃圾制造者的垃圾场，被捅了一下的巨大的马蜂窝；是嘲笑美梦及幻想的现实生活的臭水沟（《电视人》）；是不断有心甘情愿的猎物撞上门来的罗网（《城市沉船》）"② 在小说《哭泣的游戏》中，他甚至设计了一个命运实验，将一个初来城市、纯朴善良的少女放在城市的染缸，最终通过女孩的堕落和死亡，验证了城市的罪恶。

---

① 张炜：《张炜文集》(长中篇小说卷三)，上海文艺出版社 1997 年版，第 614 页。
② 李洁非：《城市像框》，山西教育出版社 1999 年版，第 69 页。

　　在"乡下人进城"小说兴盛的世纪之交，对城市的厌恶和逃离依旧在延续。陈应松的《望粮山》中，从山里走出来的金贵，在城市管锅炉，被诬陷小偷，被保安打，被两个同室的疏远。"我得还点他们什么后再回到峡谷去。还点什么给山外的人。"他捅死了老树，然后在漫漫风雪中，走上了回家的路。他的另一部小说《太平狗》是一个同样惨烈的故事。神农架的赶山狗太平不屈不挠地跟着外出打工的主人程大种来到汉口。"在这个城市里，它找不到在大山的威风凛凛的感觉。"在程大种被城市吞没后，这条狗坚定地走上了回家的迢迢之路，"越过了千山，涉过了万水，不停地行走，不停地寻找着那从小就熟悉的气味。……它走着，走着，已经不是一条狗，是一个行走的魂。"

　　对城市的种种不愉快的经验，来自于乡村经验对城市的外在观望。对于乡土中人，即便进城，融入城市，依旧是一个漫长而痛苦的过程。莫言的小说《司令的女人》中，乡下的"司令"因为和女知青"茶壶盖子"的感情进了城，但注定了在城里找不到自己的地位，文化和知识阅历的差距，使两人的感情越走越远，最后，"司令"以类似于《望粮山》中金贵的乡下人的粗砺，用菜刀劈了有外遇的"茶壶盖子"，以"死罪"结束了自己的城市之旅。即便是更年青一代的农村青年，要融入城市也极为艰难，以两个"70后"女作家较近发表的两篇小说《颤抖》①《橙红银白》② 为例，前者中，"我"尽管已经生活在城市，但审视城市的视角，永远是"我"无法摆脱的农村记忆所隐藏的"颤抖"；后者中，三叔和三婶一心培养女儿考上大学进入城市，但女儿融入城市的努力，最终还是以"监狱"为终点。《橙红银白》中女主人公"回回"的名字，其实带着回归乡土的强烈隐喻。

二、城市的逼仄空间与结构

　　外在于城市的乡土作家，看到的城市，只是高楼大厦、灯红酒绿、权力金钱，人心惟危；只有那些城市出身的作家，才能真切地看到胡同里弄、小

---

① 李凤群：《颤抖》，上海文艺出版社 2013 年版。
② 旧海棠：《橙红银白》，《收获》2016 年第 4 期。

摊杂货、市井细民、人间烟火。城市小说的写作，由王蒙、刘心武等开始，但新的风格形成于 80 年代中期之后的知青作家。如前所述，80 年代的作家，哪怕生长于城市，但都在此前经历了长短不等的民间生存。当他们从广袤的乡村大地回到城市时，城市也成为一个需要重新适应的对象。适应的障碍，首先体现为对城市"逼仄"的感知。

代表性的样本，当数徐星的小说《城市的故事》。小说中的"我"和"她"结婚，住在一个看起来曾经是个厕所的 7 平方米的小屋。因此，城市的故事，其实就是一个"7 平方米"的故事："我终于找到了关键的症结所在，知道了我们为什么老是弄得不大对劲儿。一切都是因为每时每刻都不得不走着舞步，好像穿上了他妈的红舞鞋，一切都是因为这 7 平方米的小屋，舞步弄得我们疲惫不堪，7 平方米的空间憋得我们呼吸困难。"最后，我们终于"谋来"一个大出 10 平方米的房间，然而我们都习惯了搬家前的舞步。

逼仄的居住空间，几乎是城市小说的"元因素"。在新时期早期的小说，比如《人到中年》《本次列车终点》《立体交叉桥》等小说中，就已经有着意的描写。但那时，逼仄的现实，还被"理想"的光晕所掩盖。当理想退潮之后，这种"逼仄"所代表的生存困境，在 1985 年之后的《小城之恋》《锦绣谷之恋》《烦恼人生》《风景》《你是一条河》《一地鸡毛》《贫嘴张大民的幸福生活》等小说中，作为一种前景而不是背景更加凸显出来。城市小说的原生态生存，正是在逼仄的环境与众多的"吃嘴"这样的典型的历史化的布景中展开的。相比于乡村的广袤以及土地的后盾，城市的逼仄显然加大了生存的矛盾。在前述关于"生存过载"的描述中，已经对新写实小说中这种逼仄所形成的生存困境有过详细的描述。问题是，逼仄的空间，并没有使一家人心理纽带联系更紧。在池莉的《你是一条河》中，即便如此拥挤的生存，依旧使双胞胎福子和贵子因疏于照看而导致后天弱智；而福子的死亡、未婚的贵子直到快临产才被注意到等，都与挣扎于生存的辣辣的视若不见有关。

六七十年代的城市，在生存的困境或者说生存过载方面，与乡土社会具有较大的一致性，前者不同于后者的主要的特征，只是其逼仄的空间。作为相反的例子，80年代汪曾祺小说中的城镇日常生活带着温润的美感，里面的人物几乎很少受到逼仄空间的困扰，因此，他的小说更多体现了乡土空间的物质。相比之下，逼仄的日常生活就像是倒置的、向下的传奇。

城市的逼仄，不仅体现在地理空间，也体现在其隐形的关系结构。在当代小说中，它通过"单位"这一重要的城市结构呈现出来。

单位是工业化生产和现代科学管理的产物。它以工资的形式，提供了生存所必须的基本保障——在社会秩序恢复的80年代后，"单位"意味着人们可以免除生存的威胁。作为交换条件，它以"职业"的形式，从时间和空间上使市民的生活高度格式化和组织化，被镶嵌在一个更大的组织之中。但与此同时，它还潜在地为市民提供了一个重要的聚集地和群体空间——尤其是在"单位分房"一直持续到90年代后期的中国，它足以形成很多单元楼、家属院这样的小型熟人社会。

陈村的《一个人死了》《一天》等小说，较早注意到了"单位"对城市居民庸常的生命轨迹的塑造，但尚是整体象征性的叙述。池莉的《烦恼人生》和刘震云的《单位》《一地鸡毛》等小说，正是以"单位"为背景，揭示出了城市居民生命的平庸琐碎与奔波劳碌的沉沦状态。对印家厚而言，生活是由家庭——幼儿园——单位的固定线路组成，甚至连"时刻"都被公交车和轮渡所规定；而在这固定的空间与时间之间，被复杂的人际交往和利益的算计所填充。小林同样陷在由买豆腐、班车、单位所固定的城市时空和人际关系之中。

单位生活并不是日常生活。如衣俊卿所言，"一般说来，所谓日常生活，总是同个体生命的延续，即个体生存直接相关，它是旨在维持个体生存和再生的各种活动的总称。……非日常活动总是同社会整体或人的类存在相关，它是旨在维持社会再生产或类的再生产的各种活动的总称。"[1] 但是，正如印家厚与小林都无法摆脱"单位"对他们的影响——他们既受制于单

---

[1] 衣俊卿：《现代化与日常生活批判》，人民出版社2005年版，第12—13页。

位，而其资源也来自于单位。人们为了谋求更多的物质资料和权力而忙碌——这体现了人们永远无法满足的天性，忙碌说白了就是自利和无暇他顾。但中国式的忙碌，并不是只是体现在努力就有收获，因为还有看不见的"关系"之网。这也是"单位"的控制术——职称的晋升，意味着金钱、权力，以及各种福利（在房改之前一个很大的福利是住房面积），它进一步地意味着向外扩散的关系：因为权力意味着可交换资源的扩大。晋升之途，是另一种意义上的"战争"，一种余占鳖们注定无法打赢的战争。东北乡大地上象征着生命活力的红高粱，在城市的战争中，被转化为无数看不见的规则、关系和人性的学问，这是一种使人远离生命意识而浑然不觉的战争。这种战争，在上述的小说中已经有所体现，还较为鲜明地体现，一直延续到新世纪的小说如《女同志》（范小青）。"同志"与"单位"有着密切的亲缘关系，起码在整个八九十年代，我们都熟悉这样的发问："同志，你是哪个单位的？"

三、城市的僵硬、神秘与平民式消解

《小说的兴起》里，P. 瓦特描述了城市所导致的人与自然脱离的现状及其后果："小说的世界本质上就是现代城市的世界；两者都呈现出一幅生活的图画，在这幅图画中，个人沉浸在私人的交际关系之中，因为一种与自然或社会的更为广阔的交流已经再也不可能了"。① 在前面的描述中，无数逼仄的私人空间以及私人关系，共同将城市这个庞大而僵硬的对象推到了生存的前台。传统日常生活中，平民在狂欢广场上大众参与的、全民性的欢快的笑声，被难以洞穿的居室之中的秘密，机械的秩序以及围绕着各种利益、权力所构建的私人关系所替代。

这一情形导致了城市的神秘性，这种神秘性在于城市及其建筑那无休无止的、与生命无关的无机的繁殖与复制之中。这种病毒式的复制，本身就是对生命力的一种压制。有形的建筑与无形的关系，具有本质的同一性。城市

———————————

① ［美］伊恩·P. 瓦特：《小说的兴起》，生活·读书·新知三联书店 1992 年版，第 208 页。

所构成和所代表的无休止的迷宫，构成了卡夫卡现代主义观感的核心，米兰·昆德拉在《小说的艺术》第五章，将之命名为"卡夫卡现象"："工程师面对着一个机构，它的特点是一个一眼望不尽的迷宫。他永远走不到它的无限长的走廊尽头，永远找不到那个作出宿命的判决的人。……在卡夫卡那里，机关是一个服从它自己的法则的机械装置，那些法则不知是由什么人什么时候制定，它们与人的利益毫无关系，因而让人无法理解。"① 韩东小说《房间与风景》开头部分的描述，无疑是非常"卡夫卡"的：

　　城市每天都在建设中。它未来的蓝图几经修改（每位市长上任后都要修改一遍），处于永恒的制定中。光是修改前任的错误就得用满一个市长任期。于是，这位市长长河中的现任市长如是说：

　　城市未来的规划如此宏伟，它不可能在一天之内完成。我们需要几十年，甚至上百、千年的时间。这样，最后一栋房子建成时最初的那栋早已变成了废墟。甚至都无须等到最后一栋。在我们建成第十八万栋时倒塌就已开始。再加上我们定向爆破小组的努力，完善了在繁华地段完全爆破的技术，我们将把一切推倒重来。房子的生生死死就像万物一样，我们不必为此难过。伟大的建筑工人永远有饭吃。

铁凝的中篇小说《安德烈的晚上》，提供了一个复制式的城市空间和千篇一律的单位（流水线）生活对人的双重钳制的有趣的隐喻。男主人公安德烈一生都没有把握过自己的命运。他的名字安德烈本身就是一个象征，这是出生之际中苏友好的表现，是抽象的"政治"从他出生就开始的赐予。他生活在"一个由纺织工人填充起来的城市，一个让苏式住宅覆盖了的城市"。他的前半生都由他的父母所安排，包括小学、中学、他与表妹的婚姻。他在"封盖车间"干活，"在传送带前看无数玻璃瓶从眼前流过"，是流水线后的那种单位人。他的女儿先天性心肌炎，老婆生产后又患了风湿性心脏病，因此，长期以往他的生活正是小林与印家厚式的"无梦"的生活。这种典型的"单位生活"一直持续了二十多年，直到工厂倒闭，循规蹈矩

---

① ［捷克］米兰·昆德拉：《小说的艺术》，生活·读书·新知三联书店1992年版，第98—99页。

的安德烈"才发现他生命的二分之一时间，却原来是和姚秀芬一起度过的"。这个老实人平生第一次产生了自己的愿望：分手前和工友姚秀芬单独在一起。他的发小李金刚尽其可能，腾出自己的家，为他俩提供晚上三个小时的时间。这是两个老实人平生的唯一一次可能的越轨。然而问题是，安德烈拿着李金刚给他的家门钥匙，在那个由几十幢千篇一律的大楼所构成的苏式住宅区，尽管他几十年一直像出入自己家一样出入李金刚家，但在这个关键的晚上，紧张的他突然发现："他忘记了一个致命的问题：李金刚家究竟是哪座楼是几单元几层几号。几十年他就像出入自己家一样地出入李金刚的家，他不用也从来没打算记一记李金刚的门牌号码。他对李金刚家的熟悉是一种无需记忆的熟悉，……可是这个晚上，这个本该独属于安德烈的晚上，他丧失了记忆。他仰望着在夜色中显得更加一模一样的笨重的楼群，仰望着那些被漠不关心的灯光照亮的窗，甚至连李金刚家那座楼的方位也找不准了。他就像掉进了一个陷阱，一个荒诞无稽的噩梦。"他最后也没有找到那个他原本再熟悉不过的房间。

安德烈的这个晚上，似乎是带着某种神秘的，这个神秘性，正是城市本身的神秘性。这是城市典型的千篇一律的格式化的生活，对生命意识的一次漫不经心的扼杀。

铁凝是一个惯于书写城市神秘性的作家。神秘性的来源，除了上述的僵硬，还来自于城市无数隐性私人关系所构成的黑洞。她的另一个中篇《午后悬崖》提供了代表性文本。"午后"是一个普通的城市的午后，而"悬崖"则是表面波澜不惊的日常生活下突然开裂的悬崖——历史、记忆、死亡与秘密。

故事以参加的葬礼开始。死亡是最为彻底的掩饰，也是记忆的最终归属。死亡也能见证城市的虚伪与肮脏——这不是乡土作家外在的观感，而是来自于城市中人的内在感受：比如葬礼上的逢场作戏，以及在女烈士墓前的性交易。墓园是城市中少数几个带有神秘性的地点。而正是在城市烈士陵园旁边，我听了一个叫韩桂心的女人讲述的故事——一个关于秘密和真相的城市故事：她的父亲外表斯文实则无比专制残暴；她和母亲张美方在幼儿园里隐瞒了她们的秘密（后者也是她的幼儿园老师）；她出于妒忌将印侨之子陈非推下滑梯并导致了其死亡，她的母亲则绘声绘色编造了死亡的真相（亲人共享"谋杀秘密"的情节，也是铁凝的长篇小说《大浴女》的内核）；她的丈夫有一盒子来路不明的珠宝首饰和金条（正是这个秘密获取了她对他的信任）。当然，倾诉本身也是秘密，聆听本身使我成为秘密的共谋，我最后选择把录音带遗留在墓园的椅子上，因为有一种逃离秘密的本能。

小说塑造了一种秘密的姿势，那是五岁时目睹她"谋杀"后母亲的动作："从此我母亲瞪着大眼把食指压在唇上的那个姿态几乎终生陪伴着我。"而个人的秘密造就了城市的神秘："每座城市都有一些带斜面屋顶的楼房或者平房，站在城市的高处看这些屋顶，我常常感觉到心里很不舒服。后来我才发现因为这些屋顶像滑梯，好比一架架无限放大了的滑梯矗立在城市的空中。"

有意味的是，小说的结尾，是以厌恶韩桂心的复杂多变的"我"揪获一个流浪者在墓园里的排泄结束的。排泄在这里写得令人惊异地具体：

> 在那儿，在距刘爱珍烈士墓不远的一处灌木丛里，在低垂的一挂柏树枝下，有一个屁股，有一个赤裸裸的正在排泄粪便的屁股。灌木丛和柏树枝遮住了那屁股的主人，但谁也不能否认那没被遮住的的确是人的而不是别的什么的屁股，它就暴露在距我和韩桂心三四米远的地方。这个屁股在这世上存活的历史少说也有70年了，它灰黄，陈旧，蔫皱的皮肤起着干皱的褶子，像春夏之交那些久存的老苹果。在那两瓣"蔫苹果"中间有一绺青褐色条状物体正断断续续地垂直向地面下坠并且堆积，他或者她正在拉屎，就在洁净的墓穴旁边。

在上一章中曾经分析过乡土小说中"排泄"的意义——即体现了"生命欢乐、温柔、反抗的全部含义"。然而，在这里，城市的排泄却呈现出不同的意义，它作为"玷污"的动作，和烈士刘爱珍的"清白"形成对照，成为城市"不洁"真相的象征，它构成了对城市"神秘"的否定。

事实上，关于粪便与不洁真相的关联，并非偶然。这似乎成为作家对城市神秘性进行平民性解构的一种惯用手法。尽管似乎"不雅"，但还是有必要举一个韩少功在小说《昨日再会》中的片段：

> 上面关于拥吻一段纯属虚构。当时我是夺门而逃。我逃的一个原因是茅房里听到的她的声音。……我当然可笑，当然少见多怪。屎尿这些东西不是很正常么？任何男女，不论他们怎么当大人物风度翩翩光彩夺目，也是要天天撅着屁股拉屎拉尿的，也有臭的本质。（读伟人传记时当然最好不要这么想。）小孩就知道这一点，所以对屎尿从来就像对蛋糕一样兴致勃勃。只是我们这些成人不懂道理。成人讲什么文明，只注意一些庄严的东西。比如看历史，就只选些宫廷、哲学、革命、美丽山河来看。比如我们一看到男人和女子，就只注意他们的脸和仪态，不去他们的头皮屑，他们胃里的沟纹和须毛，他们大肠中混浊的泡沫和腐臭的渣滓在偷偷蠕动，等等。①

在城市感较强的韩东的小说《火车站》中，也有与上面极为类似的篇幅较长的情节描写——在此仅引用其中的一句："他为什么不把尿尿在火车上呢？是出于对那女人的尊重么？他就夹那泡尿站在过道里。"作者在衣冠楚楚的社会人物与极端形下的尿之间，进行了拼凑和关联。事实上，韩东并非偶一为之，他的小说中类似的情节颇多。比如，把猫的尸体装在手提袋里进入了繁华的商场（《花花传奇》《三人行》）；外貌恐怖的"长虫"被"窝成尽量小的一团塞入一只手提袋中了"（《长虫》）。所有这些，都曲折地指向了道貌岸然的城市的"下部"。

因此，这个城市，即便在生活在其内部的作家看来，也是不真实的。对于韩东笔下那个卡夫卡式的神秘的城市，抑或铁凝笔下这个充满了"悬岸"的神秘的城市，除了轻松的解构，还有邱华栋提供的方式：

> 有时候我就觉得北京是一座沙盘城市，它在不停地旋转和扩展，它的所有正在长高的建筑都是不真实的，我用手指轻轻一弹，那些高楼大厦就会沿着马路像多米诺骨牌一样依次倒下去，包括52层高的京广大厦和有300米高、88层的望京大厦。

---

① 韩少功：《昨日再会》，《小说界》1995年第3期。

……我们沿着大街一直向前走，一直到走近黎明；一直到生活教给了我们越来越多的东西，直到我们不再去真正地爱了，成了自身消耗自身的单面人，在沙盘城市里跳着机械的舞步。我和他一起向大街的深处走着，我伸出了中指和拇指弹向夜空，听见那一座座高楼依次倒下去的巨大声响，感到了复仇般的安宁和快乐，是的，这座城市原本就是一座沙盘城市。①

这是一种更为彻底的、更具有平民性的解决方式——当然，只能是在平民式的想象之中。

第二节　日常性爱的重与轻

一、脱离庸常的生命狂欢

列斐伏尔指出，"思考城市问题就是把握与强调它的相互冲突的各个方面：既是强制性的又是可能性的，既是和平的又是暴力的，既是聚居的又是孤独的，既是单调乏味的又有诗情画意的，即是惨无人道的功能主义又有让人惊叹的即兴创造性。城市的辩证法不能局限于中心——边际的对立，虽然它包括与暗含着这一点……"②

那些新时期最初的、基于平民立场的城市小说，以迥然有别于传统现实主义的琐碎的、原生态的、自然主义的描写，悬置知识分子那些高蹈的价值伦理，穿透文化堆积，通过从内部对城市平民生存"原生态"的揭示，提供给读者以独特的震惊体验，使读者通过仿佛第一次看到了自身沉沦的真相。

城市的沉沦状态并不是新的发现，它几乎是伴随着城市的诞生而产生，在现代小说中也偶尔可见。不同的只是作家的立场，对知识分子立场作家而言，沉沦是需要批判的对象。叶圣陶小说中较有名的"灰色人"的形象，

① 邱华栋：《沙盘城市》，《作家》1994年第10期。
② 刘怀玉：《现代性的平庸与神奇——列斐伏尔日常生活批判哲学的文本学解读》，中央编译出版社2006年版，第363页。

其实便是城市中沉沦状态的人。但即便以叶圣陶之宽厚，他对《潘先生在难中》中潘先生在战乱中的"自私而苟活"，也持较为鲜明的批评。其实可以设想，把印家厚或小林放在潘先生的位置，他们未必能做得比潘先生更好。再比如30年代沈从文，也有《腐烂》《烟斗》《薄寒》等写城市日常生活的小说，但批判之意同样甚明。

格非曾对包括《烦恼人生》在内的自然主义式的写实小说进行了批评，他说：

> 从整体上来看，这一类小说由于过分沉醉于琐屑的日常生活经验的陈列，从而丧失了个人对存在本身独特的沉思。他们所描绘的烦恼虽然带有某种普遍性，但只是早已为大众所习知的概念化的烦恼。这是一种沿袭和借用，而并非源于作家自身的生命体验，更谈不上灵魂对于存在终极价值的反思。从某种意义上来说，作家一旦放弃了对自身人格的塑造，放弃了对自身行为方式的自信与执着，不仅对于现实的深切把握无从谈起，就连想象力本身也必然会受到有力的扼制。①

我认同格非对这类小说的批评。因为作家当然不能仅满足于平民生活的沉沦。——但是，出路并不唯一。"个人对存在本身独特的沉思"，以及"灵魂对于存在终极价值的反思"，表明这一解决方向依然是知识分子的。还是回到列斐伏尔的那句话，日常生活的问题只能通过日常生活自身来解决。脱离日常生活的知识分子立场也许能解决知识分子自身的问题，但很难成为平民自身的解决方案。但格非"并非源于作家自身的生命经验"的批评是中肯的，因为，如前对乡土民间小说的研究所揭示的，生命经验——我所称为的生命意识——蕴藏着平民对日常生活和庸常状态的抵抗。因此，我们首先需要从日常生活的内部，去寻找和考察解决日常生活问题的可能。

首先是吃与性。当城市日常生活已经解决了基本生存问题后，"饥饿"主题只是存在于历史记忆与乡土小说之中，"吃"已经断开了与生存的直接联系，也许在较少的情况下，还可以与生命的舒张发生关联，但总体而言，

---

① 格非：《小说叙事研究》，清华大学出版社2002年版，第6页。

在当代城市小说中已经不多见。但"性"确乎成为抵抗日常生活的先锋。正如上节探讨民间历史之根时指出的那样，对于平民，性爱是动物的本能、是基于身体的情感需求，同时也是强旺生命力释放的途径。它就像一座隐藏在日常生活内部的火山，也许大部分时间都处于沉睡状态——即便是在"不谈爱情""懒得离婚"的沉沦状态下，但它终归是一座活火山，它偶尔的爆发，会打破生存伦理、激发平民的生命意识，打破日常生活的锁链，达到列斐伏尔所说的"瞬间的狂欢"的状态。

这方面尝试，开始于王安忆的"三恋"。在《小城之恋》中，性是懵懂、狂乱而且动物性的，作者通过女性怀孕而产生的母性，将其从性欲的困境中解救出来，表达了自己的否定态度。但与"性"关联的"爱"，情况则有所不同。《荒山之恋》，正是城市版的"岗上的世纪"。男女主人公都有各自幸福的家庭，悲剧的起因，起初来自男主人公一以贯之的软弱与女主人公"征服男性"的好胜。但是，"逢场作戏"变成了玩火自焚，他们双双坠入了真正的"爱情"，因此理所当然承受了文明和道德的所有惩戒，但依旧无法扑灭这基于生命本能的热情。"他们已经没有了道德，没有了廉耻，他们甘心堕落，自己再不将自己当作正派人看"，"城市"最大限度地压缩了他们的爱情空间，自杀似乎成为唯一的出路。"我们生不能同时，死同日。"这句似乎俗滥的表白，因为其坚决的行动而被拭亮，恢复了其原初的生命内涵。荒山作为城市的对照，也是意味深长的，它表明了强旺的生命意识最终还是敌不过城市的规诫，也意味着广袤的大地才是生命之火的最终收容所。小说最后泄露了自身的立场："女孩儿妈倒不哭了。她想，女孩儿在一辈里，能找着自己唯一的男人，不仅是照了面，还说了话，交代了心思，又一处儿去了，是福分也难说呢。"这种基于生命本真的价值判断，穿透了所有伦理、法律、道德的文明堆积，回到了生活的本来状态。——这正是"回到事物本身"所追求的。

《荒山之恋》超越了生存伦理的生命意识，从根本上说，其实不是对城市的抵抗。反抗体现在《锦绣谷之恋》中。女主人公处于对家庭生活（逼仄的空间）与枯燥的日常工作（单位）的双重厌烦中。因此，庐山笔会正好提供了短暂逃离城市日常生活的机会，而和作家的短短五天时间所滋生出的爱，是厌烦的宣泄，也是对生命意识的召唤。但是，城市文明与理性规范的制约无处不在，"他们是读过书的人，受过教育，见多识广，深知人应该是怎么样，并朝着这目标努力。"因此，性爱注定了只是短暂的狂欢，离开庐山后，女主人公一度期待"他"的来信，但现实使她清醒："日常生活已经形成了一套机械的系统，她犹如进入了轨道的一个小小的行星"，但在日常生活之中，"他们将互相怀着一个灿灿烂烂的印象，埋葬在雾障后面，埋葬在山的褶皱里，埋葬在锦绣谷的深谷里。"在此，锦绣谷成为日常生活之外的"第二种生活"。这个"什么事情也没有发生"的故事，也许较之于轰轰烈烈的"荒山之恋"，更接近于平民日常生活的本来状态。

二、性爱的交换、消费与沉重

上述性爱的抵抗，似乎带着一厢情愿的特征。随着商业社会的来临，性爱逐渐失去了以往的浪漫或反抗特质，变得商品化了。

池莉的《绿水长流》（1993①）是正好与《锦绣谷之恋》（1987）成为反向镜像的文本。同样是在庐山，所有外部条件几乎都为一次浪漫的外遇做好了准备：浓雾聊天，"开始有陷阱"；会议把"我们"安排到一个小别墅，晚上暴雨，客房被反锁。但最终，什么也没有发生。其实，这一结果从开始就被确定，可以简单梳理一下其内在原因：朋友有情人未成眷属的现实教训表明，"初恋其实是生理欲望"；罗洛阳的风流过往表明，没有爱只有游戏；宋美龄的故事表明，"政治吞噬了爱情"；十年前"我"婚姻遇到麻烦，作为女性榜样的姨母说：傻孩子，我们不谈爱情；一个故事，寻找爱情最终沦为暗娼的人；学医时，尸体嘲弄了我花前月下的诗意。因此，政治、科学、历史、现实、记忆、经历等，共同都指向了对爱情的怀疑。最终，"我登上了长途汽车"——车站是一个连接点也是转折点，在这里，是再一次经受

---

① "1993 年，我强烈地意识到这个问题。当时炙手可热的先锋小说已经逐渐势微，作家们正在适应市场经济，纷纷以挣稿酬的多少来论英雄。"东西：《小说的魔力》，《中国当代作家面面观》，春风文艺出版社 2003 年版，第 383 页。

了"浪漫"诱惑洗礼之后，向俗世的回归。回归带着一种真理在握的自得与骄傲："我的关于爱情的故事编完了。"

池莉的独断与自信，与 90 年代日益发展起来的市场经验下的商业伦理有着深刻的关联。商业理性在某种程度上比启蒙理性更为独断。众所周知，凯恩斯经济学理论建立在"理性人"假设基础上。她的大部分小说依旧在编织着类似的故事，所有的主题便是"不谈爱情"。在《你以为你是谁》《来来往往》《小姐你早》《生活秀》等小说里，我们都可以看到以下准则被一再重复：一、利益的交换成为至高的准则；二、作为第一点的推论，不存在真正的爱情，只有利益的交换；三、金钱的富有等于成功。《生活秀》中，来双扬和《你以为你是谁》中的陆武桥如出一辙，她出生于市民窟而有品位，头脑冷静，长袖善舞。她说服九妹嫁给了房管所所长的有间歇性精神病的儿子，以此解决了来家老房子的问题；她搞好了与后母的关系，借此整治了嫂子小金；她偷带毒品照顾在戒毒所的弟弟久久，在五星级的酒店熟练地请张所长吃饭，最终，她献出身体回报了卓雄洲两年来对她生意的照顾，然后冷静地和他分了手。作为一个实践了她的三条准则的理想人物，池莉对她的认同是很明显的。这种认同来自于作家本人的价值观，正如她坦言自己的读者观："我一直认为，一个作家写作的意义根本是由他的读者来体现和完成的。并且还可以这么说，一个作家，如果没有读者的阅读，他的作品将是残缺不全的。"①

如果把视野稍加拉长，便会意识到作家商业化的选择其来有自：来双扬正来自于武汉拥挤而粗陋地生存的贫民窟。《风景》中，"七哥"已经在家庭的恶劣生存环境中，领悟到了不惜代价谋求成功的生存之道，来双扬不过是这个环境下滋生出来的另一个代表。只不过，这种功利的"性爱"在 90 年代城市小说中过于常见了。

从平民立场观察商业伦理，后者所涉及的生存，已经并非与生命相联系的本质生存，而是欲望——正如《棋王》中王一生所说的"吃"与"馋"

---

① 池莉：《池莉小说精选·序》，长江文艺出版社 2000 年版，第 1 页。

的区别。标志着生命的平等和欢娱的"性爱"追求，也被功利化的"成功"追求所替代。追求"成功"的最初动力，其实是对生存苦难记忆的恐惧，以及尽可能远离那种苦难的本能，但在追求的过程中，这一初衷逐渐被遗忘，而变成了对"征服"的迷恋——身体的征服只是其中的一部分。事实上，在铁凝的乡土历史小说《棉花垛》中，通过臭子和乔，揭示了女性在宏大的历史漩涡中，都存在着身体被征服的命运。但是，城市的商业伦理和金钱交易法则，进一步使这种征服巩固、强化、规则化和普遍化了。

一部不可回避的作品，便是贾平凹的《废都》。红袖风流，这是中国文人的雅好；性爱描写，也是技法层面，不是本文关注的焦点。从平民视角看其性爱描写，其作用如下：一是有助于将小说视野从文人阶层拓展到更为广阔的日常生活。与庄之蝶发生关系四个女性中，除了牛月清，都来自社会底层——从农村私奔的女人唐宛儿、农村保姆柳月，以及蜗居在一条逼仄脏乱的小巷中的设计师妻子阿灿。二是体现了征服与交换的城市性。庄之蝶最吸引人处，在于他是大名人。阿灿表达得最为明显："有你这么个名人喜欢我，我活着的自信心就又产生了！"性爱的利益交换，在作为农村保姆的柳月身上体现得最为明显，如果联想到来双扬，其实并非偶然，当然，通过交换，庄之蝶获得的则是征服的自信。三是堕落的象征。性能力的不足，是文化生命力不足的隐喻；偷情相比乡土民间元气淋漓的野合，体现出精神的侏儒化；把女人的隐幽处作为"忘忧堂"，体现了退缩、逃避、无力的城市性。因此，他最终的失败、出走，以及车站"休克"，都已经通过性爱预先注定。如前所说，车站意味着转折，车站休克，意味着"废都"的难以逃离。

《废都》中，性爱的征服与交换，被隐藏在主人公"文人才气"的迷人的光环之下。性爱更为直接的征服和交换，体现为卖淫（也包括二奶）。卖淫是性爱的彻底商品化。不管怎样，在80年代，民间道德伦理还是需要认真对待的东西。"性"还保持着某种"神圣"，即便是不得已而交换，也得"物有所值"。但随着消费社会的来临，以及女性意识的高涨，一个现象是，价值的樊篱不知不觉被新一代瓦解了。物质丰富的年轻一代，没有对于生存的恐惧记忆，对成功的渴求程度也降低了，取而代之的是自由和个性解放。但城市已经隔绝了与自然的联系，最便于操纵的自由，同时也是最容易抵达的狂欢，便是自己的身体。直接的结果，是"性"失去了以往的严重性，变得"轻"了。

在陈染或林白等小说中的女性那里，城市交换法则对女性身体的征服，让人厌倦也让人恐惧。那么，选择无非是逃避：从人群中回到个人，从广场逃回到幽闭的卧室乃至浴缸，从爱情逃到自己的身体，从现实逃回到梦幻，把性爱从冷冰冰的商品变为个人或者同性者的狂欢，这是女性在 90 年代上半叶开始的身体叙事。只要看题目就可以感受到这种特质：如《嘴唇里的阳光》《时光与牢笼》《无处告别》《站在无人的风口》《私人生活》（陈染）；或者《回廊之椅》《瓶中之水》《一个人的战争》《守望空心岁月》（林白），等等。

性爱正在从商品变成消费，王安忆的《我爱比尔》显示了这种转变的过渡特征。阿三为比尔轻易献出自己的身体，甚至不惜被大学开除，不为了谋求利益，甚至也不为了性爱的快乐，只是为了一种异国情调。而后来她与不同的外国人做爱，既是对外国情调的迷恋，也是对比尔的缅怀。性爱变成消费，但同时也带着隐秘的交换性质，毕竟，用性爱实现对异国情调的追求，也是一种交换。

爱情的消费与游戏，是 90 年代后期以降城市小说的常见主题。北村的小说《长征》，以及徐小斌的《吉耶美和埃耶梅》结构几乎一样，都是在对上一代与当下一代情感生活的穿插描写中，体现了过去的浪漫严肃的爱情与当下游戏化的、无所谓的"爱情"的对照，这是重与轻、生命意识的在场与缺席的对照。在更年轻的 70 年代作家，如卫慧、棉棉、赵波等那里，性爱则通过更为轻松随意的，甚至将自身投入的"半自传体"的写作，发展为令人侧目的都市小说新形式。

卫慧的《上海宝贝》中，对"我"（倪可）而言，性爱是自由和欲望的象征，它与咖啡、红酒或者大麻，没有太多的不同。如她所言，"上海是座寻欢作乐的城市。""亨利写了《北回归线》，穷而放纵，活了 89 岁，一共有过 5 个妻子，一直被我视为精神上的父亲。"而达利的一句话"一个人可以做任何事，包括应该做和不应该做的。"也许可以作为倪可自由选择的注脚。倪可确实爱上了柔弱自闭像小男孩的天天，但性生活的缺失，让倪可同时和有妇之夫的德国人马克保持着欲罢不能的肉体关系。这似乎是一个精神恋爱与肉体恋爱的平衡，但事实上，燃烧起来的肉体欲望如同吸毒一样不可控制。而围绕倪可，同时展现的还有她所在的圈子：包括吸毒、同性恋、双性恋、滥交等。倪可无疑是爱天天的，但爱并不意味着性的唯一性。正是倪可的游戏态度导致了天天的自暴自弃和死亡。倪可对此保持了一种相对轻松的态度，甚至没有足够的沉痛。究其原因，其实存在于都市新人类的人生哲学之中：欢乐还在继续，寻欢作乐是不需要记忆的，每个人也不需要为其他人承担责任。唯一精神上的清白者只有天天，但他的脆弱与死亡表明了爱情的不合时宜。

一种比较，尽管似乎荒诞但在平民立场也许不是多余的：平等并置本是狂欢广场的特点。在 90 年代都市丛林中如鱼得水的都市宝贝倪可，与 30 年代在红高粱地上如鱼得水的"我奶奶"戴凤莲之间，真正的区别在哪里？在大胆泼辣、放纵生命，乃至对未来的规划方面，倪可都比前辈不遑多让，更不用说前者作为复旦高材生的才学与视野。但是，戴凤莲身上有些东西是倪可注定不具备的，那就是交付与责任。交付就是"爱"，就是放开和敞开，非此无法达到生命的真正高潮。责任就是承担与遵守，作为掌柜、老婆、中国人的承担，与对民间道义伦理的遵守（当然也有抵抗）。正是这种交付与责任，让她在日本人的枪林弹雨中也要走向"我爷爷"。不同还在于环境。在戴凤莲后面，是一个同样生命张扬的群体，是值得交付的余占鳌、罗汉大爷，甚至花脖子、江小脚等在各自的世界里同样都是值得交付的英雄。而在倪可的身边，没有可以交付的朋友，热闹的表相背后，是一个个冰冷的个体。

当然，就小说而言，《红高粱》多了狂欢、多了神秘、多了生命与自然的节律，关键是，多了记忆，因而多了历史的纵深，也多了沉重。都市里滥交的派对、小资情调的咖啡馆，似乎也是狂欢与神秘，但远离了生命与自然，更重要的是，没有沉重。对于倪可，每一天都是寻欢作乐的新的开始，她随时可以有新的奇遇，投入新的"爱情"，她的自由来自于放弃。《上海宝贝》，是本雅明所讲的"将一批有讽刺前科、有才华的艺术家赶出政治领域"之后，作家们诞生的"城市生理学"。①

都市需要沉重一点的性爱，需要交付与责任，需要历史和记忆。因此才有北村的《玛卓的爱情》、须一瓜的《穿过欲望的洒水车》中主人公们的自杀，自杀所代表的死亡，体现了纯真爱情与生命意识的密不可分，再次表明城市中生命意识的失落。失去纯真和浪漫爱情的城市生活，是生命无法承受之轻。

在上述《我爱比尔》中，小说着意描述了被劳教而逃跑中的阿三遭遇"阿都尼斯复活"式的场景：

> 这一回，她完全清醒了，听见有小虫子在叫，十分清脆。她有些诧异，觉得眼前的情景很异样。再一定睛，才发现雨已经停了，月亮从云层后面移出，将一切照得又白又亮。在她面前，是一个麦秸垛，叫雨淋透了，这时散发着淡黄色的光亮。她手撑着地，将身体坐舒服，不料手掌触到一个光滑圆润的东西。低头一看，是一个鸡蛋，一半埋在泥里。
>
> 她轻轻地刨开泥土，将鸡蛋挖出来，想这是天赐美餐，生吃了，又解饥又解渴。她珍爱地转着看这鸡蛋，见鸡蛋是小而透明的一个，肉色的薄壳看上去那么脆弱而娇嫩，壳上染着一抹血迹。
>
> 这是一个处女蛋，阿三想，忽然间，她手心里感觉到一阵温暖，是那个小母鸡的柔软的纯洁的羞涩的体温。天哪！它为什么要把这处女蛋藏起来，藏起来是为了不给谁看的？阿三的心被刺痛了，一些联想涌上心头。她将鸡蛋握在掌心，埋头哭了。

较长的引用，是因为这一段的特别。尽管不能证明是阿三转化的开始，但起码在这一瞬间，切实地击中了阿三的内心。细加辨析，是缘于以下的原因：首先是完全有别于都市的大地的博大和自然的纯净；其次它隐含地指向

---

① [德] 本雅明著：《发达资本主义时代的抒情诗人》，张旭东、魏文生译，生活·读书·新知三联书店 1989 年版，第 54 页。

了一种纯洁而无功利的性爱——以繁殖为指向的健康而自然的性爱，带血的处女蛋既凝聚着痛苦、羞涩、喜悦，同时也暗含了新生。这才是性爱的理想状态——可惜，只能见诸于远离都市的山村，来自于乡土文明。

在远离乡村的城市，另一种性爱则是无法承受之重。当前述的乡土民间叙事把笔触延伸到城市时，卖淫被作为对城市批判的武器。阎连科的《日光流年》，便曾经以较多的笔墨写到蓝四十在城里卖肉（卖淫）的情节。但是，平民立场意味着平等相对的眼光，以及设身处地的同情。近些年来有一些社会学者深入这个群体，进行社会调查，并得到一些有益的结论。事实上卖淫女的一种类型，来自贫困地区农村，身无长技，又存在着对物质的欲望和追求，因此自愿以此为"职业"，平时在爱好追求上，与普通女性没有太多区别。这没有成为当代小说的主要对象。相对而言，作家更关注的，是另一种负载着生命之重的卖淫者。

平民是城市的底层；其中的女性，由于历史加诸的"被塑造"的命运，便处于底层中的底层；而卖淫女，又处于女性的底层。如前所述，这个群体是如此的底层，以致于她们无法为自己代言。在商河的小说《肉体》中，叙述者是两个卖淫女的尸骨，在桑拿浴室突发的大火中，阿莲为了救同乡阿英而双双牺牲在火海，她俩在镇长的指示下被连夜掩埋，"整个事件将被掩于无形。"在法律不健全，以及权力之网覆盖一切的时候，卖淫女不唯不能留下自己的声音，连肉体的被消灭也可能被掩于无形。只有基于平民立场，才可能促使作家走进这个群体的内部。曹征路深入关注了这个群体。他的颇为知名的小说《那儿》① 中有直接这样的描述：

> 在我们那个地方，如今看法已经变了。下岗工人越来越多，人人都有亲戚朋友，骂婊子，被视为不凭良心。你可以骂小姐，可不能骂婊子。小姐都是外来的，她们年轻，一般都在娱乐场所坐台等候顾客上门。而这样的岗位下岗女工是很难参与竞争的，她们只好在霓虹灯下晃来晃去，打一枪换一个地方。谁家没有老婆孩子啊，谁家没有七灾八难

---

① 曹征路：《那儿》，《当代》2004 年第 5 期。

啊，谁还不是为了混口饭吃啊？谁又敢保证自己没有那一天呢？所以她们是被划入好人行列的，她们是没法子才去当哨兵的。

体现了民间在沉重的生存压力下的生存伦理与民间价值伦理，当然，还有平民基于生存伦理的强旺的同情。如果说在《那儿》中，这个群体还只是作为背景出现，那么，被视为其姐妹篇的《霓虹》①则更为深入这个群体。小说采用了谋杀案的"勘察报告"以及"笔记"的形式——只有这两种方法，才能保证受害者有客观描述自身"原生态生存"的机会。"霓虹"是城市的象征，但只有对面的出租屋，才隐藏着卑微者的真实生活。倪红梅本是口碑很好的下岗工人，丈夫为救工厂火灾去世，为了照顾年幼上学的艾艾和生病的奶奶，被迫出卖自己的身体——这是平民的终极依靠。"对我这样的女人，最后的本钱就是身体。当一座破败的房子到了风雨也挡不住的时候，你留着那些本钱又有什么用？"小说写她对孩子、婆婆的感情以及忍辱负重，同时也写她们"姐妹"的被欺侮和卑微的温暖。倪红梅最终为了保护毫无价值的200元假币被歹徒所杀，但对她而言，"我早就不把死当回事了，我把每天都当最后一天过，那一天并不残酷，那一天对大家都是一种解脱……"。如果说，压倒乡下女人瘿袋的，是狗日的粮食；那么，压倒城市女人倪红梅的，则是民间道德伦理与生存困境的双重压力，以及城市商品化法则对生命意识的碾压。

第三节 游荡、躁动与游戏

一、城市游荡者与王朔再分析

如前，游荡者的形象以及游荡的主题，在中国古代小说以及当代乡土民间小说都较为多见。因为在传统的乡土社会里，日常生活还没有对个体形成严格的规诫和管理，那时的个体还与自然有着亲密的联系。但是，当代城市平民所面对的城市，是一台强大的、无懈可击的机器，大到任何一个个体都

---

① 曹征路：《霓虹》，《当代》2006年第5期。

无法对它进行有效的抵抗。因此，抵抗必然是分散的、化整为零的。平民无法改造城市，只能先改造或者强大个体。提到对城市的抵抗，我们不能不想到城市游荡者，当然也就不能不想到本雅明。在波德莱尔看来，"一个旁观者在任何地方都是化名微服的王子。"① 本雅明赞成地引用维克多·富尔内尔《巴黎街头见闻》中的看法："绝不能把游手好闲者同看热闹的人混淆起来，必须注意到个中的细微差别。……一个游手好闲者身上还保留着充分的个性，而这在看热闹的人身上便荡然无存了。"② 需要重视"充分的个性"。在来双扬（《生活秀》）和倪可（《上海宝贝》）身上，当然也存在着个性，但不是"充分的个性"。"充分的个性"，来自鲁迅所言的"真正解放的"平民。这种个性，是区别于"看热闹的人"的，是被倪可、来双扬这样的城市中人群所遗忘的。它是来自于原初的、带有历史记忆的、具有生命情感基质的个性。

这种气质，较早呈现在徐星的《无主题变奏》中，"我"拒绝了女朋友老Q"像她那样干所谓的'事业'"，他说："老Q！我只想做个普通人，一点儿也不想做个学者，现在就更不想了。我总该有选择自己生活道路和保持自己个性的权利吧！"这种姿态对后起的异端另类影响深远，起码在棉棉的小说《糖》里，经历着吸毒、捅刀、娱乐、性爱、死亡、友情等的主人公也说："在这之前我看过《恶之花》，看过徐星，看过陈先发。"但是，新新人类也许忽略了徐星在这部小说里的另外一句话："这么说并不是要告诉你我与众不同，其实在另外一个意义上我又太知道该要什么了，要吃饭要干活儿。"表明了"我"贴近生存与生命的本体意识。

徐星的小说指向的是80年代初期的北京。"80年代的北京其实还远不是一个现代城市，还有那种乡土气的淳朴，它的狭隘和可爱都由此而生。"③

---

① [德] 本雅明著：《发达资本主义时代的抒情诗人》，张旭东、魏文生译，生活·读书·新知三联书店1989年版，第59页。

② [德] 本雅明著：《发达资本主义时代的抒情诗人》，张旭东、魏文生译，生活·读书·新知三联书店1989年版，第87页注12。

③ 查建英、李陀：《关于80年代的访谈》，程光炜编：《重返八十年代》，北京大学出版社2009年版，第79页。

但对于乡土中国而言它同时也是异数，如费孝通先生所言，"以农为生的人，世代定居是常态，迁移是变态。"① 游手好闲者的存在体现了这个城市的乡土气，同时也暗示了作为背景的这个城市的严肃。他们物以类聚，游荡在 80 年代的北京街头，快乐而自由，没有（也拒绝）正当的职业，不喜欢规律刻板的生活——这使他们不同于没有个性特征的城市看客，从"单位""职业""组织"中，从人群中逃离出来。在这些城市边缘人物身上，保留着城市未被彻底化之前的个性。

　　游手好闲者 1986 年开始出现在王朔的小说中。王朔 50 年代出生，一直在北京的军区大院长大，后来短暂参军复员，一度经商失败，复杂的经历使得他比其他绝大多数作家对城市生活更加游刃有余。或者说，他本身也是作家群体中的一个旁观者或边缘人，因为他是不属于哪个组织的自由职业者，无论在成名之前抑或成名之后，都游离于作家队伍之外。他的许多小说有对作家明显的讥讽，这使得许多评论者认为他的"粗暴"有"文革"遗风。波德莱尔笔下的"游手好闲者"，在王朔这里，被置换成了具有中国国情（尤其是北京特色的）"顽主"。他笔下人物的玩世不恭，从 80 年代后期的那些小说名称就可以看出来：《顽主》《一点正经没有》《千万别把我当人》《玩的就是心跳》，等等，这些人油嘴滑舌、信口开河、坑蒙拐骗、勾引女人，亵渎道德、理想、崇高、严肃等品质，被视为"痞子文学"。

　　异类的方式，尤其是游离于知识分子群体之外，自然容易引发异议。任何针对知识分子群体的批评是危险的，当然王朔带着游手好闲者的无所谓态度。批评集中体现在 1993 年的那场"人文精神大讨论"中，王朔被作为"人文精神"的反面典型之一。但是，我们也许可以先平心静气地考察王蒙的"反批评"：

　　　　批评痞子文学的人又有几个读懂了王朔？判断文学作品的依据只能是作品而不是作家的宣言。王朔他们是太痛恨那种伪道德伪崇高伪姿态了，他们继承了中国文人的某种佯狂的传统，故意用糟践自己、糟践文

---

① 费孝通：《乡土中国·乡土本色》，北京大学出版社 1998 年版，第 7 页。

学的方法——这样比较安全——来说出皇帝的新衣的真相。难道他们的作品里除了痞子还是痞子吗？难道他们的小说里没有道出小人物的辛酸与不平之气吗？难道痞子就没有可以同情与需要理解之处吗？对待痞子一笔抹杀，难道不也是太缺乏人文精神，太专制也太教条了么？①

如前，游手好闲者最重要的区分标准，是有没有"充分的个性"。在此，简单地以他的小说《橡皮人》《玩的就是心跳》为例略作分析。

前两部小说中，顽主岂止是"游手好闲"，还在做着违反法律的勾当。前者中，是在边境倒买倒卖以及"空手套白狼"搞诈骗；后者中，则是用假文物诈骗华侨和外宾。但是，这些只是小说主题的表象，正如玩世不恭只是两篇小说共有的主人公"我"的表象。

《橡皮人》中，在整个的故事时间里，"我"在坑蒙拐骗的同时，正逐渐变成面目模糊的"橡皮模拟人"。"橡皮人"意指"非人"，小说开始部分表达了："我知道自己是有来历的，当我混在街上芸芸众生中，这种卓尔不群的感觉比独处一室时更为强烈，我与人们之间本质上的差别是那样的大，以至我担心我那副平庸的面孔已遮掩不住我的非人，不得不常常低下头来，用余光乜斜着浑然不觉的他人。"而在小说快结束处，"我带着我那副惨白、发着橡皮光泽和质感的面孔走在街上，任何人哪怕是白痴也能一眼看出我的非人。"这正是作者设置的深刻的自我批判；作为佐证的，是"我"对纯真的、"和我们不是一路"的张璐的关心、渴慕甚至祝福；甚至还有李白玲对我的"真爱"。小说以"我"默默注视着张璐和她的高大英俊的青年军官男友说笑着向前走结束，"我呆立原地，注视着她，身影一闪，消逝在人群中"。对这个"人群中的人"，本雅明曾经作过分析：

> 爱伦·坡的著名小说"人群中的人"仿佛是侦探小说的 X 光照片。在他的小说中，罪犯身上的披风不见了，剩下的只是铠甲：追捕者、人群和一个总是步行在伦敦人群中的不知身份的人。这个身份不明的人便是游手好闲者。波德莱尔就是这样解释的。他在一篇关于吉斯的文章中

---

① 王蒙：《人文精神问题偶感》，《东方》1994 年第 5 期。

把游手好闲者称为"人群中的人"。但爱伦·坡对这个人物的描写却没有波德莱尔给予他的默许。在坡看来，游手好闲者独自一人的时候就感到不自在。所以他要到人群去。他隐藏在人群中的原因可能是不言而喻的。①

《玩的就是心跳》的核心，是四个空虚无聊的人所玩的一个原本想自杀转而杀人和栽赃的刺激游戏，栽赃的对象是对此一无所知的"我"。无论是结构还是主题，都有莫迪亚诺《暗店街》的影子——由"失忆"和"侦探"，勾连起了记忆、过去、身份的主题。为了寻找失去的"七天"的记忆，"我"（方言）游荡在北京大街的寻找，就像走线串珠一样，串起一个个已经忘记了的朋友。李江云说出了方方努力寻找的实质，不是因为害怕被诬陷为杀人凶手，而是"你那么慌，因为你突然不了解自己了，……哪怕干的是坏事，你也不会这么慌。再也没有比对自己有个透彻的了解更重要的事了。"玩世不恭的外表，毋宁说是一种伪装，保护方言的"失忆"：他曾经有过的真爱，因为他对人与人的不信任而亲身毁灭。失忆既是对那段毁灭真爱也毁灭人生观的经历的逃避，也是对那曾经的"真爱"的守护。

王朔小说的整体逻辑是，写出一批玩世不恭的人，揭示他们就是六七十年代在混乱中成长的那批人，指出他们中的一批人现在已经西装革履人模人样，表示"我"对自己的混蛋状态不是一无所知甚或深恶痛绝。为了揭示，王朔最常用的方式便是记忆和做梦。记忆凸显了游手好闲者们的个性。《橡皮人》的一开始便是："那时才刚上中学，开始断断续续、反反复复地做一个梦，梦见一个、丰腴的女人，像跳脱离衣舞一样褪去她柔软、沉甸甸的皮肤，露出满身不停翕动的嘴。每当这时，我都要死一次，尽管是在梦中，……因而，我刚刚成年，便已饱经沧桑。""中学时代"便是六七十年代——这正是《动物凶猛》的故事时间。在王朔众多的小说中，人物是有意识地互文的，在那个混乱无序时代，方言与高洋、高晋等逃学、打架、泡妞，表明了日后"顽主"们的来路。值得注意的是《动物凶猛》的开头：

---

① ［德］本雅明著：《发达资本主义时代的抒情诗人》，张旭东、魏文生译，生活·读书·新知三联书店1989年版，第66页。

　　这个城市一切都是在迅速变化着——房屋、街道以及人们的穿着和话题，时至今日，它已完全改观，成为一个崭新、按我们标准挺时髦的城市。

　　没有遗迹，一切都被剥夺得干干净净。

　　在我三十岁以后，我过上了倾心已久的体面生活。我的努力得到了报答。我在人前塑造了一个清楚的形象，这形象连我自己都为之着迷和惊叹，不论人们喜欢还是憎恶都正中我的下怀。

但这显然是反讽。这种体面的人物形象，正是《顽主》中，三个顽主肆意冲撞着的"头发整齐、裤线笔挺、郁郁寡欢的中年人"，对他们的挑衅正是对城市化的反抗。

　　昆德拉说，"在艺术所创造出来的令人着迷的想象世界中，没有人拥有真理，而每一个人都有权利被别人正确了解"。王朔的小说，因为耽于语言的快感，不免有松散油滑之处，但这正是平民的特点。他在《看上去很美·自序》中说："不瞒各位，我还是有一个文学初衷的，那就是：还原生活。——我说的是找到人物行动时所受的真实驱使，那个不以人的意志为转移，隐于表情之下的，原始支配力。"这也呼应了如前所述寻根小说对生活原生态还原的主旨。我们不能说这不是平民真实的生活世界。这种有别于知识分子小说的文学史意义，在后者立场占据主导地位的学术研究中，很遗憾地被忽视了。

　　王朔自己说："正是这些刺耳的批评，使我看到了这一切阴差阳错和指鹿为马。"王蒙认为王朔"继承了中国文人的某种佯狂的传统，故意用糟践自己、糟践文学的方法——这样比较安全——来说出皇帝的新衣的真相。"装傻、佯狂与其说是文人传统，不如说是民间智慧。在平民的狂欢节广场上，最为常用的修辞之一是反讽，而反讽的本义，就是"佯装无知"，也就是"佯狂"；糟践自己、糟践文学，正是狂欢广场上的"小丑"最为拿手的方式（这是顽主们对待世界的办法，同时也是作家本人对付知识界的办法，如他所言，"太拿自己当事儿，不潇洒，坏了我们这种人号称的作派。"）。

　　王朔笔下的"痞子"的作派，也容易让我们联想到斯科特对农民"日常抵抗"的研究，他提醒我们，"偷懒，装糊涂，开小差，假装顺从，偷盗，装傻卖呆，诽谤，纵火，怠工"其实蕴藏着匿名的抵抗。相对于农村，目前针对城市日常生活的社会学研究还缺少坚实的成果，但这些"顽主"身上的这些特性，即便抛开那些沉重的历史记忆，也同样具有日常抵抗的作用。

90 年代，城市的游荡还在继续，但高潮已经过去。它源于以下三个因素，第一是沉重的记忆在消失。在余华的小说《一九八六年》中，那个曾经的历史老师、现在蹦蹲在一九八六年大街上的疯子，也是一个游荡者。因为疯癫，他拥有了巴赫金所说的"治外法权"，因此当人们已经普遍满足于现实生活时，永远生活在历史记忆之中的他，却在大街上通过自我施刑，向民众展示着特定时期的梦魇。他比任何人更接近历史的真相，而这种真相，注定了随着他的死亡而被彻底遗忘。

第二是商业文化的侵袭。商业文化对可能的游荡采取的方式是如本书第一章所言的大众文化工业的收编。邱华栋的小说《飞越美容院》中，同事费力在赚钱成功的自信中，突然被一种顿悟所击中，从而变成了游荡者："听说他在城市和城市之间奔忙，变成了行吟歌手。还听说他在一次打斗中瞎了一只眼。"已经成功的我，正在疯狂地找他，原因是——我要用他的漂泊和哀伤打动许多人。因此，一方面是行吟歌手只存在于"听说"中，在现实中几难寻觅；另一方面是即便找到，还面临着招安和收编的诱惑与庸俗化。商业文化对游荡的限制，还存在于对自由空间的不断侵袭。毕飞宇的《是谁在深夜说话》中，"我"住在南京城下，喜欢深夜游走，而且陷在古典的梦幻之中。"拆迁的通知来得很突然，我住进了新楼"，这致使失眠之夜"我的梦游都不简捷了"。

第三是城市越来越严密的规诫。韩东的小说《三人行》中，三位主人公在除夕来临之际，由于得以摆脱日常工作，成为城市的游手好闲者，发现了"仿真手枪"这一特殊玩具，因而互相之间举行了如火如荼的枪击游戏。在秩序日益规范的城市，枪击游戏无疑代表着都市人们潜意识中被压抑的躁动，但即便是这种躁动，依旧是被无所不在的秩序所限制的。正如小说里所指出的，仿真手枪在南方已经被禁止销售，同时小说的结尾也不无反讽：保卫处的人员正如临大敌等待着他们这三个持"枪"的不速之客，而他们却对即将到来的命运一无所知（当然，新世纪对仿真手枪的管理更为严格，如今拿着仿真手枪在大街上追逐，已经变得不可想象）。

二、生命意识的躁动与消解

随着城市乡土性的消失与规戒的严密，朱文笔下 90 年代孤零零的城市游荡者小丁，相比于王朔时代的游手好闲者，既失去了记忆的痛苦，同时也没有了群体性的欢乐。《小羊皮钮扣》展示了小丁一天无聊的游荡行程：华贵的少妇宠物狗意外被辗死；引起小丁好感的女孩在与男友的长时间接吻中意外身亡；建筑工地上工人从高高的脚手架上掉下来。这些情节当然都指向了死亡主题，但小丁只是一个没有个性的旁观者。直至最后，无聊中的小丁用钥匙拆开了那枚好看的小羊皮钮扣，用另一种"死亡"表达了自己隐含的躁动。

类似的躁动，以及躁动导致的游荡，在朱文的小说中普遍可见。在小说《去赵国的邯郸》中：小丁踢足球、跑步、做俯卧撑，乃至做出了从邯郸跑步回马头的举动，都是为了宣泄躁动。这种躁动"是他父亲感情的延续，父亲对集体狂热的爱，造成了他对集体难以克制的厌倦"，而"他不能和这么多和他不相干的人再朝夕相处下去，这是最关键的"。这也许可以视为解读朱文大部分小说中人物躁动的钥匙。在《关于一九九〇年的月亮》中，主人公也是由于躁动，在深夜离开自己的斗室，到马路上游荡，住进了离宿舍不远的旅舍，并被店主怀疑，又在警察来到时翻窗而逃。躁动的原因和前者如出一辙："还没开始上班，我就失望至极，因为我不得不和另外三个满怀抱负跃跃欲试的毕业生朝夕相处。"而更有争议的小说《我爱美元》，其人物形象可以看作王朔、苏童笔下的"痞子""少年血"形象在新时期的变异和发展。其余如《弯腰吃草》《戴耳塞的亚加》《可以开始了吗》等小说中，躁动情绪尽管相对隐蔽但莫不如此。《弯腰吃草》与杨争光的著名小说《老旦是一棵树》有很深的契合之处，在深怀躁动而又无法抗争的情况下，非理性举动（无论是弯腰吃草还是站到仇人家的粪堆上）其实是压力无处宣泄的情况下，极为奇怪而又非常自然的结果。对朱文笔下的人物而言，躁动的情绪主要来源于对城市密集人口的感受和无法逃避。

相比于游荡，躁动在城市更具有普遍性。如前所言，六七十年代的混乱历史隐藏在城市的记忆之中。无论是韩东、朱文或者苏童，都属于有记忆的这一批作家。"躁动"其实是乡土大地上强旺的生命力的变体，是其被弱化的城市表现形式之一。因此，它包含着欢乐和自由感受，脱离庸常的情绪等内容，是对机械和僵化的城市进程的本能的抵抗。

在前述《关于一九九○年的月亮》中，主人公的躁动包含了对一切按部就班生活的恐惧，包括了被小林、印家厚们所习惯了的婚姻："你可以结婚嘛，……但是你将开始的不是个人生活，而是又一种集体生活——和你可爱的老婆共同一个宿舍而已。"这种躁动，在苏童的《离婚指南》中得到验证。这篇小说似乎和常见的婚外恋小说没有什么两样，杨泊提出离婚正像他妻子准确预感的那样：在外面肯定有一个女人。但在实质上，驱使杨泊离婚的原因只是一种根源于内心深处的、对现实生活的不满，即"躁动"，正如王安忆的小说《锦绣谷之恋》中那个妻子的行为一样，婚外恋是一种结果而不是原因，是现代都市人对机械化生活的一种反抗。杨泊一再分辨："是我要跟你离婚，我无法和你在一起生活了，就那么简单。跟别人没有关系。""主要是厌烦，厌烦的情绪一天天恶化，最后成为仇恨。"曹文轩意识到了争吵在揭示都市人类生命力方面的意义。他曾以这篇小说为例指出："唯一能使这种生活（新写实主义）显出活力、证明人的生命依然活旺的便是争吵。"他同时指出："争论是理性的，争吵却是无理性的。"①

但是，城市生活已经陷入普遍的庸俗化之中。当杨泊发现了情人俞琼在本质上和他的妻子并没有什么两样后，产生的失望和厌烦是同样的，正是对重新生活失去了希望，这才使他和妻子渡过了离婚的危机。总体来看，杨泊石破天惊提出离婚，其实是"少年血"躁动的一次突然爆发，他的最终妥

———————————

① 曹文轩：《20世纪末中国文学》，北京大学出版社2002年版，第96、97页。

协其实是对城市机械生活的最终妥协。如苏童自己所言："我试图表现世俗的泥沼如何陷住了杨泊们的脚、身体甚至头脑，男人或女人的恐惧和挣扎构成了大部分婚姻风景，我设想当杨泊们满身泥浆爬出来时，他们疲惫的心灵已经陷入可怕的虚无之中。这或许是令人恐惧的小说，或许就是令人恐惧的一种现实。"① 这样，从机械和虚无开始，最终归于机械和虚无，苏童通过杨泊的经历向我们展示了一个现代城市生活的曾经躁动之梦。

三、游戏与游戏化

对韩东而言，尽管也有《古杰明传》这样类似王朔、苏童笔下躁动人物的小说创作，但日常生活中潜藏的"躁动"情绪更多是通过"游戏"的特殊方式体现出来的。

如巴赫金所言，游戏同节日的民间广场活动方面不仅具有外在的联系，而且具有内在的本质性联系。② 关于游戏，较为有名的观点当数席勒的"游戏说"。诚然席勒有意将其"游戏"与日常生活中的游戏明确作了区分，并认为游戏状态只有少数天才才能完成。但是，他认为人们解放自身的唯一途径就是保持游戏玩家的心态，要突破生活严苛的戒律，唯一的解决办法就是使我们成为能够自由想象和自由发明的人——这一点，也给平民的"有限突破"提供了启发——站在平民的立场，不能认为只有精神和审美领域的突破才是有意义的突破。

事实上，天才毕竟是少数人。文化史学家、语言学家约翰·赫伊津哈也标举"游戏说"，他的"游戏"概念则是指向日常生活的，他将人类区分为理性的人、制造的人以及游戏的人。作者更倾向于第三种理论假说。在他看来，"游戏的人"更具有本真性与原创性。③ 他认为游戏的第一个主要特征是自主的，实际上是自由的；第二个特征是游戏不是"平常的"或"真实

---

① 苏童：《婚姻即景·序》，江苏文艺出版社 1993 年版，第 2 页。
② ［俄］巴赫金：《巴赫金文论选》，中国社会科学出版社 1996 年版，第 201 页。
③ ［荷］约翰·赫伊津哈：《游戏的人——关于文化的游戏成分的研究》（前言），中国美术学院出版社 1996 年版。

的生活"。"毋宁说它走出'真实'生活而进入一个暂时的别具一格的活动领域。""游戏的发生地点和时间都有别于'平常'生活，这是游戏的第三个特征：它的隔离性，它的有限性，它在特定范围的时空中'演出'，……我们大胆地称'游戏'范围是生活中最基本的范畴之一。"① 这提醒我们，游戏是典礼节庆的日常化身以及城市形式，是城市对抗日常生活的一种代表性方式，带着典型的"第二种生活"特征。

　　还原到当代历史中，从"文革"时期的游戏情结到当下日常生活中的游戏，具有相当程度的一脉相承特性。荆歌就提出了"夸张"和"游戏"说，他说："我对游戏有病态的迷恋，有时候简直到了'不游戏毋宁死'的地步。"② 在韩东较早的小说《掘地三尺》（1993）中，"文革"的开始为六岁的"我"与伙伴们创造了"模拟战争"的条件：父母在干校未归，有行动自由；挖防空壕则给他们提供了战争的理想场所。在《十把钢丝枪》中，一群躁动不安的少年到处炫耀着钢丝枪的威力，当他们向长途客车炫耀的打算由于突如其来的变故被中断时，他们一起把枪对准了杂货店的那只黄白毛大狗。"枪"作为生命力也是抵抗的代表性标志，似乎深得韩东喜爱。前面提到他的小说《三人行》，关于"枪"的童年游戏在八九十年代已经成年的青年人身上重现。小说描述了除夕之前，由于三个朋友在夫子庙看到了南方已经取缔的仿真手枪，然后从卧室到大街再到学校，进行的枪战游戏。

　　游戏的主题还暗含在韩东其他的小说中，例如《在码头》以细致的笔触把码头上一场莫名其妙的骚乱写成了一场钩心斗角的微型战争；《交叉跑动》写一个始乱终弃的男子出狱后试图获得专一的爱情，而一个对爱情专一的女子却开始了始乱终弃的历程，在构思上类似王朔的《一半是海水一半是火焰》，但本篇更强调的是一种智性的斗争：男主人公为了战胜女主人公死去的男友，选择了失踪，这归根到底是两个人的战争。上述二者可以被看作是游戏的生活化变体，但已经清晰可见生命力消失的征象。

---

① 转引自吴宁：《日常生活批判——列斐伏尔哲学思想研究》，人民出版社 2007 年版，第 369 页。

② 张钧、荆歌访谈：《言语狂欢者的诱惑与渴望》，《小说的立场》，广西师范大学出版社 2002 年版，第 88 页。

当然，从游荡、躁动与游戏，都体现了那种在土地上自由生长的强旺的生命力，被移栽到城市的"囚笼"之后，逐渐弱化的挣扎与无奈。

第四节　城市空间的阶层与性别

一、哥特式的城市生活空间

如前所述，人们对城市普遍的疏离感是很自然的。城市呈现给人们（不仅是外在于它的人，也包括内在于它的人）的感觉，是其神秘性，哪怕在城市发展已经经历了如此之久甚至已经进入成熟阶段时，也是如此。这是由于城市其无所不包的容纳性、多元性，无法彻底沟通的文化、阶层的差异，以及无数无法穷尽的秘密。这使城市空间从形象上给人的感觉，就是一幢巨型的高耸的哥特式建筑——这个建立在科技文明基础之上的现实中的城市，当然不会在邱华栋"弹指一挥"式的幻想中如同沙盘一样倒下。无数的摩天大厦指向高空，表达的不是对上帝的敬畏，而是人类征服自然的自信与傲慢，当然，还有少数注定不为平民所知的"神秘"。高楼上灯红酒绿的高档酒店，在80年代改革开放初期，是张贤亮笔下从美国回来的资本家父亲周旋的场所（《绿化树》中，作为劳动者的许灵均，和读者一样对这个场所毫不熟悉）。直到今天，我们很少能找到成功地写出了这个阶层个性的样本，或许与这个阶层远离平民有关。

这幢城市哥特式建筑的中部，是社会的中产阶级、成功人士以及他们所游走的灯红酒绿的高档酒店、国际性派对、咖啡馆；除此之外，还有气派豪华的写字楼、办公室。它一度是王朔笔下那些倒买倒卖的顽主们（比如《橡皮人》）活跃的地方。在90年代初，它是《我爱比尔》中阿三们所向往的、充满异域神秘的所在。而在90年代末，它才成为卫慧《上海宝贝》中那些新新人类们醉心的日常生活。当然，它也存在于那些通俗化的商场小说中。大概地看，在80年代，它是男性的，代表了对城市征服的男性成功学。而在90年代，它变成女性的，代表了征服成功之后中产阶级女性的世俗消费观。

呼应着城市建筑的分层，平民的分层也益发明显。在本书的第一章中，曾经讨论过广义的平民与狭义的平民的区分，这种区分，在城市中显得更为清晰而有必要。中产阶级属于广义的平民，他们更多地受到了大众文化的影响和城市文化的塑造，生命意识与生存伦理的冲突已经不太明显。一种新的阶层区隔，已经将他们与真正的底层平民隔开——但这种区隔的建立，本身也经历了一个城市规诫不断完善，因而生命意识不断被剔除的过程，因此，现在的我们已经很难想象平民的生命意识与象征着中产阶级的城市的直接对立。而这种对立，在城市兴起之初还曾经真实地存在过。P. 瓦特提供了一个笛福（他生于 1660 年，正处于城市发展初期）的颇有意味的、几乎类似于文学作品的场景：

> 笛福在一定程度上也是个乡下人，他对于庄稼和牲畜颇为熟悉，他骑马在乡下到处转游，就如在商店或办公室里一样悠然自在；即使在伦敦，那些交易所，咖啡厅和繁华的街道提供给他的，也是英勇故事中的那种乡村的景象；他无论走到哪里，都如在家里一样自在。[1]

但新世纪中国的乡下人已经没有了那样自由的生命意识。在前面提及的小说《橙红银白》中，乡下的三叔回到他曾经打过工的城市深圳，去寻找大学毕业后试图融入城市而不知所踪的女儿回回。"寻找"的主题，提供了一个由农民（其实是平民化的作者）架设在城市中的移动摄像机，这个摄像机所捕捉到的，是在建的深圳第一高楼，有着像金鱼缸一样的玻璃墙的预售中心，和正在搭建的有一节火车车厢那么长的液晶显示屏。如本章一开头所言，"高楼大厦"代表了一个进城农民对哥特式城市的直观感受。但不同于 90 年代，新世纪的城市进一步凸显了其"景观展示"的特点。那些穿高级时装，讲普通话，牙齿整齐而洁白、等级鲜明的售楼小姐（公关小姐），在玻璃墙体内，如同金鱼一样游弋。这是一个被抽离了生命意识的群体，因而成为"真正的平民"三叔眼里的"他者"——当然，三叔也是这个城市的"他者"，他再也无法像笛福那样做到在城市"如在家里一样自在"。平

---

[1] ［美］伊恩·P. 瓦特著：《小说的兴起》，高原、董红钧译，生活·读书·新知三联书店 1992 年版，第 205 页。

民通过他们陌生化的视角，看到的，一方面是文化工业所制造的都市景观；另一方面，则是福柯提及的"全景监狱"。小说在两处有意无意营造的共同细节是，无论是这些穿着得体的职业女性，还是三叔所遇到的打扮时尚前卫的年轻女性，嘴里总习惯性地吐出"操！"这个字。这个粗鄙的口头禅，在民间的狂欢广场上，意味着生命力的释放，或者是对秩序的抵抗，但在城市的语境里，抵抗已经只成为这个字所挟带的不自觉的民间记忆，转而暗示着男性对女性的征服。这个含义丰富的细节，一方面暗示了这些女性难以脱尽的平民身份（三叔的女儿也可能是她们中的一员）；另一方面，则暗示了她们接受了城市对自身的征服而不自知。如前所言，"回回"的名字，本身暗示了作者回归乡土的宗旨，也当然成为三叔最终的信念：他等着要把已经身陷囹圄的回回带回故乡，那里才是平民的自由之地。

当代的"笛福"，如果存在，也最多可能存在于哥特式城市的下部，也就是坚实的城市大地，是市井小民们生活的充满烟火气的弄堂、街道、集市、菜场，是报纸、小道消息、家长里短的温床，是市民、职业者、游手好闲者，以及形形色色来路不明的人物生活或游荡的集散地，是残留着生命意识、生存伦理，以及也许存在偶然性奇遇的地方。它是为城市这个高大的建筑提供滋养的土壤（在赵本夫的《无土时代》中，作者以不乏魔幻的想象，通过环卫工人，借由绿化的机会，给城市种上了象征农村大地的麦子，表达了对自然中真正土壤的向往）。

在80年代，城市大地呈现的是刘心武《钟鼓楼》中北京钟鼓楼边四合院里薛大妈们的生活。四合院在大城市里隔出了一个小型空间，尽管狭小但还没有受到稍后的逼仄的居室的困扰。而且，几家共同生活的结构，使四合院还保持着类似乡土社会的那种熟人社会的特点。四合院就像一个散发着生命气息的内核，由它联结着大街、剧场，甚至丐帮、乡村。与北京注定了被关联在一起的城市是上海。上海作为更早熟的城市，很早就形成了成熟的市民性质，因而更习惯了生命意识的疏离，以及经营日常生活的趣味和美学。王安忆的《长恨歌》表达了作家不是写一个女人而是写一座城市的雄心，因此小说同样是从"弄堂"和"鸽哨"写起。"鸽哨"既体现了生命意识的适度张扬，又拉大了平民生活的空间，有效弥补了上海空间上的逼仄。总之，它和小说《钟鼓楼》的"四合院"一起，表明这才是城市的真正主角（如果我们承认平民生活才是城市真正的主题的话）。而这些热气腾腾的四合院或者弄堂的主角，属于那些格格不入的游荡者、隐藏着躁动的野心家，以及烙着民间价值伦理的、既温情也算计的人际关系。

对城市底层空间的研究，需要重视借鉴其他学科的研究成果。例如，一篇建筑设计专业的博士论文《日常生活视野下的都市空间研究——以武汉汉正街为例》，基于日常生活视野对汉正街进行了研究。论文指出了汉正街的混乱——汉正街正是当代作家池莉笔下众多市民小说的生活背景，小说中也体现了汉正街各色人等的混杂与忙碌。论文指出，唯美主义倾向的建筑家以及城市主义者对此不能理解，这种混乱里隐藏着居民的日常生活秩序。表面的混乱，可能来自于空间的多功能使用，也来自于因陋就简与因地制宜。以论文对"汉正街的理发店"研究为例，论文特意引用了王安忆的小说《发廊情话》：

> 汉正街的理发店似乎是王安忆的中篇小说《发廊情话》中发廊的原型："一间窄小的发廊，开在临时搭建的披厦里，借人家的外墙，占了拐角的人行道，再过去就是一条嘈杂小街的路口……"……汉正街的理发店大都开设在居民生活的街巷里，小型规模居多，没有固定的形式。大部分理发店都不是单一功能的理发功能，基本上都是多元的混合空间——既是商业空间，又是居住空间，或者还是生产空间……在许多的理发店，除了理发行为之外，还有一些非工作行为，比如没事的时候在理发店里聊聊天，拉拉家常，或者找几个老乡在理发（店）内进行娱乐。这时理发店就变成老乡集会、娱乐、社交的公共空间，这是汉正街理发店非常特殊的现象。①

不同专业的研究与文学作品之间形成了有趣的互文。它事实上进一步证明了，生活是城市空间的血液，而这些底层民众生活的街区，较之那些耸立

---

① 马振华：《日常生活视野下的都市空间研究——以武汉汉正街为例》，华中科技大学 2009 年博士论文，第 116—117 页。

的高楼大厦，更能代表城市的历史记忆。而历史记忆，才是更富有文学意味的。

这种底层的城市生活，也不能免于被异化。如前所述，由印家厚、小林、安德烈等组成的市民群体，在单位、家庭和社会关系构成的网格中，机械地、规律化地生活，只是在不经意间做一点徒劳的挣扎，如同梦中偶尔出现的惊扰。90 年代的很多小说，如叶兆言的《采红菱》、何顿的《我不想事》、何立伟的《光和影子》《红尘之人》等等，大都循着同样的务实生存状态。前面的章节，展示了日常生活中的平民，是如何在生命意识的驱使之下，进行有限的挣扎与抵抗；展示了在城市的街道上，80 年代那些游手好闲者是如何带着历史记忆（毋宁说是创伤）抵御着规诫化的生活；也展示了日常生活中的平民的生命意识，是如何转化为躁动与游戏的无奈。90 年代小说中，平民依旧在城市不同建筑间的游走，但不同于游荡者的无功利无目的性，他们被职业和生存伦理所驱使，大抵来说，这些难以被城市招安的、残留的生命意识，主要存在于那些男性外来工身上，例如徐则臣的《跑步经过中关村》等小说中常见的"做假证"者，或者如陈应松的《望粮山》、荆永鸣的《北京候鸟》、熊正良的《我们卑微的灵魂》等小说中的人物。

值得一提的是因 2016 年获得"雨果奖"而引起热议的小说《北京折叠》。哥特式的城市空间，借助科幻的手段，被更为具象和精巧地划分为三层，第一空间的少数上层人，享有精致的生活的和从清晨 6 点开始的 24 小时。然后整个城市折叠，第二空间的中产阶级和第三空间的底层工人共同支配另外 24 小时。后者只能从事清理垃圾之类的底层工作以及从夜里 10 点到早晨 8 点最短的时间。"折叠"不意味着民间广场"倒置"的欢乐，而是标志着阶层区隔的固化。因此，主人公老刀为了给女儿挣学费而"翻越"折叠送信到第一空间的行动，是一次历险。作者郝景芳"曾经租住在北京北五环外的城乡结合部。楼下就是嘈杂的小巷子、小饭馆和大市场。"① 如她

---

① 《清华女博士写〈北京折叠〉获雨果奖》，http：//news.sina.com.cn/o/2016 - 08 - 22/doc - ifx-vctcc8192284.shtml。

自己所言，"这是一个不平等的故事"。在这种无法超越的不平等中，作者依旧刻画了底层人物身上善良、正义、互助、守信等民间伦理。

二、中产阶级与居室

在热闹或庸常的城市日常生活的深处，是一个个被割裂的、守护着市民私人秘密的居室。衣俊卿曾指出现代非日常生活领域的扩大，极大地压缩了现代日常生活领域和空间的情况。居室便是这一情况的具体隐喻。本雅明对"居室"有如下的阐述：

> 对公民个人来说，工作和生活的地方第一次有了区别。后者成为人得以静息之处，而前者只为它的辅充。普通人注重实际，他要求自己的居所有助于幻想。由于他不想把他所考虑的社会问题掺入到工作中去，这个需要就显得更重要了。在创造私人环境时，他压制了这两方面。由此便进出了室内的各种幻觉。这代表着普通人的全部世界。在室内，他组合了时空中遥远的事物。他的客厅是世界剧院中的一个包厢。

> 居室不仅是普通人的整个世界，而且也是他的樊笼，生活的意义就在于留下痕迹。①

普通人无疑是平民，"注重实际"体现了平民性中的务实性；表面上看，注重实际与"要求自己的居所有助于幻想"似乎并没有必然联系。但需要注意到，幻想的本源是平民的生命意识，中世纪的狂欢节广场发生了如巴赫金所言的弱化，已经日益被缩小和移植到室内。"时空中遥远的事物"，正是那尚没有与世界及自然脱离联系时的生命的回响。但是，如果再进一步地看，生命意识转换为居室的幻觉，毋宁说，是城市居民的一种体面的撤退。作为"樊笼"的居室，体现了都市中产阶级的特征。P. 瓦特接着上面关于笛福的引文，谈到了比笛福年轻近30岁的作家理查逊：

> 但是如果说笛福回到了公民的英勇独立的日子，那么理查逊则让我们瞥见了正在出现的为城市办公室的眼界和郊区家庭的假斯文所围的中

---

① ［德］本雅明著：《发达资本主义时代的抒情诗人》，张旭东、魏文生译，生活·读书·新知三联书店1989年版，第187、188页。

产阶级商人。理查逊很少深入到他自己环境中的生活里去。他"不能忍受人群"，为了这一个原因，他连教堂也不去；甚至在他自己的印刷所里，他也宁愿只是通过"一扇窥视窗"监督他自己的工人。①

在此，瓦特提到了理查逊喜欢躲在印刷所的原因：假斯文和"不能忍受人群"。在此之前，我们曾注意到王朔笔下的顽主是多么地热爱人群与喧闹，隐藏于城市熙熙攘攘的人群，我们还曾经表述过民间狂欢广场群体性和开放性的全民参与特征，其背后隐藏的是平民蓬勃的生命意识。那么中产阶级的一部分正好相反：他们体现了私人性和封闭性，代表了生命意识的隐退与新型城市生存伦理的诞生。

在中国，随着城市的兴起，从 80 年代中期开始，就已经有翟永明的组诗《女人》(1986)，以及伊蕾的诗集《独身女人的卧室》（1987）等呈现类似倾向的诗歌。在苏童的《罂粟之家》(1988）里，地主的儿子刘沉草（他有过短暂的城市求学生活）最后甚至躲进了居室中的居室——盛放罂粟的大缸之中。在他的《妇女生活》《另一种妇女生活》中，汇隆照相馆抑或简家酱园几乎成为小说的全部背景，隔开了城市大众及时代，主人公——无论是母女还是姐妹，都蛰居居室之内，处于相依为命又互相嫌弃的私人关系之中，居室就是她们的囚笼。

《长恨歌》同样验证了这一点。王安忆自己强调，这不是关于女人的小说，而是一篇关于上海城市的小说。上海作为一个国际大都市的早熟，使之更久更深入地受限于城市自身的特性——那种由文化工业、商业伦理和都市景观。李欧梵在《上海摩登——一种新都市文化在中国（1930—1945）》中"重绘上海"，与本雅明笔下的西方都市如出一辙——事实上本雅明也的确是他着力引用的一个对象。但李欧梵没有考察上海的"居室"，尽管这其实也是本雅明重点关注的部分。因此《长恨歌》几乎是对《上海摩登》这一遗憾的很好的补充。有些人指出，王安忆的《长恨歌》与苏童的《妇女生活》有若干相似之处。这种相似，其实来自于"幽闭生活"的女性特征及其本身的相

---

① [美] 伊恩·P. 瓦特著：《小说的兴起》，高原、董红钧译，生活·读书·新知三联书店1992年版，第205—206页。

似。小说从开头的"里弄"出发，很快就转向了"闺阁"。王琦瑶也许在生命的一些阶段，不是作为中产阶级生活，但她解放前的经历给她的生命烙下了坚实的印记，她对生活的努力经营，可以视为是维持中产阶级情调的生活。由此可以理解，她几乎是生于闺阁死于卧室，诸如"闺阁""爱丽丝公寓""平安里三十九号三楼"，构成了她长长的一生的主要脉络；而她的活动，也主要由牌友、下午茶、围炉夜话、室内派对等组成，她在 1949 年后所从事的职业，是打针——这也使她得以避开人群。她的交际圈子，主要是趣味相投的、有限的熟人，在早期阶段有李主任，中期有康明逊、程先生（他长时间蜗居于他的照相馆，同样具有幽闭的特性），而后期则有老克腊。

在某种程度上，唐颖的上海题材小说与《长恨歌》可以形成互相解释。她的小说《随波逐流》① 中，生活空间主要在一幢楼中：二楼阿兔从小一直迷恋三楼的秦公子，秦公子是对女人、烹饪和穿着感兴趣，逃避生活，带着腐朽、奢华、暧昧的气息，和康明逊是同一类人。秦公子的出走澳门，以及他家的房子卖掉，表明了一个时代的结束。

在 90 年代末的小说《上海宝贝》中，作为新新人类的倪可与天天，同样具有幽闭的特征："我们一天到晚留在房间里，我们不朝房间外多看一眼"。作为男性的天天，幽闭症则更为明显，他患失语症退学、独居、虚无、神经衰弱、性无能、浪漫而理想，面对倪可与马克的性爱，选择假装不知和逃往南方，宁可用吸毒来麻痹自己。

对于人群的恐惧和逃避，似乎已经成为城市中产阶级的先天特征。对此陈染在《稠密的人群是一种软性杀手》中提供了解释，她认为大致源于主、客观两方面缘由：一、从主体上，这是一种拒绝平庸的姿态。"人群的不可忽视的势力，一般代表着普及、庸常、通俗的水准。"二、在客观上，人与人之间是隔膜而无法沟通的。② 但是，对这一解释还需要加以辨析。其一，如果我们注意到王琦瑶对 80 年代薇薇她们的时代的"粗鲁"的不适应，就会意识到，人群如王琦瑶所言的"粗鲁"，与陈染所言的"普及、庸常、通

---

① 唐颖：《随波逐流》，《1997 中国中篇小说精选》（上册），长江文艺出版社 1998 年版。
② 陈染：《女人没有岸》（4），江苏文艺出版社 1996 年版，第 136—138 页。

俗"几乎是同一性质，其实质恰恰是平民性。她们的恐惧，是出于对她们"优雅"的迷恋和对"平民性"的逃离。由此也可以审视《上海宝贝》中天天的逃避：为了性和爱而和另一个陌生人（德国人马克）争夺女友，这一事件本身也是粗鲁或者不优雅的（当然也是"隔膜而无法沟通的"）。其二，人与人之间也许的确是隔膜而无法沟通的（起码以"存在主义"的观点来看），但一方面，这毋宁说是一种结果而不是原因——沟通本身是平民生存所必需的技巧之一，但通过财产的继承而跻身中产阶级的新一代人由于长期脱离生存的威胁，并没有发展出这样的技巧，或者干脆拒斥这种生存技巧；另一方面，面对沟通困境，也有逃避与积极进取两种姿态，中产阶级的逃避，正是生命力和生命意识弱化的表现。

在上述同一篇文章中，陈染还指出，"逃离人群的结果无疑是自由和孤独。"她接着反问："难道世界上有哪一种自由不是以孤独为前提为基础的吗!?"但陈梁的反问并不成立，如前所述，在以生命意识为内核的平民自我里，就同时包括着自由、群体、开放、欢乐等内涵——除非陈染赋于"自由"以更为小众或抽象的界定。究其实质，中产阶级的逃避、优雅或者孤独，倒是体现了其在贵族阶层与平民阶层中间两头不落实的尴尬。真正的贵族精神首先是光明尚武、勇敢磊落的骑士精神——从这个角度说，堂吉诃德确乎展现了骑士的典型特征。其次是社会责任感——"俯身向下"的、对底层平民的关注，这恰好与中产阶级力求远离平民的立场背道而驰。正如历史上有名的贵族如托尔斯泰、俄罗斯十二月党人、著名的特里莎修女等等，都对底层平民给予了巨大的关注，目前西方的富豪裸捐成立慈善基金的潮流同样体现了这一传承。也正是从不论利害、自觉承担社会责任的角度，如王富仁所指出的，"五四"时期的知识分子，如鲁迅、胡适等，都体现了不同于中国平民文化传统的贵族精神。①

因此，那些通过回避在孤独中追求"自由"的中国中产阶级，注定了不是贵族，而是富裕起来失去了生命之根的平民。

---

① 王富仁：《平民文化与中国文化特质》，《文艺争鸣》2005 年第 1 期。

三、女性、身体与内心回避的写作

在上述对本雅明的引用中，也许仅是出于男性的无意识，本雅明全部采用了"他"的男性人称。但是，"普通人注重实际，他要求自己的居所有助于幻想"的表述，其实更富有女性的特征。"普通人"意味着平民性，如前，注重实际是平民的生存伦理。如果考虑到"权力的相对缺失"是平民的核心特征，那么显然，这种缺失以平民中的女性比男性为甚，因此，"她"代表了底层中的底层，平民中的平民。在中国的男性文化传统语境中，这一点体现得尤为鲜明。鲁迅在《灯下漫笔》中，就对《左传·昭公七年》中"舆臣隶，隶臣僚，僚臣仆，仆臣台"作了进一步的延伸。他指出，"但是台没有臣，不是太苦了么？无须担心的，有比他更卑的妻，更弱的子在。"因此，女性自我保存的需要较之男性更为强烈。张爱玲对此理解深切，她在《自己的文章》中认为，强调人生飞扬的一面，多少有点超人的气质，而人生安稳的一面，可以说是"妇人性"。也因此，尽管男女都爱做梦，男性的梦更积极或者说"飞扬"，具有如前所述的"第二种生活"的特点，即暗示着对生活的抵抗；而女性的梦则具有退守性质，是对抵抗的消解，因而才"要求自己的居所有助于幻想"。

城市的存在增加了对女性的压迫——这种压迫与其说是在物质上不如说是在社会定位上。微观权力说以及女性主义理论，都凸显了当代城市文明对女性的隐秘的压迫。这种新增加的阶层之外的压迫，包括了女性作为景观（如《橙红银白》中的售楼小姐，以及在都市广告中频频出现的美女）、女性作为身体（如《霓虹》中的倪红梅，《我爱比尔》中的阿三）等等。如中国女性主义者所言，"城市是属于男性的。城市是男性完成英雄业绩，实现生命价值的角斗场。城市挺拔耸立在地平线上，本身就被认为是雄性勃起的象征。而女性，始终是隐藏在地平线下的洞穴之中。她们甚至被认为本身即是被意指洞穴，因为她们根本没有城市所具有的性符号。"[1]

---

[1] 谭湘、丹娅、戴锦华、荒林：《城市与女人——中国当代女性文学四人谈》，《当代人》1998年第2期。

在形状上，居于哥特式城市建筑内部的、以封闭为明显特征的居室，正具有"洞穴"的形状。在上面关于"居室"的讨论中，可以看到，相关的文学形象，大都是女性的，而且，以上海作家的创作尤为明显——不是因为别的，而是因为上海由于其历史原因，较之北京、深圳等其他大都市，具有更为悠久和"纯正"的现代都市历史。《长恨歌》中的王琦瑶，从成长的阶段开始，就已经接触到作为现代文化工业典型标志的"电影"，而且，她的命运显然在潜意识中，被电影所隐含、暗示的消费文化所影响——正如她在垂死之际意识到，她年轻时代在"片场"中看到的那个死去的女主角正是自己。"选美"体现的正是都市对"女性身体"索取的男性文化，而女性自觉地迎合这种文化，自觉完成身体的"交付"。王琦瑶的命运，从参与"沪上淑媛"评选开始几乎就已经被注定，"爱丽丝公寓"只是这种文化的自然结果。当依附于男性成为选择，女性已经抛弃了其作为"平民"的生命意识，并自觉地服从于象征着放弃主体性的、作为"樊笼"的"居室"。

如果说，王琦瑶的选择，还部分缘于生存的压力，那么，这种压力之下女性所形成的幽闭特征，逐渐沦为一种城市文明下的都市病，也就是说，对社会女性幽闭文化的主动接受和自我确认。

陈染的小说《无处告别》呈现的情况略有不同，黛二正如作家其他小说中的大部分人物一样，体现出明显的幽闭与逃避的特点，但这种逃避其实无关女性压迫，而是生存能力的丧失所致。她们害怕竞争害怕现实，精神世界与其说是其回避现实的原因，不如说是逃避现实的托词。在小说《随波逐流》中阿兔的妈妈对她们这一代人有形象的概括："她（们）生错了时代，适合生在小朝廷时代，苟且偷安的时代，在历史激变的缝隙里醉生梦死。"这一意象，同时呈现了封闭的"洞穴"意象、对欲望化生存的迎合，以及对生命意识和主体性的放弃。

黛二们所面对的，是一个功利性、规则化、人际关系的社会文化所构成的现实生活。除此之外社会并没有给她额外的压迫，甚至她的几次身体的交付，都出于自愿——与美国的同居男友琼斯、与气功师。"在美国的黛二躲在昏暗的房间里思念着远方，可是那远方分明是她刚刚拼尽力气逃出来的。

黛二小姐对自己深深失望，那里不属于她，这里也不属于她，她与世界格格不入，她觉得自己是一个失败的人。"她找工作既非为了生存也非基于生命，只是为了证明她也具有一个被社会认同的女子的社会价值。"她知道只要她活着，就得面对这一切，无处可逃，也无处告别。"工作其实不仅生存之需要，也是劳动者之必须。所以，"无处告别"的困境，其实是缘于自身的孱弱。

因此，当代被称为"私人写作"的女性写作，失去了西方女性主义的那种抵抗特征，成为一种无根的"回避"。陈染笔下的倪拗拗（《私人生活》），林白笔下的朱凉（《回廊之椅》《一个人的战争》）、二帕（《瓶中之水》）都表现出了幽闭居室的倾向。——居室并不是回避的终点，这种回避还指向更小的浴缸（如倪拗拗），而居室缩小的极致便是身体。

身体在民间乡土文化里是生命意识的本源和出发点，是抵抗权力的最为本源的和最后的力量。在城市日常生活中，可能体现为足球赛或篮球赛的身体碰撞的狂欢，以及观众剧烈而扩张的呐喊、挥手、咒骂等身体性情感参与。但是，城市中产阶级已经被一种精致文化或价值观所同化，他（她）们畏惧作为无产阶级的、那种与自然、生命、力量乃至狂暴相关联的身体，与他（她）们相伴的，是驯化的身体，它远离人群，成为逃避的最终港湾。无论是陈染把自己的胳膊或腿命名为"不小姐"或"是小姐"进行对话的诗性想象（《私人生活》），还是女性写作中常见的揽镜自照式的自恋，抑或"一个人的战争"及"同心（性）之爱"（林白），由于割断了身体与生活、与世界的联系，因此体现出生命的无力和苍白。

当世界收缩为身体，文学的出路只能是"内心的现实"。陈染、林白等女性小说的一个重要特点，便是现实与梦幻交织，小说充满了亦真亦幻的诗性特征。女性对男性的对抗，也更多脱离了现实基础，成为虚拟的抵抗，一种纯粹的回避。这自然也有其文学意义，但由于失去了自由、平等、欢乐、群体和再生性的世界性感受，事件从日常生活中脱离出来，人物从日常关系以及可信的性格发展轨道中分离出来，沦为独白式的符号和想象帷幕上的傀儡式投影。

在上述背景下，我们也可以观察到女性小说里同性之爱的实质。女性主义者西蒙·波伏娃有一句名言广为人知："女人不是天生的，是被塑造成的。"女性要想找回自身的话语，应该面对的是使她们失去集体性的源泉：文化的偏见和城市的新型压迫，并与之对话。80 年代初期，张辛欣、张洁等一代作家已经为争取女性的地位和存在发出了呐喊，嗣后王安忆、残雪、铁凝等对女性本体属性及女性与历史的批判性关系有了深入揭示，本来为后来的女性作家进行与男性的平等对话作了准备。但 90 年代以陈染、林白等为代表的女性写作却发生了徘徊和后退。性别变成了回避和退守的私人空间。由于失去群体性，无论是一个人的战争还是两个人的同心之爱，小说失去了一种面对世界的感受，呈现出彻底的孤独感。她们对男性的鄙视谴责失望，乃至在幻想中杀掉男性，恰恰体现了女性主义应该警惕的"长出菲勒斯（phallus）的女性"，即以一种权力代替另一种权力，陷入了逆向的性别歧视。但这种歧视本质还是逃避。在她们女性的幻想堡垒中，由于从来没有响起过真正的男性的声音，也就从来没有和男性发生过真正的对话。而对话对真理的形成极为重要。如钱中文所言："个人的真正生活，只有对话渗入其中，才是可以理解的。"[1] 西方女性主义最终走向了双性同体诗学，恰恰就是强调两性在文学象征中的平等关系。在这个意义上，这一批女性作家远远没有形成自身的话语。王安忆认为，女作家倘若过于"陷于内部世界，拼命创造幻想"，那么创造出来的自我常常是谬误的。[2] 应该说是中肯的评判。

过于的自我封闭，使女性小说和先锋小说一样失去了再生力量，陷入了危机。林白 2001 年在中日女作家座谈会上曾谈到自己最近的感受："我……沿着黄河流域，旅行了两万多华里。我看到了无数的田野和山脉，看到了乡村的集市与学校，老人和孩子，羊和牛，送葬的队伍和晒在马路上的麦子。我虽不擅长参与社会现实的写作，但我确信，对底层和弱势群体的关注会使

---

① 钱中文：《陀思妥耶夫斯基诗学问题》序，［俄］巴赫金：《陀思妥耶夫斯基诗学问题》，生活·读书·新知三联书店 1988 年版，第 11 页。
② 王安忆：《女作家的自我》，《漂泊的语言》，作家出版社 1996 年版，第 416—420 页。

我的内心变得健康一些。"① 走出"小我"的圈子，体验真正的平民精神，将平等相对性和群体世界性融入自己的小说，才能使小说更为健康和开放，获得生机。

① 林白:《内心的故乡》,《中国当代作家面面观》,春风文艺出版社 2003 年版,第 167 页。

第六章　语言狂欢与文体解放

　　新旧白话。汪曾祺的口语实践。"经"的语言。小说及诗歌的口语探索。克服驯化与叙述自由。方言对民间特异性的保存。消失掉的骂人话。方言承载的民间记忆。

　　民间"贫嘴"文化。语言狂欢的内在机制。语言膨胀的狂欢与"他人语言"的戏拟。官方语言与"文革"语言。正向戏拟与反向戏拟。反讽与讽刺。反讽的平等性。从语言反讽到情境反讽。

　　走出现实主义传统。马原叙事圈套的广场意义。对话性结构与杂语性结构。跨文体融合。

第一节　口语与方言的复兴

一、口语的复兴及其抵抗意义

语言革命，是"五四"文化运动最为重要的实绩。事实上，它从晚清就开始发难，一是基于现代意识下个性解放、怀疑一切的精神烛照，如黄遵宪"我手写我口"的主张；二是出于文学"新民"的需要，如梁启超作文"务为平易畅达，时杂以俚语韵法及外国语法，纵笔所至不检束"①。正如胡适在《词选·自序》中所说的"逃不了的公式"一样，平民文化再次充当了文学变革的发动机，它颠覆了中国沿袭千年的文言的正宗地位。而且，因此也大大促进了现代小说的发展——在某种程度上，来自平民大众的白话，与作为平民文体的小说，的确可谓相得益彰。

尽管都来自于民间，白话也分为新白话与旧白话。通俗白话小说所使用的旧白话，受到文言的很大影响，有雅化、尚简重意、讲究声韵等特点，以《红楼梦》《金瓶梅》《三国演义》、"三言二拍"等为代表，形成了古代小说的高峰。等而下之者则往往难以摆脱传统"套路"影响。张爱玲与40年代之后的汪曾祺，在一定程度上复活了旧白话的传统，只不过前者更偏"雅"而后者更偏"口语"，同时有意剔除了旧白话"滥俗"的弊病，但他们都无法摆脱旧白话无法大规模和精细进行景物描写、心理描写的不足。

新白话也来自民间，但最大的特点，是新式词汇、多音节词的大量引进，以及西方语法的引进。如王力所言："五四以后，汉语的句子结构，在严密化这一点上起了很大的变化。基本要求是：主谓分明、脉络清楚、每一个词、每一个词组、每一个谓语形式、每一个句子形式在句中的职务和作

---

① 梁启超：《饮冰室文粹》，天津古籍出版社2003年版，第77页。

用，都经得起分析。这样，也就要求主语尽可能不要省略，联结词（以及类似联结词的动词和副词）不要省略，等等。"① 因此，现代白话具体、精确而无微不至，也是崇尚科学理性的"五四"精神的具体呈现之一。

正如李陀在《汪曾祺与现代汉语》一文中所勾勒的，在白话家族中，除了新旧白话还有大众语。1931 年瞿秋白影响颇大的《鬼门关以外的战争》抨击新式白话，认为即便"刮刮叫的白话，也只是智识阶级的白话"，要建立"言语一致"的文学，"使纸上写的言语，能够读出来而听得懂"，并提出了"废除汉字"的激进口号。继之"大众语运动"的倡导者们都持类似的观点，当时的鲁迅也站在瞿秋白一边，认为"汉字和大众，是势不两立的"。这种主张废除汉字、追求完全和大众口语一致的语言乌托邦，由于注定无法实现，因而也只能是昙花一现。② 但激进的平民立场清晰可见。

现代小说对口语俗语的重视，与绪论所言的"平民其表"的特征具有内在一致性的。鲁迅、老舍等作家，在捕捉底层平民的口语进入小说方面，都卓有成就，但他们的小说整体结构是西方式的；叶圣陶提倡"写话"，追求明白晓畅；沈从文质朴缓慢、萧红的儿童般稚拙的叙述语言，都形成了独特的文体风格。而赵树理则无论在小说的人物语言、还是叙述语言方面，以及"讲故事"的结构方面，都体现了"原汁原味"的乡土气息的影响，最接近"大众语"的标准，也因此成为"为工农兵服务"的延安文学的样本。以这一文体为基础，加上新中国成立后日益流行的主流意识形态话语及表述，成为盛行五六十年代的主流文体。可以说，现代以降的小说语言，是基于现代理性思维，处于管理、控制和组织下的白话语言，体现了现代小说"平民其表、精英其里"的整体特征，而在建国后，发展成为普通话占绝对地位的社会主义现实主义小说传统。

口语的再度兴起，与当代小说本身的兴起几乎是同步的。它区别于赵树理以来的口语的重要特点，应该是自由。王彬彬认为《棋王》的第一句话"车站是乱得不能再乱"，十分精彩，因为"这不但是平民百姓的口头语言，

① 王力：《王力文集》（第 11 卷），山东教育出版社 1990 年版，第 480 页。
② 李陀：《汪曾祺与现代汉语写作》，《花城》1998 年第 5 期。

而且是一句可供含玩的口语。稍稍平庸一点的作家，也许会写成'车站上乱成了一锅粥'""'乱成了一锅粥'，是一种程式化了的口头语，在被反复使用的过程中，美感已经彻底丧失。而'乱得不能再乱'，则仍有着口语的清新、灵动。"①

　　新时期这方面最早的实践应当来自于汪曾祺。汪曾祺对口语的使用，一方面来自于民间文学的滋养，如他所言："我编过几年《民间文学》，得益匪浅。我甚至觉得，不读民歌，是不能成为一个好作家的。"② 这是指汪曾祺50年代与赵树理一起编《民间文学》和《说说唱唱》的阶段，李陀由此认为，汪曾祺受赵树理的影响，甚至可能比受老师沈从文影响更深。但也许事实并不仅如此。汪曾祺的转型，其实开始于1945年。1944年他对1941年发表于《大公报》的小说《复仇》进行了改写，但依旧呈现出欧化语言的典型特征——对句子完整的主谓结构的强调。但1945年的《老鲁》，已经发生了清晰的转变。如小说的开头就是："去年夏天我们过的那一段日子实在很好玩。我想不起别的恰当的词儿，只有说它好玩。"已经是比较典型的口语化和民间故事式的开头。这一变化，难以从汪曾祺的内部找到更改的动因。但值得注意的是，沈从文在1942年给西南联大学生易梦虹的信中，谈到要使写作文字亲切而贴近"语言"，真正可永远师法的一本书是《圣经》。"尤其是用文字造风格有以自见，这本书有好些地方俨若在示范。"③ 同一时间，汪曾祺正受教于沈从文学习写作，可以推想，沈从文肯定会有同样的教诲。

　　沈从文所谓的文字贴近"语言"，"语言"当理解为口语。"经"因为要面向平民普及，口语是其普遍的特征。这一点，张承志在《心灵史》中也提供了佐证："我曾一连几年直至此刻为自己沉醉于它（指哲合忍耶记录历史的'经'）之中而不解，这种文体怎么会有如此魅力呢？细细重读，它是那样淡漠。它直接以口语为书面语，不施文采，对自己的苦难牺牲不作

① 王彬彬：《新文学作家的修辞艺术》，上海人民出版社2017年版，第166—167页。
② 汪曾祺：《汪曾祺文集·文论卷》，江苏文艺出版社1993年版，第4页。
③ 吴世勇：《沈从文年谱》，天津人民出版社2006年版，第249页。

感叹。"为此，张承志特意在小说的第五部分第四章，大段引用了"经"对同治十年血战的介绍文字。

在融合普通话与口语而成自己的语言方面，李锐、莫言、刘震云、张炜等作家都有成功的尝试，其中阎连科当是最具代表性的作家之一。一贯重视小说语言的王彬彬，在论述阎连科的小说《四书》时曾经详细剖析过其语言的特色。由于小说开头的语言极具代表性，因此，尽管是转述，在此还是对小说中"天的孩子"部分再作征引：

大地和脚，回来了。

秋天之后，旷得很，地野铺平，混荡着，人在地上渺小。一个黑点渐着大。育新区的房子开天辟地。人就住了。事就这样成了。

王彬彬说："《天的孩子》的叙述者，常常让我感觉到像是黄河岸边的一个老农。句子极短，句号极多，甚至把句号用得违背文法规范……刻意追求一种生涩、凌杂、峭拔的美学效果……还有一种特点，就是反复。""短句给人以简洁、急促的感觉，而反复则给人啰嗦、冗杂的感觉。这两种矛盾的感觉同时产生，便使叙述别有意味，或者说，便使叙述有了怪味。""还有一个特点，这就是频繁使用三个字和单音词。句子常常短到只有三个字，有时候，竟把一个完整的单句硬从前面三个字处断开，像是在说快板书。"①

《天的孩子》的语言固然与其内容有关（许多人都注意到了"保育区"诞生的描述，有如《旧约》中上帝造世界的描述），但也多少汇集了阎连科语言的常见特色。类似还可随便举例："倘若躺着，那就果如死了，再无活人样了。"（《炸裂志》）"你看哟，炎炎热热的酷夏里，人本就不受活，却又落了一场雪。是场大热雪。"（《受活》），等等。这种语言，不能不说，是方言口语与阎连科浓郁的感情长期熔合锤炼的结果。新的语言的融铸和成熟，本身就是作家对文学的重要贡献。小说语言与口语之间并不必然存在着量与质的对应关系。但口语参与了当代作家小说语言的铸造，使得当代小说在语言方面也显示出平民基于生存伦理与生命意识融合而成的质地。

---

① 王彬彬：《阎连科的〈四书〉》，《小说评论》2011 年第 2 期。

但口语的再度兴起，不只是体现了对小说语言的贡献。它同时是民间价值立场觉醒的体现，蕴含着作家对高度控制的普通话的抵抗，在本质上也是对以现代理性为内涵的现代小说的抵抗。

在寻根小说代表作之一的《爸爸爸》中，韩少功就用小说形式表达了这种抵抗。他注意到了一种陌生的文明语言相对于口语的存在，并通过笔下的仁宝之口让鸡头寨的村民们领略了其威力：

> 伯爷们，大哥们，听吾的，决不会差。昨天落了场大雨，难道老规矩还能用？我们这里也太保守了，真的。你们去千家坪视一视，既然人家都吃酱油，所以都作兴"报告"。你们晓不晓得？松紧带子是什么东西做的？是橡筋，这是个好东西。你们想想，还能写什么禀帖么？正因为如此，我们就要赶紧决定下来，再不能犹犹豫豫了，所以你们视吧。

> 众人被他"既然""因为""所以"了一番，似懂非懂，半天没有答上话来。想想昨天确实落了雨，就在他"难道"般的严正感面前，勉强同意写成"报贴"。

在 1986 年开始的李锐的"厚土"系列中，其实也隐含着类似的抵抗。《古老峪》中，老李到古老峪"念文件"，老百姓表示："搞运动啥的都是公家的事情，咱留下这（总结）没啥用。"也包含着对文件"语言"的疏离。

相对于作家的含蓄，诗人于坚在十多年后《穿越汉语的诗歌之光》的长文里，则更清晰地指出了这种抵抗的意义。这篇文章写成于 90 年代知识分子诗歌与民间诗歌的争论，但于坚把民间的反抗指向了 1986 年的"第三代诗歌"。他批判知识分子写作不是通过自由的、独立的、异质的、另类的、天马行空的、自由自在的、原创性的品质复苏人们被权力话语和文化秩序异化、僵硬了的想象力、创造力，不是来自生命的感受以及对经验世界、知识系统的陌生化、对存在的觉悟。他指出：

> （第三代诗歌是）本世纪最重要的诗歌运动。其意义只有胡适们当年的白话诗运动可以相提并论。汉语自五十年代以来，成为普通话的一统天下，"五四"以来的白话文传统被迫中断，民间的声音一度丧失，民间的声音通过日常口语转入民间……原生的、日常的、人性的汉语在

这个意义上，乃是第三代诗歌运动的伟大旗帜。①

另一些批评者则用"克服被驯化"来表达口语化小说语言的意义。例如，刘志荣在谈到《妇女闲聊录》中木珍鲜活的民间语言时指出，"那些我们感到很有活力的作家，比如莫言，最大的特点就是努力克服被驯化，他找到了一种方式刚好可以突破写作训练的限制。既成文学体系的封闭性和僵硬性，如何找到另外一种写作来突破它，让它变得更有弹性、更有包容性，如果能够顺着这个问题思考下去，意义就非常大了。"②

作为一个比较典型的例子，小说家李锐清晰地呈现出一个作家对口语逐渐深化了的认识。他说：

> 事实上，《无风之树》最初的"原形"是《厚土》系列中的一个短篇小说《送葬》……这中间不仅仅是量的变化，更重要的是质的变化，是不同的观照和表达。一个重新讲述的故事所得到的是一个完全不同的世界。我从中获益匪浅。从原来高度控制井然有序的书面叙述，到自由自在错杂纷呈的口语展现的转变中，我体会到从未有过的自由和丰富。③

而在《万里无云》的"后记"里他进一步阐述了自己深化了的认识：

> 在《无风之树》中初尝了叙述就是一切的滋味之后，我又想在《万里无云》中走得更远。我试着想把所有的文言文，诗词，书面语，口语，酒后的狂言，孩子的奇想，政治暴力的术语，农夫农妇的口头禅，和那些所有的古典的，现代的，已经流行过而成为绝响的，正在流行着而泛滥成灾的，甚至包括我曾经使用过的原来的小说，等等，全都纳入这条叙述就是一切的浊流。
>
> 在这个口语的大海之中有中国人所有的悲哀和欢乐，所有的过去、现在和未来，也有刻骨铭心的属于整个人类的体验。所有的"主题"

---

① 于坚：《代序·穿越汉语的诗歌之光》，杨克主编：《中国新诗年鉴》，花城出版社1998年版。
② 张新颖、刘志荣：《打开我们的文学理解和打开文学的生活视野》，林白：《妇女闲聊录》，新星出版社2008年版，第244页。
③ 李锐：《重新叙述的故事——代后记》，《无风之树》，江苏文艺出版社1996年版，第204页。

"人物""情节"，所有的"历史的""哲学的""深刻的"，和这个大海比起来不过是沧海之一粟。①

在上述引文中，李锐已经表达出作家那种蕴含着自由舒张的生命意识的平民式的"自由"，这种自由，也可以从语法的层面得到进一步的佐证：

> 较之西方作家视语法为牢房的焦虑，汉语作家对民族语法的心态则要从容自在得多。汉语是一种非形态语言。由于语词及其组合不受形态成分的制约，汉语语词单位的大小和性质往往无一定规，有常有变，可常可变，随上下文的声气、逻辑环境而加以自由运用。语素粒子的随意碰撞可以组成丰富的语汇，词组块的随意堆迭、包孕，可以形成千变万化的句子格局。汉语这种富有弹性的组织方略，为主体意识的驰骋、意象的组合提供了充分的余地。②

二、方言的浮现与民间的凸显

"方言"与"口语"素来并置使用，即便是专业的语言学研究，对此也往往不加区分（一个证据是，使用"知网"对"方言"与"口语"进行并列搜索，对二者有意进行区分的研究微乎其微）。公认的是，方言就是口语。但反之，如果说"口语就是方言"，显然存在着谬误。根据《辞海》，"口语，也叫'口头语'。口头上交际使用的语言。与书面语相对。是书面语产生和发展的基础和源泉。一般地说，它比书面语灵活简短，但不及书面语完密谨严，而且可能带有方言特征。"而"方言，一种语言的地方变体……在民族语言里，随着共同语影响的扩大，方言的作用逐渐缩小"③。"标准的汉语口语就是排除了俚俗成分的北京口语。"④

从方言到口语到标准的汉语口语，再到普通话，表明了民间的特异性不断被"共同语"抹杀的过程，也是文明遮蔽下"权力相对缺失"的民间的

---

① 李锐：《后记：我们的可能——写作与"本土中国"断想三则》，见李锐：《万里无云》，山东文艺出版社 2002 年版，第 239—240 页。
② 申小龙：《中国文化语言学》，吉林教育出版社 1990 年版，第 197—198 页。
③ 《辞海》，上海辞书出版社 1999 年缩印版，第 868、1872 页。
④ 石美珊：《四川方言与普通话口语词汇问题》，《重庆师院学报》（哲社版），1992 年第 3 期。

具体而微的写照。也因此，作为以"平民立场"为基点的研究，恰恰有必要破除"方言口语"不加区分的共识，追溯和还原到最为原始的"民间"，关注"被排除了的俚俗成分"。也正是在这些被排除了词汇里，隐藏着最为真实、丰富、鲜活的民间世界。对这个由"方言"营构的民间世界的挖掘召唤，是当代平民小说的重要功绩之一，也是方言有其存在意义的证明。

莫言的《檀香刑》以其大型的复调叙事引人注目，值得注意的是，方言口语的区分简明有效地构成了小型的复调：作为古代文人代表的县太爷钱丁，自称是"余"；作为执法者象征的赵甲，则采用的是标准的北京腔口语"我"；而作为民间人物代表的孙丙及他的女儿孙眉娘，使用的是山东方言"俺"。不同的称呼，体现了人物性格，代表了不同的、平等展示的立场。

事实上，方言的使用比口语的觉醒略晚。在汪曾祺等的小说中，口语的使用较为明显，而方言的使用相对较少。因此，方言的兴起，可以视为民间意识进一步增强的标志之一。韩少功在其《文学的"根"》中，明确指出了"俚语、野史、传说、笑料、民歌"作为民间非规范因素的意义。俚语即是方言。在他的小说《爸爸爸》中，通篇可见"渠是一个宝（傻）崽""视""吾""花咒""打冤"等方言。这些方言，同时兼有古词的特点。这一点，贾平凹要在好几年之后，才逐渐有所意识，并成为他"自认为下功夫最多的是语言实验"的重要部分："许多古代汉语散落在民间，这种语言皮实，就是有韧性，有张力，比如'吃毕了''携好'。现代汉语缺少好多东西，来表达变化的事物。语言里要充满空气，要流通，要有那个东西。"①

方言的使用，在被马悦然称为"真正的乡下佬"的曹乃谦于 1986 年开始的"温家窑系列"中几乎达到了顶峰。系列短篇小说，不仅是人物的对话语言，包括作家的叙述语言也基本采用了山西雁北的方言。试以曹乃谦小说《女人》为例。小说写温孩娶了个媳妇不干活不听话，在妈妈的建议下，把新媳妇痛揍了一顿，媳妇这才听话。同为山西的前辈作家赵树理，是民间出身的语言大师，他的小说《登记》中有一段张木匠痛打小飞蛾的情节，

---

① 木斋：《与中国作家对话》，京华出版社 1999 年版，第 59 页。

如出一辙。相关描写如下：

> 他妈把他叫到背地里，骂了他一顿"没骨头"，骂罢了又劝他说："人是苦虫！痛痛打一顿就改过来了！舍不得了不得……"

> 张木匠的锯梁子早就打在她的腿上了。她是个娇闺女，从来没有挨过谁一下打，才挨了一下，痛得她叫了一声低下头去摸腿，又被张木匠抓住她的头发，把她按在床边上，拉下裤子来"披、披、披"一连打了好几十下。她起先还怕招得人来看笑话，憋住气不想哭，后来实在支不住了，只顾喘气，想哭也哭不上来……

赵树理本人对方言当然非常熟悉，他自然也清楚作品中的人物在原生态的生活中不会这样讲话，但他在创作时自然摒弃了所有方言元素，而采用了明白晓畅的民间口语。这固然出于文学普及的需要，另外，其实也是对现代白话小说叙述规则的自觉传承。张木匠痛打小飞蛾的描写，借助成熟的新白话的优势，呈现出现代小说不厌其细的特征，可以理解，是为了体现旧社会下女性得不到尊重，有助于为新社会女性的新命运预作铺垫。而曹乃谦的描写，则具有明显的方言特征，同时也更筋道：

> 温孩去问妈，妈说："树得括打括才直溜。女人都是个这。"

> 温孩听了妈的，回家就把女人楔了个灰，楔得女人脸上尽黑青。

简洁筋道的方言，体现了对普通话及普通话所代表的秩序的拒斥，同时也体现了作家无特定功利、对民间日常生活原生态呈现的本体性追求。对此汪曾祺评论说："学习群众语言不在吸收一些词汇，首先在学会群众的叙述方式。"群众的叙述方式是很有意思的，和知识分子绝对不一样。他们的叙述方式本身是精致的，有感情色彩，有幽默感的……曹乃谦的语言带有莜面味，因为他用的是雁北人的叙述方式。这种叙述方式是简练的，但是有时运用重复的句子，或近似的句子，这种重复、近似造成一种重叠的音律，增加了叙述的力度。①

关于"重复""简练"的概括，类似前述王彬彬对阎连科语言的评

---

① 曹乃谦：《到黑夜想你没办法——温家窑风景·序》，湖北长江出版集团、长江文艺出版社 2007 年版，第 234 页。

价——可以理解，这种叙述方式，是一种从平民文化里生长出来的叙述方式。叙述力度的强调，不是通过"形容词"之类的词藻，而是通过民间方言口语的本身的规律来达到。而"和知识分子绝对不一样"的叙述方式，也暗示着我们，民间方言本身蕴含着一种抵抗压迫、消解苦难的内在文化。平民一直存在着这种文化，但他们缺少自己的代言人。知青的上山下乡提供了挖掘这种内在文化的契机，而韩少功就是这种文化的最早的代言人，其集大成之作就是小说《马桥词典》。

韩少功1968年16岁时到汨罗县插队，在农村待了六年，1974年招工进入了当地的县文化馆。正是这段历史给了他深入理解农村的切实的经验，也是写作《马桥词典》的经验基础。小说里的方言"大部分查有实据。但也有个别无中生有"，韩少功其实对"方言"本身并不是很强调，他说："方言仅仅是一个入口。①"——在我看来，所谓的"入口"，也指一种方式，一种途径。因为方言每个地域皆有之，而且，都蕴藏着每个地方特有的文化，其实无所谓好坏。韩少功之所以选择"马桥"，只是因为他对彼地的方言较为熟悉。从方法论的角度，"方言"如同民间与文明之间的天然壕堑，它一方面较好地保存了地方性平民的历史记忆，还有更为深层的平民文化精神；另一方面，它也是一个文化的缓冲区，会缓慢地吸收、反映时代和文明的变迁，如同树木的年轮或者沉积岩层。如韩少功所说："词是有生命的东西。它们密密繁殖，频频蜕变，聚散无常，沉浮不定，有迁移和婚合，有疾病和遗传……它们在特定的事实情境里度过或长或短的生命。"②

应该说，韩少功的姿态并非全然是平民立场的。唯其如此，他1996年的《马桥词典》恰恰从一个比较客观的角度，对本书第二章所试图揭示的平民性内核提供了丰富的资料。它共计有115个词条，除了常见的必然存在的民俗之外，可以作如下简单归纳：

（一）民间吃和性的文化。前者如老表、同锅、放锅、浆等；后者如嬲

---

① 韩少功、崔卫平：《关于〈马桥词典〉的对话》，韩少功：《马桥词典》，作家出版社2009年版，第324页。

② 韩少功：《马桥词典·后记》，作家出版社2009年版，第318页。

（nia）、红娘子、神、打车子、红花爹爹等。在此不作展开。

（二）对政治、科学的疏离。如"神仙府"："在马桥以及附近一带，像马鸣这样自愿退出了人境的活物还不少……确切地说，他是一个与公众没有关系的人，与马桥的法律、道德以及政治变化都没有任何关系的人。土改、清匪反霸、互助组、合作社、人民公社、社教四清、'文化大革命'，这一切都对他无效，都不是他的历史，都只是他远远观赏的某种把戏。""他们对上面一遍一遍关于科学喂猪的广播无动于衷，甚至豁了广播线当铁丝，用来箍尿桶，都是出于一种心理惯性。"其他如觉觉佬、枫鬼、模范、狠等。

（三）正反同体性。例如醒子，就是蠢货；贱生，指越老越不值价；宝气就是傻气；现，既指现在也指过去；怜相指漂亮；归元，既可能指归于结束，也可能指归于初始。

（四）模糊性。例如，"哩咯啷"：表示不那么正规、认真、专心的情爱，较多游戏色彩，一股胡琴小调的味，是介乎情爱和友善之间的一种状态，不大说得清楚。马桥人有很多语焉不详的混沌意识区，哩咯啷是其中之一。"栀子花，茉莉花"：进入马桥的人，都得习惯听这一类模棱两可的话：暧昧、模糊、漂滑、游移，是这又是那。这种让人着急的方式，就是马桥人所说的"栀子花，茉莉花"。他们似乎不习惯非此即彼的规则，有时不得已要把话说明白一些，是没有办法的事，是很吃力的苦差，是对外部世界的一种勉为其难的适应。我不得不怀疑，从根本上说，他们常常更觉得含糊其辞说是他们的准确。其他如打玄讲等。

（五）神秘性。例如，肯：这块田肯长禾；这条船肯走些。其他如梦婆、公地与母田、散发、洪老板、根、走鬼亲、火焰、嘴煞、结草箍、飘魂、开眼，等等。楚地向来巫风兴盛，民间神秘性自然较其他地方更强。

（六）民间伦理。如九袋、公家、汉奸、冤头、话份、格、不和气、背钉、黑相公、磨咒、放藤、津巴佬、压字、天安门、放转生、企尸等。它们具体而微地揭示了民间的人际关系、尊卑等级、忠义道德、公私之别等。

当然，方言中，较难形之语言的，还有那些无所不包的骂人话或下流话。韩少功在其新作《日夜书》中，写场长"他说这一类下流话却从不出错，总是信手拈来，行云流水，不断创新，花样百出，让大家的耳朵忙不过来。"小说特意列举了诸如"夹卵""搞卵呵"等九种典型的下流话。①

在以原生态叙述为特征的《妇女闲聊录》中，理所当然地用专段（169 段、170 段）分别列举了"王榨"地方"女的在村里说话"的日常方式：诸如"——狗婆子逼，打牌吧？——谁是逼？"以及"骂人的话"："骂女孩：贱逼！狗婆子逼！细逼！卖逼去！/骂人叫'但人'，骂脏话。训人叫'骂人'。"②

简单加以总结，这类方言在民间具有多种功能，一是言简意赅地表意，如"夹卵"意为"算了"；二是亲昵地逗嘴，如"狗婆子逼，打牌吧"；三是直接骂人，如"贱逼"。它们共同地都指向了身体的下部，是民间性文化的曲折表达，也是民间生命意识的碎片化彰显。在知识分子写作中，这些属于有意"净化"的对象（事实上，在以这些材料写成的小说《万物花开》中，这些内容被作家毫不意外地摒弃了）。而在曹乃谦所描绘的资源极度缺乏的自然环境下，指向下部的方言口语，部分地赋予了他们抵抗性爱匮乏、宣泄性欲冲动、舒张生命意识的力量（正如"油炸糕，板鸡鸡，谁不说是好东西"的"要饭调"）。而这种历史上的抵抗，被沿袭和保存到了生存压力相对缓解的日常生活中。因此，从平民文化的角度看，这种粗鄙的表述方式，尽管的确让来自城市的知青们难以习惯，但它们有其自身沉重的历史记忆和功能；同时，非客观呈现则无以体现平民芜杂而肉体化生存的原生态。

随着城市化的进程、教育程度的普及，以及社会文化的长期塑造，方言现在越来越小众化，而且往往在现实中被视为落后的象征。但如前所言，由于其封闭性的特点，作为一个地区共同使用的语言，它如同历史的活化石，承载着同一地区人民共同的历史记忆、价值体认以及欢乐和恐惧，具有对抗主流话语的文明遮蔽的特征，这种特征，正是本书一直强调的平民自我的意义所在。在新世纪小说中，在方法论意义上有意运用方言、较为典型的是阎连科的小说《受活》。

《受活》具有现实发展与历史记忆的双重结构。小说中，历史记忆正是

---

① 韩少功：《日夜书》，上海文艺出版社 2013 年版，第 26—27 页。
② 林白：《妇女闲聊录》，新星出版社 2008 年版，第 166 页。

通过"方言"这一载体，以"絮语"的文学方式展现的。方言成为这篇小说的重要内容，它由"絮言"引导，小则呈现为一个注释词条，这些词语往往具有构成民间日常生活的功能，"受活"本身就是豫西方言，如絮言所作的解释，"意即享乐、享受、快活、痛快淋漓。在耙耧山脉，也暗含有苦中之乐、苦中作乐之意。"——因此，它本身就体现了民间的生命意识与生存伦理。其他如对热雪、儒妮子、圆全人、中阴、强长、天堂地、散日子等琐碎概念的解释，形成了受活庄的日常生活文化。而另一些方言，则由于其内蕴的丰富，构成了大型的、整章的叙事，它们可能是寄托着希望与美好的民间传说或民间文化传承（例如花嫂坡、受活歌），也有可能形成于并不久远但对平民记忆有很大冲击的历史事件，如体现平民欢乐强旺的生命意志的天堂日子、节日等等。但更多的，则是指向了那些历史事件给予受活庄人所带来的深重的苦难，——这是小说的主要着力所在，如铁灾、大劫年、黑灾、红难、黑罪、红罪，等等。这些历史事件，一方面呈现了平民的生存苦难，同时，也与现实生活形成了对话，并由于其"拒绝遗忘"的特性，成为现实事件"存在之由"的解释，以及平民生存智慧的渊源。例如，"在许多年后受活里，只有上岁数的人才明白茅枝婆说的黑灾、红难或黑罪、红罪的话。因此，在列宁纪念堂里，也才只有他们那些上了岁数、有记性的人，才去那生白布上按了退社的血手印"。当然，关于"敬仰堂"的絮言，也内在地表明了日后柳鹰雀力主修建"列宁纪念堂"的历史渊源。反之，关于"花嫂坡"由来的解释，也间接解释了理想失败之后柳鹰雀自残而加入受活庄的民间动因。

第二节　语言膨胀与对话戏拟

一、语言膨胀

如前，在历史中的平民群体，可能呈现出"沉默"的表象，但这并不等于说平民不擅于"语言"，要真正了解平民，就必须深入平民的"私下"，必须把平民从面对庸常生存的压力中解放出来。平民小说基于从平民群体内部自下而上的立场，在平民的日常生活之外，另辟"第二种生活"的狂欢广场，因此，大大地解放了平民的语言。语言的狂欢化，是小说作为"第二种生活"的标志之一。它是狂欢化的广场语言的小说化、书面化的呈现，是王蒙所言"一个文本就是一次狂欢"的体现。作为洋溢着广场欢乐以及生命意识的语言，平民小说当然以口语或者方言为主体，但方言口语只是它的一般特征而非全部特征。在现实主义小说中，内容决定形式，语言服从于理性、清晰、准确、合目的的现代理念。而在当代小说中，平民意识的觉醒，底层或民间广场人物进入小说的事实，以及作者对既有规范的反抗，推动小说发展出了新的语言现象，我称之为语言膨胀。

语言膨胀并不是一种严谨的修辞表达，在此指并非必需的通过夸张、变形、反复、排比、肉身化、似是而非、佯谬等手法形成的语言堆积现象。它是狂欢节广场上典型的语言现象，体现了平民无所事事、插科打诨、斗嘴贫嘴、胡说八道等特点。因此，它也是米兰·昆德拉所言的离题的、游戏的、非认真的、使小说结构更加自由的，它在秩序严肃的现代小说中难以存在，平民小说才给它提供了自由发挥的空间。它们频繁地出现在王朔、王蒙、莫言、刘震云、王小波、刘恒、徐坤等作家的作品里。

狂欢化的语言风格，并非作家的空穴来风，有着深厚的民间土壤，同时由于方言的区隔作用，体现了普遍性和地域性兼具的特点。例如北京叫"侃大山"，天津叫"卫嘴子"，东北叫"唠嗑"，四川叫"摆龙门阵"，河南叫"喷空"，而莫言所在高密县则把特别爱说谎、特别会编排故事的孩子叫作"炮"孩儿，等等。莫言在谈到自己的语言风格跟民间生活的关系时说："这种语言风格并不是突然就出现了，原来它就跟个人气质有关系。当年我在农村的时候，跟那些没有文化、不识字但出口成章、胡言乱语、编顺口溜的人接触比较多，耍贫嘴耍得比较厉害，当我获得了我自己的语言时，感到非常自由。"[1] 刘震云则称之为（民间）"吵架的逻辑"[2]。

这种平民化的语言风格，作为地域文化之一种，在北京显得尤为突出。

---

[1]　莫言、林舟：《心灵的游历与归途》，林舟：《生命的摆渡》，海天出版社 1998 年版，第 205 页。
[2]　刘震云、周罡：《在虚拟与真实间沉思——刘震云访谈录》，《小说评论》2002 年第 3 期。

上述作家中，王蒙、王朔、王小波、刘恒、徐坤等作家都长期生活在北京，这不是偶然的。徐坤自认为语言风格的形成"也许与生活在北京这个地方有关系。北京人特能'砍'，说话逮住一个话题能漫天雾幛地'砍'起来……"① 王朔认为，"北京话说起来有一种趋于热闹的特点，行文时很容易话赶话，那种口腔快感很容易让说者沉醉，以为自己聪明，因而越发卖弄。"②

可以简单地举例概括一下民间语言狂欢形成的内在机制。先得指出，同义反复、夸张、反讽是其最为普遍的特点，往往与其他的语言机制并存，体现出民间自由、平等、欢乐、解构等特点。除此之外，值得专门提出的如：

第一，肉身化。如前所述，肉身化是狂欢节广场的特有现象。它意味着降格、指向下部、生命意识、对崇高的脱冕，等等。肉身化的叙事往往与杂陈并列和反复的方式加以使用，是民间幽默的常见形式。例如，"该死的木匠哈皮孜已经受了刺激，一见他就气短、心跳、肩背呈放射性疼痛"（《队长、书记、野猫和半截筷子的故事》）。再如：

> 他咀嚼自己的分析就像咀嚼泡泡糖。一会儿用舌头抵起，一会儿用门齿轻口，一会儿用白齿猛嚼，一会转移到左嘴角，一会儿转移到右上颚，一会儿吹起一个大泡，好像在他的嘴上盛开了一朵大白花。但是，请注意，他从来不让这大泡爆炸，他的大泡向上下前后左右三维空间旋转运行并延续了第四维的相当的时间之后，不知不觉地又被吸了回去。吸入了他的口腔，发出新的喷喷声却不是爆炸声。他具有英国式的绅士或者爵士性格，叫作"四儿"——sir 的，他喷喷而不叭叭。（王蒙《一嚏千娇》）

> 透过她的牙缝，我看见那颗患过心肌炎的心脏卡在她的嗓子眼儿里，像个鲜红的小皮球。（刘恒《九月感应》）

> 尿神着哩，尿是世界上最美好的液体，更是最深奥的哲学。老师，

---

① 徐坤、林舟：《在颠覆和嬉戏之中》，林舟：《生命的摆渡》，海天出版社 1998 年版，第 265—266 页。
② 王朔：《看上去很美·自序》，华艺出版社 1999 年版。

我们不去理睬那些胡涂虫，人民委员斯大林同志说："我们不理睬他们！"他们只配灌马尿。（莫言《酒国》第三章）

第二，似是而非的关联联想。它的功能，在于通过杂糅的方式，把更多的内容容纳进小说的叙事空间，凸显了民间广场特有的开放性、世界性特征。——当然，强调功能性还是体现了现代理性而非平民的特点，有的时候，平民的"贫嘴"并没有任何特定目的，只是起到一个延长叙事时间的作用。如：

你为什么不说话？江姐不说话是有原因的，你有什么革命秘密？你要是再不吃饭，再这么拖下去，你就是反革命了！人家董存瑞黄继光都是没办法，逼到那份儿上了，不死说不过去了。你呢？裹着被面咽下最后一口气，你以为他们会给你评个烈士当当吗？这是不可能的。顶多从美国给你发来一份唁电就完事了。你还不明白吗！（刘恒《贫嘴张大民的幸福生活》）

我是遇到哪个救哪个。此刻我的脑子不空白，我想了许多，许多。我要与那种所谓的"白痴叙述"对抗。我像托尔斯泰小说《安娜·卡列尼娜》中的安娜·卡列尼娜卧轨自杀前想得一样多，我像莫言的小说《爆炸》中那个挨了父亲一记响亮耳光后的儿子想得一样多，我像"文革"前夕那部著名小说《欧阳海之歌》中的欧阳海跃上铁轨、奋推惊马即将被火车撞死的一瞬间里想得那样多。一日长于百年，一秒胜过二十四小时。我咬住一个小男孩的棉裤把甩上冰面。（莫言《生死疲劳》第三部"猪撒欢"第三十六章）

第三，煞有介事的数字列举。数字列举当然是科学严谨的标志，平民小说中使用数字，当然不是为了凸显其严谨，而是通过对严谨的戏谑，即假装一本正经，达到反讽的功能：

在六月二十一日至七月二日这十二天中，为龚鼎的事找丁一说情的：一百九十九点五人次。来电话说项人次：三十三。来信说项人次：二十七。确实是爱护丁一，怕他捅娄子而来的：五十三，占百分之二十七。受龚鼎委托而来的：二十，占百分之十……（王蒙《说客盈门》）

他叫张大民。他老婆叫李云芳。他儿子叫张树，听着不对劲，像老同志，改叫张林，又俗了。儿子现在叫张小树。张大民39岁，比老婆大1岁半，比儿子大25岁半。他个子不高。老婆1米68。儿子1米74。他1米6l。两口子上街走走，站远了看，高的是妈，矮的就是个独生子。去年他把烟戒了，屁股眨眼就肥了一倍。穿着鞋84公斤，比老婆沉50斤，比儿子沉40斤，等于多了半扇儿猪。（刘恒《贫嘴张大民的幸福生活》）

在第二章第二节中，也举了张炜小说《古船》的例子，里面同样以一连串夸张的数字形式生动呈现出"大跃进"时期狂欢化的民间图景。

第四，无中生有。前面提到河南的"喷空"，刘震云的《一句顶一万句》中，"喷空"成为一个重要的情节：

所谓"喷空"，是一句延津话，就是有影的事，没影的事，一个人无意中提起一个话头，另一个人接上去，你一言我一语，把整个事情搭起来。有时"喷"得好，不知道事情会发展到哪里去。这个"喷空"和小韩的演讲不同，小韩的演讲都是些大而无当的空话和废话，何为救国救民？而"喷空"有具体的人和事，连在一起是一个生动的故事。

"喷空"是一个很有趣的现象，可以看到，它几乎指向了一篇平民小说，或者说一个有异于日常生活的"第二种生活"的产生过程（其特点正是"无中生有"的虚构性）。

除了上面列举的四种之外，当然还有一些，例如融入和戏仿他人话语，由于其内容较多，且独具意义，将在下面专门讲述。

本书并不旨在进行严谨的语言学研究，而是更多地关注语言与平民性的联系。从这个角度，需要专门指出的是，语言膨胀，作为一种广场语言修辞，它的作用也与狂欢广场所起的作用类似。首先，它体现了民间张扬、开放、自由、欢乐的生命意志。这代表性地体现在莫言、刘震云的大量小说中。类似莫言语言膨胀的表达方式，往往背离了许多人的审美习惯，"泥沙俱下"既是自况，也可能是批评。但"泥沙俱下"，正是民间语言狂欢的特点，对此莫言本人有清醒的认识，在一次访谈中他说："我个人的风格在语言方面，现在很难说是优点还是缺点，只能说是我的风格，就好像硬币的正反两面一样。"① 因此，需要对平民立场的内在特性，及其正反同体的特点有深刻的理解，并以整体性的方式接受。

其次，是对日常生活压力、无聊、庸常状态的缓解或者抵抗。例如，《贫嘴张大民的幸福生活》，张大民的贫嘴其实是与他内心的自卑（无论是从外貌还是经济条件而言都乏善可陈），以及作为家中的"老大"，需要面对生存过载的压力（一家六七人拥挤在 18 平米的两间屋里）密切相关的。再如，王朔小说中的人物，普遍具有贫嘴、聪明、油滑、信口开河的特点，无关生存压力，而是体现了生存的空虚无聊以及对这种空虚无聊的反抗。刘震云的《一句顶一万句》中，"喷空"作为语言膨胀术，与小说的总主题，即人与人之间无法沟通的孤独形成对照。用小说的话来说就是："人物的内心就像是毛细血管一样细密，像中枢神经一样敏感，从一句繁衍成一万句，而即便是一万句也无法能够达到沟通，吊诡的是反而离沟通越来越远。人们不能够为沟通找到一句话，却可以为不沟通找到一万句话。"人物的状态，与王朔笔下的人物具有类似性。

再次，语言膨胀本身也体现了反讽的姿态。这是平民抵抗崇高、解构神圣的典型方式。在王蒙、王朔、王小波、刘震云等人的小说里，反讽式的语言修辞表现得尤为突出。这一点还将在后面展开叙述。

二、从对话到戏拟反讽

平民小说作为平民的"第二种生活"，在这个虚拟的语言的广场上，应该有各种语言的众声喧哗，拥有接纳一切语言的开放性和欢乐性。平民语言意味着对规则的突破。比如汪曾祺早在 1980 年发表的小说《受戒》，写和尚所唱的酸曲："姐儿生得漂漂的，两个奶子翘翘的。有心上去摸一把，心里有点跳跳的。"这个酸曲出自刘半农《扬鞭集》里的山歌，后来也曾出现在沈从文的小说中，在 80 年代的语境里重新出现，显然是大胆而且具有破

---

① 莫言：《哪里有人哪里就有荒诞》，"搜狐文化"，http://cul.sohu.com/s2016/moyan/。

坏性的，他赋予了民间底层平民以自由言说的权力。唯其如此，才使汪曾祺的小说具有了突破以往那种严肃庸常的现实主义成规的意义。

因此，用口语方言形态进行小说叙述，只是小说平民化的一个层面。对于小说而言，更为重要的是在小说世界里引入不同的语言。巴赫金曾对比列斯科夫和屠格涅夫二人的口语创作风格，指出列斯科夫超越屠格涅夫之处。他说：

> 有一点我们要坚持：在故事体中严格区分意在他人语言和意在口头语言的两种目的，是完全必要的。在故事体中只见口语，意味着舍本逐末。不仅如此，故事体（作者意在他人语言时）中一系列语调方面、句法方面用其他方面的语言特点，恰恰需要用双声现象，用作品中两种声音的结合、两种意向的结合，才解释得清楚。①

从这个角度来看，无论是萧红、沈从文，还是汪曾祺，尽管他们的小说语言具有偶一为之的突破，整体上看，其富有特色的语言之于小说的关系都是屠格涅夫式的，小说中人物的言行看似日常实则是被精心剪裁过，是从外部（或文人或知识分子立场）替平民立言的。事实也是如此，他们都具有长期生活于底层，了解底层，但又用外部的眼光（启蒙的或文人的）来观看底层的特点。

真正的口头语言应该意在"他人语言"，是"为了写出另一个社会阶层的语言，另一个社会阶层的世界观"。这是巴赫金对话理论的具体呈现。巴赫金认为：

> 独白语境只有在下述情况下，才会遭到削弱或破坏：两种同样直接指述事物的话语，汇合到了一起。两种同样直接指述事物的语言，如果并列一起，出现在同一个语境之中，相互间不可能不产生对话关系，不管它们是互相印证，互相补充，还是反之互相矛盾，或者还有什么别的对话关系（如问答关系）。②

---

① ［俄］巴赫金著：《陀思妥耶夫斯基诗学问题》，白春仁等译，生活·读书·新知三联书店1988年版，第265页。
② ［俄］巴赫金：《巴赫金全集》第6卷，河北教育出版社1998年版，第259—260页。

经过漫长的五六十年代尤其是高度意识形态化的"文革"，对过于滥俗而导致僵化的口语的清理势在必行，这也是当代小说突破"规范"的必经之路。诸如"老子英雄儿好汉""阶级斗争一抓就灵""人定胜天"等口号，以及风行一时的"语录体"，尽管深入人心，也因此具有容易辨识的特点，当代作家对此可以自觉回避。但是，主流意识形态不断地生产出一些固定化的叙述，对此，作家往往容易习焉不察，尤其作家处于替主流立言的时候，这种特点尤其明显。在貌似平实而口语化的表述中，其实随时可以看到官方话语的碎片。试举高晓声著名的小说《陈奂生上城》的例子：

> 自由市场开放了，他又不投机倒把，卖一点农副产品，冠冕堂皇。
>
> 陈奂生真是无忧无虑，他的精神面貌和去年大不相同了。他是过惯苦日子的，现在开始好起来，又相信会越来越好，他还不满意？他满意透了。
>
> 说来说去，是吴书记做了官不曾忘记老百姓。

其中，"自由市场""相信会越来越好""做了官不曾忘记老百姓"等，与其说是陈奂生日常生活中真实的心理陈述，不如说是报章宣传语言的不自觉挪用。由于这种不自觉挪用遍布小说，使这部小说成为具有时代特点的主流意识形态的单方"独白"。

与现实生活中主流话语的即时性及隐蔽性相比，特定历史时期僵硬化的语言外在特征更为明显，因而较早被作家所发觉。这突出体现在王蒙的小说创作中。早在1979年的小说《布礼》中，王蒙一方面引入并批判了当时刚刚流行的具有虚无主义的灰色人的语言："爱情，青春，自由，除了属于我自己的，我什么都不相信。"但更多地通过主人公钟亦诚的心理活动引进了"文革语言"，诸如：

> 天昏昏，地黄黄！我是"分子"！我是敌人！我是叛徒！我是罪犯！我是丑类！我是豺狼！我是恶鬼！我是黄世仁的兄弟、穆仁智的老表，我是杜鲁门、杜勒斯、蒋介石和陈立夫的别动队。不，我实际上起着美蒋特务所起不了的恶劣作用。我就是中国的小纳吉。我应该枪毙，应该乱棍打死，死了也是不齿于人类的狗屎，成了一口黏痰，一撮结核

菌……

　　我有什么资格、有什么权利为了社会主义中国的经济成就而欢欣鼓舞呢？我不是共和国的敌人、社会主义的蛀虫吗？我和祖国的矛盾，不是不可调和的、对抗性的、你死我活的敌我矛盾吗？不是说不把我揪出来，斗倒斗臭，就会使中华人民共和国灭亡吗？我不是只能和汉奸、特务、卖国贼为伍吗？

大量"文革"语言的引用，构成了主人公内心的对话，它们并非是在模拟的意义上引用的，而是作为一种现实存在的历史被引用，如巴赫金所言，"隐匿在他人话语中的第二个声音，在里面同原来的主人公相抵牾，发生了冲突，并且迫使他人话语服务于完全相反的目的。话语成了两种声音争斗的舞台。"① 同一特征，也体现在他 1980 年的小说《杂色》中。尽管整篇小说几乎只是曹千里的个人独白，但是，他事实上，在与其他的声音进行辩论和对话，小说因此呈现出一种对话性。正是由于小说的潜在对话性，当时便有论者指出：它"是一篇既幽默又深沉的相声……王蒙把相声引起了文学，这是王蒙的一大功绩"。② 尽管这篇小说的结尾，还是以新的官方话语替代了旧的官方话语。但已经为以后全面清算这种语言奠定了基础。

　　如前所言，在平民的狂欢广场上，使国王脱冕成为小丑；把高高在上的通过倒置和拉低，指向其下部；一切崇高的、神圣的、僵硬的东西，都被嘲弄。对于觉醒了的平民小说来说，所有僵硬的、故作姿态的语言，同样成为脱冕的对象，戏拟和反讽则是主要的修辞。戏拟是讽刺性模拟，而反讽则是佯装无知。二者的特点，都在于煞有介事地引进"他人的语言"，由此也形成了平民语言的欢乐特性。

　　在王蒙 1985 年的小说《冬天的话题》中，对话性转化为戏拟，"文革"语言以及知识分子的学术语言，都被以戏拟的方式出现了。作为沐浴学权威的朱慎独，"费时十五年，写下了皇皇七卷巨著《沐浴学发凡》。"因为一位

---

① ［俄］巴赫金著：《陀思妥耶夫斯基诗学问题》，白春仁等译，生活·读书·新知三联书店 1988 年版，第 266 页。

② 高行健：《读王蒙的杂色》，《读书》1982 年第 10 期。

从加拿大回国的年轻人在《加国琐事》中偶尔提到"我国多数人的习惯是晚上入睡前洗浴。但这里人们更喜欢清晨起床后洗澡……",因此引起了新旧两派的争论。上述引用中,对"沐浴学"的煞有介事的介绍,以及偶尔引发的争论,都能在现实生活中找到影子。小说这样写斗争中朱慎独的心理:"'暮色苍茫看劲松,乱云飞渡仍从容。''沧海横流,方显出英雄本色'。没错,这是大是大非的原则争论,这是举什么旗、走什么路、迈什么步的问题!"而"一位有影响的人物"(这本身也是报章语言)的表态:"对于一些发表错误意见的同志还是要团结,要注意政策界限。他们还是好同志,他们还是爱国的。他们毕竟还是回来了嘛。"等等,则典型地体现了对"文革"话语的戏拟。这种戏拟(包括对新时期官场语言的戏拟),在80年代中期《一嚏千娇》《坚硬的稀粥》等小说中,已经构成了王蒙小说的整体风格。从这个角度看,王蒙的小说呈现出知识分子立场与平民立场混杂的特点。

从王蒙开始,这种戏拟的语言形成了当代平民化小说习见的修辞。在王朔、王小波、莫言、刘震云、李锐、徐坤、阎连科等人的小说里,都有较为明显的体现,尤其在莫言的《酒国》、刘震云的长篇《故乡面和花朵》、阎连科的长篇《坚硬如水》中,这种戏拟几乎是全局性的。《酒国》里戏仿过"文革"期间那种"文革"语言,也戏仿过王朔他们那种京味语言,也戏仿过鲁迅《药》这类"五四"时期小说的语言。此外再略举数例:

> 两扇几乎高达天花板的包着皮革的巨门被缓缓推开了,走廊里挤满了衣冠楚楚的男女,他们像攻进冬宫的赤卫队员们一样黑压压地移动着,涌了进来,而且立刻肃静了。走在最前排的是青一色高大强壮、身手矫健的青年男子,他们轻盈整齐地走着,像是国庆检阅时的步兵方阵,对前面桌上的啤酒行注目礼。尽管不断涌进的人群给他们的排面形成越来越大的压力,他们仍顽强地保持着队形,只是步伐越来越快,最后终于撒腿跑了起来,冲向所有的长条桌,服务员东跑西闪,四处躲藏,大厅里充满胜利的欢呼。(王朔《顽主》)

> 想想吧,历史上,每逢这种情况发生的时候,史家们紧接着将要描

述怎样的局面出现呢？艺术的孤芳自赏，穷途末路，全面大溃退，整顿我们的作风，肃清一些流毒和影响，开展批评与自我批评，会员重新登记，清理阶级队伍，叭叽叭叽地再痛打落水狗，费厄泼赖可以缓行。（徐坤《先锋》之"废墟"）

如果我在时代广场而不给孬舅出主意的话，历史完全可能堕向罪恶的深渊。人们还要在黑暗中摸索几十年。同性关系者们的倒行逆施，就有可能合理合法地出现在地球的东方之巅，就可能成为一个王国。他们恶性膨胀下去，总有一天，我们都会成为他们的臣民。同性关系的洪流，就会席卷我们的社会、国家、家庭、男女老少和我们养的猫和狗、兔和鸡……我们不就国将不国、家将不家、彻底地成了一个不男不女的社会了吗？（刘震云《故乡面和花朵》卷一）

巴赫金指出："每一新的文体无不包含某种对以往的文学风格作出反应的成分。它体现了潜在的论战和被掩饰的对因袭他人风格的否定，同时经常伴随着赤裸裸的滑稽模仿。就是在这样一个充满了他人语汇的领域里，散文艺术家不断前进并探索自己的道路……一个语言集体中的任何成员所遇到的并非可供随意翻译和歪曲的不具有任何'语言'色彩的语汇，而是载有他人声音的词汇。"① 在上面的三段叙述中，就随时包含着与斯大林、毛泽东、鲁迅等"伟人"语言以及庄重的教科书语言（"倒行逆施""罪恶的深渊"等）的潜在的对话，并因此使小说具有了广阔的世界性和开放性。

对当代作家而言，文革所包含的语言暴力，已经逐渐成为共识，正如李洱在世纪末所认识到的："倘若在神话时代确实存在着一种自明性的真理，那么，现在这种真理已经不存在了，种种经验必须受到重新审查。表达那些未经审查的经验，一个词、一个句子都是值得怀疑的，因为那可能是在增加意识形态上的积弊，是积弊的同谋。"②

---

① ［俄］巴赫金：《陀思妥耶夫斯基诗学问题》，转引自《叙述学研究》，中国社会科学出版社1989年版，第55页。
② 李洱：《写作困难与怀疑的时代》，《中国当代作家面面观》，春风文艺出版社2003年版，第316页。

当然，狂欢式的语言戏拟，不断拓展着它们批评的疆域。例如徐坤的《废墟》中有下面的一段：

一个月以后付出好消息，后卫画派的几幅珍品都以上千万港元的价格拍卖成交。鸡皮的《啊，我那遥远的红卫兵时代》被第八代导演托人买走，并将它改编成新写虚主义电影，准备拿去冲刺奥斯卡金像奖。主题歌盒式带先期投放内地市场，男女老少全都学会了唱。

戏拟有正向戏拟和反向戏拟。比如，"后卫画派"戏拟"先锋画派"，"新写虚主义"戏拟"新写实主义"，这是反向戏拟；《啊，我那遥远的红卫兵时代》、"第八代导演"是对《我的遥远的清平湾》、"第×代导演"的戏拟；而"冲刺奥斯卡金像奖""先期投放内地市场"，这种表述，其实也是对报纸娱乐版语言的戏拟，同时也构成了小说语言的双声。

当然，也有的戏拟未必是"迫使他人语言服务于完全相反的目的"，毋宁说是一种趣味的表达。例如，民间较为突出的"性"的主题，在双声戏拟的语言舞台上，也获得了表演的余地：

蘸水笔坚硬而修长，是一种器官；稿纸白皙而平坦，是另一种器官。让虫子们叫得更猛烈一些吧，蓝黑色的液体已经匆匆忙忙地喷出来了。（刘恒《九月感应》）

这些年郭家兴对待房事可是相当地懈怠了，老夫老妻了，熟门熟路的，每一次都像开会，先是布置会场，然后开幕，然后做一做报告，然后闭幕。好像意义重大，其实寡味得很。老婆得了绝症，会议其实也就不开了。（毕飞宇《玉米》）

第一个例子，在表面的"书写"背后隐藏着"性爱"的戏拟；第二个例子，在表面的"性爱"背后隐藏着"开会"的戏拟。其中一种语言未必带着对另一种语言的强调或反讽，而是平等地传达了语言开放式的姿态。

需要认识到，对于当下的平民来说，"意识形态的积弊"范畴较新时期初已经大大拓宽了，不仅包括了官方语言（报章语言及文件语言），还可能包括学究式语言、广告用语等不同范畴的语言，只要是煞有介事、冠冕堂皇、庄严神圣的语言，都可能成为平民戏仿与反讽的素材或对象。一个令人深思的现象是，戏拟双声的修辞，在目前众多自媒体平台上，在许多网络写手那里，使用得极为频繁而且丰富多变，相比之下，新世纪以来的小说对新型平民语言的融铸，并不那么突出，这也许与作家对戏拟、双声、复调的语言缺少自觉的、深入的认识，当然也与意识形态的抑制不无关系。

三、从语言到情境的反讽

反讽在古希腊戏剧中，本意是佯装无知者，是西方古代戏剧中的丑角，因而具有鲜明的平民出身。它的构造机制，是语境的不协调。相比于上述的语言膨胀以及对话戏拟等现象，反讽似乎更为普遍。一是因为它遍布于语言膨胀以及对话戏拟等语言现象中间；二是因为反讽是一种跨语言现象，具体地说，它可以分为语言反讽、情境反讽以及结构反讽。它跟"戏拟"修辞颇为接近，更多地体现在一种话语中，暗含着另一种反向的话语，体现了具体表达的"一体两面"。因此，它有民间正反同体思维和现实的坚实基础。D. C. 米克指出："反讽的形而上学原则……存在于我们天性所包含的矛盾里，也存在于宇宙或上帝所含的矛盾里。反讽态度暗示，在事物里存在着一种基本矛盾，也就是说，从我们的理性的角度来看，存在着一种基本的难以避免的荒谬。"[1]

"天性""宇宙"或"上帝"的用词无疑体现了矛盾的普遍性，此中可以注意到其中隐含着讽刺与反讽的重要区别：矛盾的普遍性（或者说是世界性）无疑包含了"反讽者也在其中"的预设，因为反讽者无法使自己脱离"天性""宇宙"或"上帝"。而讽刺则是置身于事外的、凌驾其上的——例如，讽刺正是从鲁迅到张天翼等许多启蒙作家所采用的修辞。与以讽刺为主的现代小说相比，当代小说中反讽成为流行色。90 年代反讽曾一度成为热门话题[2]，如前所述，在中国推动它的不只是后现代主义，而是平

---

[1]　［英］D. C. 米克著：《论反讽》，周发祥译，昆仑出版社 1992 年版，第 99 页。

[2]　参见［美］布鲁克斯：《反讽——一种结构原则》，《新批评文集》，中国社会科学出版社 1988 年版；D. C. 米克：《论反讽》中译本，昆仑出版社 1992 年版，第 99 页；另外散见于巴赫金：《巴赫金全集》、托马斯·曼：《小说的艺术》等著作；国内 90 年代之后也涌现出大量探讨反讽现象的文章，在此不赘。

民精神勃兴的体现。

巴赫金准确地指出了反讽与讽刺的这一根本区别。他说：

> 人民并不把自己排除在不断生成的世界整体之外。他们也是未完成的，也是生生死死，不断更新的。这是民间节庆诙谐与近代纯讽刺性诙谐的本质区别之一。一个纯讽刺作家只知道否定性的诙谐，而把自己置于嘲笑的现象之外，以自身与之对立，这就破坏了从诙谐方面看待世界的角度的整体性，可笑的（否定的）东西成了局部的现象。民间双重性的诙谐则表现整个世界处于不断形成过程的观点，取笑者本身也包括在这个世界之内。①

其中，所谓的"双重性诙谐"也就是正反同体的诙谐，也是反讽的民间形式。

中国学者吴方也较早地指出了反讽修辞在平等性方面的意义。他指出："反讽则体现了一种变化了的思维方式，即叙述者并不把自己搁在明确的权威地位上，虽然他也发现了认识上的差异、矛盾，并把它们呈现出来。"② 在文本层面，作者"佯装无知"地呈现了两种类似或相反的场景，似乎并未意识到其中的悖谬或富有深意；而在隐含的层面，人们通过文本中呈现的相似或相反的场景充分领会了其中的含义。因此，反讽的修辞同样隐含了请阅读者参与、作者与阅读者处于平等地位的复调思想。这种修辞似乎在告诉读者：如果你认识到了，让我们会心一笑；如果你没有认识到，那我们就当什么也没发生。如果作者持对读者进行教育或者启蒙的想法，这一姿态显然就会受到阻力。

据此还可以区分语言反讽与语言膨胀的区别。第一，语言膨胀直接由狂欢的民间广场诞生，它从表面到内里都是欢乐的，或者狂欢的（因此它才具有对抗苦难、缓解压力的功能）；而反讽在本质上是"佯装无知"的，因而尽管它具有根植于民间的欢乐，但这种欢乐蕴藏于语言的内里，在表面上它是克制和冷静的。第二，膨胀的语言里包含着"他人声音"的成分更为

---

① ［俄］巴赫金：《巴赫金全集》第 6 卷，河北教育出版社 1998 年版，第 14 页。
② 吴方：《小说文体二题·小说思维与反讽形式》，《小说文体研究》，中国社会科学出版社 1988 年版，第 70 页。

复杂，是多方杂语；而反讽则基于正反同体的思维，将其浓缩为具有对立比较意义的两方对话，是经过提纯的杂语。从语言膨胀到语言反讽，代表着狂欢的平民话语向日常转化和对文明规则的吸收。从这个意义上说，语言膨胀的修辞具有乡土民间的属性，而反讽修辞则相对更具有市井民间的属性。因为自由奔放、洋溢着生之欢乐的膨胀式的语言，往往受制于城市井然的秩序和"文明"的规范，而王蒙、王朔、王小波、刘震云、徐坤式的反讽，则是通过局部解构的方式，通过对城市生活进行似真的内部观照，对严肃的城市生活进行脱冕。事实上，除了刘震云之外，上述列举的其他作家，都是属于城市背景的作家。

尽管之前的列举中，一些例子本身就包含了反讽修辞，在此还是以王朔小说语言为例略作说明。如果进行具体分类，我认为王朔语言反讽的构成形式，可以分为两大类，第一类是反讽式的叙述。大致包括在日常生活中使用"文革"语言、意识形态语言、文牍语言，经典话语的"不合时宜"的引用，严肃场合中有意引入俗言俚语等非严肃话语，常规逻辑关系的刻意悖反（都是脱冕思维在语言中的呈现），一般语言的煞有介事（加冕思维在语言中的呈现）等等。例如，他动用了"英雄纪念碑"这样一个庄重的事物来形容一次普通的斗殴，"高晋昂着头，可以看到他肩以下的身体在高洋的怀里奋力挣扎，他一动不动地向前伸着他的头颅像英雄纪念碑上的一个起义士兵"（《动物凶猛》），这是对"斗殴"的加冕仪式。第二类是由对日常生活中具有相反指向的语言与场景、动作与效果、整体与细节、前言与后语等组成。例如以下这一段的表达方式在王朔小说中是较为常见的：

> 马林生经过收款台对里面的女同事颇为矜持地点了下头："我走了，齐老师。""慢走。"那位胖胖的中年妇女怔了一下，客气地回答，"……马师傅。"（《我是你爸爸》）

"老师"与"师傅"的称呼本身很平常，但在具体语境里，两种称呼代表了知识分子与劳动者两种不同的定位，"矜持"与"怔"的细节则进一步体现了马林生想求"庄重"而不得，效果与期望之间的悖反。

除了语言反讽，反讽还表现为情境反讽。应该说，反讽式的展示是即兴的、小型的，同时由于当代日常生活中遍布着机械性的僵硬。因此，它又是无处不在的。由于当代小说意在对抗科技文明进步带来的机械性，意在对抗各种意识形态或者新兴话语对平民话语的垄断，因此，这一手法显得至关重要。它以一种最为快捷的方式指向一切以真理、成规等价值观为支撑的严肃事物或者貌似庄重的现象的反面。由于预设主题的传统小说写作规范已经被当代小说家所扬弃，因此，小说语言所构成的世界不再具有单一的指向，小说文本其实是在与具有双重性质的语言的对话和辨析中不断形成的。反讽已经成了小说中最常见的，甚至已经被熟视无睹的修辞。试以叶兆言一篇平常的小说《采红菱》为例：

（游泳池里）张英无忧无虑地笑，班主任表情严肃。（第二节末）

我们班主任因为强奸和猥亵少女，判了十年徒刑。（第三节首）

（"严肃"的人其实有不严肃的一面）

我没头苍蝇似地在长江大桥上窜来窜去，引起了守桥武警战士的怀疑……他走到我面前，和我一起往黑咕隆咚的桥下看。（"武警"职业的神圣与日常化的两面）

远处大楼顶上闪着霓虹灯的广告牌，有几节霓虹灯管是坏的，正好是一只熊猫的胳膊。（现实中"闪光"往往掺杂着"黑暗"）

再如韩东的小说《火车站》：

他为什么不把尿尿在火车上呢？是出于对那女人的尊重么？他就夹那泡尿站在过道里。（"严肃"的人其实有不严肃的一面）

冰凉的大手已经抓住了她光裸的肩膀，将她向明朝的山水猛拽过去。同时她向右侧肩后看了一眼：车站方向紫色的夜空中闪耀着巨型霓虹灯和电子广告牌的绿光。美国健牌香烟的正确拼写应为"**KENT**"。

（霓虹灯背景下的强奸，同样"闪光"掺杂着"黑暗"）

在王小波的历史小说中，也典型地体现了情境反讽的特点。历史与现实，本身就是双重文本。由于历史人物本身具有意识形态以及文化典籍本身赋予他们的指向（潜在指向），因此，一旦作家的当代叙事只要在某一个环节（价值观念、生活习惯、语言风格、具体语境等）上脱离了历史人物潜在的可能性，就会形成反讽。例如《红拂夜奔》中，李卫公一方面是侠客（古代指向），但同时又是春宫画家、数学迷和发明家（在价值观念、生活习惯、具体语境方面都与唐代这一具体语境以及历史典籍所规定的主人公身份背道而驰），这就形成了强烈的反讽（之所以说是反讽而不是讽刺，是基于我们对人的平民化理解：即一个伟大的人在现实中可能完全是另外一种人，"春宫画家"的身份也并不导致对人物道德上的质疑）。可以说，反讽是王小波描写历史的主要意图所在，正是这一趋向把他和莫言等强调生命自由欢乐的民间历史小说区分开来。正是基于此，我们可以认为莫言本质上立足于乡村民间的平民作家，而王小波则是立足于城市民间的。值得注意的是，由于历史潜在叙述和潜在指向本身是确定的，因此，这种反讽甚至不需要出现对立的两极，只要展现文本的表面指向就行了。这有助于小说空间的扩大。

从本质上看，粗粝、狂欢、反讽的语言体现了小说家对真实、真相的重新理解和对一切事物的复杂性、相对性的关注，这一精神已经完全融入了当代小说。无论是在如上节所言的刘震云、莫言、刘恒、徐坤、荆歌等人大量具有狂欢意味的小说中，在叶开、李冯、毕飞宇、艾伟等以历史为对象小说中，在苏童、韩东、刁斗、东西、李洱、鬼子等貌似日常的叙事中，都有不同程度不同方式的呈现。固然，其中一些探索迷失在单纯的游戏里，失去了与生命感、再生性、世界性的联系，但其中更多有益的尝试，必然隐藏着属于未来小说语言的方向。限于篇幅，不再逐一列举。

第三节　众声喧哗与开放结构

一、"复调对话"对现实主义传统的革命

如前所言，当代小说的创作，几乎都以传统现实主义小说作为潜在的"他者"。正如法国新小说家布托尔认为："小说家如果……不肯打破旧习惯，不要求读者作任何特别的努力，不迫使读者反省自身，不迫使读者对自己长期养成的习惯产生怀疑，他肯定会轻而易举地取得成功，但他因此也成了那种极不适应的同谋，成了那个我们在其中挣扎的黑夜的同谋；他促使意

识的死亡，以致他的作品最终不过是毒药罢了，即使他的愿望是好的。"①

由于对再现性和逼真性的要求（经典的现实主义写作手法还包括了典型环境下的典型人物等经验），现实主义无疑是一种严肃的写作方法（例如，巴尔扎克要实现写作整个法国社会人间喜剧的梦想，就不得不对整个社会状况进行类似科学考察一样的细致观察）。同时，任何一种再现或逼真性要求，都只能是选择性的再现，现实主义对清晰的主题和明朗的故事走向的要求，在操作层面上客观要求作家必须预先确立其思想。因此，对于平民感日趋强烈的当代作家而言，现实主义的传统在以下四个方面与小说的精神背道而驰：

第一，批判或精神升华的严肃追求与平民精神格格不入。由于生命的自由舒张在当代秩序下显得困难重重，写作在当下成为他们对抗日益规范化的城市生活的一种方式，小说文本被倾向于当作通过想象营构的狂欢节。因此，逼真地再现机械生活本身是难以想象和忍受的，也与小说要求自由想象和虚构的本质属性背道而驰。第二，典型环境下的典型人物的思维与上章强调的民间的正反同体的思维格格不入。表面神圣的事物在平民质疑脱冕的眼光中彻底失去了存在的基点，因而也在小说中失去了市场。第三，传统现实型小说对主题的单方独白使其严肃在本质上显得可疑，与民间的怀疑精神格格不入。平民化的主题必然是争辩式的、杂语式的，因而也就是在本质上非严肃的，在平民的广场上，任何一种严肃的说教都是自我封闭的，失去世界性的，其效果只能是适得其反。第四，经过长达一个多世纪的发展，单是叙述和展现这两种传统的技巧，已经不能满足小说对万花筒式的世界生活的言说。如王国维在《人间词话》中所言："盖文化通行既久，染指遂多，自成陈套，豪杰之士亦难于中自出新意，故往往遁而作他体，以发表其思想感情。一切文体所以始盛终衰者，皆由于此。"小说要想摆脱自身僵化落伍的命运，应该充分利用自身包容一切的特点，在小说中融入议论、抒情、插科打诨、旁征博引……引入其他体裁的声音。

米兰·昆德拉所批判的 19 世纪欧洲小说（即"下半时的小说"）的传

---

① ［法］米歇尔·布托尔：《作为探索的小说》，参见柳鸣九主编：《新小说派研究》，中国社会科学出版社 1986 年版，第 90—91 页。

统，其实就是现实主义小说的传统。绪论中业已指出中国现代小说中现实主义传统所带来的弊病，事实上当代现实主义小说也正在日益沦为官方化的、大众化的和假正经的小说。无论是婚姻情爱小说、商场小说、改革小说等，如果不能找到新的思想和新的阐释方式，注定了只能落入俗窠。例如，海男在 90 年代的一些创作能说明这一点：在《关系》和《粉色》两部作品中，女主人公都因为投身于广告模特而迅速名利双收，并惊人相似地陷入了丈夫（或男友）、助她获得名利（年轻风流）的引导者以及第三方（要好的朋友或邂逅的医生）的矛盾中；鬼子颇受好评的《被雨淋湿的河》更像是一篇深度的社会新闻报道；同样受到好评的徐坤的《厨房》写女强人想成为温柔的女主人而不得的尴尬，不过是重复了一个老掉牙的社会观念；其他无论是刘醒龙、谈歌等人以改革和社会问题为对象的、遵循现实主义传统的小说，还是池莉、张欣等以都市婚恋为题材、同样遵循现实主义传统的小说，都存在着类似的缺憾。

事实上，从七八十年代之交开始，随着思想意识的解禁以及经济方面的起步，自由的心态开始在文体上有所反映。如王蒙的放射性结构、汪曾祺的笔记体小说一直到新历史小说的兴起。但是，它们或基于人们的真实心理，或基于中国古典文学传统，作者依旧是小说世界中的上帝，并没有对小说文体产生革命性影响。小说文体真正发生变化是 80 年代中期"马原叙事圈套"（以 1986 年《虚构》为标志）的产生和成功。

这一方法的要点是，在作品的某处，一个外在于叙述者的作者跳出来，向读者承认自己所讲的故事全是假的。这个方法的深刻意义在于：一是把读者、主人公和作者都拉进了小说时空，小说不再是作者的独白，而变成了作者、读者、主人公共同参与的广场。如同巴赫金对陀思妥耶夫斯基小说复调性的重大发现：复调意味着作者与主人公对话，以及主人公话语对潜在的他者话语的辩解和对话，由此形成了遍布陀思妥耶夫斯基小说的大型对话和小型对话的结构。这构成了陀思妥耶夫斯基几乎全部小说的共同点。① 这一方

---

① 参见 [俄] 巴赫金著：《陀思妥耶夫斯基诗学问题》第二章 "陀思妥耶夫斯基创作中的主人公以及作者对主人公的立场"，生活·读书·新知三联书店 1988 年版。

法的哲学内核在于"平等",因为只有平等的双方才存在对话的可能。在启蒙——国家话语占绝对优势的情况下,不可能存在双方的对话,只能是单方的说教,即便有对话的存在,也是由占优势的一方自编自导的虚假的对话,是一种独白的对话。

如前所言,当代小说中的对话性观念归根到底来自于经历了"文革"等惨痛教训或经验的作家平等相对观念的确立。

在稍后的《蝴蝶》中,作为部长的张思远与当年作为农民一员的"老张头"之间,以及与作出了另一种选择的儿子、恋人在价值观方面都存在着紧张的对话关系,这种对话遍布小说,并形成了小说的结构,值得重视的是,对与错的界限已经相对模糊了。《最后的"陶"》中依斯哈克大叔关于哈萨克人淳朴民风的描述与库尔班精明的生意经、现代文明对草原逐步侵蚀的场景交替出现,形成了现代与传统的对话,这种对话也是结构性的。

林斤澜的小说系列"矮凳桥风情"(1987)同样具有未被重视的文体意义。这一短篇小说系列更应看成是一个完整的中篇(这种方式在90年代变得流行)。小说尽管没有根本摆脱"歌颂改革"的预设命题,但由于平民视角的采用,针对"改革"的不同话语都有了发言的机会。同时,"改革"作为一种社会整体的结构性变化,对它的言说有无限种。如果我们摆脱国家话语预设的命题,就会发现其中蕴藏着若干可以与民间"共谋"或者融合的质素:改革(reformation)即重新定型,意味着"变",意味着反叛单调的现实生活或陈规陋习,它在深层内涵上为解放长期以来人们思想上的束缚,实现民间的自由欢乐提供了某些契机。它蕴含着一种积极欢乐的、无视教条的生命力(用小说中老人们的话说,就是"现在,青年人,吃了狼奶了");再如,改革有助于打破原有的官本位思想,树立一种(基于经济的)平等观念,并使各色人等纷纷涌现,一无所有者被加冕成国王(如车钻者流),僵硬机械的官僚(如通用局长)露出了可笑的真面目,从而形成了一种类似狂欢广场的狂欢效应。以一个较长的中篇的角度来阅读《矮凳桥风情》可以看出,由各个人物串联起来的整篇小说,恰好从不同的角度诠释了改革对不同人的意义;在艺术结构上,是有意以复调的方式展示改革初期的全景：包括各式人等，以及他们的不同话语，如疑虑、反对、赞同、申诉、调侃、吹牛等等，都有了平等展现的机会。这使整个小说形成了一种整体的杂语效果。

类似的、更为复杂的杂语，依旧体现在莫言的小说中。比如《球状闪电》，小说采用了第三人称限制叙事、主人公蝈蝈的意识流、老刺猬球的接力叙事和回忆（动物主角）、蝈蝈的接力叙事、奶牛视角的回忆、茧儿叙事、老太婆叙事中心及回忆等，还穿插着大鸟视角（看两个人在湖里游泳）。多种视角、人物乃至动物的叙事、回忆，构成了小说的众声喧哗，从而构筑了一个多声部的、立体的民间世界。

总体看，平民精神的复苏导致了作家对小说中各种立场平等言说权利的必然重视和对各种定论的怀疑。这一观点在一条线索上体现为《家族》（张炜）、《白鹿原》（陈忠实）、《丰乳肥臀》《檀香刑》（莫言）等对战争史的重新书写，并发展为对历史真相的揭露（重写革命史），如《棉花垛》（铁凝）、《生命通道》（尤凤伟）、《长征》（北村）、《集体记忆》（张抗抗）、《雨天的棉花糖》（毕飞宇）等。以莫言奠基之作《红高粱家族》为例，对历史对象的尊重体现在对土匪、国民党和共产党的斗争历史的民间言说上。从生存的角度看，无论是作为土匪的余占鳌，作为国民党方的曹县长、江小脚以及作为共产党方的冷支队长，其所作所为都很难简单地用善恶观来衡量。《生命通道》和《集体记忆》的共同点在于，已经成为定论的革命史成为作者怀疑或者反讽的对象。为逝者正名成为小说创作者的精神姿态，这一姿态无疑具有很强的平民性。

平等相对观点在另一条线索上体现为如上述《矮凳桥风情》式叙事的复调。在马原的《冈底斯的诱惑》中，作者平等地进行了三种叙事：即姚亮和陆高他们去看天葬的现实叙事；穷布寻找野人的传奇叙事；以及最后顿月和顿珠的传说。三者之间没有必然的逻辑关系，它们完全可以分裂成三个短篇小说，但它们组合在一起形成的现实功能就是，使"冈底斯"这一形象立体化、复调化了。它不是属于任何一个单一层面的东西，而是具有了多种解释的可能性。

对 1988 年莫言的《天堂蒜薹之歌》而言，这部小说的里程碑式的意义
在于：它第一次清晰地区分了官方话语和民间话语。在对一次民间骚动的言
说中，它生动展现了官方、民间和客观的小说叙事三者之间的对话和对抗。
同样，李锐的《无风之树》以不同人物分别独白的方式，展示了即使在
"文革"这样话语高度同一的形势下，不同思想的人（暖玉、拐叔、苦根
儿、刘长胜等）都具有自己丰富完整的内心世界。不同人物分别叙述的方
式在陈染的《沙漏街的卜语》一直到莫言的《檀香刑》等小说中，已经成
为较为常用的手法之一。值得一提的是，《檀香刑》中，正因为每个参与者
都有平等言说的机会，因此，赵甲得以摆脱千百年来无思想或被蔑视的刽子
手形象，进而成为一个行刑艺术家（类似的艺术家我们在卡夫卡的小说
《在流放地》中也可以见到）。因此，《檀香刑》变成了一个民间英雄、艺术
家、知识分子、民间女子与傻子共舞的广场，而不是一个单纯歌颂英雄的作
品，这正是小说的深刻之处所在。

二、体裁融合与跨文体写作

不同于其他体裁，小说并不存在一种约定的、不可逾越的体裁限制，这
使它可以充分融入其他体裁的声音。巴赫金就认为："小说不仅仅是诸多体
裁中的一个体裁。这是在早已形成和部分地已经死亡的诸多体裁中间唯一一
个处于形成阶段的体裁。这是世界历史新时代所诞生和哺育的唯一一种体
裁……"① 或者如华莱士·马丁所言："小说的规定性特征就是不像小
说。"② 热奈特指出：如果大家感到普鲁斯特的《追忆似水年华》不再是完
完全全的小说，"它在其水平上结束了体裁（各种体裁）的历史，并和其他
几部作品一起开拓了现代文学无边无际的、似乎尚未确定的领域，那么这显
然归功于议论对故事，随笔对小说，叙事话语对叙事的'入侵'"。③

① ［俄］巴赫金：《史诗与小说》，《巴赫金全集》第 3 卷，河北教育出版社 1998 年版，第 506 页。
② ［美］华莱士·马丁：《当代叙事学》，北京大学出版社 1990 年版，第 41—42 页。
③ ［法］热奈特著：《叙事话语·新叙事话语》，王文融译，中国社会科学出版社 1990 年版，第 183 页。

在当代作家中，同样是王蒙较早地发现了小说体裁的这一潜在可能性。他说："小说首先是小说，但它也可以吸收包含诗、戏剧、散文、杂文、相声、政论的因素……我们为什么不喜欢小说中有散文、小说中有诗呢？"①他的《一嚏千娇》（1988）可以说是较早的跨文体尝试。这部小说中融入了读者、作者、主人公之间的平等对话，与此同时，小说融入了大量的议论、引用，包括诗歌、寓言、文学评论、文言、报刊消息、演讲等，从内容上看，也充分体现了作者平民式脱冕的思维。

在上述《天堂蒜薹之歌》中，一个引人注目的现象就是：不同的立场是通过不同的体裁展现的，包括每节开头代表民间话语的瞎子张扣的民歌小调，每节正文部分煞有介事的传统小说叙事，以及最后冠冕堂皇的官方话语：《群众日报》的报道、述评、社论。由此，不仅是小说内部成为各种话语在同一广场平等的交流呈现，而且小说体裁本身都成了一种相对的、不确定的因素（对这部小说，我们如果描述为"小说的民歌部分""小说的小说部分"以及"小说的官方新闻部分"也是完全可以的）。因此，一种平等欢乐的广场精神突破官方话语的樊篱得到充分展现，小说狂欢广场上各方面的平等对话，也转变为不同体裁之间的对话。朱文小说《我负责调查的一桩案件》（1991）在形式上与前者极为类似，在这部篇幅略短的小说中，作者同样引进了几方的对话：即作为一般情况介绍的小说叙事部分，作为警察的案情摘要部分，以及作为最后结果的新闻报道部分。可以看到，核心事件同样是一个案件，二者唯一不同之处在于民歌与案情摘要的不同对应，但也正是由于前者的存在，使得《天堂蒜薹之歌》较之《我负责调查的一桩案件》更具民间欢乐的气氛。叶兆言的《关于厕所》（1992）中，围绕"厕所"这一话题，小说中出现了故事、新闻报道、科学研究、统计数据、笑话等许多完全不同的文学体裁，同样也体现了文体与内容的双重狂欢。

历史地看，八九十年代之交作家关于小说体裁还仅是零星的实验阶段，

---

① 王蒙：《漫话小说创作》，上海文艺出版社 1983 年版，第 15—16 页。

从 1992 年开始，针对小说体裁的复调、狂欢、对话才真正成为潮流，并客观上开拓了小说体裁所能达到的疆界，这在中国小说发展史从来没有过的。当代小说在体裁范畴上的狂欢和复调以刘震云分别写于 1992—1993 年的《温故一九四二》《故乡天下黄花》《故乡相处流传》、莫言的《酒国》（1993）、徐坤的《先锋》（1994）、刘恪的《蓝色雨季》（1996）、李洱《花腔》（2001）等一大批小说为标志达到了顶峰。

《温故一九四二》旨在调查 1942 年河南大灾的真相，为此，仅围绕灾荒之年政府内部的派系斗争，就调用了新闻、美国驻华外交官给美国政府的报告、当事人的叙述、外国记者白修德的书《探索历史》、资料、大公报的《豫灾实录》等不同性质的资料。在小说的最后，作者为了"证明大灾荒只是当年的主旋律，主旋律之下，仍有百花齐放的正常复杂的情感纠纷和日常生活"，而全文录用了当年报纸上的两则"离异声明"。刘震云的"故乡"系列以其狂欢化的语言闻名，就体裁而言也出现了京剧的西皮快板，传真、文件（小麻子为同性关系和家园工程所召开的第 21 次大资产阶级代表大会上所作的关于目前形势和任务的工作报告）、新闻、歌曲、讲课、会议记录（牛屋理论研讨会）、民谣等等。

《花腔》与《温故一九四二》有类似之处。小说目的在于深入了解"葛任"这个现代史人物的故事。医生白圣韬、人犯赵耀庆以及法学家范继槐分别讲述了这段历史，此外还有冰莹女士、宗布先生以及众多外国友人的补充说明。两批人的讲述分别构成了小说的正本和副本，分别用"@"和"&"作区分。除此之外，小说还旁征博引了各类书、信、回忆录、散文、采访等文体。众多的叙述和资料，编织了历史扑朔迷离的"原生态"，同时也是叙述的狂欢。在《卷首语》中，作者还特意指出："读者可以按这本书的排列顺序阅读，也可以不按这个顺序……你可以按照自己对故事的理解，重新给本书划分次序。我这样做，并非故弄玄虚，而是因为葛任的历史，就是在这样的叙述中完成的。"① 小说因此体现了民间"众说纷纭"的故事叙

---

① 李洱：《花腔》，人民文学出版社 2002 年版，第 1 页。

述效果。

莫言的《酒国》里体裁的复调则带着戏谑的意味。痞子小说、文坛最近动向、王蒙、莫言其人都进入了小说，作者在叙述一个侦察故事的同时，通过书信体的形式和文学青年李一斗之手，分别杜撰了"严酷现实主义""妖精现实主义""纪实小说""新写实小说"等小说，是对"文革"以来的现实小说发展历程的戏拟。《先锋》中对大量先锋文艺（不仅是文学）作品的引用，同样使本篇小说充满了体裁的杂语，并使其本身成为一篇先锋式的小说作品。《蓝色雨季》（以及作者于2004年出版的《城与市》）则同样把小说、诗、散文、日记、图片、地方志、格言和法律文件等几乎所有文体都融合到了一起。

与上述小说对各种体裁庞杂的征引形成欢乐的气氛不同，利用现实文本与历史文本（传奇、话本等）的内容之间互文形成复调是另一种值得注意的方式。共时性是平民式思维的重要特点。在民间广场上，不同观念同时平等地发出声音。王小波的创作在此具有代表性。与80年代中后期方兴未艾的新历史小说以真实的历史时间为背景，虚构一个历史化的故事不同，王小波的历史小说创作或者直接重写（挪用）历史传奇（如《寻找无双》《红拂夜奔》《歌仙》等），由于现成的历史传奇故事隐藏的叙述指向与小说实际叙述指向并不相同，小说在总体上形成了复调的效果，这一种方法延续了鲁迅《故事新编》的传统；或者是多设置一个现在时的叙述者，把历史传奇与对当代生活的叙事结合起来，历史传奇作为复调中的一方以及"第二世界或第二生活"直接进入小说，如《万寿寺》那样（薛嵩和红线作为叙述者手稿中的人物在小说中出现，这种结构类似略萨所推崇的"中国套盒"）无论哪种情况，欢乐情绪都源于本质上的对话关系。

这种倾向在90年代与新世纪之交似乎有所增强，如《潘金莲逃离西门镇》（阎连科）、《武松打虎》（毕飞宇）、《十六世纪的卖油郎》（李冯）、《口干舌燥》（叶开）、《民间故事》（荆歌）、《新时代的白雪公主》（苏童）、《遗忘——嫦娥下凡或嫦娥奔月》（李洱）等均是这类作品（同类结构的小说发展到当前似乎已经有了自我重复或如前所言被大众话语"吞噬"

的倾向)。

　　上述的复调和杂语都是镶嵌于小说文本的内部,它们的存在考验并拓宽了小说的结构。值得注意的是还有另外一种体裁复调:即小说充分利用读者的已有体裁知识,使小说文本与这一体裁(通常是通俗体裁)的常见结构之间形成戏仿与挪用关系。在第一种情况下,戏仿其实隐含着消解。如余华的《鲜血梅花》,从题目开始作者就诱使读者形成对武侠小说题材的阅读期待(包括复仇主题、主人公的武艺等),但小说的实际走向却恰恰背道而驰(一个《铸剑》一样的故事,但复仇者最终错过了仇人,复仇者所"必备"的武艺也可疑);其《古典爱情》则是重写了一个"西厢记",但美满的结局最终被惨烈的现实所中断(对传统"才子佳人模式"小说的消解)。叶兆言的《古老话题》(奸夫淫妇谋杀亲夫的案件)、上述的《酒国》的主体部分(高级侦察员丁钩儿奉命前往酒国侦破一桩红烧婴儿案)在体式上是对侦探小说模式的借用(同时也是消解)。在第二种情况下,挪用其实也是融合,这种挪用往往溢出了文学体裁之外。例如,张承志的小说《西省暗杀考》《心灵史》就较早地将历史叙述及考证的方式运用到小说的整体结构中,以至有人认为它不是小说。

　　前面也说过,复调、戏仿、杂糅等形式,都蕴含着反讽。这里是指结构性的反讽。例如,第一种是作家描写的角色与角色固有传统的反讽。有研究者专门论及的就有《酒国》(侦察员的传统形象与现实角色的反讽)、《欲望的旗帜》(高僧、学者的传统形象与现实角色的反讽)、《张生的婚姻》(完美爱情的经典故事与现实的反讽)以及前述王小波的历史叙事等。在《长征》《同心爱者不能分手》两部小说中,存在着类似的结构:对历史中意义重大的爱情(情欲)叙事与对现实爱情的逢场作戏的描写交织在一起,从而形成了结构的(同时也是情境的)反讽。第二种反讽则由平民脱冕思维推动,即角色一开始高高在上,但最终走向了其反面,类似的小说如《我的帝王生涯》《在我的开始是我的结束》《强暴》等。第三种情况是以第二种为基础,但同时存在着反向的运动,即角色的脱冕与加冕同时进行,如《傻瓜的诗篇》(格非)、《四月三日事件》(余华)、《蝴蝶与棋》(苏童)、《过程》（方方）等，都隐藏着对真理的反讽和对正反两极转换可能性的关注，即"真理前进一步便是谬误"，在傻瓜与医治傻瓜的医生之间、在杀人的疯子与侦破案件的侦探之间、在捕蝴蝶者与棋手之间、在英雄与胆小鬼的角色之间，没有绝对的界限，只是一件事件（一个角色）的两面。

另外一种形式是对其他艺术形式的整体性借用。韩少功的《马桥词典》把词典体裁的融入，无疑也是对小说体裁的拓宽和运用。"词典"体现了作家系统地建构民间话语的雄心，这种立场是知识分子与平民立场混杂的。类似的方式，在新世纪有所兴盛，如《炸裂志》（阎连科）、《上塘书》（孙蕙芬），以及梁鸿的《梁庄》等。相比而言，莫言的小说《檀香刑》把"猫腔"的民间文艺形式直接作为小说的形式，则体现了民间形式与民间内容的契合，艺术上的姻亲关系比较容易得到读者的认同，如前所说，也验证了莫言较为明确的平民立场。

在上述作品创作实绩的推动之下，跨文体写作在 90 年代末期成为一种整体趋势。如《大家》于 1999 年推出了"凸凹文体"，《花城》推出了"实验文体"，《山花》推出了"文体实验室"，其他如《作家》《青年作家》等也都作出了类似的尝试和举措。同时王一川、吴义勤等也对跨文体写作进行了积极倡导①。但总体而言，其创作并没有突破 90 年代中期已经达到的高度。

新世纪以来值得一提的是，体裁对线性叙事的突破——前述的复调、对话或戏仿等结构，可以视为"多线性"叙事。在阎连科小说《日光流年》《受活》中，通过对注释体裁的挖掘（在后者中，作为注释的"絮语"有不亚于正文的容量，实现了小说内容的跳转，作为民间的声音和正文中的现实叙事形成了强有力的对话和复调的关系，严格地说，小说结构处于线性与非线性之间。而在更为年轻的作家，如黄孝阳那里，注释或者超链接，则实现了一种新的非线性式叙事，是文本之中随时打开的时空之门。它可以出现在

---

① 其中王一川倡导最力，详见其《跨体小说——世纪末小说革命》，刘恪《梦中情人》序，百花洲文艺出版社 1996 年版；以及其《倾听跨体文学潮》，《山花》1999 年第 1 期。

任何一个词、字或者句子上，诸如"老虎""女人""跳""爱"或者"我是我"，等等，而注释内容则可以为议论、哲学、诗歌或者其他任何东西。它突兀而来的出现形式，如同量子跃迁；它与被注释对象之间，由于意义的互文、悖谬或者深度的拓展，构成了叠加态的关系，它的存在可能改变了被注释对象的原有意义，拓展了文本的容量，增加了文本的复杂性，甚至构成了新的文体，如此等等。正是借助这种手段，他的文本，成为由庞杂的知识、漶漫的思想、诗性的想象、不羁的个性杂糅而成的语言之流。随便举一个例子，例如《旅人书·总城》的正文中有这样一句话："毫无疑问，男人的话是一种可怕的偏见。""偏见"一词则有以下注释：

> 人的大脑基本上是被偏见所充斥，就像"和尚说的那个倒满水的杯子"。但把杯子倒空是不可能的事，顶多是刹那菩提。偏见失去，"我"即随风而逝。能否存在一种可能：《开放的社会及其敌人》。什么意思？让大脑成为一张元素周期表，而非简单粗暴地认为世界是银子的，或者说世界是铜的。

如格非所说："一个作家所用的文体与形式，通常是作家与他所面对的现实之间的关系的一个隐喻或象征。首先，文体当然会受到时代的总体特征的影响。一般来说，社会形态的巨变往往是作家创造新的叙事文体的重要契机，文学史的发展与演变实际上已经证明了这一点。"① 这种叙事方式，带着后现代去中心化的哲学印记。对于在网络文学环境中成长起来的更为年轻的作家，也许预示着一种新的可能。

值得注意的是，跨体不应该是无限制的杂语、狂欢和融合，也不只是以拼贴游戏为旨趣的"后现代"，其未来的发展空间目前并不明朗。我认为，复调和对话的关系、平等、自由、欢乐的精神是小说体裁开放的内在驱动因素，脱离了这一点，形式的变化就失去了其根本的意义。这也是评判小说体裁实验是否成功的重要标准之一。以刘索拉的《女贞汤》为例，尽管把多种图片引入了小说，但这种图片的引入是为了"验证"叙述而不是构成对

---

① 格非：《文体与意识形态》，《当代作家评论》2001 年第 5 期。

话，因此，图片的引入本身失去了小说体裁变革的意义，只是变成了阅读的点缀，体现了读图时代"读者引导作者法则"对小说的影响。另如一些插图小说，甚至音乐小说（小说中加入与主旨意境相似的插曲，读者通过扫描二维码可以收听），也可以作如是观。

第七章　平民小说的可能及边界

　　"平民"概念的想象性。"平民自我"的理想性。平民理论的策略及意义。"平民"理论的现实基础。融合市井与乡土的理论试图。平民内部对话的缺失。平民信仰与平民念想。

　　情感基质作为人类心灵的局部性。平民独断。平民立场的局限。生命意识在权力结构中的失效。狂欢化叙事的程式化、粗略化。

　　作家自我的内部分裂。大众文化工业所蕴含的收编、独断与雷同。不同立场互补的意义。"非虚构"融合两种立场的努力及启示。

第一节　被想象的平民

一、理想化的平民与平民理论的理想化

雪莱说过，西方人都是希腊人。他的意思是，希腊是西方人的童年，也是他们的梦想，是他们的精神家园和文化之根。在尼采那里，希腊文化更吸引他的却是酒神精神，它昭示了人的原初状态：被本能冲动所驱使的生命存在。但尼采厌恶酒神狂欢那种"肉欲与暴行"的放纵，因而把它引入了通向生命本原的艺术，酒神艺术，一种具有形而上学性质的悲剧冲动。由此，尼采汲取了平民精神的精华，却抛弃了大地的母胎，抛弃了作为艺术起源的劳动，成为重估一切价值的"超人"。在他的身后，是匍匐在大地上的庸众，以及"被所有那些独特的、高级的、专业化的结构性活动挑选出来用于分析之后所剩下来的'鸡零狗碎'"① 的日常生活。众所周知，尼采具有鲜明的贵族情结。

我们似乎耻于自豪地承认，我们都是平民，起码，都曾经是平民。在有关"乌合之众""平庸之恶""赤裸生命"等种种现代理论里，平民被描绘为缺少精神之维、缺少权力和身份的群氓，我们被他们的困境和悲剧命运震慑了。知识既然已经使我们睁开了双眼，并登上了文明的阶梯，我们可以启蒙、可以批判甚至可以拯救，但不会返身下来，再次成为他们中间的一员。

但是，正如西蒙·波伏娃针对女性的那句名言：女人不是生而成之的，而是被塑造的（One is not born a woman, but becomes one）。这句话也适用于平民。人生而平等，因此，"平民"（平民自我）的形成来自后天的塑造。如本书所述，"权力的相对缺乏"是平民的标志。平民承受的，不只是宏观

---

① 吴宁：《日常生活批判——列斐伏尔哲学思想研究》，人民出版社 2007 年版，第 105 页。

权力显性的压迫和规诫，还有各种隐形的、未被展示的以及被阶层的区隔所牢固控制的。而在这种权力的缺失处境中，通过西方从希腊的酒神秘仪到中世纪的狂欢节文化，通过中国从《诗经·国风》到元杂剧、明清小说的文化，都可以窥见平民是怎样在屈从于生存伦理的同时，从来没有放弃过欢乐的生命意识的。即便没有哲人们由深邃的思想和崇高的精神迸发的璀璨的文明之光，但也从生命的本源出发，彰显了人之为人的生命的高贵。也正是由于知识权力的缺乏，不同于科学文明累代嬗进的历史，他们以前科学的思维方式与生存经验，更多地保存了我们的来路和文明之根。

因此，巴赫金的贡献是巨大的。他从中世纪的狂欢里，从拉伯雷的诙谐小说里，挖掘、还原、构造了一个曾经的平民狂欢世界，并指出了其具有消除等级、普天同庆、正反同体、对话狂欢以及未完成性和开放性感受等特性。在此基础上，构建了对话和复调等诗学理论。他的理论的博大、开放和深邃，使他成为20世纪60年代以来具有世界影响的大师级学者。尽管如此，对巴赫金的理论存在着一些争论，西方的史学家，如古列维奇和莫瑟尔等基于史料的研究指出，巴赫金对中世纪本身的考察是片面的，夸大了狂欢节在中世纪的普遍性及其意义，也夸大了其所包含的"笑"的作用。但是，一方面，目前为止，由于双方在对史料的发现和运用上各有"主观性"，因此孰对孰错还难定论；另一方面，即便是反对者古列维奇也指出，从文化史的角度看，巴赫金的理论是最有成果也最具启发性的，他开辟了一个新的领域，即"沉默的大多数的文化"的领域。狂欢理论的重要启示之一，是主张可以用民间文化去衡量主流文化。①

"沉默的大多数的文化"的领域，也就是平民文化的领域。支持巴赫金，正在于他几乎前所未有地开创了一个与主流文化完全对立的平民文化领域，揭示了平民文化隐藏在日常生活背面的种种特质，以及平民文化在语言学、社会学、文学等各个领域的呈现方式。同时本人还认为，起码可以从以下两个方面回应对于巴赫金的质疑：其一是，正如本书第一章中后殖民理论

———————
① 参见凌建侯：《史学视野中的巴赫金狂欢理论》，《西北师大学报》2008年第7期。

家斯皮瓦克指出的，由于历史的书写一直被英国殖民者和当地精英共同控制，所以关于印度"贱民"史料特别匮乏，甚至只有"反历史"，同样的情形，也存在于古代欧洲的平民史料中。关于平民的史料，只能从目前遗留下来的官方立场的史料中反向寻找；其二是，从纷繁复杂的历史史料中，厘清一个线索，抽象一种理论，本身就体现了一种学术眼光。考虑到巴赫金所生活的政治体制乃至他被监禁流放的背景，他的学术理论建构具有超越学术的价值和意义。

对巴赫金"夸大了中世纪与狂欢节"质难的辩解，是有意义的。因为本书所试图构建的"平民理论"，在某种程度上也是一种夸大：一方面，人类历史上未必存在过那种强旺的生命意识与务实的生存伦理高度合一的时代，即便存在，那种生活或者那种平民也未必是我们现在想要的；另一方面，第一章已经指出了"平民自我"的理想属性："这样的战士"所指向的"平民自我"，"由于拒绝所有的外来资源，因此就缺少足够的抵抗资源。它几乎注定要失败而成为另外的一种自我；因而几乎只是理想化的、短暂的、动态的存在。"即便是依赖最基本的日常生活经验，也能判断出，现实生活中未必存在着具有纯粹的生命意识的平民；现实社会中，也未必存在一个真正自由、开放、平等、欢乐的民间世界。同时还不可回避另外一个疑问：以"权力的相对缺失"所圈定的平民，包括从农民到市民甚至还有经济上更为富裕的部分中产阶级（如《北京折叠》中"第二空间"的群体），宽泛的平民概念是否削弱了平民理论的可能？

但是，理论本身"理应"具有抽象性乃至理想化的特点。正如数学上理想的"圆"：它的周长与直径之间存在着一个令人诧异的、精确的常数关系——圆周率。这个完美的圆只来自理论的抽象，它在现实生活中并不存在。但这个完美的圆凸显了"圆"的核心特征，让我们更清醒地看到了现实"圆"的不完美（例如地球是一个不完美的"圆"）。

本书基于"理想的"平民所建构的理论，其意义也正是如此——正是通过对"权力的相对缺失"特征的明确，通过"生命意识与生存伦理"的统一与对抗，通过"狂欢节——狂欢式——狂欢化"这一巴赫金式的理论通道，赋予平民以对抗庸常的日常生活的资源，唤起我们对于理想的平民精神的想象和感动，照见当下平民生存状态的沉沦。所有的抵抗，必须要有凭借的资源——这也正是本书始终强调"生命意识"、强调由此而来的平等、自由、同情、开放、欢乐等特质的目的，因为平民舍此之外别无资源。鲁迅在无所依傍中进行"绝望的抵抗"，是典型的知识分子式甚至是贵族式的，但并不能奢望平民能够如此。30 年代沈从文在困惑之中重返湘西，其实也是对抵抗城市的资源的寻觅，他的困惑，也正在于他重返湘西之后，发现他理想中的湘西平民的"人性"也处于失落之中。

确立一个理想的"平民"概念，也是对平民精神的寻根之旅，借此能够廓清"平民"这一概念的内涵与外延。例如，就"民间"概念的使用而言，红柯认为小说的民间精神是"大地和民众的声音"①，言之有理但语焉不详；韩东认为"民间立场就是坚持独立精神和自由创造的品质"②。张炜认为，"民间文学的自由是一种彻底的自由——独立的精神和无边的想象。"③ 民间，作为平民生活的空间，如本书所论述，强调的恰恰是群体性而非独立。从群体向个体的超越的自觉，毋宁说是知识分子立场的觉醒。因此，只有明晰了平民的内涵，才能有准确客观的界定，从而为实现与启蒙话语、革命（官方）话语等的真正的对话奠定基础，并促使我们更深入地理解和研究当代小说中的平民现象。

二、并非全然都是"想象"

抽象建构的"平民理论"，并非全部来自想象，也有坚实的历史现实基础。换言之，我们对于日常平民的木讷、沉默、麻木、自私、沉沦等看法，本身也不免居高临下的，或者习焉不察的文化偏见。例如，现代以来中国历史上多次出现过的"生存过载"状态，以及平民基于"道义经济"对此乐观处之的现实同时存在。田野调查也表明，50 年代以来的集中劳动成为当

① 红柯：《小说的民间精神》，《文艺报》2002 年 4 月 23 日第 2 版。
② 韩东：《论民间》，《芙蓉》2000 年第 1 期。
③ 张炜：《张炜作品自选集》，漓江出版社 1996 年版，第 287 页。

事者在贫瘠的物质生活中最为印象深刻，甚至至今还怀念的欢乐记忆。再如，对从 1957 年到 1976 年漫长的二十年，众多当代作家不约而同地用"黄金时代""狂欢"来形容，可见这种心理状态并非偶然或者纯粹的"今不如昔"式的文学加工。还有现实生活中随时可见的平民式"同情"——热心的邻里大爷、絮叨的门坊大婶，当然，还有面对偶发事故迅速聚集起来帮忙的无名的人群。在个别的例子中，我们可以看到对着自杀者起哄"为什么还不跳啊"的冷漠，但需要注意到，起哄者永远是少数，而且往往是人群中的"游手好闲者"，破坏力量的代表者，他们代表了平民的另一方面。从同情心与善良的角度，不应因少数与个别而否定整体。俗话说，"礼失求诸野"，我始终认为同情是一种典型的平民性品质。在那些翻云覆雨的政治家以及指点江山的军事家身上，我们很难看到"同情"的基质——尽管也许可以用一种所谓"博大的同情"来辩解，在这种视野里，平民式的同情被视为"妇人之仁"。理性的塑造和知识的教化，有使我们远离"同情"的趋势；但正是平民性的同情基质，使我们不致过于远离平民大众与生命本真。

不仅如此，即便在并不被当代文明认可的平民生命意识和反抗方面，社会学家也从日常生活中找到了大量弱者抵抗的方式——只不过，由于对平民根深蒂固的误解，我们对此并没有充分的认识，正如米兰·昆德拉所说的"存在的被遗忘"。斯科特正是通过对马来西亚农村日常生活的研究，发现了农民的日常反抗形式。他在《弱者的武器》一书中最后总结道："即使我们不去赞美弱者的武器，也应该尊重他们。我们更加应该看到的是自我保存的韧性——用嘲笑、粗野、讽刺、不服从的小动作，用偷懒、装糊涂、反抗者的相互性、不相信精英的说教，用坚定的努力对抗无法抗拒的不平等。从这一切当中看到一种防止最坏的和期待较好的结果的精神和实践。"① 因此，巴赫金所揭示的狂欢节广场上，那些民间人物的欢乐的语言和行为，并非来自于巴赫金的反对者们所批评的"夸大其辞"，它们在现实生活中鲜活地存在，本身就是对日常抵抗的模拟。郭于华认为，出于"危险"反应的对于

---

① ［美］斯科特：《弱者的武器》，译林出版社 2007 年版，第 350 页。

农民的关注，尚未离开统治的立场、精英的立场或城市既得利益阶层的立场。有必要关注农民的集体行动的逻辑，以农民的眼光来注视，以农民的立场来思考。①

　　因此，当代小说尤其是乡土小说中，那些生动的案例并非全然出自小说想象。林白的《妇女闲聊录》里，叙述者木珍以平淡的口吻记录了一次王榨人抵抗"公家人"的群体事件：事件的起因，是食品管理站不让私人杀猪，杀猪要交 120 元手工钱，农民只能偷偷杀。三个农民正好路遇三个外来的检查员。出于愤恨，便以怀疑"偷稻谷"为名，骑摩托车追上他们，并把他们打了一顿。第二天，派出所先是以摩托车没有驾驶证、养路费、年检等名义，扣了车。因为没抓着肇事者之一的牛皮客，便又以抓赌为名，把村里打牌的一桌人抓了。现场看牌的人群乘着乱把没收的 100 多元抢了回来，一个婆婆把传票给撕了，愤怒的老百姓甚至试图把警车推到河里，派出所的人开车逃回去了。最后的结果，是为打人的事，罚了 500 元。派出所还想找"坨儿"收缴打牌的罚款，但遇到了软性抵制：

　　　　派出所的人不认识坨儿，大家就说他出去了，上北京打工去了。他们找了好几回。还问老太太，老太太就骂：真不要脸！你们就不打牌啊！没钱了就找老百姓要钱。连小孩都知道派出所没好人，都知道撒谎说坨儿打工去了。坨儿的钱就没罚成。

　　这一颇为真实的民间事件中，提供了一个在自我保护的生存伦理与抵制规训的生命意识的冲突之下，民间与官方进行"斗智式"日常抵抗的典型的社会学文本：对农民而言，真实目的是打食品管理站的人泄愤，但却是通过"怀疑他们偷稻谷"的公开名义进行的。对派出所而言，真实目的是要惩罚打人事件，但却是通过扣车和抓赌的公开名义进行的。公开的抵抗，一是通过匿名群体，乱中取胜；二是通过"老太太"（也即撕传票的婆婆）这样具有"治外法权"的民间人物进行。处理的结果则具有民间的妥协和模糊性质，一是认罚了 500 元，二是通过群体装糊涂、撒谎、装傻卖呆等回避

---

① 郭于华：《"弱者的武器"与"隐藏的文本"——研究农民反抗的底层视角》，《读书》2002 年第 7 期。

了赌博的惩罚。最终农民与官方大致达成了平衡。

这一事件，在林白的小说《万物花开》中被改写为"村子里的海洋"一章。小说从叙述的语调上，以及场景的描写上都有了夸大和狂欢的调子。例如，写到农民以偷稻谷的名义，准备跟食品管理站的人打架，小说有以下描述：

> 每个人的脸上都刹时有了一种暖洋洋的光彩。每一个人，都兴冲冲，每一道眉毛都飞舞，每一只嘴巴都咧着。眉毛和嘴巴布满了王榨的天空，王榨的狂欢节又一次降临了！

而在前者中，那些零散的闹事的情节，被典型化地集中到"二皮婶"一个人身上，她变为抢赌资、撕传票、闹派出所的"泼皮大师"。这也充分证明，无论是民间的狂欢，还是作者塑造出的光彩照人的兼具狂欢与传奇的民间人物，都其来有自。

贾平凹的《秦腔》也写了清风街因为反抗税费而引发的"年终风波"：征缴税费进展缓慢，老百姓采取的策略是"软磨硬泡"，税收组专职干部张学文带着警察强行铐走两人，并推走了一架子车的麦子。闻讯而来的民众不敢正面对抗，采取的策略，是把张学文围在人群中模棱两可的"挤"。张学文强行推车，撞伤了阻拦的老支书夏天义，被谣传打死了人。加上竹青高音喇叭的鼓动，于是演变为围攻乡政府的群体事件。作为村支书和会计的君亭与上善不愿意得罪百姓，又不能坐视不理，干脆不接乡政府的电话，假装不知情置身事外。围攻不下的老百姓打死了乡政府的狗。最后，在警车来到后一哄而散。闹事者被罚款，作为煽动者的竹青先是逃跑了，后来由于省城夏风的回来而得到了"赦免"。——相比林白，深谙农村现实的贾平凹写得更为切实：生命意识的冲动与释放（闻讯而来与杀狗）、集体的与匿名的抵抗（"挤"的策略与围攻）、自我保护与妥协（包括村民的也包括村干部）的。当然，法律的规诫还是占据了绝对的威权，但惩治又与人情关系最终形成妥协。当然，从小说的整体情节结构来看，作者把一场有点敏感的风波，不显山不露水地放置在他的日常生活叙事之流中，也体现出作者的民间立场与民间经验。这些都是生命意识与生存伦理博弈的生动写照。

　　当然，类似的情况在城市小说中相对少见。城市由于其更为严格的科层化管理制度，以及分割化、非熟人化的生活方式，使日常抵抗更为困难。市井平民更为追求马斯洛所说的"归属与爱的需求"以及"尊重的需求"。但是，这并不表明市井平民生命意识的丧失。生命意识，主要通过电视及广播里的"民生节目"，通过文化工业所构造的"狂欢节"——包括嘉年华主题公园、野外生存真人秀、民间选秀等节目，得到有条件的，甚至是虚拟化的释放。而那些"游手好闲者"身上，还残留着乡土平民自由的天性，但由于缺乏自觉，在城市的秩序里，往往被扭曲为一种无意识的、潜在的破坏的冲动。除了众所周知的王朔笔下的人物外，正如朱文小说《小羊皮纽扣》中小丁用小刀破开羊皮纽扣的举动；韩东《在码头》中一场毫无意义的打架骚乱；或者，一场突如其来的大雪或大火；如前面所述，面对自杀起哄的年轻人——日常生活秩序的打破，对他们而言，便是节日。这些都可视为城市现实生活中随处可见的"弱者抵抗"的日常形式。事实上，城市与乡土由于环境不同而导致的平民精神也略有不同。具体到平民化的小说，狂欢与自由的精神，膨胀化的语言风格，往往在乡土小说中表现得较为强烈；而戏谑反讽的姿态，以及仿拟反讽的语言，更多被城市小说所使用。后者是舒张的生命意识与城市规诫化的生存环境彼此妥协的结果。

　　但弱者抵抗永远存在，隐藏在日常生活之中。最近（2017年10月），由女演员艾什莉·贾德实名指控维恩斯坦性骚扰而引发的以女性自我揭发性骚扰为主题的"Me Too"运动，提供了一个城市弱者抵抗的真实样本，它可以与本书的平民理论相互验证与揭示。简言之，包括以下几个值得关注的方面：其一，如本书所论，"平民"或"弱者"的地位是相对的，它们存在于"权力的相对缺失"之处。即便如安吉丽娜·朱丽等一线明星，面对千百年来的性别文化，依旧是"弱者"。而一般女性，则更是"底层的底层"。其二，平民或弱者的一个重要特点是"沉默"。因此，它需要有一个契机或打破沉默的"转折关头"，需要有率先"振臂一呼"的"英雄"，日常生活正是产生英雄的土壤。《时代》周刊12月以五位反性骚扰的女性为封面，将"打破沉默者"（The Silence Breakers）作为年度人物。其三，该运动得力于"推特"这一网络媒体，它以草根、匿名、平等无等级为标志；通过迅速的"群体化"（集体狂欢）而扩大影响并获得自身的话语权力。其四，"Me Too"这一口号，形象地体现了"身在其中"的介入，感同身受的同情，自身参与等的平民广场的典型特点。

因此，本书"平民理论"的构建试图融合乡土平民与市井平民，使二者在超越日常生活这方面，可以互相借鉴与激发抵抗经验——尽管二者的生活环境有很大的不同甚至本质的区别，但是，他们毕竟拥有"原初思维"这个共同的"祖先"。乡土平民那里相对强旺的生命意识，有可能唤醒市井平民对自然的记忆，激发市井平民的生命之光。一方面，城市需要"自然"，因此，在前面对《我爱比尔》的论述中，特别地引用了阿三逃离劳改营发现"处女蛋"的结尾。这个结尾，其实是在城市的边缘，吹奏起了阿多尼斯复活的竖笛，它是以自然为背景的生命意识对城市沉沦的生存状态的一次有力的召唤。眼下的现实是，大量农民从乡土走向城市，把强旺坚韧的生命意识注入了城市小说，因此产生了一大批风格独具、展示乡下人城市生活的优秀小说，徐德明捕捉了这一现象的文化意义："乡下人进城为谋生存，是一种生命力的呈示……农民式的坚忍与难以承受的境遇之间的张力成了小说叙事的一个巨大的情感、精神领域……对话的两个支点是：与现代化相关，与生命相关。"① 但是，市井平民与城市中作为外来者的乡土平民从来是彼此隔离的两个群体，从来没有形成有效的，或者哪怕是有意识的对话。

当然，从一个更为宏大的视野来说，考察到绝大多数作家实际生活在城市的现实，那么，所有的平民小说，无论是乡土平民小说，还是市井平民小说，在本质上都是平民抵抗城市日常生活的"第二种生活"。从这个角度看，一个新的现象是，新媒体时期日益兴盛的自媒体写作，正在营造城市平民全新的"第二种生活"。网络自由、平等、群体狂欢的特点，使之具有天然的平民性，这使网络文学在成为城市平民"弱者的武器"方面有天然的优势。

---

① 徐德明：《"乡下人进城"的文学叙述》，《文学评论》2005 年第 1 期。

三、念想：平民式的超越

让我们关注马斯洛的一个疑问：他在谈到人的第四层次需要即"自尊的需要"（包括面对世界时的自信、独立和自由等愿望）时，他坦率地指出：

> 我们还不知道这一特殊的愿望是否带有普遍性。关键的问题在于，特别是对于今天来说，那些命中注定要被奴役与统治的人会感到不满并萌发反抗意识吗？……我们并不十分确切地知道，对于那些生而为奴的人，情况是否也相同（即对自由的珍惜——引者注）。①

马斯洛试图将一切探究都建立在严格的实验和实证的基础之上，这种严谨对我们的探讨是有好处的。另一个小前提是，起码在中国的传统里，安心于被统治，曾经长期是权力相对缺失的平民的特点，如鲁迅所言，"做稳了奴隶的时代"起码代表了大半个历史。作为推论，我们可以确知，前三个层次的需要，即生理的需要、安全的需要以及归属与爱的需要，对于平民具有确定无疑的普遍性。而在自信、独立和自由这一层次上，平民开始出现分歧。自尊被部分平民作为平民伦理的一部分，是很重要的事；而另一部分平民，对此则相对麻木。

简单地说，爱、归属，以及部分的自信、独立和自由，是平民的确切的需要。这些需要，都与平民的生命意识存在着密不可分的关联。所有这些（如后所述，并不限于这些），构成了引领生存伦理与生命意识的矛盾对立中的平民的生命之光。

《烦恼人生》的结尾，烦恼中的印家厚，"在空中对躺着的自己说：'你现在所经历的这一切都是梦，你在做一个很长的梦，醒来之后其实一切都不是这样的。'他非常相信自己的话，于是就安心入睡了。"这是平民式的自我催眠，使自己能够在平庸的日常生存中"入睡"，但同时其实也是给了自己一个"希望"，那就是，也许会有一天突然"梦醒"的。印家厚的烦恼，

---

① ［美］马斯洛著：《动机与人格》，许金声等译，华夏出版社 1987 年版，第 51 页注释部分。

其实在于无法从"烦恼人生"之"网"中挣脱的烦恼，究其实质，其实是生命的自由无法实现。如果被确切告知：整个生命都如此不自由，这是否将是印家厚的无法承受之重？印家厚其实已经提供了一个平民解决方案：他将在自我催眠中拒绝醒来。

阿城的小说《棋王》最后说，"衣食是本，自有人类，就是每日在忙这个。可囿在其中，终于还不太像人。"对王一生，是"棋"。棋关乎道。何以解忧，惟有象棋。棋，在这里，既是爱，也是归属，同时也是自信、独立与自由。——"独立"是指最终将王一生从周围的人群中区分出来的东西。但在《棋王》的结尾，除了王一生之外，小说还展示了一个更为宏观的群体性场景——那些围观的山民和地区的人，他们都被笼罩在了一种（哪怕是短暂的）神圣之中，对于他们而言，自信、独立与自由都因为溢出了他们的世界观而具有了神性。神性其实只是相对的概念，毋宁说是一种超越性。

这种超越性进一步便是信仰。它雄辩地出现在张承志的《心灵史》中，作为"平民宗教"，宗教呈现了超越"生存过载"的一种可能途径。宗教信仰本身似乎不是基于平民的生命感受，但是，细究信仰的内涵及其形成，其反科学、真理、规范，相信直觉、神秘、非理性等特点，还是具有平民思维的那些典型特征的，如张承志所说：

> 规矩方圆被怀疑，通俗的科学知识被打破——苏菲各教派的信徒们只相信神秘感，只相信自己的想象力和直觉，只相信异变、怪诞、超常事物，只相信俗世芸芸众生不相信的灵性，只相信克拉麦提奇迹。

> 日子还是糠菜半年饥饿半年天旱了便毫无办法。但是穷人的心有掩护了，底层民众有了哲合忍耶。穷人的心，变得尊严了。

因此，哲合忍耶宗教之于平民的意义，在于一方面它赋予现世的穷人以爱与归属，乃至赋予即便是最贫苦的平民以第四层次的"自尊"，另一方面，生存过载中死的平常，使人们把幸福的希望更坚定地寄托于来世，这依旧符合平民的第一伦理即生存伦理。

但务实思维，决定了宗教信仰对于中国的平民而言并不具有普遍性。而从平民理论的角度看，宗教则与平民的平等精神有相忤之处。如前面引用过的萨义德的观点："宗教信仰本身既可以理解，又是极个人的事。然而如果完全教条式的体系认定一边完全是善良、一边是完全邪恶，当这种体系取代了活泼的、你来我往的互动过程时，世俗的知识分子觉得一个领域对另一个领域的侵犯是不受欢迎而且不合适的。"① 在这句话里，他特意使用"世俗的"强调了知识分子在"平民"这个侧面的特性，强调了"平等"在世俗语境也是平民理论语境中的重要地位。

当代平民小说不约而同地指向了一种潜在、普遍存在而又个体化的超越之途——我称之为"平民式念想"（念想当然不止存在于平民。作为另一种对照，还可以举徐则臣的《耶路撒冷》为例。笼罩小说全篇的"耶路撒冷"的追寻，代表了独立、自信乃至"超越自我"这一第六层次的需要——唯其如此，小说体现了非平民的知识分子写作的特征）。念想是一种弱化的信仰，带着神秘与非理性。它是日常生活中平民超越庸常生存的某种"执念"；是生命的低层次需求向高层次需求跃迁时所焕发出的"迷醉"；是在不同寻常的坚持之中，绽放出生命之光。

念想首先容易让我们想到《命若琴弦》，一代代瞎子复明的梦想，被转换成为集齐若干根琴弦的念想。这其实是一个关于生命自由和自尊的梦想，也正是因为抽象的念想被物质化了，因此具有了可实现性，人生因此似乎有了不同。对《透明的红萝卜》中小黑孩来说，念想是神秘地浮现、难以被译解的"透明的红萝卜"——它美丽、温暖，引导黑孩作出某些非常规的行为，成为爱与归属的需要。在《河岸》中，烈士邓少香儿子的身份，显然已经成为父亲的执念。尽管在一般人看来，无论是与不是，都已经无关紧要，但却是父亲的执念，甚至到了甘愿为之付出生命的地步，这在某种意义上超越平民属性的，而其追求的实质，是归属和自尊的需要。在叶弥的小说《天鹅绒》中，它一开头是乡下女人关于"红烧肉"的念想（正如罗小通对肉的念想，这本质还是第一层次的需要）；对李东方与唐雨林来说，则是似

---

① ［美］爱德华·W. 萨义德著：《知识分子论》，单德兴译，生活·读书·新知三联书店 2002 年版，第 95 页。

乎有点荒诞的"天鹅绒"。对荒诞执着的而且从未实现过的寻找，仿佛使他们异于常人，赋予了他们个体生存以意义，因此跨越了爱与归属达到了"独立"的需要。《受活》中，柔枝婆"退社"的念想构成了小说的主线，究其实是安全、独立和自尊的需要。

"念想"在刘震云的小说《一句顶一万句》中，是一个普遍性的、作者有意关注的主题。小说中的人物各有念想，对吴摩西来说，是几乎和"天鹅绒"一样荒诞的罗长礼的"喊丧"——他甚至因此将自己改名为罗长礼——如果加以细究，罗长礼正是在"喊丧"的行为中获得了自己的尊严，这是平民的自尊的需要；对詹牧师来说，他的念想是一座想象中的大教堂，这是对归属的需要。当然，这些不能被外人理解的念想，都构成了小说中最为根本的念想——找一个"说得着"的人。这是被理解的需要，也是归属与爱的需要。

除此之外，生命力是乡土平民小说的一个普遍的念想。例如，"余占鳌"是"我"的念想（《红高粱家族》）；狼是舅舅的念想（《怀念狼》）；玉黍苗是先爷的念想（《年月日》）。另一类值得一提的对某种艺术的念想，如"茂腔"之于孙丙、行刑之于赵甲（《檀香刑》）；秦腔之于白雪、秦天智等（《秦腔》——小说当中甚至傻子"引生"也有自己的念想，即"白雪"。这不是一般的爱恋，而是纯粹的生命对美、善良等的向往）；《奔月》之于筱燕秋（《青衣》），其实质是寻根是归属、独立、自信等的需要。

在梁鸿刚出版的新作《梁光正的光》① 中，内容简介这样写道："谁是梁光正？一个除了瘫痪的妻、四个幼子、还不清的风流债及用不完的热情外无足称道的梁庄农民。他要做什么？寻亲。报滴水恩。念故人情。为啥？因为他对自己说，要有光。"在卑微的生活中，一个念想，也许只是基于平淡的民间伦理，但会赋予平民以生命之光。生命之光的抵达，只在一念之间。

城市中的平民同样也有"念想"。《你是一条河》中，获得母亲的认可，是三女儿冬儿的念想，这是恶劣的环境中对爱的需要。《长恨歌》中，王琦

---

① 梁鸿：《梁光正的光》，人民文学出版社 2017 年版。

瑶的念想，寄托在李主任留下的雕花木盒上。对老年而且已经勘破世事的王琦瑶，为了一个其实已经空了的盒子宁愿付出生命的代价，这使她具有了超越庸常生活的某种特性。这也促使我们回过头来探究其实质——王琦瑶所在乎的，不是其中的金条，甚至也不是当初李主任，而是在于木盒所代表的那个辉煌的、已经注定消逝时代和历史记忆——记忆本身是一个"空的""雕花的"盒子，但我们尊重王琦瑶的念想正如我们尊重黑孩对透明的红萝卜的念想。对王琦瑶，这种念想代表了归属的需要，这使她超越了大多数周围的平民。同样，唐颖的《随波逐流》中，阿兔对秦公子的念想，同样也是对旧上海那个时代的念想，是归属的需要。有的时候，念想未必要实现，正如《永远有多远》中，善良的白大省怀着永远不能实现的成为"西单小六"的梦想，它成为平民借以拓展生命宽度的桥梁，同时也蕴含着爱与自尊的需要。

　　总体而言，平民的念想，是平民葆有生命意识、超越日常生活并成为自身独特性的标志。平民的念想，不在于其伟大，而在于其拥有与执着。执着的念想才能使个体的平凡的生命发出闪光。尤其是在作为"第二种生活"的小说里，维持平民的念想只在于作家的信念与认识，它所需要的全部养分只是我们的想象，以及基于我们对平民理论的深入洞察，而发现的内在逻辑的合理性；同时，给予每一种（哪怕是有点"疯狂的"或者"不可理喻的"）念想，以平等的尊重。宋代吕伯恭有名言"善未易明，理未易察"，如果带着自身真理在握的自信，便容易排斥他人貌似荒诞不经的念想。而平民由于其承认自身无知的谦卑，由于其非理性和相对性的思维传统，更可能赋予念想以应有的尊重。例如，我们可以让城市的水泥地里重新长满了麦子——如赵本夫在《无土时代》里所做的那样。我们还完全可以让一匹 18 世纪的骏马，出现在 21 世纪车水马龙的都市大街上，用清脆的马蹄声，敲击由红绿灯和交通法规所构成的日常法规。

　　现实是，在城市日常小说中，哪怕平凡的念想，也并不普遍，这反证了城市平民或者说城市平民小说生命意识的缺乏。这一特点，与城市小说创作萎靡的现状遥相呼应。我们缺少的，是那种自由的、游戏的和非认真的精神；当然，所缺少的，也许不仅仅是这些精神。

第二节　无法自我完成的革命

一、激情与狂欢之后——情感基质的心灵限度

如本书所言，生命意识的基础是平民的情感基质。强旺的情感基质能够带来强烈的浪漫激情以及艺术感染力，但是，正如柏拉图将人的心灵划分为情感、意志和理性三个部分，真正的精神生活必定是融情、意、理于一体的。从这个角度来说，情感毕竟只是人类心灵的一部分。因此，必须客观地认识到，仅通过这一窗口无法窥见人类复杂内心世界的全貌。或者说，前科学的思维与科学的思维各有所长，只停留在前科学的思维上，无法达成对整个世界的完整的、深刻的认知。

生命的情感基质，一方面导致激情的情感。如在本书第三章第二节讨论过的 90 年代初的"二张"现象。如前所言，激情所包含的非理性情感基质，容易使人走向"独断"。而加持了非理性激情的知识分子式独断比单纯的知识分子的独断更为独断。因为后者毕竟还在理性的框架内，同时有"反省"的自我纠偏机制发挥作用。尽管张炜认为"真正的知识分子立场与民间立场在其内部又是相通的、一致的，它们二者可谓殊途同归。知识分子立场正是以民间立场为依据的"[1]。认为"现在正是最需要文学的时代。需要文学来拯救人、启示人，告诉人们生存的意义和危机、它们在这个时代里的具体表现"[2]。但是，拯救、启示、良知、责任、生命等宏大的词汇，未必代表了知识分子立场，相反甚至体现了宗教化的倾向。从人类的历史经验看，这未必是好事——当然，如前所言，张炜在新世纪的创作，已经表现出了理性对激情的控制。

在阎连科的创作中，也蕴含着一种与张炜类似的激情——尽管不像八九

---

[1]　张炜、王尧：《伦理内容和形式意味》，《当代作家评论》2002 年第 3 期。
[2]　张炜：《仍然生长的树》，《张炜文集》（长篇小说卷三·附录），上海文艺出版社 1997 年版，第 638 页。

十年代的张炜那样突出。之前论述过阎连科的苦难。苦难主题在当代乡土小说中并不新鲜，在路遥《平凡的世界》里，苦难是可以靠理想超越的对象；在余华的《活着》里，福贵的苦难，对"我"而言毋宁说只是一个悠远的传奇。但基于生存伦理的平民立场，强烈而切身的同情心和对苦难的独特理解，则是打开阎连科小说家园之塔的钥匙。内蕴的激情，使阎连科的立场其实并不完全等同于知识分子，阎连科其实对知识分子颇有微词，小说《风雅颂》中杨科频繁出现的"知识分子"招牌，甚至有点类似王朔式的反讽。刘剑梅分析阎连科的《受活》时认为，小说中为人所诟病的诸多二元对立实际上象征着"作者徘徊于两种不同文学传统和主体位置之间"，既想成为底层人苦难的"备忘录"，又同时"回响着庄子的'坐忘'哲学"，而作者试图给出的解决方式是借用一个带有疾病的社团来表达他的乌托邦，以此来质疑启蒙者所追求的现代性梦想。①

　　事实上，民间情感基质以及非理性的思维特点，使之与独断性有亲近的联系。这在中外历史上都有许多沉痛的经验教训，也正是勒庞《乌合之众：大众心理研究》中主要探究的问题。这一问题在王朔的城市小说中也体现出来。

　　本书前面对王朔小说的"痞子"现象曾经作过辩护；同时，王朔笔下那些在前现代的北京街头游手好闲、油嘴滑舌的"顽主"，的确体现了民间强旺的生命意识在城市中的弱化过程，也蕴含着斯科特所言的"弱者的武器"式的日常抵抗，但是，这些并不能否认小说中所体现出来的独断性。例如，他并不掩饰基于自身民间立场对知识分子和"作家"的讽刺；他们的玩世不恭更多地限于群体内部，而对"非我族类"则往往体现出略为乖张的起哄乃至欺负（正如现实生活中的"痞子"所做的那样）。

　　但是，需要客观地看到，"异类相斥"的独断性几乎基于人类的天性，并不囿于"顽主"。一个意味深长的例子来自学者对王朔的批评："80、90年代之交大陆的市民社会毕竟尚处于正在崛起的状态，无法给王朔提供一个

---

① 刘剑梅：《徘徊在记忆与"坐忘"之间》，参见苏州大学海外汉学研究中心网站 http://www.zwwhgx.com/content.asp?id=2640。

明确的支撑力量……王朔的顽主们不管哪种类型，都是情绪时而亢奋、时而低迷。亢奋起来的时候一切都不在话下，无条件地'从逻辑上贬斥与我奉行不同准则的人，蔑视一切非我族类的蹊跷存在，把它们视为不健全的、堕入乖戾的东西'；低迷起来的时候又极端地自毁自虐。"这种批评，毋宁说是在训斥，在指责对方的同时，自己也"从逻辑上贬斥与我奉行不同准则的人，蔑视一切非我族类的蹊跷存在，把它们视为不健全的、堕入乖戾的东西"。①

　　同为城市作家，王小波代表了与王朔不同的风格。王小波显然是一个有知识分子价值立场的作家，但这种立场没有变成独断的说教，而是融入了小说欢乐诙谐的平民叙事。不同于王朔笔下始终徘徊在生活边缘的顽主，王小波笔下的"王二"更为自然地融入了与"日常"的对话之中。无论是他的"黄金时代"叙事，还是当代城市叙事，抑或面向历史和未来的虚构，都体现了自由、平等、欢乐、相对的立场。在他的小说中频频出现的性及生殖器，也没有迎合读者窥淫癖的恶俗，而是作为平民粗鄙生活中的自在之物和欢乐对象存在，体现了成熟的城市风度。

　　在此可以将精英知识分子的独断与平民的独断略作对比。从其发生的机制来说，平民的独断，是对"不平等"创伤的应激反应；而精英知识分子的独断，而是源于知识理性加持下，对知识权力的自我确认。平民式的独断，是由于权力相对缺失的历史状况，激发了他们对权力的过度要求，而当他们无法从权力拥有者那里满足这种要求时，便会转而向其他"非我族类"的弱者中去寻求（不幸的是，只拥有知识权力的知识分子，在经历了从 50 年代到 70 年代的动荡之后，也被平民归为了弱者）。而知识分子的独断性则内蕴于之前已经讨论过的理性独断的内部。

　　从其后果来看，平民的独断，在个体化或者小范围内，体现为面对不平等对自身的"加冕"，危害并不大，甚至还有日常抵抗的积极因素。但其非理性思维的特征，在平民群体中间有很强的共振力量。这种共振力量，可能

---

① 姚晓雷：《当代市民精神的两种演示——王朔与金庸小说中人物形象之比较》，《文学评论》2003 年第 1 期。

是正义的，但是独断和拒绝对话的，在不断强化中可能走向其反面和消极（比如美国的许多"政治正确"）。如果被别有用心地加以蛊惑和利用，容易引发难以控制的群体性暴力（正如近些年来频频可见的"人肉搜索"。网络一方面有效保护了自由与平等；另一方面也为平民的联合提供了技术性保障。正是在这种群体非理性中，平民满足了对权力的追求，但其结果，可能是正义的，也可能是非正义的——这同样体现了平民思维的共反同体性）。而精英知识分子的独断，由于"自由意志"的独立性要求，主要囿于思想和个体的范围内，其独断的程度更强，但具有不容易扩散的特点。而更具危害的独断，其实来自于知识分子的思想性独断与平民的非理性独断达成共识之后，互相加持所形成的共振。

因此，无论是对民间非理性思维及情感基质容易引起的独断，还是知识分子的独断，都需要引起警惕，而其解决方案蕴藏在平民立场的内部。要点是，狂欢节广场上是取消等级而不是制造新的等级。将自己置身于这个世界，始终保持相对开放的立场，与各种观点平等对话。周作人在《平民文学》中提出："既不坐在上面，自命为才子佳人，又不立在下风，颂扬英雄豪杰。只自认是人类中的一个单体，混在人类中间，人类的事，便也是我的事。"这一核心，其实便是平等。对知识分子与平民都同样是个中肯的提醒。

90 年代，以余华为代表的部分先锋作家也开始意识到关于独断的问题。余华说："我以前小说里的人物，都是我叙述中的符号，那时候我认为人物不应该有自己的声音，他们只要传达叙述者的声音就行了，叙述者就像是全知的上帝。但是到了《在细雨中呼喊》，我开始意识到人物有自己的声音，我应该尊重他们的声音，而且他们的声音远比叙述者的声音丰富。"[1] 在另一次访谈中他说："应该说这种'幽默感'从《呼喊与细雨》已经开始出现了，这之前的作品还都比较严肃。'幽默'表面上看来是推动叙述的策略之一，但实际上如果没有'幽默'（我指的已不仅仅是小说），我们可能会生

---

[1]　余华：《我能否相信自己》，人民日报出版社 1998 年版，第 246 页。

活在非常愚昧的环境中……现在还仅仅是我叙述过程中的一种表达方式，而没有成为我的理想，否则也许我将写出《巨人传》或《变形记》式的作品。我想有朝一日幽默会成为我的一种理想，到那里我的创作又会非常可观。"①由此可见，平等意识的产生，幽默感、（以《巨人传》为代表的）民间意识，几乎是同一时间从《呼喊与细雨》（又名《在细雨中呼喊》）开始的。

不同于张炜等，作为自觉"作为老百姓写作"的作家，莫言的乡土小说无疑体现了狂欢化写作的理想：他的小说首先植根于山东高密东北乡这个在想象的国度虚构起来的"第二世界"。在这个与大自然充分融合的广袤的土地上，自由不羁、敢爱敢恨的民间英雄们，面对过载的生存现实时，迸发出强旺的生命意志、恣意浪漫的想象以及自由狂欢的激情。他挖掘了形形色色的民间艺术和民间结构，展现了狂放的魔幻神秘的民间思维，调用民间的口语方言融铸的膨胀、戏仿、反讽、戏拟的泥沙俱下的语言，展开了大型的、平等的、复调的对话。从本书所构建的平民理论，以及巴赫金的狂欢化理论来看，莫言的创作，即便没有抵达自由狂欢化写作的极限理想，也已经相去甚微。

但是，我们依旧感受到了莫言写作的某种瓶颈。他像一位纵马驰骋的骑士，已在文学的当代高原上驰骋良久，但面对着更高的高峰，却有一种"雪拥蓝关马不前"的踟蹰。具体到他的创作看，从《枯河》《透明的红萝卜》到《红高粱家族》，有一个鲜明的转变，或者说，完成了面向高原的标志性一跃。但在这之后，他的《檀香刑》《酒国》《红蝗》《丰乳肥臀》《四十一炮》乃至《生死疲劳》等，尽管都有很高的水准，与《红高粱家族》相比，间或过之或略为不足，但客观地说，并没有突破性的进展。

百尺竿头，难以更进一步，也许是苛责。事实是，莫言所遇到的瓶颈，也许是狂欢化写作本身的瓶颈。如同激情一样，狂欢也是平民情感基质的呈现，仅如此无法充分展开人类更为广阔的心灵世界。联系着生命本原的情感，尽管意义重大，但毕竟少了变化和可能。正如余占鳌、孙丙或者司马

---

① 参见林舟：《生命的摆渡——中国当代作家访谈录》，海天出版社1998年版，第165—166页。

库，其性格的相似度要大于他们的差异度。

狂欢化叙事所遇到的另一个问题是，狂欢毕竟只是"第二种生活"，它的确为平民开出了一方精神的放松剂，但狂欢的筵席结束之后，平民注定要回归现实世界的。在当下，无论是农村还是城市的现实，都不再给狂欢留下足够的空间。生命意识的叙事正面临着进入日常生活的困难，这种困难在面对城市日常生活时尤为突出。莫言的小说大多数是写乡土，或者有一个身处城市的屡弱的叙述者。即便有城市的写作，也往往是一个长篇高潮后面的余绪，很少如他写农村那样饱满。也许，阎连科的《炸裂志》是一种正在进行的尝试，他让"神实主义"的神秘也自由地出现在都市的叙事中。——但他对城市工业文明之"恶"的先验判断，使"神实主义"的自由服从于他的"独断"，预示着比如知识分子立场的介入和收编。

二、难以穿透的权力——生命意识的功能失效

"理想的"或者"被想象的"平民，毕竟不同于现实中的平民——平民的日常现实，远比前者复杂丰富。在《阿 Q 正传》中，饱受欺凌的阿 Q 欺侮他所看不起的王胡子未成，转而欺压同类的弱者小尼姑。可以看到，除了前面讨论过的生存过载之外，平民遭遇的现实压力还较集中地存在于日常生活中的权力结构方面。如果说生存过载是平民直面冰冷的生存威胁本身，那么日常化的权力问题则贯穿于平民的生活史。权力本身就意味并制造着不平等。当权力的威压超过了一定的限度，如斯科特在《隐秘的文本》中进一步指出的，"底层群体面对强大而严密的统治，反抗的逻辑可能会发生扭曲和畸变，他们的生存压力和无法释放的不满会将整个社会作为宣泄对象，甚至指向无辜的其他民众或同类弱者。"①

这种真实已经超出了"狂欢"所能书写的范畴。不加控制的生命意识的释放，除了会造成前面所述的非理性独断，还可能变成制造不平等的源动力——每个平民都想获取（哪怕最微小的）权力以便超越同类。这体现了

---

① 转引自郭于华：《"弱者的武器"与"隐藏的文本"——研究农民反抗的底层视角》，《读书》2002 年第 7 期。

平民理论中平等状态的脆弱和理想性。平等只适用于外部压力不大的情况。对不平等的追求，源于比追求平等更为根深蒂固的生存恐惧——对于权力相对缺失的平民而言，平等本是最为合理的状态，但是，不平等的外部条件会形成客观上的囚徒博弈困境，每个人都担心别人会抢先获得比自己多一点的权力，于是，博弈状态下，没有最优解（追求平等），只有次优解（根据自身的情况尽量多争取一点权力）。为了这种不平等，平民同时放弃的，可能还有平民伦理、同情、自由等作为平民自我核心的那些特质。在整体上，这可视为平民长期权力缺失的创伤应激反应，或者说，是面向权力阶层的"斯德哥尔摩综合征"。这些现象的存在巩固了权力结构并使权力更为轻易地合法化了。关键问题还在于，基于经验的平民思维无法形成对这一状况的自我反思。

权力压力之下，平民伦理与平民同情，让位于冷静乃至冷酷的利益权衡，这在毕飞宇的《玉米》中展示得非常透彻。《玉米》对乡村权力结构的揭示，已经被许多学者论述，在此只对情节稍作介绍：村支书王连发，利用权力睡遍了村里的女人，也导致了他的下台。他下台的后果，是直接导致了村里人的反弹式报复，包括玉米被退婚、两个妹妹被轮奸。目睹权力丧失悲剧的玉米形成了清晰的认识："不管什么样的，只有一条，手里要有权。要不然我宁可不嫁！"于是她作为补房嫁给刚死了妻子的公社革委会副主任郭家兴，从而重新获得了足以保护自家的权力。在玉米这里，权力成为生存伦理的一部分。

平民用自由交换权力，典型地体现在阎连科的中篇小说《黑猪毛白猪毛》、林白的《万物花开》等小说中。两部小说中都有平民争抢替"权力者"顶罪进监狱的核心情节。以前者为例，镇长（权力）开车撞死了人，托李屠户找人抵罪蹲监狱（失去自由）。为了能够成为镇长的"恩人"（虚拟权力），四个各有所图的底层人物争抢这个"美差"，为此不得不用黑猪毛白猪毛来抓阄决定。29岁还没娶上媳妇的根宝参加了抓阄一无所获回到村里，不知内情的村民以为他要替镇长蹲监狱（虚拟权力），主动要介绍女孩子嫁给他（权力期权可以寻租）。于是他到抓着黑猪毛的柱子家，磕头恳请柱子让他去顶罪（权力交换），好不容易交换到这个权力，却得到消息不用顶罪了，因为死者家属"通情达理"，不怪镇长，只要镇长认死者的弟弟做干儿子就行了（权力交换）。

乡村权力是阎连科持之以恒关注的主题。他是从生存伦理的合法性出发，从乡村内部真实地展现这种权力，即权力既是苦难土地上长出的"恶之花"，同时也是乡村苦难的"恶之源"。首先，权力本身是日常生活的一部分。《情感狱》详细写了权力在乡间盘根错节的联姻关系以及由此形成的无所不在的压制。主人公"连科"（作者有意使主人公与自己同名）在抗争乡村权力中成长的同时，在情感"地狱"里埋葬了12岁男孩"透明"的天性。因此，如果我们意识到，《坚硬如水》中主动复员回村的高爱军，正是被乡村权力逼走的"连科"，便会深刻理解他为了权力"回家闹革命"的根本目的，便会理解"文革"的权力狂欢有着坚实的乡村生存经验。正是因为权力本身是苦难中生存的宝贵资源，无论是连科、司马蓝还是高爱军，在通往权力高处的过程中，都心甘情愿不断地付出"道义"的代价。其次，权力产生新的苦难，这不仅表现在争取权力的过程中，也体现在现实权力对底层的普遍压迫中，如《天宫图》《情感狱》《耙耧山脉》等小说所呈现的那样。

需要强调的是，此处并不意在对权力作细致分析，而是通过简单的介绍试图指出，尽管上述的内容也完全可以通过狂欢的方式来展示——狂欢式的语言、反讽的姿态、复调对话的结构等，对当代小说具有普遍意义，事实上无论是上述的《玉米》还是《黑猪毛白猪毛》，小说语言都有反讽、揶揄等特点——但是，构成平民自我核心内核的"生命意识与生存伦理的矛盾与对抗"结构，在玉米、根宝、连科所住的乡村里失效了，主要原因是，权力结构在乡村的博弈机制，使生命意识随着乡村伦理、随着自由、同情、平等、相对等平民精神的失落而失效了。自私的生存环境，并没有构成生命意识的对抗，而是人性之恶和对权力的妥协。对这种现象的突围，需要借助平民理论与其他理论的对话与互补来完成。

还需要注意到，狂欢化叙事也存在着程式化或者粗略化的可能。在上述

《妇女闲聊录》与《万物花开》的对比中，有两个值得补充的细节：其一是，在《妇女闲聊录》中派出所策略性的"抓赌"，在《万物花开》中变成了顺便抓赌。其二是，如前所述，《妇女闲聊录》中，抢赌资和撕传票分属于媳妇儿与老太太两个人，但在《万物花开》中，出于塑造狂欢化民间人物的需要，将二者合并了。这两种改编，毋宁说是我们根深蒂固的文学习惯，当然，即便是有相当民间生活经验的读者也许也看不出其中的区别。但是，斯科特的"隐藏的文本"理论①提醒我们，在第一种情况下，民间彼此斗智的民间智慧被遮蔽了。因为农民"打人出气"的"公开文本"是看似合理的"怀疑他们偷稻谷"，因此派出所针锋相对地，抓人也使用了看似合理的"公开文本"——即抓赌和扣没有缴税的摩托车。在第二种合并人物的改编中，民间那种为保护自己进行匿名抗争、法不责众，以及老人充分利用自己"治外法权"的民间智慧，以及平民与权力机构之间日常对抗的含糊、暧昧、彼此折中妥协的复杂性被掩盖了。正如斯科特自己所说："这些对权力关系与话语的观察不是原创性的。它们是千百万人日常的民间智慧的重要部分。"②

　　这里分析二者之间细微差别的目的，一是提醒，"狂欢化"的追求以及"民间人物"的塑造过程中，可能会遗漏一些来自民间的真正重要的细节；二是强调，对上述这些细节的发现，有赖于社会学领域的知识分子基于民间田野调查而形成的真知灼见。

第三节　分裂能否融合

一、平民立场与知识分子立场的分裂

　　让我们再次回到列斐伏尔的观点："任何制度层面上的政治和经济社会

---

① 斯科特使用"公开的文本"作为便捷方式描述从属者与那些支配他们的人之间公开的互动。然而这一"公开的文本"不可能讲述权力关系的完整故事。——简单地说，就是台面上的理由；"隐藏的文本"与其公开的文本相悖并且尽可能地保持在后台和不予公开。——简单地说，就是真实的理由。

② 转引自郭于华：《"弱者的武器"与"隐藏的文本"——研究农民反抗的底层视角》，《读书》2002 年第 7 期。

变革以及重建和设计方案，对于日常生活问题来说都是无济于事的，日常生活的问题只能通过日常生活自身来解决。"① 需要注意到，"日常生活的问题只能通过日常生活自身来解决"，只是指明了途径，而没有指明其重建或方案设计的主体。本人认为，无论是平民还是知识分子，任何单方面的主体都难以完成这种根本性的、理想化的重任，需要的可能是二者的平等合作。

从小说现代以来的发展历程看，作家时时被主体的分裂所困扰。这一分裂在鲁迅那里体现得尤为明显。在《五猖会》《无常》《社戏》等回忆性作品中，鲁迅在揭示平民广场上欢乐的同时，总忍不住要加入淡淡的拷问和冷意。在《孤独者》《伤逝》《在酒楼上》中，写出了日常生活对知识分子立场的不动声色的湮灭。在《故事新编》里的历史小说中，他刚放纵自己"戏薄圣贤"的才情，便又基于精英立场表达"失之油滑"的自责。但鲁迅又试图尊重平民的权利，因此才会有《祝福》中，作为知识分子的"我"面对"祥林嫂"关于灵魂问询时的惊慌失措乃至语无伦次；才会在《明天》中让单四嫂子拥有虚幻的"明天"。但归根到底，贵族精神的特质（王富仁语），使鲁迅选择了远离群众、日常生活和群体性，进行个体的抗争——《这样的战士》中，"这样的战士"唯一的武器，只是"脱手一掷"的标枪，这是一种面对文明，回归原初平民生命本源的抵抗，但出于对"平民"的不信任，"这样的战士"无法从他的群体中汲取更为强大和持久的力量。《过客》中，"过客"同样拒绝了所有的同情、支持，以一种自我牺牲的方式，走向荒原，这种源自尼采的斗争哲学和因此而来的"绝望的抗争"，哪怕在 30 年代之后也没有太大的改变。在鲁迅的思想里，除了其对"看客式"蒙昧和"做稳了奴隶"的平民基于生存伦理的立场的绝望之外，也有对群体非理性独断力量的根深蒂固的戒惧（这一看法在 30 年代日益明确）。

从 50 年代到 70 年代漫长的历史经验，使当代作家对民间、平民以及平民性有了深刻的体认，也在整体上，影响了当代作家的立场。这种立场，主要体现为对平民立场的强化，本书所构建和强调的平民自我"生命意识与

---

① 刘怀玉：《现代性的平庸与神奇——列斐伏尔日常生活批判哲学的文本学解读》，中央编译出版社 2006 年版，第 36 页。

生存伦理的冲突"的意义由此凸显：尽管当代作家的知识分子立场失去了现代时期的那种明晰性，但基于本书所构建的平民理论，以及对他们相关创作的介绍，可以对他们进行相对清晰的划分。

简单地说，50年代作家由于大多具有农村生活的经历，其平民立场都较为强烈，但呈现出各自不同的特点。例如，莫言强调的是基于民间历史记忆和生命意识的自由狂欢，包含着疏离启蒙的自觉；刘震云侧重于横跨城市与乡村的开放戏谑，欢乐的外表下隐含着对社会历史深入思索的理性；张炜从民间"天人合一"的自由神秘发展出"融入野地"的独断性的激情，形似知识分子立场而实非；阎连科执着于平民强旺的生命意志与生存过载的苦难的抗争，以及由此而来的对政治权力及商业伦理的批判，带着回归传统乡村乌托邦的独断式激情；韩少功试图将基于知识分子立场的理性审视与深入的民间体验融为一体（他是受米兰·昆德拉影响最深的作家）；王安忆则带着城市平民的生活体验，对城市日常生活运行的内部逻辑进行深入的观察。总体上看，作家对民间生活的深入体验，以及平民立场的体认，容易形成一种过于投入的激情，形成非理性的独断，作为对策，需要不断强化一种平等、开放、对话的立场。

相比50年代作家，60年代作家既疏离于以生命意识为内核的平民立场，同时也疏离于基于批判精神的知识分子立场。他们在80年代曾经试图通过文本层面的革命寻找新的途径，但事实证明，仅靠知识和理论，无法成为小说的救赎。当小说家始终以自己的思想控制着作品中的人物而不"尊重他们的声音"，当所有人物都像哲学家一样说话和思考，或者都被染上了敏感纤细的当代孱弱病，他们无法完成跟日常生活的真正对话，这进一步验证了，任何革命不可能在远离日常生活的地方达成。正因如此，以余华为代表，他们在90年代后开始了集体转向，或者转向记忆中的民间，更多地着眼于城市的日常生活现实。但大众文化工业的兴起，以及生存伦理对生命意识的征服，使得他们的小说，除了少部分人保持了批判式思考的传统外，整体上呈现出以下特点：其一是纤细敏感的私人化写作；其二是无聊与庸常的日常化写作；其三是情爱与欲望的商业化写作。总体上看，作家需要的是更多地融入民间，在纤细敏感的情绪以及商业成功的幻觉中，注入强旺而粗粝的生命意识，甚至呼吁对于自然和大地的回归。

需要指出的是大众文化工业所蕴含的收编、独断与雷同。收编的问题已经在第一章作过阐述，例如，王朔对"游手好闲者"的发现不乏意义，但意义被大量情节类同的复制冲淡了。莫言的《红高粱家族》蕴含着强旺的生命意识，但一系列影视创作，将生命意识的狂欢，以及自然的原始与荒凉等，都变成了被 90 年代初人文知识分子诟病过的景观消费。雷同（复制与类型化生产）是大众文化的主要特征，却是小说的死敌。独断源于文化工业背后的市场逻辑，也是现代理性独断的一部分，例如，市场导向的独断化文学价值观。池莉就以《给读者的话》为题理直气壮地道出了自己的读者观："我一直认为，一个作家写作的意义根本是由他的读者来体现和完成的。并且还可以这么说，一个作家，如果没有读者的阅读，他的作品将是残缺不全的。"① 在当代社会，以金钱的成功论英雄已经成为包括小说界在内的所有领域的共同准则。如果作家也屈从于这种准则，就会使小说同样陷入单调的独白世界之中。事实上，池莉 90 年代以后的大部分小说中都存在着这一问题。在《绿水长流》《你以为你是谁》《来来往往》《小姐你早》《生活秀》等小说里，我们都可以看到以下准则被一再重复：一、利益的交换成为至高的准则；二、作为第一点的推论，不存在真正的爱情，只有利益的交换；三、金钱的富有等于成功。商业伦理法则掩盖了个体生命意识的必要性，来双扬作为一个实践池莉三条准则的理想人物，似乎不需要存在那种基于生命本源的复杂性。

基于批量生产商业法则的"复制"，有助于安全而快速地兑现经济效益，但带着强大的"折旧"力量。P. 瓦特所援引的詹姆斯·拉尔夫 1758 年在《作家的状况》一书中的话看起来仿佛一点儿也没有过时：

> 精明的书商感受到了时代的脉搏，根据突发的病症，开出了不是治愈它，而是激化它的药方；只要患者能继续服药，他就继续开药方，一

---

① 池莉：《池莉小说精选·序》，长江文艺出版社 2000 年版。

旦出现恶心的症状，他就改变用药的剂量。因此，政治的排除胃肠气胀剂停止使用，而将以故事、小说、传奇为其形状的班蝥用作新的药方。①

90 年代的许多都市婚恋小说以及商场、官场小说，情节都具有较大的雷同性，差异性不再是重要的，或者只是人为制造的。因此甚至不需要在生命意识与生存伦理的框架内去分析。作家需要始终保持旺盛的斗志和清醒的思维才能保持自己超越大众文化，这无疑需要作家付出加倍的努力。事实上，复制的另外一个原因还在于植根于我们天性的"惰性"。丹尼尔·贝尔在《资本主义文化矛盾》里说："假如说资本主义越来越正规程序化，那么现代主义则越变越琐碎无聊了。艺术的震动总有个限度，现代主义的'震惊效果'也未必能持之以恒。要是把实验不断开展下去，怎样才能获得真正原创的艺术呢？现代主义像历史上所有糟糕的事物那样反复地重复自己。"②

值得注意的是，在上述詹姆斯·拉尔夫"以故事、小说、传奇为其形状的班蝥用作新的药方"的表述中，表明了故事、小说、传奇的形态本身具有突破商业折旧的强大潜力。而这种潜力，来自于这些平民体裁的历史记忆。整个当代小说的发展已经呈现出自身的收获与局限，进一步的突破，有赖于对平民立场与知识分子立场的双重自觉与融合。从这个意义上，这依旧体现了平民立场的精髓：把所有的思想观点，置于狂欢节的广场上，进行平等、开放的对话，不把任何一种立场绝对化，强调任何一种理论的相对性，通过共同合作，来解决当代生活以及当代小说已经凸显的那些问题。

平民立场与知识分子立场的互相补充体现在：其一，只有始终旗帜鲜明地倡导两种立场的平等对话，才有可能在互相对话中，抵制平民非理性思维、知识分子的现代理性以及大众文化工业的市场逻辑中共同存在的独断化倾向。平等观念理应成为发展中的平民文化最为重要的贡献之一。"权力相对缺失"的痛苦，促成了平民对平等的追求，这种追求不应该在权力获得

①　[美] 伊恩·P. 瓦特著：《小说的兴起》，生活·读书·新知三联书店 1992 年版，第 53 页。
②　[美] 丹尼尔·贝尔：《资本主义文化矛盾》，生活·读书·新知三联书店 1989 年版，第 36 页。

的那一刻被遗忘和抛弃。平等不是自上而下的同情，而是切身的、在场的、自下而上的同情。所有的不同观点，应该在文本的广场上，得到同样自由阐述和申辩的权利；其二，平民不灭的生命意识之火，不能毫无节制地燃烧，它需要呵护，也需要控制。只有坚持平民立场与知识分子立场的互补，才能认识到平民的生命意识对于人类心灵的可贵之处及不完整性，在情感基质的平民思维中，不断融入理性思维、知性思维，才能使生命走向完整和丰富。作家也只有在平等谦逊地汲取哲学、社会学等领域新兴理论的基础上，才能发现和认识仅靠现有的生命意识、狂欢理论、反讽叙事无法抵达的幽明之处，从而更大程度地发挥上述平民理论对于小说创作的潜能；其三，平民的自由，是基于生命、身体和欲望的无限自由，不同于知识分子所追求的精神层面的自由。这种自由如果没有知识分子的价值理性的限制，便会如新新人类作家所呈现的那样："我们的生活哲学由此得以展现，那就是简简单单的物质消费，无拘无束的精神游戏，任何时候都相信内心的冲动，服从灵魂深处的燃烧，对即兴的疯狂不作抵抗，对各种欲望顶礼膜拜，尽情地交流各种生命狂喜包括性高潮的奥秘，同时对媚俗肤浅，小市民，地痞作风敬而远之。"[1] 这种不加拘束的自由最终将消解生命自由的积极内涵。正如《上海宝贝》中，天天的吸毒的放纵，最终只能导致无意义的死亡；其四，知识分子唯有持一种平等开放的姿态，深入民间，将自身作为平民中的一分子而不是指导者，对平民的思维方式、情感特征、伦理价值、反抗智慧，以及平民生存的微观社会结构形成深刻的理解，在此基础上，才可能突破大众文化的迷障，通过回到日常生活自身来解决日常生活的问题。

二、"非虚构"的兴起及文学启示

新世纪以来，一个值得重视的趋势是一种既入乎民间内部、又出乎民间，既有意宏观也重视客观的写作立场的确立。如前述林白的《妇女闲聊录》、孙惠芬的《上塘书》、范小青的《桂香街》以及贾平凹的《秦腔》《带

---

① 卫慧：《像卫慧那样疯狂》，珠海出版社 1999 年版，第 40 页。

灯》等。它们表明了在对平民日常生活及其生存伦理自觉的基础上，知识分子立场和现代理性的回潮。但更具代表意义的是，向来被认为"面目模糊"的"70 后"，正在弥合知识分子立场与民间立场方面的切实努力中，逐步确立起新的群体形象。其典型的现象，便是 2010 年以《人民文学》"非虚构"栏目为标志兴起、至今方兴未艾的非虚构写作——"70 后"的创作参与与理论主导，是这一文学现象的重要特点。

"非虚构"首先是一种底层的写作，表达了一种面向平民日常生活"真实"的努力。固然，彻底的真实永远无法抵达，而任何呈现（无论是文学的还是历史的），都是带着主观意旨的"选择性"呈现，真正的现实和真实是庞杂而无所不包的中性状态。"非虚构"的践行者如梁鸿也坦承对意义的关怀："不局限于物理真实本身，而试图去呈现真实里面更细微、更深远的东西，并寻找一种叙事模式，最终结构出关于事物本身的不同意义和空间。"① 对意义的关怀和追求，体现出了清醒的知识分子立场。这体现在如梁鸿的《中国在梁庄》、慕容雪村的《中国，少了一味药》等代表性作品中。但需要真正认识和尊重"真实里面更细微、更深远的东西"，"意义"的发现才更有意义。

其次它还表达了及物的写作、在场的写作，以及介入的写作的姿态，强调写作者的亲历者、见证者和记录者的身份。在内涵略为模糊的"非虚构"大旗下，知识分子写作（如梁鸿、慕容雪村、乔叶的《盖楼记》《拆楼记》等）与底层平民写作（如姜淑梅的《乱时候，穷时候》、马宏杰的《西部招妻》、吴国韬的《雨打芭蕉：一个乡村民办教师的回忆录》、姬铁见的《止不住的梦想：一个农民工的生存日记》等）获得了同台展示的机会，来源于不同阶层的见证文本，共同勾勒了一个全社会参与的时代图景。平民的生命意识与生存伦理的复杂状态，被以一种更为客观的方式，得到了展示。社会参与的理念，本身是基于知识分子立场的，但底层平民的切身参与，有效地弥补了单纯的知识分子立场略为可疑的独白，体现了多元价值观下，主流

---

① 梁鸿：《非虚构的真实》，《人民日报》2014 年 10 月 14 日第 14 期。

意识形态对不同价值立场话语的平等纳入。20 世纪 80 年代中叶寻根思潮所强调的"呈现生活原生态"① 的追求被再次重提。

再次，"非虚构"的本体要求，顽强地指向了"非虚构"文体内部平等、复调、开放、对话的平民立场。如刘大先就明确指出，"'非虚构'最好是拒绝单一事实或者单纯虚构的方式，而建立起混合形态，既保持文学作品的内部控制，同时又经得起外部现实的验证。也就是说，在非虚构的实践当中，本质主义的真实性被消解了，代之以多元化的真实观。""我们现在看到很多'非虚构'文本，更多采用被遗忘或者被忽视的那种替代性的视角，比如底层社会、边缘社会、地下社会等，包括被书写者、受采访者、被观察者、传闻中人物在内的复调式的声音一起浮现出来，导向一种大众化、人道主义乃至于民粹主义的写作转向。"②

第四，非虚构作者来源庞杂以及其对旨在呈现真实而弱化文体意识的策略，在客观上带来了文体的解放。正如卡波特所言："非虚构作品是一种既通俗有趣又不规范的形式，它允许使用文学所有的手段。"③ 一方面，如《十四家》（陈庆港）、《小艾，爸爸特别地想你》（丁午）、《最后的耍猴人》（马宏杰）、《平如美棠——我俩的故事》（饶平如）等，都分别通过现实照片、漫画、历史照片、手绘图片等丰富了文本叙述；另一方面，手记、田野调查、口述实录、回忆录、采访等社会学文体被一并纳入了文本。如果我们回顾前述当代平民小说文体解放的特点，便会看到，非虚构的文体，与小说的文体具有本质的一致性。毕竟，小说作为一种平民文体，其"规定性特征就是不像小说"④。

从 2010 年开始至今，"非虚构"写作的热度已经持续了近八年，这足以证明它并非昙花一现的热潮，已经成为注定纳入文学史的不可回避的现象。它持久的生命力，主要不是在于其"非虚构"的特征（20 世纪 80 年代

① 王晖：《"非虚构"的内涵与意义》，《文艺报》2011 年 3 月 21 日第 5 版。
② 李松睿、李云雷、刘大先等：《重建文学的社会属性——"非虚构"与我们的时代》，《文艺理论与批评》2016 年第 4 期。
③ ［美］转引自约翰·霍洛韦尔：《非虚构小说的写作》，春风文艺出版社 1988 年版，第 137 页。
④ ［美］华莱士·马丁：《当代叙事学》，北京大学出版社 1990 年版，第 41—42 页。

以来，也曾经有过"纪实文学"的短暂的兴盛；而淡出历史的新写实小说对"写实"的强调，也与"纪实"有类似之处），——生命力无疑在于它对知识分子立场与平民立场的融合。

事实上，"非虚构"通过命名自身，对自由想象、生命情感等文学性的回避，有出于策略的考虑，从长远的角度看，这种策略也对其自身的发展前景构成了限制。米兰·昆德拉对当代小说艺术的核心特征的认识，正是对"真实性"的远离以及对"非认真"的古代精神的复苏。小说文体内在的规定性，以及平民生命意识对想象力的追求，将顽强地将小说世界推离现实的大地。但不管怎样，非虚构在融合知识分子立场与平民立场，在深入并立足于日常生活内部自下而上的书写，对促进作家对民间生存伦理与生命意识的认知，对未来小说文体的进一步拓展，对平等、开放、相对等平民立场的形成，以及对当代平民小说突破狂欢化叙事的不及物性，以及对避免基于平民立场的激情化叙事的独断化倾向，必然都会产生积极的影响。而更为深入的影响体现在它所倡导的那种在场介入、直面和关注现实问题的积极的精神品质，以及田野调查的社会学方法，更为广阔的社会学、人类学、哲学的理论视野的融铸。未来小说的发展前景，注定将蕴藏在知识分子自我与平民自我的融合与互相促进之中。

结语：构建当代小说史的第三维坐标

文学史的多线并进。两种传统范式之争。基本任务的一致性：超越日常生活的追求。新维度：平民文学范式及其描述。

平民自由与知识分子自由的区别。知识分子视野之外的小说史。异质如何融合。平民理论替代后现代主义。平民理论在网络时代的价值意义。构建三维坐标的意义。

一、两种传统范式与当代挑战

文学史总是多线并进的，认识取决于修史者的立场。"五四"时期，文学史的两种范式，存在于平民文学与贵族文学的对峙之中。周作人以"平民文学"的倡导而有名，大致从 1922 年起，他的看法有了改变。例如，他认为"文艺当以平民的精神为基调，再加以贵族的洗礼，这才能够造成真正的人的文学"（《贵族的与平民的》①），而在《中国戏剧的三条路》中则认为，"现在如必要指定一派为正宗，只承认知识阶级有这特权，固然不很妥当，但一切以老百姓为标准，思想非老百姓所懂者不用，言语非老百姓所说者不写，那也未免太偏一点了。"

胡适从 1916 年首倡，并于 1928 年以《白话文学史》为标志形成了"白话文学"与"古文文学"对峙的双线文学观，其实质也是平民文学与贵族文学的分野。他在晚年谈到他的"双线文学"观时，还是颇为自得于其对中国文学史的贡献。他说："把汉朝以后，一直到现在的中国文学的发展，分成并行不悖的两条线这一观点。在那上一级的一条线里的作家，则主要是御用诗人、散文家，太学里的祭酒、教授和翰林学士、编修等人……另一基本和它平等发展的，那个一直不断向前发展的活的民间诗歌、故事、历史故事诗、一般故事诗、巷尾街头那些职业讲古说书人所讲的评话等等不一而足……这一个由民间兴起的生动的活文学，和一个僵化了的死文学，双线平等发展，这一在文学史上有其革命性的理论实是我首先倡导的；也是我个人（对研究中国文学史）的新贡献。"②

1949 年以来，带有政治意识形态烙印的革命文学史观曾经盛行一时。

---

① 最早收录 1923 年《自己的园地》，1923 年北京晨报社初刊印行，文末标明 1922 年 2 月作。
② 胡适：《胡适口述自传》，《胡适文集》第 1 卷，北京大学出版社 1998 年版，第 424 页。

在 20 世纪 80 年代后期，曾经遭到以"重写文学史"为口号的新一代学者的清算，"五四"启蒙文学史观被重提。但如同一些学者所指出的那样，前者固然忽略或隔离了"五四"以来的启蒙传统，并影响了对文学作品价值的正确解读；而"80 年代的新文学史观也并未做到'真正'的全面，而造成了新的遮蔽。这种'遮蔽'首先表现在不能全面评价'左翼文学'，其次则表现在对待'五四'文学传统之外的'现代'文学形态上"①。在新的"双线"论争中，"五四"时期曾经被重视的"平民文学史观"尚未得出进一步的学理深化，就已经被双方忽视了。

事实上，"双线"文学史范式不仅在对 20 世纪文学史现象的解释上存在不足，在面对汹涌而来的 20 世纪末文学浪潮时同样缺乏解释的力度。20 世纪末社会急遽变化带来的价值、文化的多元化取向在文学创作上体现无余，由于难以找到一个清晰的标准，作为"重写文学史"口号的发起人及实践者，陈思和先生把这一时段的文学状态总称为"无名"，即"文化思潮和观念只能反映时代的一部分主题，却不能达到一种共名的状态"的文化形态，对立于 90 年代之前每一时代都有相对重大而统一的时代主题的（共名）状态②，这种归纳体现了对于当代文学深入的理解和宏观的把握，但是，"无名"意味着放弃了将复杂无序的现象逻辑化、清晰化的努力，而寻找文学作品、文学现象的内在统一性或逻辑性依旧是文学史写作无法拒绝的诱惑。

上述的诱惑其实并不是偶然的。卡西尔指出存在以下传统的文化哲学假设："人类文化的世界并不是杂乱纷离的事实之单纯集结。它试图把这些事实理解为一种体系，理解为一个有机的整体……在这里事实被化为各种形式，而这些形式本身则被假定为具有一种内在的统一。"他通过对神话、宗教、历史、语言等的符号学研究否认了上述假设，并提出了自己的设想："人类文化的不同形式并不是靠它们本性上的统一性而是靠它们基本任务的

---

① 温儒敏、李宪瑜等著：《中国现代文学学科概要》中"两种文学史范式的冲突与现代性问题"，北京大学出版社 2005 年版，第 158—161 页。
② 陈思和：《中国当代文学史教程·前言》，复旦大学出版社 1999 年版，第 14 页。

一致性而结合在一起的。如果在人类文化中有一种平衡的话，那只能把它看成是一种动态的而不是静态的平衡；它是对立面斗争的结果。"①

我们曾经执着于"统一性本质"：价值理念曾经是统摄现代文学史的统一性本质。洪子诚在描述启蒙文学与政治文学的复杂关联时，曾经指出存在这样一个统一的"最有价值的文学形态"："对'五四'的许多作家而言，新文学不是意味着包含多种可能性的开放格局，而是意味着对多种可能性中偏离或悖逆理想形态部分的挤压、剥夺，最终达到对最有价值的文学形态的确立。正是在这个意义上，50—70年代的政治文学时代，并不是'五四'文学的背离和中断，而是它的发展的合乎逻辑的结果。"②

如绪论所述，启蒙小说与革命小说的共性，在于其共有的现代性内核，这一分析，也适用于这里的启蒙文学与政治文学。正是由于现代性本身所包含的"独断性"，其"发展的合乎逻辑的结果"，则是在现代小说中占绝对主导地位，而在80年代之后当代小说家们所着力逃离的"现实主义传统"。正是这种"逃离"的冲动，成为当代小说多元、无名格局形成的最初动力。

回到当代小说史的研究，作为当代文学史的主力，当代小说史所面临的全部问题正与当代文学史的境遇相同——应该放弃对当代小说"统一性本质"的诉求，着眼于当代小说的基本任务的一致性，在此过程中，建立一种动态平衡之中的当代小说史。

问题是，当代小说是否存在"基本任务的一致性"？我认为是存在的。如果我们意识到，"无名状态"的形成背景，是中国由乡土社会向城市化社会大踏步过渡，商业化理念甚嚣尘上，一个消费社会、信息社会的时代正在来临的变局时代；如果我们清楚地看到，习惯了乡土中国传承的平民被抛入了新兴的城市，乡村正在日益空心化，而城市市民还没有形成成熟的城市理念，平民处于普遍的"失根"焦虑状态，在科层制规诫、专业化生产、商业文化与大众文化的裹挟下，日益陷入日常生活的异化与沉沦，那么，我们

---

① [德]恩斯特·卡西尔：《人论》"总结与结论"部分，上海译文出版社1985年版，第281—282页。

② 洪子诚：《关于五十——七十年代的中国文学》，《文学评论》1996年第2期。

应该明白，当代小说尽管自身面临着日益边缘化的趋势，仍需要坚定自己的基本任务，那就是，小说作为一种有权虚构的文体，一种有权诉诸想象的文体，它不应该怀抱着自己辉煌想象的天才，随着日常生活一起沉沦，它有责任、有义务提供对日常生活的超越性追求。

现代小说基于自身的传统，提供了两种对日常生活超越的方式。一种是启蒙小说一直努力在做的，是精英知识分子以启蒙理性为内核的批判反省方式。它以价值理性为内涵的现代理性精神作为其哲学基础，以"五四"以来鲁迅为代表的现代作家所开辟的现实主义小说传统作为其历史经验，持人道主义与个性解放的观点，对民众的批判与启蒙、对社会文化的批判与重造，以及知识分子的自我反省，是启蒙小说的核心任务。启蒙知识分子信赖的是"一种怀疑、投注、不断献身于理性探究和道德判断的意识"，依赖的是一种"不对任何人负责的坚定独立的灵魂"①。作为最为重要的精神传承之一，它在当代小说中依旧有很强的生命力。它的主要美学风格是深刻严肃。

另一种超越方式是革命小说在其发展过程中所包含的、在社会主义发展阶段被强化的，主流知识分子以积极理想为内核的肯定和宣扬的立场。它以工具理性，马克思主义文艺理论及社会学说为其理论基础，从 20 年代末的普罗小说，到 30 年代的社会剖析派小说及左翼小说，到 40 年代的解放区小说，五六十年代的社会主义现实主义小说，以及新时期后的伤痕、反思、改革等小说，构成了一个长长的小说发展序列。它服务于政治运动的宏观目标，相信人民群众集体的力量，以辩证唯物主义和事物螺旋发展的前进观为哲学基础，认为所有的挫折和困难，都有合理化的解释和理解；困难和挫折都是暂时的。它的美学风格是积极乐观。

事实上，这两种传统，构成了当代小说的二维坐标，而且已经得到了学界的公认，并有了较为成熟的研究。所以，在此不拟作深入的阐述。

然而，如本书所梳理的那样，当代小说还发展出了另外一个同样强大

---

① 爱德华·W. 萨义德著：《知识分子论》，单德兴译，生活·读书·新知三联书店 2002 年版，第 23、63 页。

的、与古代小说相呼应但在当代有了更为明确丰富内涵的传统，那就是平民小说的传统。不同于主流小说中平民作为被肯定的对象，以及启蒙小说中平民作为被审视的对象，平民小说中平民成为一个自由的主体，以本书构建的平民理论为内核，具体地说，是在平民生命意识与生存伦理的统一与对抗中，呈现出自由平等的立场、具有强旺的情感基质，以整体性思维和经验性思维观察世界，悬置道德和真理，持合宜性、动态化、可实践性的平民伦理观；是以强旺的生命意识对抗恶劣的生存环境，以开放、包容、平等的姿态，对社会生活中的神圣、僵硬、机械和可笑之处，进行脱冕、反讽、戏谑。它提供了一个从日常生活内部抵抗和超越的平民化途径。它的主导美学风格是自由欢乐。

二、平民小说之维的构建与意义

当代小说研究一旦加入了"平民小说"这一新维度后，它的历史图景呈现出一些前所未见的"异质"。20 世纪 80 年代中期，黄子平等学者认为20 世纪中国文学以"改造民族的灵魂"为总主题、以"焦灼"或者说"悲凉"为美感特征，同时他们也指出：

> 在二十世纪中国文学进展的各个阶段，人们不止一次地感觉到悲凉沉郁之中缺少一点什么，因而呼唤"野性"，呼唤"力"，呼唤"阳刚之美"或"男子汉风格"。这种呼唤总是因其含混和空泛，更因其与上述"意识到的历史内容"，与艰难曲折千回万转的历史行程不相切合，而无法内在地由文学创作中表现出来，往往变为表面化的外加的风格。①

在后革命时代来临之后，如果我们联系到上述鲁迅在 1927 年关于平民文学的设想，可以看到，20 世纪 80 年代以来，平民小说所表现出来的"异质"，正是黄子平等所言 20 世纪中国文学中缺少的东西，而且它并非是含

---

① 黄子平、陈平原、钱理群：《论"二十世纪中国文学"》，《文学评论》1985 年第 5 期。

混空泛的，而是有内在的统一性，即真正"平民性"的。

自由平等本身也是启蒙知识分子话语的关键词之一。但是，平民的平等自由与知识分子的平等自由依旧有很大的不同。后者往往着眼于精神或政治实现的层面，即思想议论的自由与民众政治权益的平等，这与知识分子自身的特性有关。在《知识分子论》一书中，萨义德认为，知识分子是"精神上的流亡者和边缘人"。杜维明也指出："关切政治、参与社会和究心文化是今天知识分子必须具备的价值取向。"① 而对于平民来说，自由与平等与其说是一种理性追求的目标，不如说是一种存在于我们个人内心深处的、与生存、与身心融合无间的本能或追求，可以说是一种混沌的情感，可以一直追溯到原初平民自由舒张的生命意识，以及与自然万事万物平等的神话思维，平民的欢乐精神也正源于此。举一个例子来说，对知识分子而言，对自由平等的追求可以通过建立规则来完成，但对平民来说，规则的本身可能就意味着限制和束缚。因此，一个完备的城市从某方面看是弥漫着自由的空气的，但永远不能被一个从大山里走出来的猎人所习惯。

可以认为，平民精神的核心在于生命意识。原初平民的那种强旺的生命力以及欢乐精神正是在长期与恶劣的自然作斗争的过程中形成的，生存伦理已经作为平民精神的核心深深嵌入了平民的集体无意识之中，成为第一伦理。因此，不同于知识分子明晰的价值判断体系，平民的自由平等欢乐没有固定的判断尺度：它可能体现为水浒英雄蔑视一切世俗伦理的生命狂欢与张扬；可能体现为阿Q式的流浪汉本质以及"精神胜利法"中化不幸为一笑的"弱者的武器"；同时还可能体现为对社会生活中一切僵硬、机械、伪神圣之物的解构、脱冕、戏谑与反讽。

需要指出的是，当我们确立"平民精神"的理想维度时，应该意识其理想性质：其一，要剔除传统文化千百年来对平民思想的遮蔽；其二，要注意到现代以来知识分子以"国民性的弱点""精神奴役的创伤""工农兵群众"等对真正的平民立场的遮蔽；其三，要警惕平民立场内部非理性的独

---

① 杜维明著，郑文龙编：《杜维明学术文化随笔》，中国青年出版社1999年版，第4页。

断、完全臣服于生命自觉的自由欲望等对自身的遮蔽；其四，在当代尤其还要注意到大众文化对平民思想的遮蔽，把以标准化、陈腐老套、保守主义等为特性的大众文化当作平民文学，由此产生的遮蔽。

因此，如果我们不想把小说史仅仅写成知识分子眼中的小说史，我们就有必要在现有的"革命小说/启蒙小说"的二维研究坐标基础上，再加上平民小说这一维。福柯清楚地意识到知识分子与群众之间的潜在对立，在1972年3月4日与德勒兹的对话中，他说："知识分子发现，群众不需要他们来获取知识；群众完全清楚地掌握了知识，甚至比他们掌握得更好；而且群众能更好地表达自己……知识分子本身是权力制度的一部分，那种关于知识分子是'意识'和言论的代理人的观念也是这种制度的一部分。"① 当代小说史在90年代建立一个明晰的评价体系的愿望时遇到了困难，其实正是因为，那些带着平民参与文学创作而体现出来的新的"异质"无法融入由知识分子建立起来的小说史体系。

事实上，如本书所述，平民自我曾经是古代小说的主体，但由于平民对自身的特点一直处于自在和自发的、没有被自我确认的混沌状态，也由于小说文体地位本身的低下，平民精神并没有得到深入的发掘；在现代小说阶段，由于强大的启蒙小说与革命小说的传统，平民只是成为启蒙作家与革命作家关注的客体，平民自我沉睡于作家们知识分子自我与革命者自我的深处，平民精神只是以碎片化的方式，存在于作家的作品之中。在20世纪50年代到70年代漫长的时间里，它从政治的动荡里，在右派下放、知青上山下乡等历史进程中，缓慢地积累着自己的力量。在新时期后，随着创作自由语境的生成、改革开放造就的民间世俗空间的形成，以及作家平民意识的觉醒，经过了短暂的试验与恢复，以80年代中期为起点，以寻根小说为标志，开始了它的历史起点。

我们认为，无论是80年代初的"人文精神大讨论"，还是90年代末的"断裂"行动，或者诗歌领域"盘峰诗会"上民间诗歌与学院派诗歌的争

---

① ［法］福柯、德勒兹：《知识分子与权力》，杜小真编：《福柯集》，上海远东出版社1998年版，第204—213页。

论，本质上都与觉醒的平民精神试图从知识分子那里争夺话语权有关。"民间"派的主要缺陷在于，它从未构建出自己明确的和系统的理论构架。但是，当代作家立场的平民化，以及丰富的民间生命体验，使作家们在还没有自我意识的情况下，已经开始了自身的创作实践。宏观地看，平民小说经历了80年代以强旺的生命意识为内核的乡土平民小说发展、以生存伦理为内核的城市日常小说的发展，并在90年代日益形成自由狂欢的乡土平民叙事，以及反讽戏谑的城市平民叙事的主导风格。

如前所述，在传统的"启蒙小说—革命小说"的框架下，无法用一个统一的理论，解释新历史小说、新写实小说、女性写作、晚生代小说等表面上各不相同，而且又迥异于传统现实主义创作的小说实践，而日益普遍化的解构、反讽、戏拟、语言狂欢等，进一步增加了统一阐述的复杂性。对于后者，一般视其为后现代实践，但除了语言风格外，又难以找到令人信服的后现代小说的佐证。事实证明，"后现代"理论未必契合中国的实际。尽管平民立场的部分理论（尤其是解构宏大话语和相对主义的观念方面），与后现代颇有共通之处；在《西方文论讲稿》中，赵一凡也正是以"狂欢节""愚人船"开始了他对后现代哲学话语的考察。但是，从反理性到后现代，中间并不具有逻辑必然性。与后现代宣称的"一切皆支离破碎，所有的一致性均已不复存在"（约翰·多恩语）不同，以平民自我为核心的平民文学及平民美学在矛盾的表面下具有内在的逻辑一致性。如果考虑到文学史的建构，稳定的标准是一个不可回避的现实要求，那么，勾勒出这种具有内在一致性的、以前现代平民精神为核心的平民小说，对丰富和补充由以价值理性核心的启蒙小说、以工具理性为核心的革命小说（在新的历史时期它已经发展成为弘扬主旋律的主流小说）构成的当代小说史，利用三维坐标对解释纷纭复杂的当代小说创作实践作出解释，具有重要而积极的意义。

平民理论的重要意义，还在于它可以为阐释互联网时代极为发达的网络写作提供依据。网络无远弗届、无所不包、匿名登录的特点，使其变成了另一个大型的狂欢广场。事实上，它呈现了狂欢化广场的种种典型特征，诸如开放性、世界性、全民参与、取消等级、小丑疯癫傻瓜诈骗犯等法外人物，等等。官方的煞有介事与平民式的脱冕并存，一个偶然的事件或小小的策划（例如"大黄鸭"）都可能引发始料未及的大型网络狂欢，一个普通的口语或词汇（例如"蓝瘦香菇"）会引发大规模的戏拟、反讽，民间伦理与情感基质大行其道，但有时也可能激发成为民粹主义的暴力行为。具体到网络文学，又大致可以分为以下情形：其一是连载、发表于各专门网站如起点小说网、顶点小说网、晋江文学城、17K小说网等网站的网络小说，如穿越、言情、玄异、盗墓、科幻、戏说、耽美等小说；其二是在大量的博客、微博、微信、微信公众号等平台发表的文章（如散文、评论、随笔等）。如本书开头所言，网络拓展了媒体的话语权，获益最大的其实是商业资本，它们对新媒体技术的敏感与追逐，拓展并巩固了自己的权力；但网络的本质毕竟是自由，因此也是平民性（网络上称之为"草根"）的，也毕竟使平民部分地分享了一点权力——他们获得了自己发声的可能性。总体看，网络小说如同古代通俗小说一样，体现了当代人对娱乐化、消闲化、游戏化的追求，体现了超越庸常的日常生活的潜在追求，包含着释放工作压力、弥补日常缺憾、宣释生命躁动等目的。自媒体文章一部分体现了小资情调、异域风情、心灵鸡汤等商业时代的世俗趣味，另一部分则体现了平民通过嘲弄、戏谑等方式进行社会关注和社会参与的要求。当然，能够脱颖而出并产生巨大影响的网络文学（这种影响是以"流量""大V"呈现的），几乎都不是自在发展的产物，而是商业资本、专业团队在幕后推动、策划、蓄意迎合大众口味的结果。在内在机制上，大众文化工业充分利用了平民建立在情感基质上的同情弱者、追奇求异、英雄（成功）崇拜、解构崇高、游戏人生等特征，但也不乏极端化、暴力化、媚雅化等特点，体现了比20世纪更为强大和娴熟的、对平民文化的"收编"能力。上述倾向也进一步提醒我们建立"平民/知识分子"双重范式的重要意义——需要通过平民理论去深入认识它，同时需要通过知识分子立场加以审视与制约。

如本书中反复强调的，平民小说这一维度，由于平民长期处于权力相对缺失的"下位"的历史性地位，形成的以平等、开放、复调与对话的特点，使之与启蒙小说、革命/主流小说可以构成互相弥补和支撑的关系。平民理论研究的意义，是通过对平民及平民小说的内涵与外延的确认，巩固发展与其他两种范式的平等对话。应该承认，纯粹的平民精神很难、也许永远不可能完全达成，在现实中它总要受到社会环境的影响，这既包括了传统伦理、启蒙话语、主流话语的影响，也不乏当下文化工业与消费主义的侵袭；同时，它也具有由于自我审视的缺乏而造成的自身无法克服的局限。正因如此，构建开放、对话的当代小说的三维坐标系，以综合的、互补的眼光去考察20世纪末的诸多文学现象及创作实绩，有助于我们更全面地、辩证地理解世纪末复杂多元的文学现象，同时，也有助于我们深入理解或预见文学作品在当前及未来的某些走向。

参考文献

D. C. 米克著：《论反讽》，周发祥译，昆仑出版社 1992 年版。

阿城：《闲话闲说——中国世俗与中国小说》，作家出版社 1997 年版。

阿英：《晚清小说史》，东方出版社 1996 年版。

爱德华·W. 萨义德著：《知识分子论》，单德兴译，生活·读书·新知三联书店 2002 年版。

巴赫金：《巴赫金全集》，钱中文等译，河北教育出版社 1998 年版。

柏格森：《笑——论滑稽的意义》，徐继曾译，中国戏剧出版社 1980 年版。

本雅明著：《发达资本主义时代的抒情诗人》，张旭东、魏文生译，生活·读书·新知三联书店 1989 年版。

毕飞宇：《沿途的秘密》，昆仑出版社 2002 年版。

赵毅衡编：《新批评文集》，中国社会科学出版社 1988 年版。

曹文轩：《20 世纪末中国文学》，北京大学出版社 2002 年版。

陈思和：《中国当代文学史教程》，复旦大学出版社 1999 年版。

陈晓明：《文学超越》，中国发展出版社 1999 年版。

程光炜编：《重返八十年代》，北京大学出版社 2009 年版。

丹尼尔·贝尔：《资本主义文化矛盾》，赵一凡等译，三联书店 1989 年版。

道格拉斯·凯尔纳、斯蒂文·贝斯特著：《后现代理论——批判性的质疑》，张志斌译，中央编译出版社 1999 年版。

丁帆：《中国乡土小说史》，北京大学出版社 2007 年版。

丁帆：《重回"五四"起跑线》，人民文学出版社 2004 年版。

杜维明著，郑文龙编：《杜维明学术文化随笔》，中国青年出版社 1999 年版。

杜维明：《现代精神与儒家传统》，生活·读书·新知三联书店 1997 年版。

恩斯特·卡西尔：《人论》，上海译文出版社 1985 年版。

费孝通：《乡土中国·生育制度》，北京大学出版社 1998 年版。

费正清著：《伟大的中国革命》，刘尊棋译，世界知识出版社 2000 年版。

福柯著：《疯癫与文明》，刘北成、杨远婴译，生活·读书·新知三联书店 2003 年版。

高瑞泉、〔日〕山口久和主编：《中国的现代性与城市知识分子》，上海古籍出版社

2004 年版。

高小康：《市民、士人与故事：中国近古社会文化中的叙事》，人民出版社 2001 年版。

格塞罗著：《艺术的起源》，蔡慕晖译，商务印书馆 1986 年版。

海德格尔著：《存在与时间》（修订译本），陈嘉映、王庆节译，生活·读书·新知三联书店 1999 年版。

何满子、李时人撰：《古代短篇小说名作评注》，上海古籍出版社 2000 年版。

贺仲明：《中国心像——20 世纪末作家文化心态考察》，中央编译出版社 2002 年版。

洪子诚：《中国当代文学史》，北京大学出版社 1999 年版。

洪子诚：《作家的姿态与自我意识》，陕西人民教育出版社 1991 年版。

华莱士·马丁：《当代叙事学》，北京大学出版社 1990 年版。

黄发有：《准个体时代的写作——20 世纪 90 年代中国小说研究》，上海三联书店 2002 年版。

黄宗智：《中国乡村研究》（1—4 辑），商务印书馆、社会科学文献出版社 2003—2006 年版。

金大陆：《正常与非常——上海"文革"时期的社会生活》，上海辞书出版社 2011 年版。

勒内·吉拉尔著：《替罪羊》，冯寿龙译，东方出版社 2002 年版。

理查德·A. 波斯纳著：《公共知识分子——衰落之研究》，徐昕译，中国政法大学出版社 2002 年版。

列维-斯特劳斯著：《野性的思维》，李幼蒸译，商务印书馆 1987 年版。

林舟：《生命的摆渡——中国当代作家访谈录》，海天出版社 1998 年版。

刘怀玉：《现代性的平庸与神奇——列斐伏尔日常生活批判哲学的文本学解读》，中央编译出版社 2006 年版。

刘芝健、许兆麟选编：《庶民研究》，中央编译出版社 2005 年版。

柳鸣九主编《新小说派研究》，中国社会科学出版社 1986 年版。

卢梭著：《论人类不平等的起源和基础》，李常山译，商务印书馆 1962 年版。

鲁迅：《鲁迅全集》，人民文学出版社 1996 年版。

鲁迅：《中国小说史略》，上海古籍出版社 2006 年版。

栾梅健：《前工业文明与中国文学》，广西教育出版社 2000 年版。

罗兰·巴特：《神话——大众文化诠释》，上海人民出版社 1999 年版。

骆玉明、章培桓：《中国文学史》，复旦大学出版社 1996 年版。

吕同六主编：《20 世纪世界小说理论经典》，华夏出版社 1995 年版。

马尔库塞：《单向度人：发达工业社会意识形态研究》，上海译文出版社 1989 年版。

马斯洛著：《动机与人格》，许金声等译，华夏出版社 1987 年版。

马泰·卡林内斯库：《现代性的五副面孔》，商务印书馆 2002 年版。

梅洛-庞蒂著：《知觉现象学》，姜志辉译，商务印书馆 2001 年版。

米兰·昆德拉著：《被背叛的遗嘱》，孟湄译，牛津大学出版社、上海人民出版社

1995 年版。

米兰·昆德拉著：《小说的艺术》，孟湄译，生活·读书·新知三联书店 1992 年版。

莫言：《小说的气味》，春风文艺出版社 2003 年版。

尼采著：《悲剧的诞生》，周国平译，生活·读书·新知三联书店 1986 年版。

彭华生、钱光培编：《新时期作家谈创作》，人民文学出版社 1983 年版。

齐美尔著：《大都会与精神生活》，涯鸿等译，上海三联书店 1991 年版。

让·诺安著：《笑的历史》，王文融译，生活·读书·新知三联书店 1986 年版。

热·热奈特：《叙事话语·新叙事话语》，王文融译，中国社会科学出版社 1990 年版。

申小龙：《中国文化语言学》，吉林教育出版社 1990 年版。

石昌渝：《中国小说源流论》，生活·读书·新知三联书店 1994 年版。

斯科特：《弱者的武器》，译林出版社 2007 年版。

苏珊·桑塔格著：《疾病的隐喻》，程巍译，上海译文出版社 2003 年版。

陶东风：《社会转型与当代知识分子》，上海三联书店 1999 年版。

田中阳：《百年文学与市民文化》，湖南教育出版社 2002 年版。

王安忆：《漂泊的语言》，作家出版社 1996 年版。

王彬彬：《新文学作家的修辞艺术》，上海人民出版社 2017 年版。

王建刚：《狂欢诗学——巴赫金文学思想研究》，学林出版社 2001 年版。

王蒙：《漫话小说创作》，上海文艺出版社 1983 年版。

韦勒克著：《批评的诸种概念》，丁泓、余徵译，成都四川文艺出版社 1988 年版。

韦勒克、沃伦著：《文学理论》，刘象愚等译，三联书店 1984 年版。

温儒敏、李宪瑜等著：《中国现代文学学科概要》，北京大学出版社 2005 年版。

吴宁：《日常生活批判——列斐伏尔哲学思想研究》，人民出版社 2007 年版。

吴世勇：《沈从文年谱》，天津人民出版社 2006 年版。

吴义勤：《中国当代新潮小说论》，江苏文艺出版社 1997 年版。

吴义勤主编：《王安忆研究资料》，山东文艺出版社 2006 年版。

夏忠宪：《巴赫金狂欢化诗学研究》，北京师范大学出版社 2000 年版。

周克芹等著：《新时期获奖小说创作经验谈》，湖南人民出版社 1985 年版。

亚当·斯密著：《道德情操论》，蒋自强等译，商务印书馆 2003 年版。

严家炎编：《二十世纪中国小说理论资料》，北京大学出版社 1997 年版。

阎连科、梁鸿：《巫婆的红筷子》，春风文艺出版社 2002 年版。

阎连科：《我的现实　我的主义》，中国人民大学出版社 2011 年版。

杨洪承：《现象与视阈——20 世纪中国文学研究纵横》，吉林教育出版社 2003 年版。

杨克主编：《中国新诗年鉴》，花城出版社 1998 年版。

杨义：《中国古代小说十二讲》，上海三联书店 2007 年版。

叶志良：《大众文化》，上海文艺出版社 2003 年版。

伊恩·P. 瓦特著：《小说的兴起》，高原、董红钧译，生活·读书·新知三联书店 1992 年版。

衣俊卿：《现代化与日常生活批判》，人民出版社 2005 年版。

约翰·费斯克著：《理解大众文化》，王晓珏等译，中央编译出版社 2001 年版。

约翰·赫伊津哈：《游戏的人——关于文化的游戏成分的研究》，中国美术学院出版社 1996 年版。

约翰·霍洛韦尔著：《非虚构小说的写作》，仲大军等译，江苏人民出版社 2010 年版。

张钧：《小说的立场》，广西师范大学出版社 2002 年版。

张鸣：《乡村社会权力和文化结构的变迁（1903—1953）》，广西人民出版社 2001 年版。

张意：《文化与符号权力——布尔迪厄的文化社会学导论》，中国社会科学出版社 2005 年版。

张之沧、龚廷泰等著：《西方马克思主义的生活哲学》，《从马克思到德里达》，人民出版社 2002 年版。

赵一凡：《西方文论讲稿——现代性与后现代主义》，生活·读书·新知三联书店 2007 年版。

朱地：《1957：大转弯之谜——整风反右实录》，山西人民出版社、书海出版社 1995 年版。

朱晓进：《找寻中国现代文学史研究的独特角度》，中国文联出版社 2003 年版。

朱晓进等著：《非文学的世纪——20 世纪中国文学与政治文化关系史论》，南京师范大学出版社 2004 年版。

（注：此目录不含单篇论文和作家作品）